Furious

L.J. SHEN

Furious

roman

Traduit de l'anglais (États-Unis) par
SUZY BORELLO

Titre original : BANE

Ce livre est publié avec l'aimable autorisation de Bookcase Literary Agency et Brower Literary & Management.

HARPERCOLLINS FRANCE

83-85, boulevard Vincent-Auriol, 75646 PARIS CEDEX 13.
Service Lectrices — Tél. : 01 45 82 47 47

www.harlequin.fr

ISBN 978-2-2804-2015-0

Bane

Un surfeur pur et dur. Un fumeur de blases invétéré. Un arnaqueur, un voleur et un fraudeur.

Aux dernières nouvelles, il plumait les riches et se tapait leurs femmes pour se faire du fric.

Je suis donc un peu estomaquée de le trouver sur le pas de ma porte, à quémander mon amitié, mes services et, surtout… l'air honteux.

Sauf que je suis en plein boycott. Littéralement, je veux dire : j'ai décidé de supprimer les garçons de ma vie. Pour de bon.

L'ennui, c'est que Bane n'est pas un garçon, mais un homme. Et je tombe, je sombre, je me noie dans ses beaux mensonges.

Jesse Carter

Torride comme la braise, froide comme la glace.

J'ignorais son existence jusqu'à ce qu'un gros contrat bien juteux me tombe du ciel.

Elle en fait partie, rien qu'un petit jouet pour passer le temps.

Un dommage collatéral, un moyen de parvenir à mes fins, un petit bonus pour conclure un marché avec son beau-père magnat du pétrole.

Par-dessus tout, Jesse Carter est une dure à cuire.

Elle est loin de se douter que j'ai tout ce qu'il faut pour faire exploser sa carapace.

Prologue

Bane

Avant

Un menteur.

Un arnaqueur.

Un voleur sans foi ni loi.

Ma réputation était comme une énorme vague sur laquelle je surfais. Elle engloutissait tous ceux qui m'entouraient et noyait toutes les tentatives de me rouler.

J'étais connu pour fumer du shit, mais je me shootais au pouvoir. L'argent ne signifiait rien. C'était tangible, et donc facile à perdre. À mes yeux, les gens n'étaient qu'un jeu. Un jeu auquel j'avais toujours gagné.

Déplacer les tours.

Éloigner la reine si nécessaire.

Défendre le roi en permanence.

Jamais je ne me laissais distraire ni décourager, et je ne connaissais pas la jalousie.

Imaginez donc ma surprise en éprouvant les trois à la fois.

C'est une sirène à la crinière noire comme du charbon qui m'a privé de la plus grande vague que j'avais vue de tout l'été. De ma précieuse attention. De mon propre souffle.

Telle la nuit tombante, elle a glissé insensiblement de l'océan vers la plage de sable.

À califourchon sur ma planche de surf, j'en suis resté médusé.

Edie et Beck se sont arrêtés à côté de moi ; du coin de l'œil, je les voyais flotter sur leurs planches.

— Elle est maquée avec Emery Wallace, m'a averti Edie.

Voleur.

— Cette fille est le plus gros canon de la ville, s'est esclaffée Beck.

Arnaqueur.

— Surtout, elle ne sort qu'avec des types pleins aux as.

Menteur.

J'avais toutes les qualités requises pour la ferrer.

Son corps ressemblait à une neige fraîchement tombée : blanc, immaculé, à croire que le soleil brillait toujours à travers elle sans jamais l'imprégner. Sa peau défiait les lois de la nature, sa croupe ébranlait ma raison, mais les mots inscrits sur son dos ont chamboulé mon esprit.

Ce ne sont pas ses courbes, ni sa manière de balancer des hanches comme s'il s'agissait de deux pommes empoisonnées qui m'ont fait réagir.

C'est le tatouage que j'avais remarqué lorsqu'elle avait nagé près de moi plus tôt, les mots qui ruisselaient le long de sa nuque et dans son dos en une flèche verticale.

Ma vie entière n'a été qu'une attente de toi.

Pouchkine.

Je ne connaissais qu'une seule personne complètement fan du poète russe et, comme le célèbre Alexandre, il se trouvait actuellement six pieds sous terre.

Mes amis se sont mis à ramer en direction du rivage. Moi, je ne pouvais pas bouger. Je bandais comme un dingue. Je ne croyais pas au coup de foudre. Au désir, peut-être, mais ce n'était pas le mot qui me venait à l'esprit. Non. Cette fille m'intriguait, putain.

— Comment elle s'appelle ? ai-je demandé en retenant Beck par la cheville.

Edie a cessé de ramer et a regardé en arrière pour nous considérer l'un après l'autre.

— On s'en fout, *bro*.

— Comment. Elle. S'appelle ? ai-je répété, les mâchoires crispées.

— Mec, c'est, genre, une gamine.

— Je ne le demanderai pas une troisième fois.

Beck a dégluti, faisant saillir sa pomme d'Adam. Il savait pertinemment que je n'étais pas du genre à déconner. Tant qu'elle était majeure, j'étais partant.

— Jesse Carter.

J'aurais Jesse Carter dans la poche avant même qu'elle me connaisse.

Avant même que moi, je la connaisse.

Avant que sa vie se retrouve sens dessus dessous et que son destin se réécrive en lettres de sang.

Voici donc la vérité, celle que même le menteur éhonté que j'étais refuserait d'admettre par la suite : je l'avais désirée avant.

Avant qu'elle devienne une transaction.

Avant que la vérité l'emprisonne.

Avant que les secrets jaillissent.

Ce jour-là, je n'ai pas pu surfer du tout.

Ma planche s'est brisée.

J'aurais dû y voir un signe.

Mon cœur serait le prochain sur la liste.

Pour une minette aussi menue, elle avait le pouvoir de destruction d'un bulldozer.

*
* *

Jesse

Avant

Ce soir-là, c'était la pleine lune.

C'était tellement kitsch que c'en était presque risible. Non, mais quel cliché, sérieux ! Une grosse lune bien ronde et blafarde éclairait de manière triomphante la nuit qui a gravé mon sort, mon identité, mon ventre, à l'aide de profondes entailles luisantes.

Je la contemplais. Elle était si calme et tranquille. La beauté est souvent tellement inutile.

Ne reste pas là sans rien faire. Appelle les flics. Appelle une ambulance. Sauve-toi.

Je me demandais si j'allais mourir. Si oui, combien de temps faudrait-il à Pam pour remarquer mon absence ? Combien de temps avant que Darren lui explique que j'avais toujours été fragile ?

— Zentille, la consolerait-il en zézayant. Mais frazile.

Combien de temps avant qu'elle en convienne ? Combien de temps avant que le KitKat posé sur la tombe de papa fonde sous un soleil de plomb ?

— Quel dommage, se lamenteraient-ils. C'était une brave fille.

Rien de tel que la mort d'une ado pour resserrer les liens d'une communauté. Surtout dans une ville comme Todos Santos, où les tragédies n'existaient que dans les journaux et à la télé. Ça oui, ça alimenterait les conversations. Le récit interdit et savoureux de la déchéance de la jeune fille la plus branchée du coin.

La réalité s'imposait à moi comme l'eau qui s'écoulait d'un

robinet fuyant. Emery, Henry et Nolan se feraient à peine taper sur les doigts. Des travaux d'intérêt général ? Dans mes rêves. Je serais la seule à connaître la honte publique des regards désapprobateurs et des invitations annulées aux soirées du country club. C'était moi, la paria. L'idiote qui avait commis l'erreur de fricoter avec l'aristocratie de Todos Santos.

Ils s'en tireraient à bon compte, je le savais. Ils iraient à la fac, seraient invités à des fêtes. Le jour de la remise des diplômes, ils jetteraient en l'air leurs chapeaux débiles. Ils se marieraient, auraient des enfants, assisteraient à des réunions d'anciens élèves, partiraient tous les ans faire du ski avec leurs potes. Ils vivraient. *Bon sang, ils vivraient*. C'était exaspérant de se dire que leurs familles et leur fric suffiraient à acheter la clémence des juges. Moi, qu'on me récupère sur la route ce soir-là avec un cœur qui battait ou non, je savais que j'étais déjà morte. Morte dans tout ce qui était essentiel.

L'espace d'un instant, je suis redevenue la Jesse d'avant. Je me suis efforcée de voir les choses du bon côté. Il faisait bon pour un mois de février. Pas trop chaud, ni trop froid. La chaleur du désert retenue par ma peau était atténuée par la fraîcheur de l'asphalte sur laquelle je reposais. Nombreuses étaient les victimes qui retrouvaient le goût de vivre. Je pourrais étudier à l'étranger. Darren était passé maître dans l'art de claquer du fric pour effacer les problèmes. Je pourrais me réinventer. Oublier ce qui s'était passé. L'hypnose servait bien à ça, non ? Je pourrais demander à Mayra, la psy que mes parents m'avaient envoyée voir quand j'avais commencé à faire des cauchemars. La science n'avait pas de limites. La preuve : ma mère, qui avait quarante ans, en faisait vingt-trois grâce au Botox.

De petits cailloux se fichaient dans mon dos nu. Mon soutien-gorge en dentelle rose et ma culotte assortie reposaient, déchirés, à côté de moi, et même si mon entrejambe était devenu insensible, je sentais quelque chose couler le long de ma cuisse. Du sang ? Du sperme ? À ce stade, ça n'avait plus d'importance.

Stoïque, j'ai scruté la constellation au-dessus de moi. Accrochée tel un lustre au faîte d'un ciel d'encre, elle raillait mon existence tragique et mortelle.

Je devais tenter de me relever. Appeler à l'aide. Me sauver moi-même. Mais la perspective d'un échec était encore plus paralysante que la douleur. J'avais l'impression que mes jambes étaient tétanisées, mes hanches écrasées.

Des sirènes résonnaient au loin.

J'ai fermé les yeux. Souvent, il m'était arrivé de voir mon père de l'autre côté, comme si son visage était tatoué à tout jamais sur l'intérieur de mes paupières. C'est là qu'il vivait désormais. Dans mes rêves. Plus vivant que la femme qu'il avait laissée derrière lui. Pam s'effaçait toujours à l'arrière-plan de mon récit, trop occupée à écrire sa propre histoire.

Les sirènes s'approchaient. Elles étaient plus bruyantes. Mon cœur est descendu se réfugier dans mon ventre, où il s'est recroquevillé comme un petit chiot battu.

Plus que quelques minutes, et tu deviendras le sujet de tous les commérages. Une légende urbaine visant à mettre les jeunes filles en garde.

La Jesse d'avant aurait sangloté. Elle aurait hurlé, tout raconté aux flics. Se serait comportée normalement, compte tenu des circonstances anormales. La Jesse d'avant aurait crié vengeance et fait ce qu'il fallait. En vraie féministe. Elle ne les aurait pas laissés s'en tirer comme ça.

La Jesse d'avant aurait ressenti quelque chose, elle.

L'ambulance a ralenti dans le virage, assez près pour que la chaleur de ses pneus me pénètre et que l'odeur du caoutchouc brûlé envahisse mes narines. Quelque part, le fait qu'ils avaient appelé les secours était encore plus rageant que s'ils m'avaient laissée pour morte, comme s'ils savaient qu'ils étaient intouchables même après ce qu'ils m'avaient infligé. On a déployé un brancard à côté de moi. J'ai récité les dernières paroles que j'avais entendues avant qu'ils m'abandonnent dans la ruelle, tandis qu'une larme unique coulait librement sur ma joue.

Ma vie entière n'a été qu'une attente de toi.

— Et quelle attente, salope. Tu t'es bien débattue.

Nolan m'avait flanqué un coup de pied dans les côtes.

À l'époque où j'avais fait tatouer cette phrase, j'étais persuadée qu'Emery était l'homme que j'attendais depuis toujours. À présent, ma nuque me brûlait, j'avais envie d'en arracher la chair et de la jeter par terre à côté de mes habits lacérés.

Au prix d'un effort déchirant, j'ai levé le bras gauche pour couvrir ma poitrine et j'ai posé le droit sur mon ventre nu afin de camoufler ce qu'ils avaient gravé sur mon torse comme si j'avais été une vulgaire citrouille d'Halloween. Ils m'avaient forcée à les regarder faire, avaient tenu mon visage entre leurs mains douces et propres, avaient tiré sur mon cou pour me faire adopter cette position inconfortable. En guise de châtiment pour mon péché indigne.

Le mot brillait tel un panneau en néon sur ma peau pour que tout le monde puisse le voir, me juger et se moquer de moi. Les lettres de sang suintaient sur ma jupe de créateur rose.

Salope

La Jesse d'avant aurait tout expliqué, elle aurait marchandé, argumenté.

La Jesse d'avant aurait tenté de sauver la face.

La Jesse d'avant n'était plus.

Chapitre 1

Bane

Maintenant

Je crois qu'au fond je n'en avais rien à foutre.

Rien à foutre des autres. Et encore moins du grand concours de popularité entre tous ces frimeurs nantis qui n'avaient pas à s'emmerder avec les problèmes habituels, genre payer les factures et se comporter en adultes responsables.

Moi, j'étais le camé, le fumeur de shit qui passait sa vie sur la plage… et le dealer en liberté conditionnelle. Je n'avais pas franchement la cote, mais on me craignait suffisamment pour m'éviter. Je n'étais pas devenu un escroc par choix. Ma mère n'était pas friquée, et mon père n'avait jamais fait partie de ma vie, alors j'avais simplement fait le nécessaire pour survivre dans la ville la plus cossue de Californie. Sans devoir pour autant me contenter de manger des pâtes et de mater des chaînes non cryptées.

Et puis, il y avait cette histoire de surfeur professionnel dans laquelle je m'étais embarqué à quinze ans. Ça aussi, ça coûtait bonbon. Mais c'était la seule chose qui m'intéressait, mis à part ma mère. Tout le reste m'indifférait. C'est comme ça que je me suis retrouvé à dealer assez tôt. Du shit, surtout. C'était plus facile qu'on aurait pu le croire.

Acheter des téléphones prépayés chez Walmart. Un pour les fournisseurs, l'autre pour les clients. En changer souvent. Ne jamais traiter avec des inconnus. Ne jamais parler de ses affaires. Rester sympa et positif. Ça m'avait permis de payer mon ascension dans le monde du surf et du lycée, en plus de quelques petits vols à la tire par-ci par-là quand j'avais eu besoin d'une nouvelle planche. J'avais tendance à maltraiter la mienne.

Voilà comment j'avais occupé mon quotidien jusqu'à ma liberté conditionnelle, quand j'avais conclu que la taule n'était pas vraiment mon truc et que je devais développer mon activité autrement. Ça remontait à cinq ans, mais je n'aurais jamais pensé me retrouver là, assis face au type le plus impressionnant de Todos Santos, à parler… eh bien, affaires. Et légales, en plus.

— Parlons de votre surnom, a lancé Baron Spencer, alias « Vicious » pour ceux qui avaient la malchance de le connaître.

Il a versé quatre doigts de Macallan dans deux verres et a contemplé la boisson ambrée avec une admiration que la plupart des gens réservaient à leurs gosses.

J'avais fait la route depuis Todos Santos jusqu'à Los Angeles pour retrouver Spencer dans son bureau. Ce qui était complètement débile si on considérait qu'on vivait à dix minutes l'un de l'autre. Mais s'il y a bien un truc que j'avais appris sur les mecs pleins aux as, c'est qu'ils adoraient se la jouer. Faire leur cinéma, quoi. Comme cette entrevue n'avait rien d'amical, il fallait qu'on se voie sur son lieu de travail, histoire qu'il me montre à quel point son bureau était immense, sa secrétaire baisable, et son whisky hors de prix.

À vrai dire, je n'en avais rien à carrer qu'on se retrouve sur Mars ou ailleurs, tant que j'obtenais ce que j'étais venu demander. J'ai croisé les chevilles sous la table en faisant s'entrechoquer mes rangers aux lacets défaits, sans accorder un regard au verre qu'il avait fait glisser vers moi sur la surface chromée de son bureau. Je préférais la vodka. Et aussi, ne pas me bourrer la gueule avant de chevaucher ma Harley. Contrairement à M. Spencer, je n'avais pas de chauffeur personnel qui m'emmenait partout comme si j'avais été incapable de marcher. Mais le plus important d'abord. Il m'avait posé une question.

— Mon surnom ? ai-je répété en me frottant pensivement la barbe.

Il m'a décoché un bref regard signifiant « joue pas au con avec moi ».

— « Bane », ça fait pas mal penser à « Vicious », non[1] ?

Non, pas du tout, face de fion.

— Ce n'est pas vous, le créateur du jeu Defy ? ai-je rétorqué.

J'ai relevé l'avant de mon siège pour me tenir en équilibre sur les deux pieds arrière tout en mastiquant bruyamment mon chewing-gum à la cannelle. Je devrais m'expliquer : « Defy » était une vieille tradition au lycée All Saints, où les élèves en défiaient d'autres dans des bagarres organisées. Tout ce bazar était géré par les *Hot Heroes*, quatre types qui imposaient leur loi au lycée comme si l'établissement appartenait à leurs parents. L'ironie, c'est que c'était un peu le cas. Les ancêtres de Baron Spencer avaient construit la moitié de la ville, y compris le lycée, et la mère de Jaime Followhill en avait été la proviseure jusqu'à six ans plus tôt.

Vicious a baissé le menton pour me dévisager. Ce trouduc arborait un sourire suffisant, du genre à inciter des nanas à gémir son nom depuis un autre continent. Mais il n'était plus sur le marché : il était marié avec Emilia LeBlanc-Spencer. Dommage qu'ils aient l'air aussi heureux ensemble, d'ailleurs.

1. « Vicious » signifie « brutal », « haineux », et « Bane », « fléau » ou « cauchemar ».

Les femmes mariées étaient un peu ma spécialité. Elles ne demandaient jamais mieux qu'un petit plan cul.

— Exact.

— On vous a surnommé « Vicious » pour avoir lancé le jeu. Moi, on m'a appelé « Bane » parce que j'y ai mis fin.

J'ai sorti un joint de ma poche. J'avais déduit que Vicious clopait dans son bureau en constatant que son espace de travail donnait sur un patio ouvert et qu'il y avait plus de cendriers que de stylos sur sa table. Pas besoin d'être Sherlock.

J'ai raconté à Spencer la première fois où on m'avait invité à me battre. J'étais en première année et je ne connaissais pas les règles : j'avais été trop occupé à user de créativité pour payer mon sac à dos et mes frais d'inscription. J'avais cassé un plateau de déjeuner sur le crâne d'un type qui m'emmerdait. Il avait souffert d'une commotion cérébrale et avait écopé du surnom « Bob la tête plate ». Deux semaines plus tard, épaulé de six terminales sportifs armés de battes de base-ball, il m'avait tendu une embuscade devant le lycée. À eux aussi, je leur avais défoncé la gueule, avant de fracasser leurs battes pour faire bon poids. Ensuite, ces fiottes avaient pleurniché que j'y étais allé trop fort et que je n'avais pas respecté les règles. Le nom « Bane » était resté, parce qu'un jour la proviseure, Mme Followhill, avait posé son coude sans le faire exprès sur le bouton actionnant le haut-parleur alors qu'elle discutait de mon comportement avec le psy du lycée. D'après elle, j'étais son pire cauchemar, un véritable poison — *bane* en anglais.

La proviseure en avait profité pour mettre fin à la tradition que son fils, Jaime, avait aidé à instaurer.

Ça n'avait pas aidé qu'un mois avant l'incident dans la cafétéria une école privée de Washington ait connu un massacre à la Columbine en mode 2.0. Les gosses de riches flanquaient la frousse à tout le monde, et visiblement je faisais encore plus peur.

Histoire de ne pas les contredire, je leur avais donné de bonnes raisons de m'éviter.

Ils m'avaient affublé d'un surnom, qui m'allait désormais comme un gant.

En ce qui me concernait, j'étais une saloperie d'immigrant russe qui vivait dans une des villes les plus riches des États-Unis. Je n'avais pas l'ombre d'une chance de m'intégrer, alors autant me distinguer des autres.

Vicious s'est calé dans son fauteuil en cuir, le sourire toujours aux lèvres. Il se fichait de savoir que Defy n'existait plus à cause de moi. Il se fichait sûrement d'un peu tout, d'ailleurs. Plus friqué que Dieu lui-même, il était marié à l'une des plus belles meufs de la région et était devenu un vrai papa poule. Il avait gagné la bataille, la guerre et franchi tous les obstacles qui s'étaient dressés sur son chemin. Il n'avait plus rien à prouver et empestait l'autosatisfaction.

Certes, il était puissant, mais moi j'avais faim. Et la faim, c'était dangereux.

— OK, Bane. Pourquoi vous êtes là ?

— J'aimerais que vous investissiez, ai-je expliqué en tirant une bouffée sur mon joint avant de le lui tendre.

Presque insensiblement, il a fait « non » de la tête, mais son sourire s'est élargi pour passer de satisfait à condescendant.

— Du calme, petit. On n'est pas potes. On se connaît à peine.

J'ai soufflé la fumée par les narines en un long filet blanc.

— Comme vous le savez, ils sont en train de raser le vieil hôtel au bord de Tobago Beach. Les hectares seront disponibles à des fins commerciales, et l'idée serait d'y ouvrir une galerie marchande. Il y aura des enchères en fin d'année. Toutes les sociétés extérieures qui comptent y participer sont complètement à la masse. Elles ne connaissent pas le contexte social de Todos Santos, ni les entrepreneurs locaux. Moi, si. Je vous offre une participation de vingt-cinq pour cent pour un investissement de six millions de dollars sur un parc à surf consistant en une école et des boutiques de surf, une aire de restauration et quelques magasins à la noix pour les touristes. L'acquisition du terrain et les coûts de démolition seraient exclusivement pour ma pomme, alors je ne vous ferai pas cette offre deux fois.

J'allais perdre beaucoup de blé dans cette histoire, mais il fallait que Vicious soit lié à ma proposition. Le nom de Spencer donnerait plus de poids à mon enchère. Vous imaginez bien que je n'avais pas une super réputation.

— Je possède déjà un petit centre commercial à Todos Santos, a souligné Vicious.

Il a vidé son verre de whisky et l'a claqué brutalement sur la table, les yeux rivés sur Los Angeles, qu'on pouvait voir par les vitres du patio ouvert.

— Le seul centre commercial de Todos Santos, d'ailleurs, a-t-il ajouté. Alors pourquoi est-ce que je vous aiderais à en construire un autre ?

— Dans le vôtre, il n'y a que des magasins de luxe. Prada, Armani, Chanel, etc. Des trucs inabordables pour les ados et les touristes. Moi, je construis un parc à surf. Ça n'a rien à voir.

— Il y aura des magasins quand même.

— Oui, mais liés au surf, à la plage. Je ne vous ferai donc pas de concurrence.

Vicious s'est servi un deuxième verre et a scruté sa boisson.

— Tout être doté d'un pouls est mon rival. Et le vôtre aussi. Ne l'oubliez jamais.

J'ai laissé la fumée s'échapper de ma bouche vers le plafond et j'ai tenté une nouvelle tactique.

— OK. Peut-être que le parc à surf empiétera un peu sur

vos affaires. Si vous n'êtes pas sûr de vaincre, autant vous mettre du côté des gagnants, non ?

— Qui a dit que je ne pouvais pas vous vaincre ?

Vicious a croisé les chevilles sur son bureau. J'ai inspecté les semelles impeccables de ses chaussures. Il ne savait pas à qui il avait affaire. Certes, il avait entendu parler de moi ; à ce stade, le contraire aurait été difficile. À vingt-cinq ans, je possédais le café le plus prospère de Todos Santos, Café Diem. J'avais récemment acheté une auberge à l'orée de la ville, que j'étais actuellement en train de démolir pour en faire un petit hôtel de luxe. En outre, je rackettais tous les magasins du front de mer en échange de protection et je partageais le fric avec mon pote Hale Rourke, cinquante-cinquante. Vu de l'extérieur, on aurait pu croire que je me faisais un max de thunes, mais en réalité les deux endroits me coûtaient davantage qu'ils me rapportaient, et au bout du compte j'étais toujours aussi fauché qu'avant. Simplement, j'avais plus de trucs à gérer.

Mon ascension au pouvoir avait été lente, régulière et irrésistible. La famille de ma mère était certes aisée, mais juste assez pour nous envoyer aux États-Unis quand j'étais encore un nourrisson avant de nous laisser nous débrouiller tout seuls. Chaque sou que j'avais récolté, je l'avais gagné en vendant du shit, en volant et en couchant avec les mauvaises femmes pour un bon prix. Parfois, quand j'étais vraiment à sec, c'était des hommes. Chaque contact que j'avais établi pour gravir les échelons s'était fait grâce à une série de liaisons illicites et de faveurs sexuelles. Ma réputation était plus que douteuse, mais ça ne me dérangeait pas. Je n'étais pas là pour me présenter aux élections.

— J'avoue, monsieur Protsenko, que je serais plutôt d'avis de refuser.

— Et on peut savoir pourquoi ?

— Votre réputation vous précède.

— Éclairez ma lanterne.

Il a décroisé les jambes et s'est penché en avant, une lueur glaciale au fond des yeux.

— On dit que vous êtes un arnaqueur, de la mauvaise graine..., du genre à refiler une intoxication alimentaire, et un putain de voleur.

Il était inutile de protester. Certains diraient que j'étais un homme aux talents multiples, mais là, je cochais vraiment toutes les cases.

Il a crispé les mâchoires.

— Si ça se trouve, vous allez peut-être vous servir de cet endroit pour blanchir de l'argent.

Ce type avait beau se planter dans mes intentions, c'était un malin.

— Non, trop risqué, ai-je contré en lâchant un nouveau filet de fumée épaisse. Le blanchiment d'argent est un art.

— C'est aussi une infraction fédérale.

— Je peux vous poser une question ? ai-je demandé en faisant tomber la cendre dans le verre de whisky qu'il m'avait servi, histoire de lui montrer ce que je pensais de son alcool à six mille dollars.

Il a haussé un sourcil moqueur et a attendu que je poursuive.

— Pourquoi m'avoir invité ici si vous saviez que vous alliez refuser ? Je suis un des candidats les plus sérieux pour l'achat de ce terrain. C'est de notoriété publique. Vous saviez que je ne venais pas pour vos beaux yeux.

Vicious s'est tapoté le menton et a fait une moue boudeuse.

— Quoi, ils ne sont pas beaux, mes yeux ?

— Je suis plutôt branché chatte et nichons.

— Pourtant, vous ne vous limitez pas au sexe féminin, d'après les rumeurs. Quoi qu'il en soit, je voulais voir par moi-même.

— Voir quoi ?

Je n'ai tenu aucun compte de sa pique. Je ne donnais pas dans l'homophobie. Et puis, il cherchait à me provoquer. Ce n'était ni mon premier ni mon dernier coup d'essai avec un connard prétentieux. Je finissais toujours par avoir le dessus (sans mauvais jeu de mots).

— Je voulais voir à quoi ressemblait mon successeur.

— Votre successeur ? Alors là, mon radar à conneries sonne à m'en faire péter les tympans, ai-je décoché avec un grand sourire en me grattant la joue avec mon majeur.

Nous étions aux antipodes l'un de l'autre. Moi, le rejeton d'une famille monoparentale de classe moyenne et lui, un gosse de riches. Moi, avec mon chignon blond, assez de tatouages pour couvrir une bonne partie de l'Amérique du Nord, un T-shirt de skate, un pantalon de treillis noir et des rangers boueuses. Lui, vêtu de la tête aux pieds en Brioni, ses cheveux noirs plaqués en arrière et une peau de porcelaine. Lui, c'était une entrecôte citée dans le guide Michelin, et moi, un cheeseburger bien gras acheté dans un drive-in. Ça ne me dérangeait pas. J'adorais les burgers. De toute façon, la plupart des gens préféraient un double cheeseburger McGras à un minuscule steak tartare.

Vicious s'est étiré sur son siège.

— Vous comprenez bien que je ne peux pas, en toute conscience, vous aider à construire un centre commercial à Todos Santos, autour du surf ou non. Vous empiéterez sur mes affaires.

Il faisait mine de ne pas avoir entendu ma question, et ça me tapait sur les nerfs. Lâchant mon joint dans le verre de whisky, je me suis levé.

Il m'a considéré d'un air serein et complètement blasé.

— Ça ne veut pas dire que je ne suis pas de votre côté, Bane, a-t-il précisé avec ce qui ressemblait à de la sincérité.

Seulement, je ne tiens pas à vous armer pour cette guerre. Parce que je compte me défendre bec et ongles. La personne qui ouvrira un centre commercial là-bas me fera perdre des bénéfices, et dans ces cas-là je n'hésite pas à dévorer la concurrence.

Je me suis gratté la barbe en réfléchissant à ce qu'il venait de dire. Bien sûr que Vicious et ses semblables ne voulaient pas de moi. Il était au sommet. J'étais en train de le rattraper. Pour lui, m'écraser relevait d'un instinct de survie.

Spencer a griffonné quelque chose sur un carnet doré portant l'insigne de Fiscal Heights Holdings, le nom de sa société.

— Mais je connais quelqu'un qui pourrait vous aider, a-t-il repris. Ça fait des années qu'il essaie de faire son trou à Todos Santos. Il a besoin de s'y forger une réputation et il commence à désespérer. Ce n'est peut-être pas un caïd, mais il a un nom irréprochable et des tonnes de fric.

Sur le bureau en chrome noir et or, il a fait glisser un bout de papier que j'ai attrapé de mes doigts calleux et tachés d'encre.

Darren Morgansen, suivi d'un numéro de téléphone.

— L'argent du pétrole, a-t-il indiqué en lissant sa cravate. Le plus important, c'est qu'il vous écoutera, contrairement à la plupart des hommes d'affaires de cette ville.

Il avait raison, et ça m'agaçait.

— Pourquoi vous m'aidez ? ai-je demandé.

J'aimais bien Baron Spencer. J'avais tout de suite pensé à lui comme associé quand j'avais décidé de me positionner pour acheter ce terrain. Je connaissais d'autres gens riches et influents en ville, mais aucun n'était aussi impitoyable que lui.

— Je vous aide seulement à vous lancer. Ça corse un peu les choses, et puis j'aime l'élément de surprise, a-t-il affirmé en faisant tourner son alliance sur son doigt. Ouvrez-le, ce parc à surf. Je vous mets au défi. Qui sait, peut-être que je vais enfin [illegible] égal.

Avant [illegible] int d'honneur à chier da[illegible] es jolis stylos estampill[illegible] our le fun. Ah, et je me s[illegible] m'a envoyé par mail l[illegible] i travaillaient pour le c[illegible] pourrait me servir qua[illegible] lui qui était censé me [illegible] des et payer l'hypothèque de ma mère.

Baron Spencer pensait entrer en guerre avec moi.

Il allait apprendre que c'était *moi*, la guerre.

J'ai rencontré Darren Morgansen le soir même.

Premier indice qu'il était à fond ? Il m'a invité dans sa maison. Les gros bonnets vous invitent rarement chez eux, dans leur intimité. Morgansen, lui, m'a affirmé au téléphone qu'il était ravi de rencontrer un acteur majeur comme moi, et ça m'a presque donné envie de tout annuler. C'était moi qui aurais dû lui faire du rentre-dedans, pas lui. Mais je voulais bien fermer les yeux si ça pouvait me permettre de bâtir le plus grand parc à surf au monde et faire de Todos Santos le prochain Huntington Beach.

J'y voyais l'occasion d'accumuler autant de blé que ceux qui me considéraient comme de la racaille, et j'étais plus que partant. Je ne vais pas vous raconter des craques, je n'avais pas cru que j'irais aussi loin dans ma tentative d'achat. Mais les gens avaient l'air d'écouter ce que je disais, et ça m'en bouchait un coin.

Morgansen habitait à El Dorado, un quartier résidentiel sécurisé situé sur les collines de Todos Santos et surplombant l'océan. La plupart des familles friquées de la ville vivaient là.

Les Spencer. Les Cole. Les Followhill. Les Wallace. Le genre de fortune qu'on ne pouvait pas amasser au cours d'une vie, mais dont on ne pouvait qu'hériter.

La maison Morgansen était une demeure coloniale qui s'étendait sur un flanc de colline. Rien de tel pour donner envie de sauter d'une falaise. Il y avait une petite mare et une fontaine type cascade avec des (vrais) cygnes et des (faux) anges qui décochaient des flèches d'eau vers l'allée principale. Un jardin, un hammam et un sauna à côté d'une piscine en forme de haricot, en plus de toutes sortes de saloperies qui n'avaient sûrement jamais servi à personne. Des plantes immenses s'élevaient de part et d'autre d'une porte d'entrée à deux battants. Ce mec devait claquer plus de fric par mois en jardinage que tout ce que j'avais déboursé pour acheter ma péniche.

Morgansen m'a accueilli aux grilles du domaine sécurisé, et j'ai fait semblant de ne pas avoir déjà la clé électronique qui les ouvrait. Ensuite, il m'a fait faire le tour de sa baraque comme si j'envisageais de l'acheter. On a déambulé à travers sa pelouse, son jardin et ses *deux* cuisines du rez-de-chaussée. Puis, on a gravi l'escalier courbe pour gagner le premier étage, « ze vais vous montrer mon bureau » — il zézayait. En mon for intérieur, j'ai lâché un soupir de soulagement en constatant qu'on prenait enfin la bonne direction. On est arrivés devant une porte fermée. Il s'est arrêté, a frappé timidement à la porte en bois et a pressé le front contre le battant.

— Ma cérie ? a-t-il chuchoté.

Grand et maigre, tassé sur lui-même comme un ado déprimé, il était blanc jusqu'au bout des ongles. Minable jusqu'au trognon. C'en était presque morbide. Des yeux marron qui rappelaient ceux d'un lémurien, un nez osseux qui ressortait trop, des lèvres minces et pincées, des cheveux poivre et sel, un costume neutre qui lui donnait l'air piteux d'un gamin à une bar-mitsva. On aurait dit un figurant dans l'histoire de quelqu'un d'autre. Il me faisait presque pitié. Il possédait ce genre de médiocrité innée qu'aucune fortune au monde n'aurait pu arranger.

De l'autre côté de la porte, personne n'a répondu.

— Ma cérie, ze serai dans mon bureau. Dis-moi si tu veux quelque soze. Ou... Ou dis-le à Hannah.

Flash info : le rupin a une fille pourrie gâtée.

— OK. Ze m'en vais, a-t-il annoncé en essayant de gagner du temps face au silence qu'on lui renvoyait. Ze serai au bout du couloir...

Dans le club des milliardaires, Morgansen était une bien curieuse créature. Il était soumis et contrit, deux caractéristiques qui donnaient une furieuse envie à mon bulldog intérieur de le bouffer comme un jouet en plastique. On est entrés dans son bureau, dont la porte s'est refermée derrière nous en sifflant. Darren a reculé son fauteuil et a entrepris d'essuyer ses paumes moites sur son pantalon avant de me demander avec un rire nerveux ce que je voulais boire. Je lui ai réclamé une vodka. Il a appuyé sur un bouton de son interphone de bureau en s'enfonçant dans son siège.

— Hannah, une vodka, ze vous prie.

Je commençais sérieusement à me demander pourquoi Baron Spencer m'avait donné le numéro de ce clown. Il cherchait peut-être à se foutre de moi. Ce type était sans doute riche — correction, il nageait dans le fric, en témoignait sa baraque grande comme la marina —, mais c'était aussi une vraie épave. Je doutais qu'un froussard tel que lui dégaine six millions à un parfait inconnu doté d'une réputation douteuse. Je me suis installé confortablement dans mon siège en tâchant de ne pas y penser. Il m'a détaillé du regard. Je savais ce qu'il observait, et à quoi je ressemblais.

On me demandait souvent : pourquoi ? Pourquoi m'entêter à avoir l'air de passer une audition pour la série *Sons of Anarchy* ? Pourquoi ce corps couvert de tatouages ? Pourquoi ce chignon ? Pourquoi cette barbe ? Pourquoi cette tenue je-m'en-foutiste de type qui traîne sur la plage, ce pantalon taché de cire pour planches de surf ? Honnêtement, je ne voyais pas l'intérêt de vouloir ressembler à tous les autres. Je n'étais pas eux, j'étais moi. Un paria sans lignée, sans joli nom de famille et sans patrimoine.

Je ressemblais au cauchemar de tous les pères. Je tenais à ce que les gens que je rencontrais pigent que je ne participais pas à tout ce cirque.

— Vouz êtes un sacré personnaze à Todos Santos.

Morgansen tripotait les rebords de son agenda épais. Je ne savais pas trop s'il faisait référence à ma réputation professionnelle ou personnelle. En ville, on racontait que j'avais acheté Café Diem et l'hôtel pour écouler le fric de mes rackets, et ce n'était pas tout à fait faux. Je me tapais toutes les nanas que je croisais, allais parfois jusqu'à tailler des pipes à des mecs quand j'étais assez soûl et que je me sentais audacieux. J'accumulais des liaisons rémunérées avec toutes celles susceptibles de m'aider à obtenir le monopole des lieux de loisirs de Todos Santos. Je divertissais les épouses quarantenaires d'hommes qui me dominaient professionnellement dans le seul but de les emmerder, et je me pendais sans honte au bras de femmes encore plus âgées que je savais capables de nous promouvoir, moi et ma marque. J'étais une pute, au sens biblique du terme, et on me considérait comme aussi loyal et digne de confiance qu'un camé à l'héro.

— Je le prends comme un compliment, ai-je déclaré alors que la domestique de Darren ouvrait la porte et entrait avec un plateau, deux verres et une bouteille de vodka Waterford.

Elle m'a servi, avant d'attraper une bouteille de whisky dans le bar derrière Darren et de lui en verser un verre dans un silence docile, la tête baissée.

— Ze… Ze vous en prie, a bégayé Darren. Z'avais envie de collaborer avec vous depuis longtemps. Ma famille s'est installée ici il y a quatre ans.

J'étais au courant. Todos Santos était réputée pour être plutôt bourge : une ville morose et remplie de Blancs qui prêtait plus d'importance à la lignée qu'à la moralité. Chaque fois que quelqu'un venait s'y installer, ça se savait. Chaque fois que quelqu'un partait, ça jasait, et on se demandait ce que ces gens tentaient de cacher. Jusqu'à présent, les Morgansen s'étaient débrouillés pour ne pas faire de vagues, ce qui n'était pas forcément bon signe. Ça voulait surtout dire qu'ils n'avaient pas réussi à tisser des liens solides malgré leur fric, et c'était suspect.

— Vous vous plaisez ici ? ai-je demandé en faisant claquer mon chewing-gum et en regardant autour de moi d'un air blasé.

— C'est… intéressant. Très hiérarchisé.

J'ai attrapé mon verre, je l'ai vidé d'un trait et je l'ai reposé sur le plateau devant Morgansen, qui paraissait choqué.

— Top. On parle affaires ?

Darren a froncé les sourcils mais il m'a fait signe de commencer, et j'ai entamé mon baratin.

Je lui ai exposé mon idée, en lui décrivant le bout de plage qui ferait un excellent SurfCity. Puis, je lui ai parlé de mon projet, j'ai sorti les plans dressés par les meilleurs architectes de L.A. J'ai expliqué comment je voyais les choses, ai donné des statistiques sur la population croissante d'ados à Todos Santos — les richards adoraient débaucher les gosses, et les jeunes du coin étaient soit fans de skate soit fans de surf. Et puis, on était assez près de Huntington Beach, de

San Clemente et de San Diego pour attaquer le noyau dur de leurs surfeurs, sans parler du nombre de compétitions pros qu'on pourrait attirer à Todos Santos. J'ai expliqué qu'il me fallait lier un joli nom en costard à ma proposition pour m'assurer qu'elle soit prise au sérieux, et qu'il pourrait se contenter de regarder ses billets se multiplier. Je me suis retenu de préciser que faire la nique à Baron Spencer, avec son centre commercial de luxe dans le centre-ville, ferait de nous des demi-dieux. Morgansen avait l'air du genre à flipper à la seule idée d'emmerder quelqu'un. Encore plus Baron Spencer, alias « Vicious ».

J'avais mené ma petite enquête avant d'appeler Darren. Son grand-père avait acheté des champs de pétrole au Koweït avant que ça devienne tendance. Morgansen, quant à lui, parvenait à peine à maintenir l'entreprise familiale à flot. Il était complètement paumé. Il avait une femme et une belle-fille, et des tonnes de mecs à moustache qui lui disaient quoi faire.

— Vous savez de combien vous avez besoin ? a-t-il demandé.

— Six millions, ai-je lâché sans ciller.

Il s'est frotté la nuque. L'espace d'une seconde, j'ai cru qu'il allait me dire de me barrer. Mais il s'est contenté de regarder autour de lui. De se gratter le visage. De vider son scotch hors de prix comme un vrai dur, de tressaillir légèrement et, enfin, de croiser mon regard, une lueur de défaite au fond des yeux.

— D'accord.

— D'accord ? ai-je répété, abasourdi.

C'était tout ? « D'accord » ? Je ne savais pas ce que sniffait ce mec, mais j'aurais aimé en revendre.

— D'accord, z'allongerai les billets. Ze peux vous donner trois millions d'avance.

— Je n'ai pas besoin d'une avance, ai-je répondu. Rien ne garantit que j'aurai ce terrain.

Mon instinct me dictait qu'il y avait une embrouille, mais Darren avait l'air aussi inoffensif qu'un Teletubby. Ce mec aurait été incapable de jouer aux petits chevaux, alors niveau stratège, je n'étais pas inquiet.

— Vous l'aurez, dès qu'ils verront mon nom. Bref, voyez-y un acte de bonne volonté de ma part. Ze n'ai pas besoin de votre pourcentaze.

Amusé, je me suis gratté la joue avec le rebord de mon joint et j'ai haussé un sourcil.

— Vous avez pris un truc, là ? Parce que je refuse de faire affaire avec vous si vous êtes défoncé. Le shit, OK, mais si vous avez consommé de la meth, je tiens à le savoir.

Il m'a gratifié d'un rictus à sa façon. J'avais déjà vu des chèvres plus expressives que lui.

— Ze n'ai pas besoin d'un pourcentaze. Ce n'est pas l'arzent qui m'intéresse. Z'en ai suffisamment. Ze veux autre soze de vous. Comme ze l'ai déza dit, z'ai entendu parler de vous, Bane. Ze sais qui vous êtes, et ce que vous faites. Ze ne veux pas que vous me rendiez plus risse. Ce que ze veux, c'est que vous m'aidiez avec ma belle-fille.

Ce que vous êtes.

Ce que vous faites.

Nom d'un petit chien, beau-papa Darren veut que sa fille chérie baise un coup.

La première question qui m'est venue à l'esprit était : elle est si moche que ça, cette fille ? Genre, Quasimodo ? Parce que, avec tout le fric qu'elle avait, elle devrait au moins pouvoir passer pour mignonne. Peut-être pas canon, mais, bon, baisable aux yeux de quelqu'un. *De n'importe qui.* Coup de bol, j'avais vingt-cinq balais, et à cet âge-là on serait capable de tout se taper, même un taille-crayon. S'il voulait que je couche avec sa belle-fille en échange de six millions de dollars, je pouvais demander à mon avocat de rédiger un contrat dans la nuit. Au petit matin, je l'aurais tellement bien baisée qu'il lui faudrait plusieurs jours pour émerger des brumes de ses orgasmes. J'ajouterais même quelques cunnis et des câlins en prime. Ça m'aurait paru un peu radin de ne pas lui en offrir plus en échange de tout ce blé.

— Pas de problème, ai-je affirmé en l'interrompant d'un geste de la main. D'habitude, je marche avec des contrats de six mois, sans clause d'exclusivité. Deux fois par semaine. La capote est non négociable, et je tiens à ce qu'elle se fasse tester avant que je la touche.

On m'avait déjà dit que j'étais beau gosse, et je ne savais jamais quand j'allais devoir me taper quelqu'un pour rendre service ou pour obtenir une faveur. En l'occurrence, je n'acceptais plus de nouvelles clientes en échange d'argent. Le fric avait simplement cessé d'être une motivation une fois que mes factures étaient payées et que je n'avais plus à me soucier de ma mère. Mais personne ne m'avait jamais dit que ma bite avait autant de valeur. Beau-papa Morgansen savait comment la gâter.

Darren a secoué la tête, l'air paniqué.

— Pardon ? Oh ! Seigneur… Non. Non. Non, non, non.

Il a agité les mains frénétiquement, pris d'une quinte de toux. Je me suis redressé sur mon siège en me demandant comment ça se faisait que ce type ne soit pas déjà mort d'une crise cardiaque.

— Ce n'est pas ce que ze voulais dire, a-t-il repris. Ze ne veux pas que vous coussiez avec elle. D'ailleurs, s'il y a une clause sur laquelle z'insisterai, c'est zustement que vous ne la toussiez pas. Ze vous veux parce que vous avez l'habitude de louer vos services, et que vous faites ce pour quoi on vous paie, rien de plus, rien de moins. Zessy n'a pas beaucoup d'amis. Elle en a beaucoup bavé et elle a zuste besoin de quelqu'un. D'un camarade. Ze veux que vous l'aidiez à reprendre confiance en elle et à se faire des amis. Que vous l'engaziez dans votre café, qu'elle soit oblizée de sortir tous les zours. Ce sera strictement platonique. Zessy est intoussable. Elle ne laisse personne l'approsser.

Jesse. Naturellement, il faut que sa belle-fille porte un nom qu'il ne peut pas prononcer correctement. Quel pauvre type.

C'était quoi, son problème, à cette Jesse ? Elle ne s'était même pas donné la peine de répondre à son beau-père alors qu'elle était manifestement là. Ça avait l'air d'être une princesse pourrie gâtée. Pas de bol pour moi, vu que j'allais accepter le job, quitte à l'écouter blablater sur ses virées shopping avec sa chère maman jusqu'à ce que j'en aie les oreilles qui saignent. S'il s'était agi de quelque cent mille dollars, j'aurais lâché l'affaire. Mais il y avait tellement de pognon en jeu, et un investissement si lucratif, que Jesse venait de s'acheter mon attention. Et aussi, dans une certaine mesure, mon affection.

— En quoi consiste le job ? ai-je demandé en me caressant la barbe.

— Sa thérapeute affirme qu'il lui faut un travail. N'importe lequel. Engazez-la. Faites-lui plaisir. Courtisez-la. Mais ne la toussez pas, précisa-t-il en effleurant de nouveau la tranche de son agenda. Redonnez-lui le goût de vivre.

— Est-ce qu'elle est…

Je ne savais pas comment le formuler sans passer pour un connard politiquement incorrect. *Lente ? Diminuée, d'une manière ou d'une autre ?* Ça n'avait aucune importance, mais je devais savoir à quoi m'attendre. Darren a remué sur son siège.

— C'est une gamine brillante. Elle a zuste besoin d'un petit coup de pouce pour réintégrer la société.

— Pourquoi ?

— Pourquoi ? a-t-il répété en clignant des yeux, comme si cette question ne lui était jamais venue à l'esprit.

Il a crispé les mâchoires, s'est pincé l'arête du nez. Il avait l'air au bord des larmes. Ce type était aussi équilibré qu'un ado cocaïné à Coachella. De toute évidence, il avait besoin qu'on lui greffe une paire de couilles. Pour un bon prix, j'étais prêt à louer les miennes. S'il avait besoin d'aide avec cette gamine, je l'assisterais. Je n'aurais même pas à jouer les salauds, seulement à l'emmener au ciné ou je ne sais quoi. Ce n'était pas comme si j'allais devoir coucher avec elle en lui soufflant des mots d'amour à l'oreille.

— Ze vais tout vous expliquer, mais vous allez devoir signer un accord de confidentialité.

Les rupins avaient toujours des histoires hallucinantes à raconter. J'étais prêt à parier qu'elle aimait se taper des animaux ou ce genre de trucs. Le fric a le don de rendre les gens complètement cons.

— J'en ai tellement signé dans ma vie qu'à ce stade je ne m'autorise plus qu'à parler de la météo.

Je me suis laissé aller contre le dossier de mon siège, soudain très satisfait de cette transaction.

Il a levé vers moi des yeux luisants d'espoir. Il l'aimait. L'amour me mettait toujours très mal à l'aise. Les gens faisaient des trucs totalement débiles en son nom.

— OK. Alors… Marssé conclu ? a-t-il lancé d'une voix flûtée avant d'aspirer une goulée d'air.

J'ai regardé autour de moi, inspectant son bureau pour la première fois. C'était une pièce d'aspect classique, avec des étagères en chêne sombre qui tapissaient les murs du sol au plafond, remplies d'ouvrages épais et en parfait état, un tapis persan et des fauteuils en soie dans les tons fauves. Le bar était l'unique élément qui avait l'air usé. Les bouteilles à moitié vides étaient couvertes de traces de doigts. Tout le reste n'était là que pour l'esbroufe. Cet homme était paumé, et j'étais le petit veinard qui l'avait trouvé.

Ça va être une vraie partie de plaisir.

— Je lui donne six mois et je veux connaître son histoire.

Morgansen s'est servi un autre verre de whisky, l'a fixé du regard, a descendu le liquide d'un trait comme pour sauter dans un abîme, et a laissé le verre pendouiller entre ses doigts avant de le lâcher sur le tapis.

— Vous voulez que ze vous raconte son histoire ?

J'ai haussé une épaule. Je ne me répétais jamais et je n'étais pas prêt à changer mes habitudes pour ce crétin.

Mais, aux premiers mots de son récit, je me suis cramponné à mon siège.

Quand ses premières phrases se sont immiscées dans mon esprit, ma gorge s'est serrée.

Au bout de quatre-vingt-dix minutes d'écoute, ma réaction se réduisait à un seul mot. Et il résumait plutôt bien mon ressenti général.

Merde.

Chapitre 2

Bane

— C'est le jour parfait pour un *hang eleven*[1] ! s'est esclaffé Beck, qui surfait une vague démente à plat ventre sur sa planche, ses longs cheveux mouillés flottant dans le vent.

Il était en train de faire ce qu'on appelait un *dick-drag*[2], et je détestais ça. Ça équivalait à gâcher un magnifique top model en lui réclamant une branlette alors qu'on était bourré. Le truc, c'est que tant que la plage était quasi déserte, n'importe quel jour était parfait pour surfer à poil. C'est pour ça que toutes les créatures marines du sud de la Californie connaissaient la forme de mon membre par cœur. J'ai éclaté de rire en le voyant baisser son short et l'enrouler autour de son poignet comme un bracelet. À quelques mètres de là, Hale, mon pote du lycée, s'élançait à travers la zone où déferlaient les vagues ; assise à côté de moi sur sa planche, Edie, ma petite copine du lycée, scrutait la mer d'un air absent.

J'ai suivi son regard et j'ai aperçu son mari, Trent, et sa fille, Luna, qui construisaient des châteaux de sable élaborés.

1. Littéralement « onze qui dépassent », expression désignant un surfeur nu sur les vagues.

2. Expression désignant un surfeur à plat ventre sur sa planche.

Edie était mon ex préférée. Je n'en avais d'ailleurs pas d'autre. C'était aussi une de mes meilleures amies. Dit comme ça, ça paraissait compliqué, mais ça ne l'était pas. J'aimais les gens pour ce qu'ils étaient, que je me les sois tapés ou non. Edie — ou Gidget[1], comme je l'appelais depuis le lycée — était désormais imbaisable en ce qui me concernait, mais elle restait Edie. Elle fronçait les sourcils, visiblement inquiète. Je me suis assis à cheval sur ma Firewire Evo et je lui ai donné une chiquenaude sur l'oreille.

— Tu remets ça.

— Quoi ?

— Tu réfléchis trop.

— J'ai un peu la tête qui tourne, c'est tout, a-t-elle rectifié en faisant la moue.

Elle a lissé ses cheveux longs en arrière et a plissé les yeux pour contempler la rive dorée.

— Tu es pâle.

C'était vrai, même si ce n'était pas très sympa de le souligner.

— Rentre chez toi, ai-je insisté. Les vagues ne vont nulle part.

— Hé, Beck ! a-t-elle crié en regardant derrière elle. Ma fille est sur la plage. Remets ton maillot, espèce de pervers.

J'adorais le fait qu'elle appelait sa belle-fille « ma fille ». Elle n'était avec Trent que depuis quelques années, mais ils formaient une vraie famille

— Et toi ? Ça va ? a demandé Edie en effleurant l'eau du bout des doigts.

— Au poil.

— Tu mets toujours une capote ?

Elle a haussé un sourcil mouillé. Elle me posait souvent cette question depuis que j'avais décidé de me lancer dans

1. Terme utilisé pour désigner une surfeuse de petit gabarit.

les affaires cinq ans plus tôt. Je me suis retenu de lever les yeux au ciel et j'ai poussé doucement sa planche du pied.

— Tu gâches les vagues, Gidget. Surfe, ou casse-toi.

J'ai regardé Edie regagner la rive avant de me retourner vers Beck et Hale, tous les deux à califourchon sur leurs planches à quelques mètres de moi.

— Le spectacle est fini, ai-je affirmé en crachant dans l'eau.

Beck a bondi sur sa planche — cet enfoiré avait les abdos d'un prof de yoga — et a ondulé des hanches, comme n'importe quel abruti souhaitant scandaliser son entourage. Il avait des airs de Matt Damon jeune, mais avec les cheveux longs et châtains. Il a entonné *The Show Must Go On* de Queen en brandissant le poing de manière théâtrale.

J'avais pris Beck sous mon aile dans l'espoir d'en faire un surfeur pro qui déchirerait tout aux compétitions. Il était aussi bon que Kelly Slater, sauf qu'il était également aussi paresseux que Homer Simpson, alors je l'entraînais dur pour sa prochaine compétition fin septembre. Comme j'étais plus ou moins la seule personne qui lui faisait peur, je me disais que si quelqu'un pouvait le tirer du lit tous les jours à 5 heures du matin, c'était moi.

Hale a secoué la tête.

— Tu devrais t'épiler un peu, enfoiré ! s'est-il exclamé en indiquant l'entrejambe de Beck. On dirait les tifs de Phil Spector.

Beck a éclaté de rire, secouant son membre comme s'il s'agissait d'une chevelure dans une pub de shampoing. Hale m'a tourné le dos, et on s'est retrouvés assis tous les trois comme des glands, à briser les vagues. L'éclate.

— C'est moi qui me colle aux rondes ce mois-ci, c'est ça ?

Les « rondes », c'est ainsi qu'on appelait nos visites dans les magasins du front de mer pour racketter les commerçants en échange de notre « protection ».

— C'est ça.

— Je peux faire autre chose ?

Il a plaqué ses abdos contre sa planche. Hale avait les cheveux roux, les yeux verts et l'âme suicidaire d'un Holden Caulfield, le personnage de *L'Attrape-cœurs*, le tout dans le contexte artificiel de Todos Santos. Encore une chose qu'il avait et pas moi : des parents bien présents. Il s'apprêtait à boucler sa maîtrise de philosophie et à marcher dans leurs pas en devenant enseignant. Ils rêvaient qu'il transforme les âmes synthétiques des jeunes Sud-Californiens en individus doués de pensée. Sauf que Hale n'avait pas envie de devenir prof, mais d'être un électron libre, comme moi.

— Sois un gentil garçon et finis tes devoirs, me suis-je esclaffé.

Il m'a éclaboussé comme un gosse de cinq ans.

— Je veux plus de responsabilités. Je veux faire partie de SurfCity.

J'ai ri. Avec Hale, on se partageait le fric du racket cinquante-cinquante, ce qui me convenait parfaitement, vu que c'était lui qui bossait sur le terrain. Mais il en voulait toujours plus. SurfCity était mon idée, mon bébé, mon rêve. Pas question de le partager avec qui que ce soit.

— Je suis sérieux, a-t-il gémi.

— Moi aussi, ai-je précisé en regardant s'éloigner Beck et sa touffe de poils. Je n'ai pas besoin d'aide.

— J'ai des thunes. Je peux investir dans SurfCity.

— Ce que tu peux faire, surtout, c'est foutre le camp et me laisser surfer.

— Pourquoi pas ? T'as besoin de fric. T'as trouvé quelqu'un ou pas ?

Je n'allais pas lui parler de Darren et de Jesse, ne sachant comment tout allait se goupiller. Et puis, ça ne m'aurait étonné qu'à moitié que Hale essaie de tout foutre en l'air juste histoire de se marrer. Il était fait du même bois que les fameux *Hot Heroes*. Parfois, il aimait faire chier rien que pour le plaisir.

— C'est pas tes oignons.

— Pas facile de te décrypter, Protsenko.

— Ou alors, ai-je rectifié avec un sourire, c'est peut-être toi qui piges que dalle, Hale.

Il a tellement gonflé les narines que c'en était comique. Il s'est éloigné sur sa planche, sa façon à lui de me claquer la porte au nez. J'ai éclaté de rire. Beck m'a rejoint quelques minutes plus tard, sa poitrine s'élevant et s'affaissant sous le coup de l'adrénaline.

— Qu'est-ce qui leur prend, à tous ? Gidget se comporte en minette, et Hale comme une fiotte. Tu es le père Fouettard, ou quoi ?

J'ai esquissé un sourire ironique en voyant partir Hale, l'esprit obnubilé par SurfCity.

— Bon. Demain, à la même heure ? a suggéré Beck en affectant de me cogner le bras, sans toutefois avoir le cran de le faire.

— Ouais, ai-je acquiescé. Le plus tôt sera le mieux, j'ai un truc de prévu demain aprèm.

Le « truc » en question avait un nom, une description et un aboutissement.

C'était une fille de dix-neuf ans.

Ce que j'ignorais, c'est que tout s'apprêtait à m'exploser à la tronche de façon spectaculaire, avec la même virulence que les vagues qui assaillaient actuellement Hale.

Ma première mission a été de prendre connaissance de la routine quotidienne de Jesse Carter. Même si le terme de « routine » était un peu fort, vu que cette cinglée ne quittait guère sa maison, sa chambre ou… son lit. Son nom me disait quelque chose, mais je n'y ai pas accordé trop d'importance. La ville était petite. Je l'avais forcément croisée à un moment ou à un autre. Je l'avais peut-être même sautée.

Là, ce serait carrément gênant.

Darren m'avait raconté que Jesse avait perdu son père à l'âge de douze ans, ce qui l'avait fichue en l'air avant même que les garçons finissent le boulot. Il m'avait également prévenu qu'essayer de la croiser par hasard serait aussi ardu que d'apprendre la valse à un cochon.

— Vous allez devoir vous insinuer dans son monde, parce qu'elle ne sort pas souvent, m'avait-il annoncé au téléphone. Elle va voir son psy tous les zeudis, dans le centre de Todos Santos, et puis elle court autour d'El Dorado tous les zours à midi et aux alentours de 3 heures du matin.

La vache, deux fois par jour !? Bon, ça ne me regardait pas.

— Intéressant, comme horaires, ai-je commenté, les yeux rivés à ma feuille.

— C'est plus tranquille.

Oui, bien sûr.

J'ai tout noté sur ma feuille de papier en me demandant comment j'allais faire pour me caser là-dedans.

— Quoi d'autre ?

J'ai fait claquer mon chewing-gum dans le combiné.

— Elle va souvent voir notre voisine, Mme Belfort. Elle doit avoir dans les quatre-vingts ans. Elle souffre d'Alzheimer.

Décidément, Jesse Carter avait un mode de vie fascinant. Et moi, j'étais le petit veinard qui allait la ramener vers le monde extérieur.

— C'est tout ? ai-je demandé.

— C'est tout, a-t-il soupiré.

— Personne d'autre ? Un petit copain ? Une meilleure amie ? Des virées shopping avec maman chez Balmain ?

Ça me laissait très peu de marge de manœuvre. Je ne pouvais pas me pointer à l'improviste chez sa voisine et faire mine de la croiser par hasard. Enfin, sauf si j'étais d'humeur à me faire coffrer.

— Rien, a répondu Darren en déglutissant. Elle n'a personne.

J'ai plissé les yeux pour contempler la feuille que je tenais entre mes mains. Il n'y avait pas grand-chose auquel se raccrocher. On aurait dit que cette fille ne voulait pas exister en dehors des limites de sa maison. J'avais une dernière chose à demander à Darren. Il avait déjà signé le contrat, tout était paré et prêt à faire feu. Il avait insisté sur deux clauses, qui étaient écrites en gras. La première : jamais, au grand jamais, Jesse Carter ne devait être mise au courant de ce marché. Et la deuxième : jamais, au grand jamais, je ne devais coucher avec elle. « Enfreignez l'un ou l'autre, et notre accord ne tient plus. »

À vrai dire, j'avais tout lu en diagonale. Darren m'avait l'air d'un homme particulièrement impuissant, et j'étais convaincu qu'il n'aurait pas fait de mal à une mouche.

— Envoyez-moi par mail une photo récente d'elle. Je dois savoir à quoi elle ressemble, histoire de ne pas draguer une minette lambda.

— Vous ne la draguerez pas, a-t-il énoncé. Vous allez l'aider.

Ah, la sémantique, si prisée par la société occidentale. Peu importait la manière dont je m'y prendrais — l'essentiel était que Jesse Carter finisse par mettre le nez hors de chez elle. Je n'ai pas pris la peine d'effectuer des recherches sur Internet. Si j'avais bien compris, et il me semblait que oui, cette nana n'aurait pas de compte Facebook, Snapchat ou Instagram. Elle tenait à disparaître de la face du monde et avait tout fait pour y arriver.

Je m'apprêtais à la ramener de force au sein de la société.

Elle pouvait venir seule, ou avec ses démons.

Franchement, je n'en avais rien à carrer.

Le grain de l'image que m'a envoyée Darren était plus gros que celui du sable de Tobago Beach et ne m'a pas permis de voir grand-chose de Jesse. La photo semblait avoir été prise à son insu, ce qui faisait assez pervers. Elle était assise sur un banc tapissé, le nez enfoui dans *La Fille du capitaine* de Pouchkine. Je ne distinguais que sa crinière d'ébène, sa peau laiteuse et ses longs cils. J'avais la drôle d'impression de l'avoir déjà vue quelque part, mais j'ai balayé cette idée de mon esprit. Même si c'était le cas, elle n'était désormais plus qu'une transaction professionnelle.

Le genre de transaction que je n'avais pas envie de perdre.

Surtout après avoir claqué cinq cent mille dollars sur les trois millions que Darren avait virés sur mon compte. J'avais importé du mobilier italien pour mon nouvel hôtel de luxe. *Oups.*

J'ai décidé que le mieux serait de coincer Jesse lors de sa visite chez son psy. Je me suis installé dans un café de Liberty Park, pile en face du bâtiment clinquant qui abritait la clinique, et j'ai scruté la rue par la vitrine. Elle a garé sa Range Rover devant l'immeuble et elle est descendue. Ses épaules affaissées ressemblaient à des ailes brisées ; rien qu'à contempler ses yeux voilés, on sentait son âme doucement s'éteindre.

Ma première pensée en la voyant a été qu'elle ne ressemblait en rien à Quasimodo. Dire qu'elle était belle était loin, très loin du compte.

Ma deuxième pensée a été que je l'avais définitivement déjà vue quelque part. Inutile qu'elle relève ses mèches noires comme l'encre pour que je devine son tatouage de Pouchkine. Une nana comme ça, ça ne s'oubliait pas.

Ça remontait à plusieurs années, sur la plage, mais je me souvenais encore de mon désir charnel de la conquérir. De ma rage en voyant son petit ami blanc comme un cul la tripoter lorsqu'elle s'était effondrée sur le sable à côté de lui dans son petit bikini rouge. Par chance, je m'étais retenu de la lui piquer sur-le-champ.

À présent qu'elle faisait partie d'un accord financier, je me refusais de la toucher même avec une perche de dix mètres.

Jesse portait un jean informe pour tenter de camoufler ses jambes interminables, un haut couleur mandarine — long, ample, d'une sobriété déprimante — et un gilet à capuche noir. Sur son crâne était vissée une casquette de football américain — des Raiders, mon genre de minette — et les lunettes de soleil qu'elle serrait dans son poing auraient pu cacher son visage tout entier. De toute évidence, elle voulait s'effacer au maximum. Pas de bol : pour six millions, j'allais non seulement remarquer son existence, mais la célébrer et lui vouer un culte. Enfin, façon de parler.

Elle a disparu à l'intérieur du bâtiment, le dos voûté, en s'attachant à éviter tout le monde du regard. Elle voyait sa psy pendant une heure. Ça m'a largement laissé le temps de m'approcher d'un pas nonchalant, de dévisser le capuchon de la valve de son pneu arrière et de laisser l'air s'en échapper doucement. Une fois ma tâche accomplie, j'ai longé deux pâtés de maisons pour récupérer mon propre véhicule — un pick-up Ford rouge vieux comme Hérode dont je ne me servais presque jamais — et je l'ai garé pile à côté de sa Range Rover.

Comme prévu, Jesse est reparue une heure plus tard et a gagné sa voiture au pas de course. Observatrice comme pas deux, elle a remarqué le pneu à plat. Elle s'est accroupie, a soupiré et a secoué la tête. J'ai ouvert ma portière et je suis descendu d'un bond, à quelques mètres d'elle. Darren m'avait précisé qu'elle n'aimait pas que les hommes s'approchent trop. *Pigé.*

— Un problème ? ai-je demandé.

Elle a relevé brusquement la tête et a froncé les sourcils, comme si ma question venait d'enfreindre plusieurs centaines de règles sociales. Elle n'a pas répondu, s'est contentée de poser sa petite main sur le pneu pour chercher frénétiquement la valve. J'étais surpris de constater qu'elle savait ce qui clochait. Même si ça ne changeait rien à l'affaire. Il allait falloir que quelqu'un porte un pneu de rechange et, sans jouer les machos, ces trucs pesaient des tonnes. Elle était minuscule. C'était mathématique.

Quel heureux hasard que je sois là, pas vrai ?

— Vous avez un pneu à plat, ai-je commenté en m'avançant prudemment vers elle.

Elle a reculé si vivement qu'elle a manqué tomber à la renverse, l'air horrifiée. Ma barbe, mes fripes et ma carrure d'un mètre quatre-vingt-dix ne devaient pas aider dans l'histoire.

— Non, a-t-elle aboyé d'une voix tremblante.

— Non, quoi ?

— Non, ne me touchez pas.

— Je n'en avais pas l'intention.

Et c'était vrai, en plus. Même en échange de 5 999 999 dollars, j'aurais refusé de lui donner ne serait-ce qu'un petit bisou sur la joue. J'ai reculé d'un pas, les paumes levées en signe d'abdication.

— Repartons de zéro. Je peux vous aider à changer ce pneu ? J'ai un cric dans mon pick-up, ai-je précisé en désignant du pouce le véhicule derrière moi. Vous pouvez vous tenir à deux mètres. Je vous jure de ne pas vous toucher. Je ne vous regarderai pas non plus, je n'aime pas la couleur orange.

J'ai montré son haut du menton. Là aussi, je disais vrai. Cette teinte me rappelait l'autre enfoiré de rouquin, Hale.

Elle m'a dévisagé longuement, comme si mes vraies intentions allaient jaillir de mes yeux à mon prochain battement de cils. J'ai soutenu son regard et j'ai dû faire preuve d'un immense self-control pour ne pas tourner les talons. Je pigeais, elle avait ses raisons, mais c'était quand même une situation chelou. Sur ce plan, j'étais plutôt du genre à préférer la simplicité, je n'aimais pas m'emmerder avec des gens difficiles, différents ou étranges. Ne vous méprenez pas, elle était super canon. Mais elle ressemblait à une tragédie éblouissante, spécialement conçue pour vous foutre en l'air.

— Mon assurance couvre ce genre de pépins, a-t-elle annoncé en trébuchant sur ses propres mots.

On aurait dit qu'elle n'avait pas l'habitude de parler à des inconnus. J'ai fait claquer bruyamment mon chewing-gum à la cannelle.

— Oui, mais ils ne seront pas là avant une heure. Avec moi, vous serez repartie dans quinze minutes, et ça vous économisera de la paperasse et une migraine.

— La paperasse et les migraines ne me dérangent pas. Partez.

— Comme vous voudrez. Appelez votre compagnie d'assurances.

J'ai croisé les bras sur ma poitrine.

Chercher leur numéro sur Internet lui prendrait sûrement une bonne vingtaine de minutes. Dans ce coin de Todos Santos, la réception était quasi nulle. On se trouvait si bas dans la vallée qu'on était presque voisins avec l'enfer. Elle a tenté de trouver le numéro en scrutant son écran les yeux plissés et en soufflant d'être surveillée de près. Puis, elle a tapé du pied.

— Qu'est-ce que vous avez à y gagner ? a-t-elle demandé en relevant le menton et en renonçant à sa connexion Internet.

Tout le contraire de son beau-père. Certes, ils étaient aussi angoissés l'un que l'autre, mais là où il se montrait passif et faible, elle était un vrai petit volcan, prête à exploser si on s'approchait d'elle.

— Une tasse de café. Noir. Pas une de ces conneries au lait de soja, ai-je précisé en retroussant mes manches jusqu'aux coudes et en lui tournant le dos pour attraper la caisse à outils dans mon pick-up.

Quand je suis retourné vers elle d'un pas assuré, elle était encore clouée sur place et me considérait d'un air méfiant. J'ai posé la caisse sur le trottoir et j'ai ouvert le coffre de sa voiture. Je sentais le poids de son regard soupçonneux, aussi menaçant que le canon d'un flingue.

Elle n'avait pas envie de me parler.

Mais elle avait encore moins envie de passer son après-midi à cramer sous le soleil sud-californien en attendant qu'on vienne remorquer sa bagnole.

— C'est quand vous voulez, pour le café.

Sans lui accorder un regard, j'ai feint de tâter le pneu pour trouver le problème. Je vous ai déjà dit que je n'aimais pas le café ? C'est du poison, ce truc-là, et j'étais un surfeur semi-pro avec des habitudes alimentaires ultra-saines. Elle s'est dandinée et a regardé autour d'elle comme si elle craignait que je l'agresse dans une ruelle.

— Comment vous buvez votre café déjà ?

Avec une dose de vodka. Et sans café.

— Surprenez-moi.

— Que je vous surprenne ?

— Oui. Vous savez, c'est ce qui arrive quand on fait quelque chose d'inattendu et de spontané. Comme sourire, par exemple.

— Vous êtes qui, pour me juger ?

— Votre nouveau meilleur ami. Maintenant, allez-y.

Elle a secoué gravement la tête et s'est dirigée vers le

Starbucks qui se trouvait de l'autre côté de la rue. Le centre de Todos Santos était plutôt mort pour un jeudi soir. Tant mieux. Je n'avais pas besoin qu'on nous reconnaisse. Jesse était déjà plus tendue qu'un string. J'ai poursuivi ma tâche, essayant d'ignorer ses allures de sirène dont le chant titillait mon désir malgré moi.

C'est aussi une victime de viol.

C'est aussi une transaction financière lucrative.

Ah, et c'est aussi une ado, espèce de vieux pervers.

Jesse est revenue avec une tasse de café fumante et me l'a tendue comme s'il s'agissait d'un cadavre.

— Vous n'avez qu'à la poser sur le capot.

J'avais les mains graisseuses et j'étais occupé à placer le cric sous le châssis. En tant qu'enfant unique avec une mère célibataire, j'avais appris à tout faire, mis à part m'opérer moi-même à cœur ouvert. J'étais capable de changer les quatre pneus de Jesse en préparant une soupe *okrochka* pendant qu'elle se limait les ongles. Mais, pour l'heure, il fallait que je gagne sa confiance. Elle me dévisageait encore, abasourdie, comme si elle n'arrivait toujours pas à croire qu'elle m'avait laissé lui venir en aide.

Puis, comme pour confirmer mes soupçons, elle a lâché :

— Pourquoi vous m'aidez, déjà ?

— J'avais envie d'un café.

— Vous auriez pu vous l'acheter vous-même.

— Comment vous pouvez le savoir ? Vous avez une vision laser qui voit au travers de ma poche et dans mon portefeuille ?

J'ai grogné en soulevant son pneu de rechange. Elle n'aurait pas pu avoir une Mini Cooper genre « oh oui, baise-moi en missionnaire », comme toutes les minettes friquées de la ville ?

— On s'est déjà croisés ? a-t-elle demandé.

J'espère que non, sinon elle saura que je passe mes journées sur la plage et que je couche avec tout ce qui bouge.

J'ai levé les yeux en m'essuyant le front et en le maculant de graisse.

— Vous croyez ?

Elle s'est frotté les sourcils avec inquiétude, et j'ai vu resurgir son air à la fois effrayé et écœuré.

— Vous êtes Roman Protsenko.

Mon cœur battait un peu plus fort qu'il aurait dû. Je me suis rappelé que je m'en foutais... Bon, OK, faux : j'avais déjà claqué une partie du fric de Darren.

— Et alors ?

— Et alors, rien. Je me fiche de savoir que vous êtes le pape ou Justin Timberlake. Les rencards, c'est pas mon truc.

— Moi non plus, alors arrêtez de croire que je vous drague.

Elle s'est détendue légèrement et m'a adressé un bref hochement de tête. J'avais l'impression que c'était sa façon à elle d'exprimer son contentement, et j'aimais plutôt ça. Les Californiennes avaient la manie de sourire comme si le monde entier les regardait, alors que les gestes de Jesse étaient modestes et discrets.

— Et vous, vous êtes qui ? ai-je demandé, vu que je n'étais pas censé le savoir.

— Personne. Vous avez fini ? a-t-elle lâché en indiquant son pneu.

— Presque, Personne.

J'avais, effectivement, presque terminé. Mais je tenais à retarder son départ, car elle avait l'air aussi flexible qu'une barre de fer. J'ignorais quand je pourrais la revoir. Je savais aussi que, d'une manière un peu tordue, j'avais *envie* de l'aider. Sa situation m'interpellait. J'en connaissais un rayon sur le viol. C'était sans doute pour ça que je couchais à tout-va. Ça me semblait injuste de dire « non » quand tant de femmes n'avaient pas eu le choix. Cela dit, je ne pouvais pas faire poireauter Jesse pendant des heures.

— C'est bon, Flocon de neige.

Je me suis relevé en essuyant la graisse sur mon pantalon de treillis. Elle a hoché la tête, toujours à quelques mètres de moi, et a montré du doigt le café encore posé sur son capot.

— « Flocon de neige » ?

— Vous ne vous appelez sûrement pas « Personne », alors j'opte pour « Flocon de neige ».

— C'est un jugement de valeur à mon égard ? a-t-elle décoché en me considérant avec méfiance.

Je me suis retenu de lever les yeux au ciel.

— Rien à voir. Vous ressemblez à un flocon, c'est tout.

— Comment ça ?

— Vous êtes blanche comme un cachet d'aspirine.

Mais, surtout, je t'ai trouvée au milieu de ce champ de poussière qu'est la vie et tu m'as sauté aux yeux. Comme une chance à côté de laquelle je ne pouvais pas passer.

Son regard s'est posé sur mon visage pour la première fois. Ses yeux étaient terriblement expressifs. De la couleur de l'océan. Oui, je sais, ça fait ringard de dire ça, mais c'était vrai.

— Je… Bon, merci, j'imagine.

— Attendez ! me suis-je écrié en lâchant le coffre à outils dans un bruit sourd. Maintenant, c'est moi qui vous dois un café.

Elle m'a dévisagé comme s'il venait de me pousser une deuxième tête.

— Ce n'est pas comme ça que ça marche, a-t-elle protesté en fronçant les sourcils avec incrédulité.

— Vous êtes qui, pour décréter comment ça marche ? ai-je demandé en calant la hanche contre son véhicule pour la contempler, les yeux plissés.

— Et vous, vous êtes qui pour décréter comment ça

marche ? a-t-elle renvoyé, les yeux écarquillés, plus furieuse qu'angoissée.

— Je suis proprio d'un café. J'en sais plus que vous sur le sujet et je vous dois un café. Disons demain.

Elle s'est emparée de la tasse à laquelle je n'avais pas touché, s'est avancée vers la poubelle la plus proche et l'y a jetée avec humeur. Puis, elle est revenue vers sa voiture et a ouvert vivement la portière du conducteur.

— Voilà. Maintenant, vous ne me devez plus rien.

— Vous m'avez quand même payé un café, ai-je souligné.

Je ne savais pas trop si j'avais raison d'insister, mais je n'avais guère le choix. Elle n'était pas facile à approcher. J'étais tellement habitué à tomber les nanas comme des mouches pour me glisser dans leur lit que je ne savais plus comment faire pour m'immiscer dans leur cœur. Normalement, c'était d'une simplicité presque gênante.

J'attrapais ma planche de surf en gonflant les biscoteaux.

Je ramassais mes mèches rebelles dans un chignon.

Je serrais les poings et je m'étirais en bâillant pour exhiber mes tablettes de chocolat.

Les voilà prises dans mes filets. *Bam*. Complètement cuites.

Mais là, je n'étais pas dans mon élément.

Elle s'est assise sur son siège et s'est apprêtée à me claquer sa portière au nez. Il fallait que je fasse quelque chose, n'importe quoi, parce que je sentais la situation m'échapper et ça ne me plaisait pas. Jesse Carter ne réagissait pas à mes avances, et ça me faisait l'effet d'un seau d'eau glacée. J'ai glissé un pied entre la voiture et la portière pour l'empêcher de la fermer.

— Attendez.

Note pour plus tard : ne plus jamais approcher un de mes membres de Jesse Carter quand une porte se trouve à proximité. Elle l'a claquée sur mon pied. *Aïe.*

J'ai écarté la jambe alors qu'elle poussait un petit cri incrédule. Sauf que, au lieu de sautiller sur place en priant pour qu'elle ne m'ait pas brisé les os, je me suis contenté de lui décocher mon fameux sourire en coin.

— Je n'ai pas fait exprès de la claquer aussi fort, s'est-elle excusée en tressaillant.

Je l'ai crue sur parole. Le contraste entre ses cheveux noirs et sa peau laiteuse était saisissant. Elle ressemblait à une peinture. Pas à un tableau zarbi et provocant comme ceux de Rubens, mais plutôt à une princesse Disney. Du genre hyper naïf, au point de se laisser séduire par un ado de seize ans.

— Vraiment ? Vous n'avez qu'à me revaloir ça. Un café. Demain. On n'a qu'à dire que c'est un entretien d'embauche. J'ai besoin d'une nouvelle serveuse, Flocon de neige.

Je savais que je passais pour désespéré, mais je m'en fichais.

— Je ne suis pas à la recherche d'un travail.

— Vous en avez un ?

— Ça ne vous regarde pas.

— Bien vu. Commençons par devenir amis. Je ruserai après pour vous refiler le poste. Pour l'instant… un café.

— Non.

— Qu'est-ce que je dois faire pour que vous acceptiez ?

— Rien.

— N'importe quoi. Il y a toujours quelque chose.

— Non. Rien ne pourrait m'inciter à boire un café avec vous, *Bane*.

— Réfléchissez bien. Vous avez l'air d'être une fille intelligente. Je suis sûr qu'on peut trouver quelque chose.

Elle a soupiré, a scruté le ciel comme pour y chercher une réponse inscrite dans les nuages.

— Peut-être si vous me sauviez la vie, je vous serais redevable. En dehors de ça, je n'accepte jamais de rencards.

— Vous ne m'avez pas bien entendu. Je veux que vous travailliez pour moi. Et je tiens à devenir votre ami.

— Je ne travaillerai jamais pour vous. Et pourquoi est-ce que vous voudriez être mon ami ?

Parce que ton papa va me payer six millions de patates pour ce petit plaisir.

— Parce que vous avez l'air d'être une nana cool. Parce que vous êtes marrante. Que vous avez de la repartie. Et puis, vous n'êtes pas désagréable à regarder, malgré votre T-shirt. Moi non plus, je ne donne pas dans les rencards. Et je n'ai aucune envie de coucher avec vous.

Je vous avais bien dit que j'étais un menteur de première.

Son regard s'est éclairé.

— Vous êtes gay ?

J'aurais tout aussi bien pu prétendre l'être. Après tout, j'avais laissé pas mal de mecs me sucer quand j'étais jeune, histoire de voir si ça me plaisait. Mais mieux valait ne pas lui mentir plus que nécessaire. Elle mâchouillait nerveusement une mèche de cheveux et arborait presque un air d'espoir. Comme si la seule chose qui nous empêchait de devenir potes était mon hétérosexualité.

— Non. Mais mon boulot ne me permet pas d'avoir une petite amie. C'est une longue histoire.

Je me suis essuyé de nouveau le front, sachant que j'étais en sueur et graisseux, absolument craquant pour toutes les femmes de l'univers autres que Jesse Carter.

— Alors, vous voulez qu'on soit amis, rien de plus ? a-t-elle insisté.

Elle était assise dans sa voiture. Moi, je faisais de mon mieux pour ne pas regarder mon pied histoire de m'assurer qu'il n'était pas tombé. À cet instant, je n'avais pas envie d'être son ami, mais de fourrer mon pied dans un seau de glace et de la maudire pour les trois prochaines générations.

— Et que vous deveniez serveuse dans mon café, ai-je ajouté. D'une pierre deux coups.

Jesse a pris le temps de la réflexion en se mordillant la lèvre.

— Non, a-t-elle enfin tranché.

Elle a mis le contact et s'est élancée sur la route en direction de la rue principale, sûrement pour rentrer à El Dorado. J'ai regardé l'arrière de sa Rover de la même manière que j'avais contemplé son cul tant d'années plus tôt : avec un désir mêlé d'agacement et d'admiration.

Elle me faisait vraiment penser à de la neige.

Et, de la même façon, elle finirait par fondre au contact de ma langue.

Chapitre 3

Jesse

« Débrouille-toi toujours pour quitter les gens que tu aimes comme si tu n'allais jamais les revoir. »

Voilà le conseil que mon père m'avait donné quand j'avais neuf ans. Je ne l'avais jamais oublié. J'ignorais pourquoi ces mots me faisaient penser à Bane. Sans doute parce que je me rappelais très nettement les dernières paroles que j'avais dites à mon père avant qu'il meure.

« Je ne veux plus jamais te revoir, plus jamais. »

Nous venions tout juste d'apprendre son infidélité, Pam et moi. À l'époque, elle me laissait encore l'appeler « maman ». La trahison de mon père avait lacéré les diverses strates de confiance et de bonheur qui m'avaient enveloppée dans ma jeunesse, et je l'avais presque tenu pour responsable de ce qui m'était arrivé par la suite. Même d'Emery. Après tout, s'il n'avait pas trompé ma mère, Pam n'aurait pas cherché à refaire sa vie. Elle n'aurait pas rencontré Darren. Je l'appellerais encore « maman ». Je ne vivrais pas à Todos Santos, mais à Anaheim. Certes, je ne conduirais pas une Range Rover, mais au moins je serais heureuse.

Je n'aurais pas eu à me lier d'amitié avec Mme Belfort.

Ni à me terrer à El Dorado.

Je serais moi-même. Pauvre, heureuse et moi-même.

Arrête de pleurnicher sur ton sort, Jesse.

— Salut, Imane ! Je ne vous dérange pas ? ai-je demandé en lâchant mon sac à dos dans l'entrée de Mme Belfort.

— Elle est dans la salle à manger.

Imane, sa femme de ménage, a baissé la tête et m'a laissée passer.

Je me suis avancée vers la salle à manger bleu roi, avec ses hautes voûtes dorées, ses rideaux rouges et son lustre en bronze. Au centre de la pièce trônait une grande table en bois massif qui aurait pu accueillir au moins trente convives. Mme Belfort était assise à l'extrémité, seule, vêtue d'une robe en satin couleur émeraude à l'encolure dorée, avec un rouge à lèvres vif et le genre de coiffure qu'on ne voit que dans les films. Elle fixait du regard la chaise vide en face d'elle, à l'autre bout de la table, comme pour y faire apparaître par la seule force de sa volonté son défunt époux, Fred. Mon cœur s'est ratatiné dans ma cage thoracique, et chacun de ses battements m'a cinglé les côtes.

— Madame B ? ai-je chuchoté, pas trop fort pour éviter de lui faire peur.

Elle ne m'a pas entendue.

— Fred, goûtez donc les huîtres. Elles sont exquises.

Fred n'a rien dit, car il n'était pas là. Il n'y avait pas d'huîtres non plus, d'ailleurs. Mme Belfort avait sûrement déjeuné plusieurs heures plus tôt. Sa cuisinière, Ula, avait dû lui préparer une soupe ou un ragoût.

Ta seule amie perd la boule, a soufflé une petite voix à mon oreille. J'avais envie de croire qu'il s'agissait de celle de l'ancienne Jesse. Qu'elle vivait encore en moi, qu'elle m'accompagnait toujours. Ce qui, évidemment, était prodigieusement pitoyable.

Roman Protsenko a resurgi dans mon esprit.

Flocon de neige.

Je me suis remémoré l'intensité de son regard lorsqu'il m'avait dévisagée. Chargé d'érotisme, malgré la platitude de ses paroles. J'avais apprécié sa proposition. Je l'avais même presque cru quand il avait affirmé ne pas vouloir coucher avec moi. Mais j'avais décidé de cesser toute interaction avec le monde extérieur et je n'étais pas près de recommencer. Ni avec lui, ni avec personne d'autre.

— Madame B, ai-je répété en m'avançant davantage pour presser une main sur son épaule. Allons admirer les rosiers dehors. Et peut-être faire un tour dans le labyrinthe.

Ça faisait des mois qu'elle n'y allait plus.

Tressaillant à mon contact, Juliette Belfort a levé les yeux. Son visage était marqué par l'âge et le chagrin. Elle souffrait de la pire maladie au monde, celle du temps qui passait, et sa fatigue évidente en était la preuve. Juliette avait deux enfants, Ryan et Kacey, qui vivaient sur la côte Est. Il y faisait froid, et elle n'avait pas l'air pressée de les y rejoindre. Cela dit, ils ne l'invitaient jamais. Mme B souffrait d'ostéoporose, la maladie des os de verre, alors elle portait généralement trois couches de vêtements dès qu'elle sortait et réglait son thermostat sur une température comprise entre feu de joie et flammes de l'enfer.

— Jesse, je ne vais pas pouvoir passer du temps avec vous aujourd'hui, ma chérie. Je déjeune avec mon mari.

Au moins, cette fois, elle s'était souvenue de mon nom. Mme Belfort n'avait pas toujours les idées claires. C'est pour ça qu'elle avait une infirmière, une femme de ménage et une cuisinière à plein temps. C'est pour ça qu'elle ne comprenait pas pourquoi je refusais obstinément de rencontrer son charmant neveu, qui était pourtant de mon âge.

J'avais cessé d'évoquer les détails de ma situation, vu qu'elle me reposait la même question dès le lendemain.

Je n'accepte pas les rencards.

J'ai arrêté les mecs.

Je suis l'Intouchable.

Mme B rétorquait toujours: « Arrêtez d'avoir tellement peur de l'amour. Ça ne vous tuera pas ! »

Sauf que si, et c'était même déjà fait.

— Ça ne vous dérange pas si j'attends que vous ayez fini de manger ? ai-je risqué avec un sourire hésitant, la suppliant en silence de me tenir compagnie.

Elle a haussé les épaules, a bu une gorgée de thé dans une tasse de porcelaine fine.

— Comme vous voudrez.

J'ai regagné le hall d'entrée pour m'affaler sur un banc molletonné, j'ai fouillé dans mon sac à dos pour en extraire un livre et j'ai feuilleté la brochure de « câlins gratuits » qu'une minette m'avait tendue dans la rue la dernière fois que j'étais passée voir Mayra. L'ironie de la situation m'a fait sourire tandis que je parcourais les mots sans les lire.

Pourquoi Bane voulait-il m'embaucher ? J'étais aussi chaleureuse qu'une pneumonie.

Est-ce qu'il connaissait mon histoire ?

Quelle question débile. Évidemment que oui. La ville tout entière avait entendu au moins une ou deux versions de ce qui m'était arrivé. J'étais la salope du coin. Jézabel. La putain de Babylone. Je l'avais bien cherché et j'avais fini par trouver.

Emery Wallace était la pauvre victime. Moi, la sorcière qui écartait les cuisses à la moindre occasion.

Peut-être que Bane me prenait pour une fille facile.

Ou alors, il avait vraiment pitié de moi.

Au fond, ça ne changeait rien. Mon seul atout était que, malgré tout ce que j'avais traversé, je n'étais pas la pauvre fille qu'il imaginait. Je n'avais pas besoin de sa compassion, de son boulot ou de son affection. Vraiment pas.

Mince, j'espère que Mme B acceptera de passer du temps avec moi aujourd'hui.

J'ai lu quelques pages, tâchant de chasser Bane de mes pensées. Parfois, Mme B avait l'esprit aussi clair qu'un ciel d'août ; je me confiais à elle, plus souvent que je n'aimais me l'avouer. C'était plus facile que de parler à Mayra, ma psy, qui passait son temps à prendre des notes et à émettre des suggestions. Mme Belfort, elle, se rappelait rarement nos discussions.

Vingt minutes après mon arrivée, Imane est sortie de la salle à manger les mains dans le dos, l'air abattu.

— Navrée, Jesse. Pas aujourd'hui. Fred ne...

Sa gorge s'est crispée. Elle s'est mordillé l'intérieur de la joue, incapable de me regarder dans les yeux.

— Fred ne se sentait pas bien.

Alors que je me levais pour me diriger vers la sortie, Mme Belfort a émergé de la salle à manger en se cramponnant à l'encadrement de la porte pour ne pas tomber. On aurait dit une inconnue. Elle arborait une expression que je ne lui avais encore jamais vue. *La lucidité.*

— Vous ne pouvez pas avoir peur de l'amour, ma chère. Ce serait comme craindre la mort. L'amour est comme la mort. C'est inévitable.

« L'amour est comme la mort. C'est inévitable. »

Ces mots m'ont poursuivie bien après avoir quitté la maison de Mme B. Heureusement que j'allais courir, car j'avais besoin de me vider la tête après la drôle de journée que je venais de passer.

Les heures qui suivaient celle du crime étaient celles que je préférais.

À 3 heures du matin, le temps avait tendance à vous imprégner la peau comme un baiser, lent et séducteur. Je ne dormais jamais la nuit, car c'était là que les cauchemars me gagnaient. Ils étaient tellement affreux qu'à un moment donné j'avais cessé de dormir. Je me contentais de micro-siestes en journée. Mais passer toute la nuit les yeux fermés ? Non merci. C'était presque une invitation à revivre *l'Incident*. En boucle.

Cette nuit-là, j'avais l'impression qu'on m'avait jeté un sort. Je me sentais intrépide après avoir conversé avec un inconnu — un inconnu de sexe *masculin* —, de sorte que les limites et restrictions que je m'imposais d'ordinaire s'estompaient presque. Je me suis fourré les écouteurs dans les oreilles. *Time to Dance*, de Panic ! At The Disco, s'est déversé à plein tube tandis que je me dirigeais vers la piste d'athlétisme d'El Dorado à 3 heures du matin. J'avais un petit Taser et un couteau suisse glissés dans ma chaussette. En outre, il s'agissait d'un quartier sécurisé, où des patrouilles faisaient leurs rondes en voiturette toutes les heures. J'avais emmené mon labrador, Shadow, parce qu'il m'avait presque suppliée de me suivre. Il devait être l'unique créature vivante à laquelle j'avais envie de faire plaisir.

L'Intouchable, ai-je songé en foulant la piste de béton et en tenant la laisse de Shadow, à la traîne comme le vétéran de quatorze ans qu'il était. Ça sonnait plutôt bien. Même moi, je devais l'admettre.

Sauf que ça n'avait rien d'un compliment. On m'avait affublée de ce surnom parce que je refusais que quiconque me touche. Jamais. *Clac, clac, clac.* Je courais comme si ma vie en dépendait. Trois ans plus tôt, ç'avait été le cas. Et j'avais échoué. Ils m'avaient rattrapée.

Depuis, je courais tout le temps, deux fois par jour. Huit kilomètres à l'orée du quartier sécurisé dans lequel j'habitais.

Je courais jusqu'à l'épuisement, physique et mental, jusqu'à ce que le sommeil me gagne enfin.

Je courais pour ne pas avoir à rester immobile, à réfléchir, pour ne pas m'effondrer.

Je courais pour fuir mes problèmes, ma réalité, et le vide qui me rongeait le bide comme de l'acide. Qui me brûlait, me dévorait, me détruisait.

Mes habitudes avaient fini par faire de moi une coquille vide. J'étais la première à admettre que ma vie n'avait aucun sens. Je dormais le jour et vivais la nuit. Au début, j'avais fait du sport de manière compulsive dans le sous-sol en évitant soigneusement Pam et Darren. Ils m'avaient suppliée de revenir dans le monde extérieur, mais je n'avais pas écouté. Puis, ils m'avaient pris mon tapis de course, alors je m'étais mise à courir dehors. Ils avaient menacé de me priver d'argent de poche si je ne me trouvais pas un boulot, alors j'avais cessé tout simplement de dépenser de l'argent. À la place, je lisais des livres, j'emmenais Shadow faire de longues promenades et je me nourrissais ponctuellement de barres de KitKat, histoire de m'alimenter. Parfois, je rendais visite à Mme B. Je ne quittais jamais El Dorado, à l'exception de mes visites hebdomadaires chez ma psy, Mayra.

Mayra me suivait depuis mes douze ans, et je pouvais affirmer en toute honnêteté qu'elle ne m'avait absolument pas aidée à me sentir mieux ni à atteindre la moindre conclusion fondamentale, pas même une fois. Si je poursuivais, c'était uniquement parce que Pam avait menacé de me flanquer à la porte si j'arrêtais, et je la croyais sur parole.

Les gens, en tant que concept, commençaient à me paraître flous et bizarres. Indistincts, comme des parasites noirs et blancs surgissant sur l'écran d'un vieux téléviseur vintage. J'avais été prise au dépourvu quand Bane m'avait abordée, parce que personne ne le faisait jamais.

Les plantes de mes pieds me brûlaient et mes cuisses frémissaient sous l'effort que je leur imposais. J'avais toujours été du genre sportif, mais mon obsession maladive pour la course ne m'était venue qu'après mon agression. Pam — elle n'aimait pas que je l'appelle maman, décrétait qu'elle était trop jeune pour ce titre — affirmait que j'étais « canon » depuis l'Incident, et je m'efforçais de ne pas la haïr chaque fois qu'elle disait ça.

Jesse, regarde tes jambes. Tâche de voir les choses du bon côté. Essaie de t'ouvrir et de ne pas être aussi bizarre, tout finira par s'arranger.

Le fait de courir à une heure indue signifiait que j'étais la seule sur la piste avec Shadow. C'était tout aussi bien. Dès qu'on me reconnaissait, on me reluquait comme si j'étais une catin, ou alors on m'évitait du regard. La solitude était une vieille amie dont la compagnie me convenait parfaitement.

Shadow commençait à haleter bruyamment derrière moi, alors je me suis arrêtée pour me pencher et m'étirer les jambes, les doigts pressés sur les orteils.

— Prends ton temps, Vieille branche.

Je lui ai tapoté la tête en attendant que débute la chanson suivante sur mon iPod.

— Jesse ? Jesse Carter ? a lancé derrière moi une voix de femme.

Mon cœur a émis un violent soubresaut. J'ai tourné vivement la tête en arrachant les écouteurs de mes oreilles. Wren, une fille qui avait fréquenté le même lycée que moi, m'a saluée de la main en me rejoignant à petites foulées. Elle était habillée pour sortir en boîte, avec une petite robe rouge qui aurait à peine pu recouvrir une tache de rousseur, et encore moins les deux ballons de silicone qu'elle s'était fait offrir pour son dix-septième anniversaire. Elle portait des mules et paraissait soûle, ce qui m'a poussée à me demander quel crétin avait laissé cette fille de vingt ans traîner au bar jusqu'au petit matin. Wren habitait à El Dorado. Sûrement sur le point de rentrer, elle avait dû m'apercevoir et vouloir me dire bonjour. Allez savoir pourquoi.

— Je savais que c'était toi ! a-t-elle suffoqué, aussi ivre et décontractée que j'étais tendue et angoissée. Ohlàlà purée, je leur avais bien dit que c'était toi !

« Leur » ? De qui parlait-elle ? J'allais le lui demander quand Wren a décidé de prononcer une nouvelle fois sa formule préférée :

— Ohlàlà purée, j'y crois pas, ton chien est toujours en vie ! Il doit avoir, genre, vingt balais, non ?

L'ancienne Jesse lui aurait rétorqué que tout le monde n'avait pas la chance d'être aussi jeune que son nez et ses nichons. La nouvelle Jesse, elle, évitait le conflit à tout prix. Wren m'a inspectée de la tête aux pieds. Son regard était comme un projecteur visant à déloger un animal en hibernation. J'avais envie de me recroqueviller et de mourir.

Elle a affiché un sourire suffisant.

— T'es super bien roulée, Jesse. Tu suis le régime Dukan ou quoi ?

J'ai frotté Shadow derrière les oreilles et j'ai repris ma course, dans l'espoir qu'elle pigerait l'allusion et qu'elle abandonnerait son monologue. À ma grande déception, elle a piqué un sprint pour me rattraper.

— Fais pas ta chieuse. File ton secret.

Tu n'as qu'à subir un viol collectif de la part de ton petit copain et de ses potes. Soit tu perdras complètement l'appétit, soit tu te jetteras sur la bouffe pour oublier tes émotions.

— Je ne suis pas de régime, ai-je enfin marmonné.

— En tout cas, t'es à tomber ! Enfin, tu l'as toujours été. Bien s'.

Elle abrégeait « bien sûr », ce devait être trop long pour Sa Sainteté. Dans les premières années du lycée, j'avais fait partie des filles populaires. Une vraie petite reine régnant sur ses sujets. *Des magnifiques yeux azur et des jambes interminables.* On m'appelait Blanche-Neige : cheveux noirs, peau claire, mère sorcière. Et puis, j'avais grandi à Anaheim, là où se trouvait Disneyland. Ma mère venait de se marier avec un magnat du pétrole, et à All Saints tout le monde me prenait pour une fille sortie du ghetto.

— Classe, mais du ghetto, commentait Emery quand on me demandait si j'avais déjà vu quelqu'un se faire poignarder ou tirer dessus.

Après l'Incident, mon statut s'était rapidement dégradé et, à la fin de l'année de terminale, j'étais arrivée tout en bas de l'échelle. Wren et ses copines avaient été les premières à siffler « salope » dans les couloirs, les premières à gémir qu'elles allaient choper une MST lorsqu'on leur demandait de s'asseoir à côté de moi en cours de chimie ou d'algèbre.

— Merci, ça me fait super plaisir, ai-je ironisé en me retenant de la questionner à mon tour.

Je n'avais rien envie de savoir.

— J'aimerais pouvoir me préoccuper autant de mon corps.

Wren, à peine capable de suivre ma cadence, a poussé un soupir théâtral. Le claquement d'après-soirée de ses nu-pieds m'insupportait au-delà de tout.

— Mais je suis tellement occupée par les cours, mes amis et mon nouveau copain. Tu savais que je sortais avec Justin Finn ?

Non, je l'ignorais. J'avais plus ou moins cessé de parler à la Terre entière après les événements. La seule chose dont je me souvenais concernant Justin Finn, c'était de son frère, Henry. Le contact de ses dents sur ma cuisse quand j'avais fini par reprendre connaissance, prise de vertiges et de nausées, après qu'ils m'avaient tabassée. Son rire quand il s'était immiscé entre mes jambes pour me goûter contre mon gré. D'ailleurs, j'en avais conservé un souvenir tellement précis que je sentais encore son poids peser sur moi, même après deux années et d'innombrables douches. Je me suis mordu la lèvre pour étouffer un cri.

Ils ne sont pas là.

Ils ne peuvent pas te faire de mal.

— Qu'est-ce que tu fous là à cette heure-ci, Wren ? Il est 3 heures du matin.

— Ah, tu parles enfin ! a-t-elle commenté avec un nouveau sourire un peu trop éclatant. Alors, qu'est-ce que tu as fait dernièrement ?

L'idée que je puisse courir un vrai danger m'a gagnée peu à peu. La maison de Wren se trouvait de l'autre côté du quartier. La piste était située près d'un petit parc, avec des balançoires et un toboggan. Des ados y venaient souvent la nuit pour se prendre des cuites pendant les vacances d'été. Elle n'était donc pas seule. J'étais déjà en infériorité.

— Tu as l'air un peu pâle, Jesse. Ou alors, c'est peut-être juste que tu ne sors jamais de chez toi.

Elle a lâché un petit rire moqueur. J'ai accéléré la cadence, la voyant flancher du coin de l'œil. Derrière moi, Shadow respirait bruyamment. En mon for intérieur, je l'ai supplié de ne pas m'en vouloir. Mais je paniquais. J'avais envie de fuir, de rentrer chez moi, mais allez savoir ce qui m'attendait près du terrain de jeux ?

— Ça fait longtemps qu'on ne t'a plus vue. On raconte que tu as été à l'asile. Moi, j'ai dit : Ohlàlà purée, Jesse, à l'asile ? C'est n'imp' ! Mais en vrai, Jesse, t'étais où ?

Wren tentait de me rattraper, mais son corps la trahissait. Shadow et moi, on avait de l'endurance. On était des pros du jogging.

Des souvenirs du lycée me revenaient par bribes pour former maladroitement une image floue que je me suis efforcée d'oublier aussitôt. Wren et moi, on s'était plutôt bien entendues avant l'Incident, des amies rivales qui se prêtaient volontiers au jeu de la hiérarchie de l'école. Et puis, elle était devenue l'une *d'eux*. Une de ceux qui fourraient des capotes dans mon casier avant d'y peindre le mot « salope » à la bombe, et qui échangeaient des regards horrifiés dès qu'un prof me mettait en équipe avec eux en cours de sport. J'ai accéléré mes foulées.

Shadow glapissait. Mon cerveau a enfin fini par rattraper mon cœur. Comme je ne voulais pas qu'il lui arrive quoi que ce soit, je l'ai pris dans mes bras et, malgré ses trente kilos, j'ai quitté la piste pour sauter entre les arbres qui longeaient le domaine des Spencer.

— Hé ! Qu'est-ce que tu fais ? l'ai-je entendue gémir dans mon dos.

J'ai su que j'allais le regretter dès que j'ai senti les branches me cingler les chevilles et mes Keds s'enfoncer dans la boue. J'ai perçu la brûlure cuisante de coupures sur mes jambes, mais j'ai poursuivi ma course.

— Tu ne te cacheras pas longtemps, connasse !

Sa voix me parvenait faible et étouffée, mais il y a eu une phrase que j'ai entendue clairement.

— Tu peux courir. Personne ne te poursuivra, espèce de pute.

Elle m'a fait saigner des oreilles et a imprégné mon corps tout entier, avant de reposer sur mon âme comme un poids mort que j'allais porter comme une cicatrice pour les années à venir.

Encore une chose que je n'avais pas oubliée : Wren avait toujours été une chipie revancharde.

Voilà pourquoi je n'ai pas été surprise de trouver une voiture garée près du terrain de jeux voisin de la piste d'athlétisme quand nous avons regagné le quartier avec Shadow, tous les deux boiteux et boueux.

Je ne les ai pas reconnus, de loin. Ils étaient appuyés contre le capot, les chevilles et les bras croisés. Le parc pour gamins était désert, à l'exception de la voiture. Une Camaro SS qu'on aurait crue repeinte en enfer, noire avec des flammes jaunes, en pleins phares.

Je m'apprêtais à faire demi-tour pour regagner la piste en boitillant, quand un sifflement aigu a percé le silence nocturne.

— Ça alors ! Mais c'est la putain préférée de Todos Santos ! a chantonné un des deux types. Salut, Jesse.

Mon Dieu. Non.

La peur avait une odeur. Des relents âcres et rances de sueur froide qui m'enveloppaient comme une brume et se glissaient par ma bouche entrouverte pour aspirer mon âme.

Cette voix m'évoquait un visage bien particulier.

J'ai levé la tête.

J'ai reconnu l'autre mec à côté de lui.

Henry et Nolan.

Ils arboraient leurs polos et leurs sourires suffisants habituels. Qu'est-ce qu'ils fichaient à El Dorado ? En pleine nuit ? Et, surtout, est-ce qu'Emery était là, lui aussi ? *Wren.* C'était Wren qui les avait laissés entrer. Elle avait passé la soirée avec eux et, en la déposant, ils m'avaient aperçue et n'avaient pas pu résister à l'envie de s'amuser.

Prise d'un haut-le-cœur, j'ai tiré sur la laisse de Shadow pour gagner la route principale, dans l'espoir qu'une patrouille passerait par là. Sauf qu'avec mon bol ça n'arriverait pas.

— Viens, Vieille branche.

Je m'exprimais d'une voix étranglée, suppliante. Soudain, je ne sentais plus les coupures sur mes chevilles ni la boue qui alourdissait mes Keds.

— Merde alors, même son clebs est handicapé, s'est esclaffé Nolan en jetant au sol une canette de bière vide qui a roulé sur le béton. Comment vont tes jambes, Jesse ? Tu boites toujours ?

Je m'en étais remise, mais ils avaient failli me briser les hanches lorsqu'ils m'avaient agressée cette nuit-là. Un violent tremblement a parcouru ma colonne vertébrale, faisant battre mon cœur si fort que j'ai dû plaquer une main sur ma bouche par peur de le vomir.

— Une fille vulgos avec un clebs vulgos.

Avec un éclat de rire, Henry s'est écarté du capot pour s'approcher de moi nonchalamment. La peur me clouait au sol comme une statue et j'avais les joues en feu. J'avais l'impression que mon corps tout entier s'animait d'une rage brûlante. Derrière lui, Wren faisait mine de se remaquiller sur la banquette arrière de la Camaro, comme si la scène qui était en train de se dérouler n'avait rien à voir avec elle.

Shadow a grondé et a montré ses dents jaunes. Je l'ai attiré près de moi et j'ai inspiré vivement. *Merde, merde, merde.*

— Tu vas où comme ça, Jesse ? T'es de garde au bordel du coin ? Viens, on va s'amuser un peu, a lancé Nolan depuis le capot en allumant la lampe-torche de son téléphone portable pour la braquer sur moi.

— Ouais, Jesse. Tu cherches les ennuis ? On peut faire un deuxième round en souvenir du bon vieux temps. Mais ne le dis pas à Emery. Même si, au fond, je crois que ça ne le dérangerait pas. Maintenant, il a une petite copine respectable. Pas du genre à écarter les cuisses tellement souvent qu'elle ne sait même plus qui l'a dépucelée.

J'ignorais ce qu'il y avait de pire : entendre prononcer le nom d'Emery, ou savoir qu'il était passé à autre chose sans subir la moindre conséquence. Ou alors, la petite piqûre de rappel qui signifiait que cette nuit-là dans la ruelle avait vraiment eu lieu. Même si j'avais encore de nombreuses raisons de m'en souvenir, outre les séquelles physiques.

Quelques semaines plus tard, Pam m'avait emmenée dans une clinique à l'extérieur de la ville pour me faire avorter. Je l'avais suppliée de ne pas le faire, mais elle avait insisté en affirmant que « ça » foutrait en l'air notre image — pourtant inexistante — à Todos Santos.

J'ai fait volte-face avec l'intention de courir vers la route principale.

— Arrête, a grondé Nolan.

J'ai senti l'empreinte brûlante de sa main sur mon épaule. Il m'a retournée vers lui avec une force qui m'a rappelé qu'il était capable de davantage. Shadow a poussé un nouveau grondement, et Nolan lui a flanqué un coup de pied dans la patte avant. Mon chien s'est écroulé au sol en gémissant.

J'ai contemplé Nolan en m'efforçant de ne pas m'en vouloir d'avoir ignoré son côté sadique pendant si longtemps. Il avait un beau visage juvénile, des boucles soyeuses et des yeux noisette, à cet instant entourés de pattes-d'oie qui ressemblaient à d'élégants éventails.

Bien élevé. Beau. *Effrayant*.

J'ai écarté son bras comme au contact d'un feu glacial. J'étais sur le point de lui écraser mon poing sur la figure et de ramasser Shadow quand une énergie sombre et violente a vrombi près de moi. Un bruit sourd et métallique, suivi d'un hurlement, ont déchiré l'air, et tout s'est figé comme si quelqu'un venait d'appuyer sur le bouton « pause ». Nous avons tous les deux tourné la tête pour regarder derrière nous.

Bane. Le sable du terrain de jeux tourbillonnait en nuages autour de ses rangers.

Bane. Ses mâchoires carrées étaient crispées avec une telle rage que je la percevais jusque dans mes orteils.

Bane. Qui cravatait Henry, le garçon BCBG. à genoux, lequel regardait Nolan avec une terreur que je parvenais à voir malgré la faible lueur des réverbères. Dans la voiture,

Wren hurlait, le visage enfoui dans ses mains. C'est là que j'ai remarqué que Bane avait défoncé l'arrière de la Camaro avec son pick-up. La voiture avait dérapé sur le trottoir qui longeait le terrain de jeux. Une balançoire oscillait encore.

En avant, en arrière. En avant, en arrière.

J'ai ramassé Shadow et je l'ai serré fort contre moi.

— C'est un peu gênant, cette histoire, a lancé Bane avec un sourire féroce de badass. Un mec sobre comme un pape écrase son pick-up sur la bagnole d'une bande d'ados complètement torchés. Je me demande qui va porter le chapeau ?

On percevait le changement d'ambiance à de petits détails. Le corps de Nolan qui se relâchait. Wren qui baissait la tête comme pour s'avouer vaincue. Une larme de terreur qui coulait sur la joue de Henry. Nolan a levé les deux mains en signe de capitulation et a reculé d'un pas.

— Pas bouger, a ordonné Bane.

L'autre a obéi.

— Je crois qu'un échange est de mise. Ce tocard ne m'est d'aucun intérêt, et vous n'avez aucun droit de toucher à Jesse Carter, a affirmé Bane en glissant un joint entre ses lèvres pour l'allumer à l'aide de sa main libre.

Il a relevé le menton et a laissé la fumée s'élever lentement en un ruban de volutes.

Jesse Carter. Il connaissait mon nom, savait probablement tout ce qu'il y avait à savoir sur moi. Quelle idiote d'avoir cru pouvoir lui cacher des informations.

J'ai éprouvé un intense soulagement en voyant Nolan pivoter vers le grand surfeur blond et m'oublier dans la foulée. Alors que je fixais les boucles blondes de Nolan, je me suis demandé si j'aurais la force suffisante pour en agripper une poignée et lui cogner le crâne contre le béton.

— Bane Protsenko ? a lâché Nolan en grattant son front lisse.

— Par ici.

Les doigts crispés sur son joint, Bane lui a fait signe d'approcher. Henry, encore au sol, s'étouffait avec ses sanglots. Bane serrait tellement les mâchoires que j'ai cru que ses dents allaient jaillir de sa bouche. Nolan s'est avancé vers eux, tout en se recroquevillant de plus en plus.

— On s'amusait un peu, c'est tout.

On aurait dit le gentil garçon que sa mère devait sûrement voir en lui.

— Et Carter, elle s'amusait aussi ?

— Ouais ! a hoqueté Henry, suffoquant sous l'emprise de Bane. On la connaît. On était au lycée ensemble. Pas… Pas vrai, Jesse ?

J'ai secoué la tête. Je n'avais sans doute pas le cran de les tuer, mais il était hors de question de les protéger.

— On était au lycée ensemble, oui, mais ils me harcèlent.

J'ignorais si Bane cherchait à me faire du chantage ou à me caresser dans le sens du poil, mais ça n'avait pas d'importance. Il m'aidait, et sa présence m'était nécessaire. Nolan s'est arrêté à un bon mètre de Bane et de Henry.

— Qu'est-ce qui te prend, mec ? Y a rien à voir ici. Je suis sûr que t'as mieux à faire que de bousiller notre soirée.

Nolan s'exprimait d'une voix neutre, tâchant de ravaler sa colère d'avoir été interrompu.

— Flocon de neige, qu'est-ce qu'on va faire de ces types ?

Bane prononçait « Flocon de neige » comme si on avait l'habitude de s'affubler de petits noms, et « on » comme s'il s'agissait d'un concept qui m'était familier. Comme si *on* faisait tout le temps de choses ensemble. Comme si *on* était amis.

Je ne donne pas dans les rencards. Mon boulot ne me le permet pas. C'est une longue histoire. Soyons amis.

Un mois après l'Incident, j'étais retournée au lycée pour finir mon année de terminale et obtenir mon diplôme. J'avais vu Henry, Nolan et Emery tous les jours. Je les avais croisés à la cafèt, en cours, et aux événements auxquels Pam et Darren me traînaient en ville pour tenter de me réintégrer dans la société. Emery, Nolan et Henry faisaient mine de ne pas me voir, et ils étaient tellement convaincants qu'à la fin de l'année ils avaient même réussi à m'en persuader. Le truc, c'est que j'en avais marre de laisser croire que rien ne m'était jamais arrivé.

Parce que si, quelque chose m'était arrivé, et j'en souffrais encore, même plusieurs années après. Je continuerais d'en souffrir jusqu'à la fin de mes jours.

J'ai avancé d'un pas.

— Qu'est-ce que vous fichez à Todos Santos ?

Nolan a tourné la tête vers moi. Henry a tressailli. Le silence était lourd de sous-entendus.

— On prend des vacances forcées, a répondu Henry d'une voix brisée.

Il avait toujours été plus fragile que Nolan ou qu'Emery. Le maillon faible qui était susceptible de se rompre en premier.

— Qu'est-ce que vous avez fait ?

— C'est pas tes oignons, a décoché Nolan.

— Qu'est-ce. Que. Vous. Avez. Fait ?

La voix de ténor de Bane était glaçante. Aussi acérée qu'un couteau froid qui vous glissait sur la peau et dont la lame vous entaillait la chair. Roman Protsenko connaissait des gens très haut placés à Todos Santos. Même moi, je le savais. C'était le genre de gars à qui on n'avait pas envie de se frotter.

— Un incident sur le campus.

Nolan avait énoncé ces mots comme s'il les regrettait déjà. Les trois enfants chéris d'All Saints High allaient à la fac ensemble. Sur la côte Est. Leurs parents s'étaient entendus là-dessus avec Darren et Pam.

« On veut que vos gosses soient le plus loin possible de la nôtre. » Voilà le résultat.

— C'est-à-dire ?

— Une fille…, a commencé Henry, les dents serrées.

Mon cœur s'est brisé en des milliers de petits fragments. Ils en avaient agressé une autre ?

— On n'a rien fait. C'est pour ça qu'on n'a été expulsé qu'une semaine. Elle était complètement pétée. Bref, on a un peu fricoté avec elle, rien de plus. Ils ont enquêté, genre une seconde, mais on va bientôt y retourner.

Sous la lumière blafarde des réverbères, Bane m'a sondée du regard. Il n'était pas moins dangereux qu'eux. S'ils étaient des hyènes, lui était un lion, silencieux et meurtrier.

— Qu'est-ce qu'on va faire d'eux, Jesse ?

— Je ne veux plus jamais qu'ils s'approchent de moi. Qu'ils me parlent, qu'ils me touchent ou qu'ils regardent dans ma direction.

Je n'avais pas froid, mais je claquais des dents. Je n'étais pas fière de me servir de Bane pour m'assurer que les garçons me laissent tranquille, mais la tentation était trop forte. Henry et Nolan étaient des brutes. Il leur suffisait de flairer la faiblesse pour passer à l'attaque. Si personne ne les en empêchait, ils continueraient de me provoquer jusqu'à ce que j'en crève.

— Vous l'avez entendue, a déclaré Bane. Considérez ça comme une ordonnance restrictive.

— Pardon, mais t'es qui pour nous dire quoi faire ? a craché Nolan.

Bane a relâché Henry et s'est avancé vers Nolan. L'air était lourd de menaces. Autour de l'orbite ahurissante de Roman Protsenko, le reste du monde paraissait triste et banal. Comme si ce type était plus grand que la planète qui l'accueillait. Il a attrapé Nolan par la gorge et l'a serrée, le tout avec un stoïcisme blasé.

— Si jamais tu t'approches d'elle, je veillerai personnellement à ce que tu ne remettes plus jamais un pied dans cette ville. Ta famille n'aura pas d'autre choix que de déménager. Tu pourras dire adieu à tes rêves universitaires. Je ferai jouer tous mes contacts pour m'assurer que vos vies ne seront plus qu'un cauchemar permanent à la Freddy Krueger. Je vous préviens : je suis super fort en cauchemars. J'ai mené une vie différente de la vôtre, je sais à quoi des gosses de riches peuvent survivre… *et ce dont ils ne peuvent pas réchapper.*

J'aurais payé cher pour voir le visage de Nolan à cet instant, mais il me tournait le dos. Par contre, j'ai entendu clairement Henry s'étrangler de terreur.

— Mec, barrons-nous de là ! a-t-il supplié.

— Nolan, fais pas le con ! a sangloté Wren.

Nolan, aussi penché et mal assuré que la tour de Pise, semblait comprendre pour la première fois la leçon qu'il m'avait inculquée : qu'on était tous fragiles et cassables. Bane a desserré son étreinte autour de son cou et l'a poussé vers la voiture.

— Ma patience a des limites, a grondé le géant blond. Dans d'autres circonstances, vous n'auriez pas quitté ce parc vivants.

Nolan m'a jeté un regard, les yeux plissés.

— Très bien. Pour nous, tu n'existes plus. T'es contente ?

Pas vraiment. Mais je tenais à ce qu'ils m'oublient, histoire qu'un jour, peut-être, je puisse les oublier à mon tour.

— Espèce de connard, ai-je sifflé en enfouissant le nez dans la fourrure de Shadow.

— Espèce de salope. Souviens-t'en le jour où le tyran

de la ville te remplacera par une nana qui n'est pas bourrée de MST.

Cette remarque a valu à Nolan un coup de poing de la part de Bane, si brutal qu'il a chancelé avant de tomber assis par terre. Bane lui a balancé le bout de sa ranger dans le visage, et j'ai entendu un craquement. J'ai laissé échapper un rire, en état de choc. Henry a rejoint Nolan au pas de course, l'a agrippé par le col de son polo et a galopé vers la Camaro.

— Mec, on met les voiles. Maintenant !

Il a fourré son ami dans la voiture avant de se ruer sur le siège du conducteur. Après quelques tentatives de démarrage ratées, il a fait rugir le moteur. Il a reculé dans un crissement de pneus, a percuté légèrement le pick-up de Bane et a pris la fuite en parsemant la route de petits fragments de capot. J'ai suivi le véhicule des yeux. J'étais tellement captivée par ce qui venait de se passer que je n'avais même pas remarqué que Bane se tenait debout devant moi. Pourtant, il était bel et bien là.

Avec son long corps musclé.

Ses yeux aussi verts qu'une menthe d'hiver, sombres et effroyablement vifs.

Sous la lumière crue, je distinguais les petites cicatrices d'anciens piercings. À la lèvre inférieure. Au nez. Au sourcil. Il était d'une beauté majestueuse. Seuls ses tatouages et sa barbe entachaient sa splendeur presque aristocratique.

Mon regard a glissé vers ses mains. Elles étaient couvertes de tatouages qui dissimulaient soigneusement chaque centimètre de sa peau.

Je me suis attardée sur les taches sombres qui recouvraient ses jointures. *Le sang de Nolan.*

J'ai levé les yeux.

J'ignorais si c'était l'odeur d'herbe et d'adrénaline, les chuchotements de la nuit qui promettaient d'engloutir ce qui venait de se passer entre nous, ou le fait qu'il m'avait sauvée mais, à cet instant, je ne haïssais pas Bane comme je haïssais le reste du monde. Ma bouche s'est ouverte d'elle-même, et un mot en est sorti.

— Merci.

Il a soufflé bruyamment.

— Et maintenant qu'est-ce que je dois faire pour que tu acceptes de boire un café avec moi ?

Il reprenait là où on s'était arrêtés la dernière fois, quand je lui avais affirmé qu'il faudrait qu'il me sauve la vie.

C'était ce qu'il venait de faire, non ?

— Que tu me dises pourquoi tu y tiens tant.

— Je veux te guérir, a-t-il affirmé, ses yeux verts accrochant mes prunelles bleues.

Te guérir.

Shadow a remué dans mes bras, s'efforçant de humer l'odeur de Bane. J'étais étonnée qu'il n'ait pas tenté de le mordre, comme à son habitude. Il savait que je n'aimais pas la proximité des hommes.

— Ne le prends pas mal, mais qui tu es pour prétendre me guérir, et qui a dit que j'en avais besoin ?

J'ai baissé la tête, consciente de ne pas avoir échangé autant de mots avec un homme depuis des années. J'avais presque envie de le bousculer. *De quoi je me mêle ?* Mais j'avais aussi presque envie de le prendre dans mes bras pour le serrer contre moi. *C'est quand même sympa de sa part.* Personne n'avait jamais essayé de me remettre d'aplomb. Même Darren et Pam n'avaient rien voulu d'autre que se débarrasser de moi. Évidemment, je n'ai fait ni l'un ni l'autre. L'Intouchable ne touchait jamais personne.

Bane s'est avancé d'un pas. Je n'ai pas reculé.

— Je connais ton histoire. Je sais ce qu'Emery, Nolan et Henry t'ont fait. Disons juste que quelqu'un de proche a traversé le même genre d'épreuve. Alors, ce que tu as vécu, ça me parle.

Il a montré du doigt l'endroit où la Camaro avait stationné. J'ai songé à ce que je savais de lui. À sa mauvaise réputation. Mais je me suis aussi rappelée que c'était lui qui avait mis fin au jeu Defy à All Saints High. Qu'avec moi, il ne s'était montré qu'aimable et serviable.

— Je crois que tu ne comprends pas, Flocon de neige. Tu n'as pas ton mot à dire dans ce merdier. Je t'aiderai, que tu le veuilles ou non. Et je suis prêt à cogner tous les habitants de Todos Santos s'il le faut, moi y compris. Je ne veux pas coucher avec toi, Jesse.

Entendant son souffle court, je l'ai imaginé prendre mon visage en coupe dans ses grandes paumes rugueuses. Je n'ai même pas tiqué.

Dans mon esprit, son haleine à l'odeur de cannelle me réchauffait le visage.

Dans mon esprit, il n'y avait pas ce no man's land entre nous, et nos voix ne résonnaient pas lugubrement dans le vide de la nuit déserte, parce que je n'étais pas brisée et apeurée.

— Tout ce que je veux, c'est te sauver.

— Mais…

— Ils t'ont traitée de salope, m'a-t-il interrompue. Ce qu'ils t'ont fait est impardonnable. Je vais te sauver, tu m'entends ? Je vais te sauver, parce qu'elle, elle n'a pas pu l'être.

Je n'ai posé aucune question.

Je n'ai émis aucun doute.

Je me suis contentée de l'accepter, de la même manière qu'on accepte la présence du ciel au-dessus de sa tête, sachant qu'il représentait une force trop puissante pour m'y opposer.

Bane m'avait aidée. Il m'avait protégée.

Et, malheureusement, il en avait plus fait que n'importe qui dans ma vie.

Tout ce qu'il voulait, c'était boire un café. Dans un lieu public. Une fois. Ça ne me tuerait pas.

J'ai pensé à Mme Belfort, qui flétrissait dans son coin, au fait que la solitude m'avait poussée à courir en pleine nuit pour fuir mes souvenirs et mes cauchemars. J'ai acquiescé. Il m'a fait signe de monter dans son pick-up et j'ai secoué la tête en posant Shadow par terre. On allait marcher. Bane a fourré son téléphone portable dans mes mains.

— Cinq, trois, trois, sept. Enregistre les secours dans tes numéros d'urgence. Je vais conduire lentement. Je vais garder la portière du passager ouverte au cas où. Mais pas question que tu marches avec les pieds dans cet état.

Suivant son regard, je me suis aperçue que mes chevilles et mes Keds n'étaient pas beaux à voir, que mon petit canif m'avait entaillé la peau et que ma chaussette était trempée de sang. J'ai hoché lentement la tête et je l'ai remis en place. Puis, j'ai composé le numéro et, le pouce au-dessus du bouton vert, je suis montée dans son pick-up.

Uniquement parce que j'étais en état de choc.

La Jesse d'aujourd'hui ne montait jamais dans le véhicule d'un autre.

— Juste une question, Bane, ai-je lancé après lui avoir donné les indications pour me déposer chez moi. Comment ça se fait que tu étais là ce soir ? C'est un quartier sécurisé.

Il a mis le moteur en route, s'est enfoncé dans son siège et a tourné la tête vers moi.

— Je viens voir quelqu'un à El Dorado tous les jeudis. J'ai la clé du portail.

Une fois arrivée devant chez moi, j'ai dégluti en quittant le siège passager avec Shadow sur les talons.

Ma cheville traînait par terre et a laissé une tache de sang sur son vieux siège en cuir.

J'ai trouvé ça ironique.

C'était l'homme le plus puissant que je connaissais, et j'avais pourtant réussi à apposer ma marque sur lui avant qu'il le fasse.

Chapitre 4

Bane

Dès que Darren m'avait envoyé un texto annonçant que Jesse était partie faire un jogging, j'avais bondi hors de mon lit et j'avais grimpé dans mon pick-up pour foncer à El Dorado.

Bon, OK, je reformule : j'avais quitté le lit de Samantha, un plan cul doublé d'une avocate qui me filait des conseils juridiques, pour foncer vers la piste d'athlétisme.

Il était 3 heures du mat'. Si Flocon de neige avait des pulsions suicidaires, elle faisait tout ce qu'elle pouvait pour les assouvir. J'étais arrivé juste à temps. Le coup classique du *deus ex machina* où, grâce à mon bol de cocu, je m'étais retrouvé face à deux pauvres types, une nana blasée, et Jesse avec son clebs au milieu de tout ça.

Elle avait été tellement désorientée et horrifiée qu'elle avait accepté sans discuter l'excuse que je lui avais donnée pour mon arrivée impromptue. Elle avait failli se vautrer en quittant mon pick-up à la vitesse de l'éclair, et j'avais fait semblant de ne pas m'en apercevoir par peur de lui coller la honte. Je n'avais pas l'habitude de me montrer aussi conciliant, mais elle avait des circonstances atténuantes.

Les petits filets de sang qui parsemaient mon siège passager me rappelaient qu'elle était brisée, et que j'allais devoir prendre soin d'elle.

Je baisais pas mal de nanas pour du fric. Mais ne pas en baiser une pour du fric ? Ça ne relevait pas de mon domaine d'expertise.

Le bon côté de la chose, c'est que j'étais parvenu à la convaincre de boire un café avec moi. Sauf qu'entre mes séances de surf et mes affaires à gérer il ne me restait pas beaucoup de temps, alors elle allait devoir me suivre à un rendez-vous d'affaires.

Enfin, un racket, mais c'était du pareil au même.

J'ai retrouvé Jesse au Café Diem le lendemain à 16 heures. Sa seule présence relevait du miracle. Elle a évolué avec grâce entre les tables bondées, vêtue de sa tenue habituelle qu'on aurait crue sortie tout droit des années 1990 : casquette de base-ball noire, jean baggy, et ce fichu gilet à capuche noir. L'allure la plus neutre au monde pour cacher celle qu'elle était réellement.

Ma vie entière n'a été qu'une attente de toi.

Une poétesse. Une exploratrice. Une romantique. Une princesse éprise de culture et tueuse de dragons.

En prime, elle avait visiblement le don pour faire ressortir mon côté emo. La cerise sur le gâteau.

Darren Morgansen m'avait expliqué en deux mots ce qui était arrivé à sa belle-fille. Jesse était sortie avec Emery Wallace, héritier de l'empire Wallace, les concurrents principaux des magasins Walmart sur la côte Ouest, pendant tout le lycée. Emery faisait partie de ces ados pourris gâtés, bourrés de fric et complètement déconnectés de la réalité. L'idée de sortir avec la plus jolie fille du lycée l'avait fait kiffer. Une vierge, en plus. Le soir où la déesse qu'il avait la chance de se taper avait accepté de se laisser déflorer, Emery avait installé une caméra dans sa chambre, derrière sa PlayStation, pour filmer la scène.

Sauf qu'en vrai elle n'était pas pucelle.

Aucune trace de sang.

Pas la moindre preuve qu'il venait de prendre sa virginité.

Jesse Carter était aussi vierge qu'une capote usagée.

D'après Darren (ou, plutôt, d'après les rumeurs), les images prises par la caméra avaient révélé qu'elle paraissait s'ennuyer, bâillant presque à chacun des coups de hanches de son amant.

Emery avait voulu lui montrer sa façon de penser, et la méthode qu'il avait choisie était des plus douteuses. Quelques semaines plus tard, il l'avait enlevée à un croisement où elle attendait que le feu passe au vert, l'avait emmenée dans une ruelle déserte avec ses meilleurs potes et l'avait marquée à tout jamais. Jesse savait que ses camarades du lycée feraient des choux gras de cette histoire si elle s'ébruitait, alors les familles étaient tombées d'accord : les garçons devaient se tenir à l'écart et quitter la ville pour étudier en fac dans un autre État, et elle ne devait jamais évoquer l'Incident. Jamais. La seule idée que des proches de Jesse aient pu accepter cet accord me donnait envie de les étrangler.

Voilà son histoire. Une sex-tape. Un viol collectif. Des parents merdiques.

Quand je m'étais retrouvé face à Nolan et Henry et que j'avais compris que je ne pouvais pas leur écraser la tronche sur un trottoir, ça avait tué une partie de moi que je chérissais. Celle qui renfermait ce qui me restait de moralité.

Le pire, c'est que Jesse ne voulait peut-être pas qu'on la touche mais, à l'intérieur, elle restait une petite fée sensuelle. La magnifique sirène aux yeux bleu pastel que j'avais vue nager vers la rive tant d'années plus tôt vivait encore en elle. Je ne pouvais pas l'oublier, même avec ce gilet à capuche et cette casquette. Elle s'est avancée vers moi avec le pas décidé d'un soldat captif — fier, mais vaincu —, les yeux rivés à un point invisible derrière ma tête. Juché sur un tabouret de bar, j'étais en train de m'en rouler une. Elle s'est immobilisée avant qu'on puisse humer nos odeurs respectives. Avant que ma proximité lui rappelle que moi aussi, j'étais un péché.

— Je n'aime pas le café, a-t-elle affirmé catégoriquement.

Pas de « Bonjour ». Ni de « Ça va ? ». Les codes sociaux pouvaient aller se faire foutre.

— Moi non plus.

Elle a réprimé un sourire timide et a regardé ses Keds. À la voir se mordiller la lèvre inférieure, je me suis senti à l'étroit dans mon bermuda. Je ne me suis même pas donné la peine de m'en vouloir. J'avais plus de chances de draguer un cadavre de chauve-souris que de lui donner une claque sur les fesses. Malgré tout… *Merde.*

— Tu auras un smoothie si tu es sage, mais j'ai quelques trucs à faire d'abord. On taille la route.

Je me suis dirigé vers la sortie après avoir salué d'un signe de tête Gail et Beck, qui se trouvaient derrière le bar.

Flocon de neige m'a suivi.

— Où est-ce qu'on va ?

— J'ai des affaires à régler.

— Ça m'a l'air louche.

Là-dessus, je ne pouvais pas la contredire.

— On n'a pas tous la chance d'avoir des parents friqués qui peuvent tout nous payer dans la vie. Allez, viens, on va bien se marrer.

Ou pas. De toute manière, elle ne devait pas avoir grand-monde à voir dans le coin, et moi j'avais du boulot. Jesse a piqué un petit sprint pour me rattraper. J'étais plus grand et plus rapide, mais elle avait de l'endurance. Elle n'avait pas hérité d'un cul digne de mille poèmes et d'une guerre mondiale en restant assise à glander toute la journée. À court de mots, j'ai glissé un joint entre mes lèvres.

— Tu fumes beaucoup de pétards, a-t-elle commenté en portant une mèche de ses cheveux à sa bouche pour en mâchouiller les pointes.

— C'est légal en Californie, ai-je rétorqué en allumant mon spliff.

— Pas en public, a-t-elle souligné. Tu tiens vraiment à te faire coffrer ?

— Si j'y tiens ? Non. Mais j'essaie, c'est vrai.

J'avais Brian Diaz, le chef de la police du coin, dans la poche. Je baisais sa femme chaque mardi et, en échange, il fermait les yeux sur mes combines. Je pouvais faire tout ce que je voulais, mis à part décapiter le maire dans Liberty Park. Et puis, comme Grier Diaz était plutôt canon, ce n'était pas désagréable.

Nous avons longé le front de mer, tels deux alliés hautement improbables. J'étais celui que tout le monde connaissait, elle, un fantôme cherchant à tout prix à ce qu'on l'oublie. Une bande de filles vêtues de hauts de bikini et de minishorts à la *Shérif, fais-moi peur* nous ont dépassés. Elles ont entrechoqué leurs poings avec le mien avec des sourires séducteurs et ont inspecté ma complice de haut en bas. Au début, elle est restée sans rien dire. Mais, quand Samantha l'avocate m'a décoché un clin d'œil et a lâché un rire en me frôlant de l'épaule dans son tailleur crème, Jesse a froncé les sourcils.

— Il y a une femme dans cette ville que tu ne t'es pas tapée ?

— Oui. Toi.

— C'est pour ça que je suis là ?

— Je te l'ai déjà dit, avec mon boulot je n'ai pas le temps d'avoir une petite copine, et tu n'as pas l'air du genre à apprécier les coups d'un soir.

Nous sommes passés devant un fast-food, un salon de

tatouage et un vendeur de glaces italiennes. Le soleil était éblouissant, le ciel d'un bleu d'azur, les sourires radieux. La vie était un immense rayon de soleil, mais Jesse frissonnait dans un coin d'ombre et refusait de le laisser la réchauffer.

— Pourquoi ça ?

Du coin de l'œil, je la voyais tripoter les lanières de son sac à dos histoire de s'occuper les mains. Ce n'était pas facile pour elle. De sortir. D'être vue. J'ai ralenti le pas pour lui laisser le temps de se reprendre.

— Pourquoi quoi ?

J'ai tiré une ultime latte sur mon joint avant de le jeter dans le sable. À présent que la conversation était lancée, je n'avais plus besoin de cet accessoire.

— Pourquoi est-ce que ton boulot ne te permet pas d'avoir une petite amie ?

— Parce que je saute des nanas que je ne devrais pas pour faire des trucs que je ne devrais pas.

Inutile de lui cacher la vérité. Elle l'entendrait tôt ou tard de la bouche d'un autre. Lorsqu'on s'est arrêtés devant une boutique ouverte quelques jours plus tôt par une commerçante fraîchement débarquée, j'ai su que j'avais bien fait de parler franchement. L'expression sur son visage était passée de l'agacement à… Quoi, exactement ? De l'intérêt ? De l'amusement ? Peut-être même un poil d'attirance, allez savoir. Le jury délibère encore là-dessus.

Ma vie entière n'a été qu'une attente de toi.

J'ai été pris d'une envie soudaine d'abattre les murs qui l'entouraient pour voir qui elle avait été avant son agression. Cette citation ne pouvait pas parler de nous deux, si ? Je n'étais pas la personne en question. Je n'étais qu'un connard qui se servait d'elle pour obtenir son parc à surf.

— Tu es un call-boy ?

Elle a écarquillé de plus belle ses yeux déjà immenses.

J'ai attrapé une bretelle de son sac à dos et l'ai fait claquer sur son épaule, tout en veillant à ne pas la toucher.

— Je préfère la formule « plombier du sexe », ai-je rectifié avec un sourire suffisant.

— Mon Dieu ! s'est-elle esclaffée.

— Oui. Des fois on m'appelle aussi comme ça. Tout ça pour dire que tu n'obtiendras pas gratos ce pour quoi d'autres sont prêtes à payer le prix fort. Alors pas d'inquiétude. Écoute, tu as besoin d'un ami, et moi, d'une serveuse et de quelqu'un qui voudra bien traîner avec moi sans me considérer comme Dieu tout-puissant. Ça colle bien, tu vois ce que je veux dire ?

Elle m'a gratifié de son premier vrai sourire, et bon sang de merde, Jesse Carter aurait pu se contenter de faire ça pour gagner sa vie. Ses sourires auraient pu faire régner la paix sur Terre, et je n'exagère même pas. Ça devait être ses fossettes. Elles creusaient ses joues pâles et lisses comme deux petites taches sombres sur la neige.

— Attends-moi ici. J'en ai pour dix minutes. Après, je t'achèterai un smoothie pour te remercier de m'avoir laissé te sauver la vie.

D'un signe de tête, j'ai indiqué le magasin derrière moi.

— Je t'accompagne, a-t-elle décrété.

Ça ne m'a surpris qu'à moitié. Elle n'était pas une chandelle vacillante, mais un brasier, et pourtant quelqu'un avait réussi à l'éteindre. Ils avaient dû s'y mettre à trois. Moi, quoi qu'il en coûte, je rallumerais sa flamme. J'ai posé le plat de la main sur le mur imaginaire qui nous séparait.

— Jamais de la vie.

— Pourquoi ?

— Parce que si tu viens avec moi, tu seras liée à un crime, et aucun smoothie au monde ne vaut d'avoir un casier judiciaire. Tu peux me croire.

Plutôt que de me questionner davantage, elle a hoché la tête, s'est retournée et s'est assise sur la première marche qui menait au magasin. J'ai contemplé le sommet de son crâne quelques instants avant de sortir de ma transe et de pousser la porte en verre.

Je l'ai claquée derrière moi en souriant contre mon gré.

Non, elle n'était pas un flocon de neige.

Mais un vrai blizzard.

Le secret pour être un connard, c'est de ne pas en être un.

Vous allez sûrement me réclamer une explication. Bien sûr, il existe des gens comme Vicious. Ouvertement odieux. Mais ces mecs-là étaient nés avec le monde à leurs pieds. Ce n'était pas aussi facile pour des types comme moi. Quand j'avais besoin d'un truc, je devais me plier en quatre pour me faire bien voir, rivaliser pour obtenir une once d'affection, que ce soit de la part de mes collègues, de mes ennemis ou de mes plans cul. Merde, même de ma mère.

Arrêt sur image.

On rembobine : j'étais né vingt-cinq ans plus tôt de Sonya, la fille d'une famille semi-aristocrate tombée en disgrâce en même temps que l'Union soviétique et qui avait perdu la majeure partie de sa fortune. Mon donneur de sperme était un soldat de la Bratva. Si vous vous demandez ce qu'une gentille fille comme ma mère fichait avec un bad boy, la réponse est simple : rien. Il l'avait violée. Voilà comment j'étais venu au monde : déjà perdant. Ma mère a décidé de fuir le pays pour étudier aux États-Unis. Dire qu'elle était riche aurait été exagéré, mais elle avait assez d'argent pour qu'on vivote à deux pendant qu'elle faisait ses études. Tout juste. Elle est devenue pédopsychiatre. Je m'étais toujours demandé si c'était à cause de moi qu'elle avait voulu apprendre à désamorcer des gosses perturbés, histoire de m'éviter de devenir comme mon père. Enfin, peut-être que je réfléchissais trop. Je pense qu'au fond la vérité se trouvait quelque part entre les deux.

J'avais trois ans quand nous étions arrivés sur le sol américain, alors je n'avais pas gardé beaucoup de souvenirs de la Russie. Ma mère avait à peine de quoi acheter une bonne paire de chaussures, mais elle avait trouvé un bon plan pour passer des coups de fil à l'international. Elle appelait sa famille tous les jours, entortillant le cordon du téléphone autour de son doigt tout en papotant en russe. Son visage s'illuminait comme un sapin de Noël chaque fois qu'elle entendait un ragot sur ses amies Luba ou Sveta. Pendant très longtemps, je me suis demandé ce qui lui avait pris de déménager alors qu'elle semblait raffoler de Saint-Pétersbourg. Mais c'était clair comme de l'eau de roche.

Moi. C'était moi, la raison. Elle voulait m'offrir le meilleur.

Je ne me souvenais sans doute pas de la Russie, mais j'avais gardé des images précises de l'Amérique. Sous tous ses aspects. Je me rappelais les coups d'œil en biais, les regards insistants, les nez froncés dès que ma mère ouvrait la bouche. Elle balbutiait, rougissait, s'excusait pour son lourd accent, qui est allé en se diluant avec chaque année passée dans ce pays.

Jamais je n'ai oublié les sourires condescendants qu'on lui adressait chaque fois qu'elle essayait de s'exprimer auprès d'un service clientèle. Depuis, j'ai fait le vœu de me montrer charmant, sympathique, adorable. Gentil, respectueux, trop séduisant pour qu'on me résiste. Si les hommes me craignaient, avec les femmes c'était différent. Vous comprenez, j'avais une relation compliquée avec ma mère, et ensorceler les femmes était pour moi un véritable besoin compulsif que je satisfaisais presque en mode automatique.

Venir. Voir. Vaincre (et puis, évidemment, Jouir, mais ça faisait partie de l'ensemble).

Fin de l'arrêt sur image.

En silence, j'ai verrouillé la porte derrière moi avant de m'approcher du comptoir et d'effleurer les bibelots exposés. Qu'est-ce qu'ils vendaient ici, au fait ? On aurait dit une boutique de souvenirs. Des boules à neige et des stylos à l'effigie de Todos Santos. Qui avait besoin de ce genre de babioles ? On n'était pas à New York, mais dans une ville balnéaire située dans le trou du cul de la Californie. J'ai posé ma casquette sur le comptoir avec arrogance.

— C'est joli, chez vous.

— Merci.

Une femme proche de la trentaine s'est levée d'une chaise derrière le comptoir. Un peu boulotte, avec les cheveux teints en roux et les yeux marron.

— Vous cherchez quelque chose de particulier, monsieur ?

— Oui. L'argent que vous me devez pour vous protéger.

— Pardon ?

— L'argent. Que vous me devez. Pour vous protéger, ai-je répété lentement, comme si c'était son audition qui posait problème, pas ce que j'étais en train de dire. Vingt pour cent de votre loyer, pour être précis. Soit, il me semble, mille deux cents billets. Pour l'instant, on n'accepte que du liquide, ai-je précisé avec un sourire carnassier. Je suis Bane, au fait.

Elle a étouffé un petit cri, a plaqué une main sur sa poitrine et s'est mise à tripoter le collier autour de son cou.

— Je… Je ne comprends pas. Me protéger de qui ?

— De moi.

— M… Mais, pourquoi ?

— Parce que vous êtes dans ma zone, et vous devez obéir à mes règles.

J'adorais donner ce discours. Je me serais cru dans *Scarface*.

— Cette plage est la mienne. C'est moi qui attire les surfeurs pros, les compétitions annuelles, le capital et les touristes. Les skaters devant votre boutique ? C'est aussi grâce à moi. Je suis la raison pour laquelle vous avez eu envie d'ouvrir un magasin ici, alors considérez-moi comme un propriétaire invisible. On se charge de la collecte à tour de rôle avec mon associé, Hale Rourke, histoire de ne pas vous lasser.

Elle a multiplié les hochements de tête saccadés tout en digérant ce que je venais de dire. Son visage reflétait une expression de colère mêlée d'horreur. Moi, je restais décontracté, souriant, sympa. Tellement sympa. Pour l'instant.

Elle a dégluti.

— Et si je ne paie pas ?

J'ai mis les coudes sur son comptoir. Elle n'a pas eu de mouvement de recul, car elle me trouvait attirant. J'avais l'air intimidant, mais du genre dont il fallait se méfier au pieu, pas dans une ruelle.

— Des fois, il y a des accidents. Je peux être très maladroit, vous n'avez pas idée.

— Quel genre d'accidents ?

— Si je le savais, il n'y en aurait pas. Pigé ?

— Est-ce que vous… Vous allez me faire du mal ?

J'ai joué avec l'ourlet de mon T-shirt Billabong usé par trop de lessives.

— Jamais je ne toucherais à une femme, sauf pour la faire jouir. Il n'y a que votre commerce qui m'intéresse, madame. Ou sa disparition, si vous tardez à me payer le loyer.

— Vous voulez me faire croire que vous demandez de l'argent à tous ceux qui se trouvent en front de mer ?

— Chérie, ai-je lâché en soulevant son menton avec l'index pour accrocher son regard et la laisser se perdre dans mes yeux. Ne pensez pas une seule seconde que vous êtes visée parce que vous venez d'arriver. Tout le monde paie pareil.

C'était peut-être le marxiste en moi, mais j'avais toujours aimé l'idée d'une véritable équité. Je trouvais simplement que ce n'était pas plausible. C'est comme s'imaginer jouir pendant trois heures de suite : sur le papier, ça a l'air top, mais dans la pratique, c'est impossible. Malgré tout, je ne mentais pas. Je faisais raquer tous les commerçants du coin, mis à part Edie Rexroth. Une décision qui n'avait rien de personnel, même si j'aimais bien Edie. C'était une fille géniale, mais si j'avais choisi de laisser Breakline tranquille, c'était parce que je n'avais aucune envie de me friter avec son mari et ses trois potes. Ils exerçaient un trop grand pouvoir sur la ville, et j'étais trop futé pour me laisser aveugler par mon ego.

La rouquine a cligné des yeux, comme si elle reprenait enfin ses esprits. Elle s'est écartée du comptoir et, d'une main tremblante, a fait mine d'attraper son téléphone portable. J'ai penché la tête sur le côté et j'ai fait claquer ma langue, tout en soupirant théâtralement face à ses simagrées.

— Si j'étais vous, je ne ferais pas ça. J'ai d'excellents amis dans la police.

Forcément, à force de me faire coffrer tous les quinze jours entre l'âge de dix-huit et vingt et un ans…

Avant que je devienne « Bane : l'entrepreneur », j'avais été « Bane : le connard de service ». La rouquine avait donc droit à une version diluée. Celle du mec qui venait simplement récupérer son dû. Avant que je débarque, cette plage était morte. C'était un fait.

— Vous êtes qui ?

En général, je m'appliquais à ne jamais me répéter, mais histoire d'être poli, et parce que j'étais venu lui réclamer du fric de but en blanc, je lui ai répondu.

— Mon nom est Roman « Bane » Protsenko, et je tiens

les rênes de cette ville. Soit vous payez, soit vous fermez. Il n'y a pas d'autre option. Pas de plan B. Pas d'issue. Ne vous faites pas de bile. Je veillerai sur vous. Je vous enverrai des clients, je parlerai de vous autour de moi, je me débrouillerai pour que votre boutique marche bien et soit en sécurité. Le paiement se fera le deuxième jour de chaque mois, ai-je précisé en toquant sur son comptoir et en lui décochant un clin d'œil charmeur. Ravi de faire affaire avec vous.

En sortant, j'ai trouvé Jesse toujours assise sur sa marche, exactement là où je l'avais laissée. Elle a levé le nez de son livre, et j'ai aussitôt pris conscience de deux choses :

Elle faisait semblant de lire un ouvrage relié à couverture rouge. Sûrement un classique de la littérature.

Elle avait caché un autre livre à l'intérieur. Mes yeux se sont posés sur un paragraphe que je n'aurais sûrement pas dû voir.

Il glissa ses grandes paumes sur les cuisses de la jeune femme et les écarta pour presser sa langue chaude sur son intimité.

— J'espère que tu aimes qu'on te prenne brutalement, ma chérie, parce que je vais te baiser à en faire trembler les murs.

Chapitre 5

Jesse

L'ancienne Jesse avait beau avoir péri la nuit de l'Incident, des fragments d'elle résidaient encore en moi. Notamment son besoin d'éprouver des sensations charnelles. Je pense que c'était l'une des raisons pour lesquelles je n'étais pas suicidaire. Je n'étais pas apathique. J'étais furieuse, triste, désespérée. Et, plus que tout, en manque d'affection.

Au fond, cela avait toujours été le cas — ce n'était pas pour rien que j'avais traîné avec la bande d'Emery, même si je savais pertinemment qu'ils n'en avaient rien à faire de moi. J'avais simplement veillé à ce qu'ils ne se doutent de rien.

Mes besoins ne regardaient que moi. Personne n'était censé être au courant. Et encore moins *lui*.

— Il va la baiser à en faire trembler les murs ? Vraiment ? Les murs ?

Bane a sautillé derrière moi et, pour une raison ou une autre, son petit rire a résonné dans ma poitrine. J'avais les oreilles en feu. Qu'est-ce qui m'avait pris de lire des cochonneries en public ? Je croyais que personne ne le remarquerait, vu que mon livre était caché derrière la couverture d'un classique parfaitement respectable. Je ne m'étais pas attendue à ce que Bane resurgisse si vite après être entré dans le magasin.

Il n'avait pas annoncé en avoir pour dix minutes ? Il était vraiment si doué que ça ?

Évidemment. La preuve, tu es toujours là, non ?

— La ferme ! me suis-je écriée en enfouissant le visage dans les mains.

Je me suis levée et j'ai rangé mon livre dans mon sac. La honte !

— Laisse-moi rentrer chez moi, je t'en supplie.

Il a bondi devant moi et s'est mis à marcher à reculons pour me faire face, les bras écartés, avec un sourire tellement effronté que j'ai eu envie de l'arracher de son beau visage.

— Et le smoothie que je t'avais promis ?

— C'était avant que tu te moques de mes penchants littéraires.

— Arrête de parler comme ça.

— Comme quoi ?

— Comme si t'avais quatre-vingts balais. Qu'est-ce que tu veux dans ton smoothie ?

D'instinct, j'ai eu envie de lui balancer que ce que je voulais, c'était qu'il me foute la paix, et puis de tourner les talons. Oui, je sais, c'était puéril, mais j'étais sacrément rouillée en ce qui concernait les relations avec les autres. Surtout avec les garçons. Surtout avec ceux qui ressemblaient à Bane — des sauvages tatoués à la repartie facile et à la beauté fascinante.

— Des fraises.

— Quoi d'autre ?

— Du melon.

— Et ?

— De la banane.

— Mmm. De la banane.

Sauf que, contrairement à Nolan ou Henry, ça n'avait rien de pervers quand il disait ça. Il plaisantait, rien de plus.

— Quelle subtilité. T'as avalé un clown ou quoi ?

J'ai levé les yeux au ciel et je lui ai jeté mon porte-monnaie. Je n'avais rien d'autre sur moi. Il l'a attrapé au vol et l'a ouvert nonchalamment tout en continuant de marcher à reculons.

— Tu ne gardes pas beaucoup de liquide sur toi.

— Et alors ?

— Je me demande comment tu vas me soudoyer pour taire tes « penchants littéraires ».

Son sourire s'est élargi, illuminant son visage de gaieté.

— Tu oublies que je ne pourrais pas avoir pire réputation, à moins de me mettre à assassiner des petits chiots, ai-je marmonné, les épaules affaissées. L'Intouchable que tout le monde a déjà touchée.

C'était la vérité toute nue, et son souffle glacial m'a parcouru la colonne vertébrale quand j'ai songé aux regards qu'on me décocherait si j'entrais dans le café avec lui. Nous nous sommes arrêtés devant le Café Diem. Il m'a rendu mon porte-monnaie.

— Tu aimes t'apitoyer sur ton sort, à ce que je vois. Désolé, Jesse, mais j'ai pas que ça à foutre.

— T'es qu'un pauvre type, ai-je soupiré.

— Comme si je ne le savais pas.

— Sean Connery portait un postiche dans tous les films de James Bond.

— Hein ? s'est esclaffé Bane.

— Je parie que ça, tu ne le savais pas.

Il a secoué la tête, pris d'un fou rire et rayonnant de joie. Il brillait comme un soleil.

— Allez, a-t-il déclaré en me faisant signe de la main. Je vais t'acheter ce smoothie.

J'ai levé les yeux au ciel pour la deuxième fois en une minute.

— Cet endroit t'appartient, ai-je fait remarquer.

Je commençais à ressembler de nouveau à l'ancienne Jesse. Culottée comme pas deux.

Bane a poussé la porte en verre du Café Diem et est entré sans même vérifier si je le suivais. Sa stratégie de mec imbuvable fonctionnait car, après une brève hésitation, je lui ai emboîté le pas. J'ignorais pourquoi je trouvais aussi facile de parler à Bane. Je savais ce qu'il voulait faire : me ramener dans les bras cruels du monde. Un monde que je détestais, mais qui me manquait aussi atrocement. Et, allez savoir pourquoi, malgré ma peur paralysante, je me laissais faire.

Tout le monde m'a regardée.

Ce n'était pas une façon de parler. Vraiment, toutes les personnes présentes m'ont dévisagée.

On aurait dit que les habitants de Todos Santos avaient attendu avec impatience que je quitte ma cachette pour voir si je m'étais transformée en monstre ou si j'avais toujours forme humaine. Si j'avais pris vingt kilos, si j'étais devenue anorexique. Si j'étais au bord du suicide, ou juste complètement cinglée. Si je m'étais rasé le crâne, scarifié la peau, si je n'étais plus cette jolie fille cent pour cent américaine.

Les rumeurs allaient bon train, et les gens avaient envie de voir certaines d'entre elles se vérifier.

Bane a ralenti le pas pour me permettre de le rattraper. Il arborait un air agacé et blasé à la fois, du genre à dissuader n'importe qui de dire quoi que ce soit à notre sujet. À *mon* sujet. J'avais l'impression qu'il aurait aimé que quelqu'un ose s'attaquer à moi pour qu'il serve d'exemple, mais personne n'a mordu à l'hameçon. J'étais tellement rouge de honte que j'avais peur de prendre feu et, en même temps, je ne voulais pas partir. Il fallait que j'affronte le monde à un moment donné, et pourquoi pas ce jour-là. D'autant plus que j'avais la protection de Bane Protsenko.

L'intéressé s'est rendu derrière le bar, et j'ai pris appui

contre le comptoir en bois couleur champagne pour l'observer. Il s'est lavé soigneusement les mains avant de placer une banane, des fraises et des morceaux de melon dans un blender pendant que je m'installais sur un tabouret en me cachant sous ma capuche. On le considérait comme le Messie et il venait d'arriver à dos d'âne vêtu d'un string scintillant. Il a levé les yeux du grand verre dans lequel il venait de verser mon smoothie.

— Le prochain qui la dévisage bêtement se fait virer à grands coups de pieds au cul. Clients compris. Pigé ?

J'en ai presque ri. *Presque*. Mais j'aurais eu l'impression de trahir la nouvelle Jesse.

La Jesse d'aujourd'hui n'avait pas d'amis, et il n'était absolument pas question de copiner avec Roman « Bane » Protsenko, le bad boy le plus notoire de Todos Santos, sous prétexte qu'il semblait lui prêter un léger intérêt. D'un signe de tête, Bane a désigné une table dans un coin, blottie entre les murs vitrés qui surplombaient l'océan.

— Vas-y. Je te rejoins.

Je n'avais aucune envie de marcher jusque-là toute seule, mais je ne pouvais pas jouer les poules mouillées. J'ai obéi, supposant qu'il se préparait un jus pour lui aussi. Lorsqu'il m'a rejointe, il a fait glisser le smoothie vers moi et a posé un autre verre sur la table tout en s'affalant sur le siège en face du mien. À l'odeur infâme qui s'en dégageait, on ne pouvait pas s'y tromper. De la vodka.

— Aux bons amis et aux mauvaises décisions, a-t-il lancé en levant sa boisson.

— Une vodka en pleine journée ? me suis-je étonnée en haussant un sourcil.

Je me suis retrouvée parachutée quelques années en arrière. Il s'agissait de la boisson préférée de mon père.

— T'es de la police ? a-t-il rétorqué en copiant mon

haussement de sourcil. Dans ce cas, tu serais sûrement la première à te faire embarquer pour avoir lu du porno.

— Je donnerais n'importe quoi pour te faire un *Men in Black* et effacer ce moment de ta mémoire.

J'ai fiché ma paille dans mon smoothie, qui était plein de grumeaux.

— Ça s'dit pas, « faire un *Men in Black* ».

— T'es de la police ? Dans ce cas, tu vas te faire coffrer pour avoir dit « ça s'dit pas ».

Bane a ricané et m'a gratifiée de son superbe profil. J'étais prête à parier que ce visage qu'on aurait cru sculpté dans le marbre et ce corps de dieu grec lui permettaient d'obtenir tout ce qu'il voulait. Et aussi que l'ancienne Jesse lui aurait donné son cœur et sa culotte si elle avait été célibataire. Punaise, même celle d'aujourd'hui était presque tentée de le faire.

— Moi aussi, je suis russe, tu sais, ai-je lancé de but en blanc en portant la paille rose à mes lèvres pour goûter mon smoothie.

Bane m'a considérée avec curiosité, tout en gardant le silence. Je me suis raclé la gorge et j'ai baissé les yeux sur sa vodka.

— Mon père est venu ici avec sa famille après la chute de l'Union soviétique, ai-je expliqué. Maintenant, la plupart d'entre eux sont à Chicago. Je ne parle pas russe, Pam dit que ça ne me servirait à rien puisque je n'irai jamais.

— Pam est une abrutie, a décrété Bane, catégorique.

Incapable de le contredire, je me suis contentée de hausser les épaules.

— Je connais quand même quelques mots, ai-je indiqué.

J'ai de nouveau trempé la paille dans ma boisson et je l'ai portée à mes lèvres pour la suçoter. En général, je me cantonnais à puiser dans mon stock de KitKat pour me nourrir, alors il y avait du progrès. Pas terrible, certes, mais du progrès malgré tout.

— Vas-y.

— *Suka blyat. Horosho. Kak dela. Pizdets. Privet.*

— Que des insultes et des amabilités. Ta famille russe devait donner dans le passif agressif.

J'ignorais pourquoi sa remarque me faisait autant marrer. C'était sans doute parce que nos échanges avaient un côté très normal. *Normal.* Bon sang. Je ne m'étais jamais rendu compte avant à quel point ça m'avait manqué.

Il s'est affalé à moitié sur la table.

— Bon, parle-moi de Tête de cul et Face de fion.

Oups ! Voilà que je ne me sens plus si normale que ça tout à coup.

— Henry et Nolan, tu veux dire ?

J'ai transpercé une fraise avec ma paille et je l'ai fait glisser entre mes lèvres. En sentant le poids de son regard sur ma bouche, une décharge électrique m'a traversée. Je me suis détournée pour me focaliser sur quelque chose de moins perturbant. Il y avait un tableau accroché au mur blanc derrière lui, une Marilyn Monroe constituée de grains de café. Parfait.

— Les petits cons à la Camaro, a-t-il précisé en s'éclaircissant la voix.

J'ai inspiré un grand coup. Il n'y avait qu'à Mme Belfort que je m'étais confiée avec candeur, et ça ne comptait pas vraiment, vu qu'elle oubliait presque tout. Avec Mayra, je choisissais soigneusement mes mots. Mais avec Bane… Comment est-ce que j'étais censée me comporter en sa présence ? Je restais incapable de savoir s'il était un ami ou un ennemi.

— Bon, j'imagine que tu dois être au courant pour la sex-tape… et l'orgie.

J'ai dégluti. Bane a crispé les mâchoires et a avalé une grande gorgée de vodka

— Je n'étais pas d'accord, ai-je précisé.

— C'était un viol, a-t-il tranché.

Il s'était exprimé d'un ton neutre, mais son regard avait perdu sa dureté.

Je me suis raidie. Personne ne l'avait décrit comme ça… jamais.

Agression. Maltraitance. Sévices. Harcèlement sexuel. On édulcorait la situation comme si je n'avais pas été là, comme si ce n'était pas réel. Un viol. On m'avait violée. J'ai attrapé une mèche de ma queue-de-cheval et je me suis mise à la mordiller.

Bane a secoué la tête et a posé sa paume à plat sur la table.

— Je n'en connais pas beaucoup qui feraient une orgie dans une ruelle avant de se rendre aux urgences.

J'ai baissé les yeux.

— Le père de Nolan bosse à l'hosto. Il a pu balayer mon admission sous le tapis, ai-je expliqué, tout en me demandant pourquoi je racontais tout ça à Bane — pourquoi je lui parlais tout court, d'ailleurs ? — et regrettant déjà chaque parole prononcée. Je me suis soignée toute seule à la maison. Quand j'ai fini par retourner au lycée, le seul signe visible de l'Incident était mon boitement.

Ça, et les cicatrices sur mon ventre. Elles se voyaient encore. J'ai été prise de frissons. La nouvelle Jesse m'a suppliée : *Ne lui dis pas. Ne te confie pas à lui.* Mais la Jesse d'avant a protesté : *Il a parlé de viol. Personne d'autre ne l'a fait. Tente le coup.* Depuis quand elle me parlait, celle-là ?

— Quand je suis retournée en cours, les gens avaient soif de psychodrame. Il y avait des messes basses, des regards de pitié. Tout le monde me prenait déjà pour une catin à cause de la sex-tape qui avait permis à Emery de comprendre que je n'étais pas…

Je n'allais pas dire « vierge ». Parce que si, je l'avais été. Il n'y avait eu personne avant lui. Mais on ne m'avait pas crue. J'ai baissé la tête.

— Bref, c'est comme ça que je suis devenue l'Intouchable. Chaque fois qu'on essayait de m'approcher, je m'enfuyais, ou pire. C'est comme s'il y avait d'un côté la Jesse d'avant, celle qui était marrante, sympa et sûre d'elle, et de l'autre la nouvelle, qui est assise en face de toi. Cette fille-là attend encore de savoir quand tu vas te jeter sur elle pour lui arracher ses fringues, juste parce que tu es plus fort qu'elle.

Le silence s'est abattu sur nous comme une couverture épaisse. Bane n'a montré aucun signe de compassion.

— C'est pour ça que tu ne sors jamais de chez toi ?

— Je sors de chez moi, ai-je rétorqué, sur la défensive.

Le café était bondé, et un filet de sueur se formait dans ma nuque. Le brouhaha. Les rires. Les gens tassés les uns contre les autres. Ça me mettait mal à l'aise, mais j'ai tâché de ne pas en tenir compte.

Bane s'est penché vers moi. Son parfum m'a caressé les narines. J'ai reculé sur mon siège.

— Ah ? Pour aller où ?

— Voir ma psy.

— Une fois par semaine, donc, deux maxi. Et à part ça ?

J'ai tapoté la table de mon poing fermé tout en l'évitant du regard.

— Je vais au labyrinthe.

— Le labyrinthe ?

J'ai acquiescé d'un air triomphant.

— Ma voisine a un labyrinthe végétal. C'est là que je vais quand je n'ai pas envie de me farcir Darren et Pam, qui me harcèlent pour que je trouve un boulot et que je me fasse des amis.

Comme si ça se faisait comme ça.

— Tu as quel âge, Jesse ?

— J'aurai vingt ans en septembre.

— Tu aimes la vie que tu mènes ?

— Pourquoi tu me demandes ça ?

— J'aimerais connaître ta réponse. Vivre, c'est pouvoir se regarder dans la glace sans sourciller.

— C'est pour ça que tu extorques de l'argent à des gens innocents et que tu fais la pute ? ai-je souligné en dressant le menton.

Je n'aimais pas son ton condescendant. Je m'en voulais de m'être ouverte à lui simplement parce qu'il était le seul à se préoccuper de moi, même de loin. Ça m'énervait qu'il ait raison. C'est vrai, je ne vivais pas. Pas vraiment.

Mais toutes les raisons qui avaient motivé ma pique ont perdu de leur importance quand j'ai vu son expression. Il plissait les yeux, gonflait les narines, enfonçait ses ongles courts dans le bois blanc de la table. *Dans ses veines coule de la glace.* Cette citation m'a percutée de plein fouet. D'habitude, Bane arborait une attitude décontractée, mais à cet instant j'ai aperçu son vrai visage. Aussi sec, il a remis en place son masque d'agacement blasé. J'aurais aimé pouvoir l'arracher pour savoir ce qu'il pensait vraiment de ce que je venais de dire. Je m'en voulais de le blesser et pourtant j'ai insisté.

— C'est vrai, ai-je repris en levant ma voix tremblante et en me redressant. C'est ce que tu es. Un criminel et une pute.

Fous-moi à la porte. Laisse-moi partir, ai-je supplié en silence. *Je suis finie. Tu vas me détruire, et il ne reste déjà plus grand-chose à détruire en moi. Je t'en prie, permets-moi de sauver le peu qu'il me reste.*

— Tu ne penses pas ce que tu dis, a-t-il déclaré d'une voix calme et taciturne.

— Que tu es une pute ? Oh que si.

— Bon, alors, dégage, a-t-il ordonné en indiquant la porte, toujours avec son masque blasé. Maintenant.

Je l'ai dévisagé, incertaine. Ses yeux m'effrayaient plus que ses paroles. Ils pénétraient mon âme. J'ai attrapé mon sac à dos posé sous mon siège et je me suis levée. Quelque chose a remué en moi, aussi intense que brusque. Quelque chose de dérangeant. Je me sentais… Échauffée. Je n'avais pas l'habitude de ce genre de sensation. Est-ce que j'étais angoissée ? Bien sûr. Effrayée ? Plus souvent que je n'aimais me l'avouer. Mais la colère, c'était différent. Il s'agissait d'une émotion passionnée.

Ça n'avait aucun sens. Je l'avais insulté, il me flanquait à la porte. Rien de plus normal. De plus compréhensible. Alors d'où me venait cette envie de lui balancer mon smoothie au visage et de le défier ? Créer davantage de friction, le provoquer, absorber son attention, son visage, ses secrets.

Pourquoi est-ce que j'ai envie de me friter avec ce type ? Peut-être parce qu'à présent je savais, sans l'ombre d'un doute, qu'il n'abuserait pas de son avantage physique pour essayer de gagner.

— Merci pour le smoothie.

Je suis partie en trombe, soulagée de quitter ce lieu bondé mais aussi agacée et curieusement paumée. J'ai agrippé la poignée de la portière de ma Range Rover et je l'ai ouverte brutalement. Sa voix a résonné derrière moi.

— On t'a déjà dit que t'étais une vraie chieuse ?

J'ai fait volte-face.

— Tu disais que vivre, c'est être capable de se regarder dans la glace sans sourciller. Je me demandais juste si ça ne te dérangeait pas de coucher avec des nanas lambda en échange de services.

Il m'a décoché un petit sourire en coin qui semblait vouloir dire « non, mais regardez-moi cette gamine naïve ».

— Tu as oublié que je suis jeune, en bonne santé, et que cette ville abrite un grand pourcentage de gens enfilables ?

— Alors comme ça on peut dire enfilable, mais pas « faire un *Men in Black* » ?

Son expression est passée de la condescendance à la surprise, puis de la surprise à l'amusement. Il a secoué la tête et s'est avancé d'un pas de plus.

— Tu devrais être la première à savoir que les mots n'ont rien d'anodin.

— Qu'est-ce que tu veux dire par là ?

Mes paumes me démangeaient de le gifler. Des mouettes flottaient au-dessus de nos têtes comme pour écouter notre conversation et la ponctuer de leurs cris moqueurs.

— Je veux dire que tu es impossible, a-t-il enfin soupiré en secouant la tête.

— Sûrement. Alors n'essaie pas de me rendre possible.

Je me suis retournée vers mon véhicule et j'ai ouvert la portière.

— Parfait. Va-t'en. Planque-toi.

— Je ne me planque pas.

— Si tu le dis, Flocon de neige.

— Arrête de m'appeler comme ça.

— Pourquoi ? Ça te va comme un gant, vu comment tes plombs sont en train de fondre.

J'ai attendu qu'il en dise davantage. J'ai pivoté de nouveau vers lui, sans trop savoir pourquoi j'avais tellement de mal à partir. Face à face sur le front de mer bondé, nous nous sommes fusillés du regard, le souffle court. Nous nous donnions en spectacle, attirions l'attention des badauds qui profitaient de la plage. J'ai enfoui les mains dans mes cheveux et je me suis rendu compte que j'avais retiré ma casquette et ma capuche. On pouvait me voir. Moi, mon visage. Ma vulnérabilité. Moi, tout entière.

Je me suis retournée, j'ai bondi dans ma voiture et je me suis élancée sur la route comme si j'avais le diable à mes trousses.

En m'arrêtant au premier feu rouge, j'ai martelé mon volant et j'ai lâché un hurlement.

Ça faisait un bien fou.

Je me sentais vivante.

Je me suis laissé gagner par la douleur et la colère qui tourbillonnaient en moi comme une délicieuse tempête, sachant que je regretterais chaque mot que je venais de prononcer devant Bane.

Et qu'il devait s'en douter, lui aussi.

Je ne m'étais pas regardée dans le miroir depuis des mois, peut-être même des années.

À tel point que parfois j'en oubliais presque la couleur de mes propres yeux.

Chapitre 6

Bane

Vivre, c'est pouvoir se regarder dans la glace sans sourciller.

Cinq minutes.

Voilà combien de temps je me suis dévisagé dans le miroir pour me prouver que Flocon de neige avait tort. Et c'était le cas. À peine un battement de cil.

Ses remarques au Café Diem ne m'avaient pas vexé. Simplement, le fait que Jesse Carter, parmi tous les habitants de Todos Santos, me traite de pute, ça m'avait pris à rebrousse-poil. On avait le droit de coucher avec qui on voulait, tant que c'était légal et consensuel. Sachant qu'elle avait sûrement trompé son copain du lycée et s'était fait dépuceler par un autre… La paille et la poutre, hein.

Bref. Je n'en avais rien à foutre. Rien à foutre d'elle et de tout ça.

— OK, Grier, merci pour cette charmante soirée et cette jolie pipe.

J'ai balancé la robe de ma nana du mardi sur le lit. Je vivais à bord d'une péniche ancrée dans la marina. Je l'avais achetée quand j'avais dix-huit ans parce que je tenais à posséder quelque chose — n'importe quoi d'autre qu'une mauvaise réputation —, et depuis je n'avais jamais trouvé de raison valable pour m'installer ailleurs. À ce stade, j'aurais sûrement pu me permettre mieux qu'un mini-yacht merdique, mais ce lieu me convenait. C'était un petit nid douillet. Je nourrissais les poissons tous les matins comme pour les remercier de bien vouloir partager l'océan avec moi. En outre, il y avait la place dans ma chambre pour un grand lit double, et c'est tout ce dont j'avais besoin. Un endroit pour manger, pour chier et pour pioncer. Grier s'est assise sur le matelas pour s'étirer paresseusement, laissant sa crinière blonde tomber en cascade dans son dos.

— Tu avais la tête ailleurs aujourd'hui ? a-t-elle demandé dans un bâillement.

— Hein ?

D'un coup de pied, j'ai ouvert la porte qui donnait sur le pont extérieur. Je venais de pisser, et mon boxer encore à moitié baissé exhibait une de mes fesses tatouées. Des crânes avec des roses qui sortaient des orbites, des monstres qui s'affrontaient, des créatures marines qui rampaient le long de ma cuisse. Je ressemblais à une toile humaine, parce que oui, Flocon de neige avait raison. Au sujet des yeux. Du miroir. De tout, en fait.

Je me cachais, et j'étais au fond du trou.

— On aurait dit que tu pensais à autre chose.

Grier s'est allumé une cigarette et m'a rejoint sur le pont pour s'appuyer sur la rambarde, enroulée dans mon drap blanc. La brise qui venait de l'océan la couvrait de chair de poule. J'ai tourné la tête vers elle.

— C'est une façon diplomatique de dire que j'étais nul ?

Je lui ai effleuré doucement la joue, et elle a frissonné de plaisir.

— Tu n'es jamais nul, Bane. C'est pour ça que je te garde.

Elle m'a décoché un clin d'œil. Je lui ai donné une claque sur les fesses.

— Dis à Brian que j'ai besoin d'encore un peu de temps

avant que les inspecteurs du travail ne viennent au Café Diem. J'ai encore une fuite de robinets.

Cent mille de plus que j'avais dû piocher dans l'avance de Darren pour réparer la plomberie avant de remplir ma part du marché.

Brian Diaz était le chef de la police du comté. Je donnais du plaisir à sa femme et, en échange, il me donnait accès aux fichiers de la police et fermait les yeux sur des détails qui auraient peu de chances de faire de moi un citoyen modèle à Todos Santos. Dit comme ça, ça paraissait bancal, mais croyez-moi, ça ne l'était pas. Brian était gay et issu d'une famille riche et catholique. La dernière chose dont il avait besoin, c'était d'être déshérité et privé de son étoile. Personne n'aurait voulu d'un shérif homo refoulé qui aimait choper en secret des *ladyboys* coiffés de perruques aux couleurs radioactives sur Redondo Beach. Il n'était pas un mauvais mari, mais bon, Grier avait des besoins. Je m'occupais donc des problèmes des Diaz et, en retour, ils géraient les miens.

— Ça marche. Autre chose ?

Elle a enfoui le nez dans mon cou. Elle était chaude, douce, et pas faite pour moi. Brusquement, j'ai eu envie qu'elle s'en aille.

— Non.

Un coup frappé à la porte m'a sauvé de la perspective d'un deuxième round. J'ai cassé sa cigarette en deux et je l'ai jetée dans l'eau.

— Dis « non » au cancer.

— Tu fumes comme un pompier ! s'est-elle esclaffée.

— Ce n'est pas une raison pour suivre mon exemple.

Sur ces mots, j'ai indiqué ma chambre du menton, lui intimant en silence de se rendre invisible. Puis, j'ai attrapé un pantalon et j'ai ouvert la porte.

Hale.

J'ai calé mon épaule contre l'encadrement et j'ai croisé les bras.

— Je t'ai manqué ?

Sa mine arrogante aurait justifié de lui flanquer un bon coup de poing dans le bide.

— Autant qu'une crise de chaude-pisse, mon pote.

J'ai porté à mes lèvres le joint que je m'étais apprêté à fumer sur le pont. Hale a forcé le passage pour entrer dans mon salon. Il portait un bermuda à imprimé hawaïen et un haut de combinaison de surf. J'ai refermé derrière nous, le maudissant de permettre à Grier de rester plus longtemps. Hale s'est affalé sur mon divan et a posé les pieds sur ma table basse, parfaitement à son aise.

— T'es mal barré, le bon samaritain, m'a-t-il averti en croisant les bras derrière la tête avec un sourire et en fixant du regard la peinture écaillée de mon plafond.

— Je suis censé savoir de quoi tu parles ?

Je me suis approché de mon frigo pour en sortir deux bières et lui en jeter une. Puis, j'ai décapsulé ma bouteille sur le bord de mon coin repas.

— Je ne parle pas de toi, a précisé Hale en buvant une gorgée. Mais de Jesse Carter. On t'a vu t'engueuler avec elle devant le Café Diem. Une dispute d'amoureux ?

Je ne savais pas quoi répondre à ça. Le simple fait de l'entendre parler d'elle me donnait une violente envie de lui marteler la tronche jusqu'à ce que ses propres parents ne puissent pas le reconnaître.

— C'est elle, ton ticket d'entrée ?

Hale a roulé sur le flanc pour se tourner entièrement vers moi, la tête penchée sur le côté.

— C'est Darren Morgansen, ton investisseur ? J'aimerais que tu m'en dises plus sur SurfCity.

— Elle n'est pas un ticket d'entrée, me suis-je agacé.

— En tout cas, c'est pas un rencard, c'est sûr. Enfin, t'as pas de petite copine. Alors, qu'est-ce qu'elle est ?

— Un jouet.

J'ai lâché ce mot avec colère. OK, j'en voulais à Jesse. J'avais envie de lui faire du mal, mais pas au point de lui balancer ce genre de trucs au visage.

— Tu ne pouvais pas trouver mieux ? Genre, un jouet qui n'a pas été tripoté par tous les mecs de Todos Santos ? a-t-il ricané.

J'ai jeté ma bière dans l'évier et je me suis approché de lui.

— Barre-toi de chez moi.

Hale s'est levé, le sourire aux lèvres.

— Hé, calmos ! Tu veux te la garder ou quoi ?

— Qu'est-ce que ça peut te foutre ? ai-je soufflé en secouant la tête.

— En vrai, je m'en tape. Mais le ragot m'a pris par surprise, alors j'ai voulu en avoir le cœur net.

Ce mec avait sérieusement besoin de se trouver une meuf. Et une vie, en prime.

— Casse-toi, ai-je réitéré.

— T'as jamais parlé d'une minette comme tu parles de la Morgansen.

— Son nom n'est pas Morgansen.

— Tu vois ! a-t-il jubilé, les yeux écarquillés. C'est exactement ce que je voulais dire.

Gommant l'espace qui nous séparait, je me suis avancé jusqu'à le fixer dans le blanc de l'œil. Nos souffles se sont mêlés, nos nez se sont presque effleurés, et mes yeux devaient envoyer des flammes car, pour la première fois de sa minable existence, Hale n'avait pas l'air empressé de me hérisser le poil.

— Bane…

— Un mot de plus sur Jesse Carter, Hale, et je t'en colle

une. Je ne veux pas que tu l'approches. Considère ça comme un avertissement — pas de la part d'un associé, ni d'un ami, mais d'un ennemi. Compris ?

Nous nous sommes affrontés du regard, et puis Hale a crispé les mâchoires avant de jeter un coup d'œil vers ma chambre.

— Dis à la nana planquée là-dedans que c'est pas bien d'écouter aux portes.

Le sourire jusqu'aux oreilles, il a quitté nonchalamment ma péniche, faisant claquer le battant en bois.

Je me suis retourné et j'ai vu Grier avachie contre l'encadrement de la porte de ma chambre, les yeux luisant d'une émotion que j'étais trop paumé pour déchiffrer.

— Je te repose la question, Bane : tu avais la tête ailleurs cette nuit ?

J'ai éructé un grondement qui ne ressemblait ni à un oui ni à un non.

— Elle vaut le coup, au moins ?

J'ai songé aux six millions et j'ai esquissé un demi-haussement d'épaules.

— Oui.

— Elle a besoin de toi ?

Cette troisième question m'a pris au dépourvu. Est-ce que Flocon de neige avait besoin de moi ? Est-ce que c'était débile de ma part de le croire ? En tout cas, elle avait besoin de quelqu'un, pas de doute là-dessus. En revanche, j'avais un doute quant au fait d'être son meilleur choix, mais pour l'instant elle n'avait pas grand-chose d'autre.

— Elle a besoin de moi.

Je ne me suis pas contenté de prononcer ces mots, je les ai ressentis de l'intérieur.

Moi aussi, j'avais besoin d'elle.

Pas seulement à cause des six millions.

Les cinq minutes passées devant la glace m'avaient paru durer une éternité.

Il me fallait une forme de rédemption. Je devais trouver le moyen de tourner la page. De l'oublier, *lui*.

Cette vérité, même un menteur tel que moi ne pouvait la nier.

J'ai attendu que Jesse fasse le premier pas. Je lui ai laissé deux jours pour donner un signe de vie. Un coup de fil, un texto, un putain de pigeon voyageur. Manque de bol, cette fille s'avérait plus silencieuse qu'un cadavre de pom-pom girl dans un film d'horreur. Nos échanges m'auraient presque manqué, mais j'ai poursuivi mon train-train comme si je ne l'avais jamais rencontrée. J'aimais son côté décalé, détaché. En prime, elle se servait de titres de films comme de formules toutes faites, et je trouvais ça plus sexy qu'un string comestible.

Un peu plus tard dans la semaine, j'ai passé un coup de fil à Darren, qui a geint que je tirais au flanc et que je ne remplissais pas les termes de notre accord. J'avais envie de protester mais, à ce stade, j'avais déjà claqué quatre cent mille dollars de son avance pour le Café Diem et l'hôtel de charme. C'était un petit établissement, mais qui me coûtait un bras. J'étais dans la merde jusqu'au cou, et je le savais.

Voilà comment j'en suis venu à me rendre chez Mme Belfort. Quand j'avais appelé Darren, il m'avait affirmé que Jesse devait s'y trouver. Apparemment, j'allais passer la journée avec une petite vieille de quatre-vingts berges. Je me suis garé devant son manoir, j'ai accroché mon casque au guidon et j'ai secoué le sable accroché à mes rangers avant de sonner à la porte. Personne n'a ouvert. J'ai insisté, mais toujours rien. Nada.

La maison était bordée de rosiers et de rien d'autre.

Aucune des demeures d'El Dorado n'était protégée par des grilles supplémentaires. Le quartier était cerné de murs, verrouillé hermétiquement par un portail électronique et un lac artificiel. J'ai pénétré librement dans le jardin de Mme Belfort. Un labyrinthe végétal se dressait au centre, et quelques fauteuils à bascule le surplombaient depuis un immense perron. Une femme âgée occupait l'un d'eux et sirotait une citronnade. Un autre siège, qui était vide, se balançait encore, m'indiquant que celle que je cherchais devait se trouver dans les environs.

— Cela faisait longtemps, a-t-elle marmonné dans sa barbe, les yeux rivés au labyrinthe comme s'il n'y avait rien de plus passionnant au monde.

Décidant qu'il valait mieux que j'annonce ma présence, j'ai esquissé un geste maladroit de la main qui ne cadrait pas avec mes airs de barbare tatoué.

— Oh ! Fred, comme vous m'avez manqué.

Elle m'a souri, les larmes aux yeux.

Voilà que ça se corse. Soit Mme Belfort avait perdu la boule, soit je ressemblais comme deux gouttes d'eau à un mec qui s'appelait Fred.

— Je suis un ami de Jesse. Vous savez où elle est ?

— Jesse n'a pas d'amis. Que Shadow et moi.

— Maintenant, si. Où est-ce que je peux la trouver ?

Mme Belfort a désigné le labyrinthe du menton.

— Il arrive qu'elle y reste des heures. Parfois, des jours entiers, a-t-elle précisé en s'interrompant pour boire une gorgée de citronnade en tremblant. Le labyrinthe est immense.

Mme Belfort ne plaisantait pas. Ce truc devait faire la taille d'un magasin. Je savais pertinemment pourquoi Carter aimait s'y perdre. Parce qu'elle ne voulait pas qu'on la trouve.

— Vous vous souvenez du labyrinthe, Fred ? Tous les

deux, nous allions nous y réfugier. C'était notre petit coin rien qu'à nous, loin des enfants.

— Bien sûr, chérie, bien sûr.

Je lui ai tapoté le genou distraitement avant de m'avancer lentement vers le dédale et de me figer à son entrée.

— Jesse ?

J'ai fait un pas, j'ai jeté un coup d'œil à droite et à gauche. Je n'ai vu que des massifs verdoyants. Ils me dépassaient tous de quelques centimètres, ce qui signifiait que je n'allais pas pouvoir ruser pour sortir.

Pour toute réponse, j'ai entendu des bruits de pas sourds. Je me suis efforcé de me rappeler quelles chaussures portait Jesse, et j'ai été surpris de me remémorer ses Keds sales, ses chevilles fines, presque aussi blanches que ses chaussures. Ce souvenir m'a excité à mort.

Concentre-toi, espèce d'obsédé.

— Tu connais bien cet endroit ?

J'essayais de faire la conversation, tout en ignorant si elle était assez près pour m'entendre. De toute manière, maintenant, je ne pouvais plus faire machine arrière. J'étais déjà allé trop loin. Une parfaite analogie du merdier qu'était notre relation, pas vrai ? Je me servais d'elle. Je jouais avec les restes effilochés de sa confiance. Rien ne me permettait de savoir que Jesse m'entendait. Elle gardait le silence. De toute évidence, elle n'était pas encore sûre de mes intentions. Ça me plaisait de devoir gagner sa confiance, même si je ne la méritais pas.

— Alors comme ça, tu aimes te perdre.

J'ai écouté le silence, je m'en suis imprégné. Je me suis figé un instant, conscient d'être déjà passé par cet endroit. Est-ce que je tournais en rond ?

J'ai regardé autour de moi.

— Ça te fait tripper. Je pige complet. C'est pareil pour

moi et les tatouages. C'est les endorphines. On cherche tous à planer à sa manière.

— Certains plus que d'autres.

Je l'ai entendue marmonner au loin, sur ma droite. Mon membre s'est mis au garde-à-vous. Il allait falloir que j'apprenne à me calmer. Ça n'aurait pas dû être si difficile. Six millions de dollars et mon SurfCity chéri étaient dans la balance. En prime, elle avait renoncé aux hommes et, aux dernières nouvelles, c'était bel et bien ce que j'étais.

— Tu vois ? ai-je lancé en souriant. Je savais que tu ne cracherais pas sur une occasion pour dire des saloperies sur moi.

— Vraiment, Bane ? Mme Belfort ? a soupiré Jesse, dont la voix semblait s'éloigner.

Elle fuyait. Je lui courais après. Ça faisait longtemps que ça ne m'était plus arrivé. Me taper des nanas était devenu aussi facile que d'acheter de la viande chez le boucher. Mais je préférais la chasse.

J'adorais ça, même.

J'ai hâté le pas et, comprenant le sens de sa pique, j'ai émis un petit rire.

— Je ne couche pas avec ta pote préhistorique, Miss Peste.

J'ai viré à gauche, frôlant du bout des doigts les buissons parfaitement taillés. J'ai entendu ses pas sur la droite.

— Pourquoi tu es là, au fait ?

— À cause de toi.

La vérité m'a fait l'effet d'une boule de coton sur ma langue.

Elle a tourné une fois de plus, et ses pas ont semblé s'éloigner. *La vache, je ne vais jamais y arriver.*

— Quand est-ce que tu finiras par en avoir marre de me courir après ?

Son souffle était rapide, haché, désespéré. Je le percevais dans mes propres poumons.

— « Jamais », ça me paraît bien.

— Tu parles. Même ma mère a fini par renoncer. Alors, le bad boy de la ville ? Mouais. Je ne compte pas trop dessus.

— Tu devrais, Jesse. Je n'ai rien d'une caricature. Et je finirai par te trouver.

— Alors, trouve-moi.

— Donne-moi un indice.

— Le labyrinthe est en forme de flocon de neige. Je suis au centre.

Sérieux ? Quelle coïncidence. Je me suis remémoré son tatouage.

Ma vie entière n'a été qu'une attente de toi.

Ce n'était peut-être pas un hasard, après tout. Peut-être que c'était vraiment elle, ma rédemption.

J'ai regardé attentivement autour de moi. Je devais me trouver dans une des pointes du flocon car, si je sautais sur place, j'apercevais les rosiers de l'autre côté. J'ai foncé dans l'autre direction.

— Tu es vraiment en train de me chercher ? a-t-elle demandé d'une petite voix.

— Noooon. Je me balade juste en plein été dans le labyrinthe d'une mamie que je ne connais pas parce que j'adore perdre mon poids en eau, ai-je blagué.

— Ça ne m'était encore jamais arrivé, et ça fait deux ans et demi que je viens ici. Des fois, je reste des journées entières.

J'ai pris une longue inspiration. Où étaient ses parents ?

— Je me rapproche, l'ai-je avertie.

— Comment tu le sais ?

— Je sens ton odeur.

— Et elle est comment, mon odeur ?

Sucrée. Comme un dessert.

— Un mélange de pommes vertes et de pluie fraîchement tombée.

Elle a éclaté de rire, puis a reniflé. Est-ce qu'elle pleurait ? Je ne lui ai pas posé la question. Je parlais déjà assez comme une carte de la Saint-Valentin comme ça.

— Cèdre et cannelle, a-t-elle lancé.

— Hein ?

— C'est ton odeur.

J'ai perçu le sourire dans sa voix et je l'ai imaginée mâchouiller l'extrémité d'une de ses mèches de jais.

— Je ne te croyais pas assez près pour le remarquer.

— Tu sens fort.

Elle a reniflé de nouveau. *Oui, elle pleure, c'est sûr.*

— Mais je sens bon, je parie, ai-je insisté.

Le silence qui s'est ensuivi m'aurait presque vexé.

— C'est vrai.

Une vague de chaleur a inondé ma poitrine. Mauvais signe. Ma queue était une chose, mais tout ce qui se trouvait au-dessus était plus problématique. Il allait falloir établir quelques règles une fois que je l'aurais trouvée. Si j'y parvenais. J'ai alors songé que Jesse paraissait triste, mais pas stressée. Elle connaissait son chemin dans ce labyrinthe, sûrement mieux que quiconque.

Un pas. Un de plus.

Quand mes yeux se sont posés sur son dos, ça m'a fait l'effet d'une lueur dans le noir. Ses cheveux soyeux. Son petit cul rond et rebondi. J'avais envie de mordre dans une de ses fesses et de glisser un doigt le long de sa petite fente étroite. De la caresser jusqu'à ce qu'elle gémisse mon nom, de la lécher pour garder son odeur sur mes lèvres pendant des jours.

— Bouh ! ai-je lâché, pince-sans-rire.

Jesse s'est retournée. Voyant le rouge de ses paupières contraster avec le bleu de ses pupilles, je suis revenu brutalement sur Terre.

— Je n'arrive pas à croire que tu es venu me chercher.

— Et pourtant c'est la vérité.

Non, mais qu'est-ce que je racontais, sans déconner ? J'ai avancé d'un pas sans le vouloir. Elle n'a pas reculé. Encore un désastre imminent.

— Tu m'as traité de pute parce que tu voulais que je te laisse tomber, comme tous les autres salauds avant moi, c'est ça ?

Elle a baissé les yeux sur ses Keds.

— Je ne fais aucune confiance aux hommes, Bane. Mais je suppose que tu ne m'as pas encore donné de raison de me méfier de toi.

Vrai.

— Quelles que soient tes motivations à mon égard, elles sont pures à cent pour cent ?

— Oui.

Faux.

Elle me plaisait. Pour de vrai. Tant mieux — après tout, j'allais devoir passer six mois avec elle —, mais je ne voulais pas qu'elle me plaise à ce point. Je l'aimais bien, autant que mon ex-petite amie Edie. On était encore loin de l'amour avec un grand A, mais elle me faisait craquer, et j'avais envie de la baiser si fort qu'elle ne pourrait plus marcher pendant trois jours.

— Alors comme ça, tu as rencontré Mme B.

Jesse s'est essuyé vivement les yeux, rompant le charme qui s'était abattu sur nous. J'ai fourragé dans mes cheveux, histoire de ne pas rester les bras ballants.

— Oui. Je ne serais pas étonné qu'elle soit en train d'appeler les flics pour signaler le monstrueux Viking tatoué qui a fait irruption dans son labyrinthe végétal.

Jesse a éclaté de rire, a porté une mèche de cheveux à ses lèvres et l'a mâchouillée.

— Comment tu as fait pour me trouver ?

Ton beau-père me dit où tu es vingt-quatre heures sur vingt-quatre.

— Tu m'avais parlé de cet endroit juste avant que tu décides de foutre en l'air notre nouvelle amitié. J'avais deviné que tu serais là, et j'étais à El Dorado avec un de mes contacts.

Et les mensonges s'accumulent comme de la bouffe dans les assiettes à un buffet à volonté.

Elle a plissé les yeux.

— Tu n'es pas en train de me traquer, si ? Parce que j'en ai ma claque, des dingues.

Je lui ai décoché un regard de pitié.

— Tu ne sors presque jamais de chez toi et tu t'habilles comme une nonne. Sans vouloir te vexer, tu n'es pas hyper traquable.

— « Traquable », ça ne se dit pas.

— Mais avoue que ça devrait.

Elle aurait souri si elle n'avait pas été si brisée. Sauf qu'elle l'était. Elle s'est donc contentée de hocher la tête.

— Je suis venue ici reprendre du courage. Shadow ne mange plus et ne boit plus depuis des jours. Il faut que je l'emmène chez le véto.

J'avais gardé un vague souvenir de la boule de poils au terrain de jeu. Elle l'avait serré sur son cœur comme s'il avait été un nouveau-né, même s'il était plutôt imposant.

— OK. On y va.

J'ai désigné d'un signe de tête l'un des nombreux sentiers du labyrinthe. Elle a levé les yeux, et j'y ai lu de l'espoir.

— Tu m'accompagnes ?

Sa gratitude flagrante m'a déprimé. Quel rôle ses parents jouaient-ils dans sa vie, outre celui de la pousser à se trouver un job histoire qu'elle débarrasse le plancher ?

J'ai haussé les épaules.

— Je n'ai personne à voir avant 21 heures.

J'ignorais pourquoi j'avais dit ça. Enfin, si, en fait. C'était parce que moi, j'avais besoin de m'en souvenir. Parce que Jesse Carter était un projet, pas un rencard. Mais ça n'expliquait toujours pas pourquoi je scrutais son visage en quête d'indices. Et encore moins pourquoi j'étais à cran de ne pas en trouver.

— Bon, on ferait mieux de se grouiller. Je connais une sortie secrète.

Elle a esquissé un petit sourire en coin, et toute logique m'a abandonné. Son visage arborait une nouvelle expression. Des restes de l'ancienne Jesse, j'imagine.

— Suis-moi.

Elle m'a fait signe de la main.

Mon regard s'est vissé sur son cul. Brusquement, je ne lui courais plus après.

J'étais en chasse.

J'attendais qu'elle vienne à moi.

Tout en sachant que je ne lui sauterais jamais dessus.

Qu'aucun labyrinthe au monde ne saurait rattraper les dégâts que je m'apprêtais à causer.

Chapitre 7

Bane

— Je reviens, je vais chercher la laisse de Shadow.

Souvenez-vous bien de ces paroles. Elles allaient mener à un merdier d'ampleur pharaonique, parrainé par Pam Morgansen et mené par Bibi.

Voici comment tout a commencé : j'étais debout dans l'entrée à côté du clebs le plus vieux de la Terre. Je n'exagère pas. Shadow m'a décoché un regard las signifiant qu'il ne me faisait aucune confiance, et je lui ai renvoyé un sourire narquois impliquant qu'il avait bien raison. C'était la première fois que je me rendais chez Jesse en journée. Sa maison était aussi somptueuse que silencieuse et vide, à tel point qu'elle me faisait l'effet d'un cadavre vêtu d'une robe de créateur : d'une beauté déprimante. J'ai contemplé les immenses tableaux aux murs et j'ai tâché d'oublier le fait que Jesse trouvait que je sentais bon. D'habitude, je m'en tapais. Je ne puais pas ni rien, mais disons que je ne me foulais pas sur ce point.

Bref, du coup, j'ai préféré me focaliser sur l'haleine de Shadow, qui m'évoquait curieusement celle d'un mort. Ce n'était pas bon signe. Percevant un bruissement dans la cuisine, j'ai dressé l'oreille. Si Darren m'apercevait ici, il constaterait les progrès que j'avais faits avec Jesse. Sauf que ce n'était pas Darren. La personne en question, ou plutôt la chose, était une poupée Barbie vivante.

La reine du manoir.

Le blond de ses cheveux était trop peroxydé, sa peau trop bronzée, trop tannée, *trop tout*. Ses yeux bleus étaient vides de toute expression. Une marionnette peinturlurée dont on aurait coupé les fils. Jolie, mais creuse. Elle portait des chaussures à semelle compensée et un caftan vert vif. Son faux bronzage était exactement de la même couleur qu'une cuisse de poulet chez KFC.

— Un inconnu dans la maison, a susurré Barbie en faisant glisser ses lunettes de soleil sur son nez avec un petit soupir aguicheur. Je suis Pam. Et vous êtes ?

Pas intéressé.

— Roman.

Je me suis adossé au mur, une ranger calée contre le bas du mur couleur cygne, mon sourire charmeur aux lèvres. Elle ne m'intéressait absolument pas, mais je n'avais pas besoin qu'elle s'embrouille avec sa fille. Mieux valait rester poli pour le moment.

Pam s'est encore approchée et m'a tendu le dos de sa main pour que je l'embrasse. Je m'en suis emparé pour la serrer dans la mienne. Son sourire éclatant a faibli légèrement.

— Ce n'est pas très chevalere sque, a-t-elle commenté.

— Non, mais on n'est pas au XVIIe siècle, l'ai-je informée en faisant claquer mon chewing-gum.

— C'est vrai. Je n'aime pas trop les gentlemen, de toute façon, a-t-elle décrété en m'étudiant de ses yeux pâles avec une soif que je ne connaissais que trop, car il m'arrivait souvent de l'étancher chez d'autres. Je ne savais pas que Jesse était du genre à fréquenter de grands éphèbes tatoués.

Je commençais vraiment à plaindre Darren. Sa belle-fille n'en avait rien à faire de lui, et sa femme essayait vraisemblablement de se taper tout ce qui bougeait. Tout l'argent du monde et pas une once de respect. Me retenant de répondre, je me suis accroupi pour caresser Shadow.

— Comment vous avez rencontré Jesse ? a-t-elle demandé en exhibant brusquement sa cuisse nue à quelques centimètres de mon visage.

— Elle avait un pneu à plat. J'étais dans le coin et je lui donné un coup de main.

— C'est tout elle, ça. Elle a le chic pour se mettre dans le pétrin, a déclaré Pam en éclatant d'un rire dépourvu de la moindre pointe d'humour.

J'ai pétri la fourrure de Shadow. Combien de temps fallait-il à Jesse pour retrouver cette fichue laisse ? J'avais envie de foutre le camp. De préférence avant que mon investisseur potentiel trouve sa femme en train de se frotter contre moi, ce qui paraissait de plus en plus plausible.

— Alors, vous deux… ?

Pam a laissé sa question en suspens. Il était temps de briser son petit cœur noir. Je me suis redressé pour lui annoncer la nouvelle en la regardant droit dans les yeux.

— Est-ce qu'on sort ensemble ? Non.

Elle s'est humecté les lèvres et m'a dévisagé entre ses cils alourdis de mascara.

— C'est bon à savoir.

— Ce n'est pas faute d'avoir essayé, ai-je précisé après avoir marqué une pause délibérée, veillant à ce que ma phrase produise l'impact escompté.

Je l'ai transpercée du regard, comme quand j'avais envie de démonter des gens aux ego encore plus démesurés que leurs manoirs. D'expérience, plus on craignait de perdre ce qu'on avait, plus on était bouffi d'arrogance.

— Elle n'a pas envie d'acheter une vache qui s'est déjà fait traire par tous les fermiers du coin, et je ne peux pas lui en vouloir. Je n'attire qu'un certain type de femme. Et elles ne sont pas du genre difficile.

J'ai penché la tête sur le côté pour la scruter avec insistance.

Si Pam avait été un mec, elle se serait sûrement sentie castrée. Sauf qu'elle n'en était pas un, alors elle s'est contentée de relever le menton en signe de défi, puis de battre des cils en comprenant qu'elle avait choisi la mauvaise personne pour casser du sucre sur le dos de sa fille, et enfin de reculer d'un pas. Jesse a choisi cet instant pour rappliquer en dévalant les marches deux par deux, la laisse noire dans sa main. J'ai réussi à ne pas m'imaginer la lui attacher autour de cou pour l'emmener dans sa salle de bains avant de la prendre en face d'un miroir qui ne pouvait être que double. Et par « réussi », je veux dire que je n'y suis pas tout à fait parvenu.

Du pareil au même, bordel.

— Prête ? ai-je demandé.

Jesse nous a considérés à tour de rôle, l'air soucieux. Je l'ai gratifiée d'un sourire décontracté dans l'espoir de la convaincre qu'elle n'avait pas à s'inquiéter. C'était la première fois que Flocon de neige me faisait vraiment de la peine. Après tout ce qu'elle avait traversé, elle restait dure comme la pierre (et au moins aussi abordable). Mais être trahie par sa propre mère… là, ça allait trop loin. J'en savais quelque chose, j'avais envie de gerber chaque fois que je pensais à mon paternel.

Enfin, Pam a posé les yeux sur Jesse.

— Bane Protsenko, hein ? Au moins, maintenant, c'est clair : tu es bien la fille de ta mère.

Elle a émis un rire moqueur.

Bien sûr que Pam savait qui j'étais. J'étais un gigolo notoire, le jouet préféré des bourgeoises qui cherchaient à s'encanailler. Je me suis retourné pour la dévisager, cette fois sans le vernis d'indifférence et de fausse politesse, mais avec l'expression que je réservais à ceux qui outrepassaient les limites.

— Il y a un problème, Pamela ?

Je ne l'avais pas appelée « Mme Morgansen » car je ne voulais pas lui témoigner de respect, et « Pam » m'aurait paru trop chaleureux. « Pamela » me permettait de la rembarrer, sans pour autant l'insulter de vive voix.

— À vous de me le dire, a-t-elle rétorqué en s'avançant. Je voulais seulement m'assurer que vos intentions envers ma fille étaient tout à fait pures. J'aimerais évoquer en privé votre relation avec Jesse.

Une fois de plus, elle a humecté sa lèvre inférieure. Ce qu'elle voulait surtout, c'était que je la trousse jusqu'à l'envoyer au septième ciel. J'ai affiché un sourire tendu. J'entrerais dans son petit jeu. Il fallait que je lui explique clairement que je ne la toucherais jamais. Ça me permettrait aussi de rassurer Jesse.

— Demain après-midi, ai-je proposé sèchement.

— Parfait. Je vous retrouverai dans votre café.

Visiblement, cette mégère savait tout ce qu'il y avait à savoir sur moi. Il était tout à fait possible qu'elle ait cherché à louer mes services et que je ne m'en sois même pas rendu compte, vu que je ne répondais plus aux appels de numéros inconnus depuis que j'avais cessé de prendre de nouvelles clientes.

— Parfait, ai-je répété d'une voix sous-entendant le contraire.

Une minute plus tard, Jesse et moi poussions la porte pour sortir. Elle a aidé Shadow à grimper sur la banquette arrière de la Rover, puis a contourné le véhicule pour monter à l'intérieur. J'ai fait mine de traverser la rue pour gagner ma Harley.

— On va où ? ai-je demandé par-dessus mon épaule.

Elle a baissé sa vitre, les sourcils froncés et l'air inquisiteur.

— Qu'est-ce que vous racontiez avec Pam ?

Pam ? Qu'est-ce que c'était que cette famille ? Ma mère m'aurait assommé avec une boîte de conserve si je l'avais appelée « Sonya » au lieu de « Mamul ».

— Elle doit s'inquiéter pour toi, ai-je répondu en haussant les épaules.

Je n'allais pas préciser qu'elle m'avait dragué. J'avais pour tâche de sauver Jesse, pas de la blesser. Et puis, elle était futée. Pas besoin de lui faire un dessin.

— Ce qui l'inquiète surtout, c'est de n'avoir personne dans son lit, a-t-elle rectifié avec une lueur indéchiffrable au fond des yeux. Si tu la prends comme cliente, je préfère qu'on ne se voie plus. Ce n'est pas un ultimatum. Je sais que tu dois gérer tes petites affaires. Je préfère être honnête, c'est tout.

Elle s'exprimait d'une voix ferme et résolue. De toute ma vie, je n'avais jamais eu autant envie de frapper une femme au visage… en l'occurrence, Pam.

— La voilà, ai-je lâché avec un grand sourire.

Elle a haussé un sourcil, attendant une explication.

— L'ancienne Jesse. J'attendais qu'elle refasse son apparition.

Flocon de neige a affecté l'exaspération, mais je savais qu'en secret elle appréciait le fait que je voie plus loin que sa réputation.

— Alors, on va où ? ai-je questionné à nouveau.

Je refusais de répondre sérieusement à sa question sous-entendue. Nous étions amis. Elle était censée me faire confiance et savoir que je ne baiserais pas sa mère.

Flocon de neige m'a donné l'adresse, mais elle semblait encore hésitante, et pianotait sur le rebord de sa fenêtre ouverte.

J'ai fait tournoyer les clés dans ma main.

— On se retrouve là-bas.

— Et… Au sujet de ma mère ?

Je l'ai dévisagée, aussi incrédule que si elle suggérait de me frotter un hérisson sur le membre.

— Bien sûr que non, je ne vais pas coucher avec ta mère, Jesse ! Quel genre de salaud ferait ça ?

— Nolan, a-t-elle marmonné.

Je me suis figé. Nolan était au lycée quand lui et Jesse s'adressaient encore la parole. Était-il en première ou en terminale quand il avait goûté à Mme Morgansen ? Je me suis tourné vers la fille au tatouage de Pouchkine.

— C'est la nouvelle mode chez les jeunes branchés d'aujourd'hui ?

— Non, c'est le niveau zéro de la loyauté en ce qui concerne Pam Carter. Ma mère aime la chair fraîche. Tu comprendras ma méfiance.

— Tu te fous de moi.

Elle m'a décoché un regard lourd de sous-entendus.

— Je déteste les hommes, a-t-elle soupiré.

— En tant qu'espèce ou concept ? Tu me mets dans le lot ou pas ?

— En tant que tout. Et à moins que tu aies un vagin secret, oui, je te mets dans le lot.

— Je pense que je le saurais si j'en avais un. Ce serait top pour planquer du shit.

J'ai lissé la pointe de ma barbe avec les doigts, ce que j'avais tendance à faire en présence de Jesse. D'habitude, je me fichais de ce qu'on pouvait penser de moi. Pas avec elle.

— Dommage, a-t-elle commenté. Ça voudrait dire que quatre-vingts pour cent des femmes de Todos Santos sont des lesbiennes, et ça expliquerait pourquoi les mecs d'ici sont tous sur les nerfs.

Je n'ai pas pu m'empêcher de rire. Elle n'avait jamais

rien dit d'aussi léger. Je me bidonnais tellement que j'ai failli en tomber à la renverse. Jesse Carter avait sans doute été brûlée, mais ça ne l'en rendait que plus torride. Elle ne pleurnichait pas sur son sort. Elle avait la rage. Et avec raison. Soudain, j'ai éprouvé un curieux regret — celui de ne pas avoir pu réellement connaître la fille qu'elle avait été avant son agression.

Elle était cool, marrante, brisée. Mais c'était surtout ce dernier adjectif qui la définissait. On le lisait dans ses yeux.

— Tu sais quoi, Flocon de neige ? Je crois que tu viens officiellement de passer du statut de meuf chelou à celui de minette vaguement zarbi. Tu as gagné le droit de m'emmener dans ta bagnole. C'est le moins que tu puisses faire après m'avoir traîné dans un labyrinthe végétal.

— C'est ce que j'ai dit sur les lesbiennes qui t'a convaincu ? a-t-elle minaudé en battant des cils et en plaquant une main sur sa joue.

— Oui. Je veux qu'on en parle en allant chez le véto. Et en détail, je te prie.

— Pas question, et non merci.

— Non, mais tu nous as vus, on blague comme des vieux potes !

J'ai ouvert les bras en grand. Shadow a aboyé depuis la banquette arrière, comme pour nous rappeler gentiment qu'il était mal en point.

— Tu vois ? Même ton clebs est d'accord.

Elle a rougi, et j'y ai vu un signe. J'ai fait le tour de sa Rover pour monter dans sa voiture, entrer dans son domaine, m'immiscer sous sa peau. Le regard fixé droit devant elle, elle a enclenché la marche arrière pour quitter le carrefour giratoire sur lequel elle stationnait. Shadow a émis une plainte, et Jesse s'est tournée légèrement pour tendre le bras et le caresser. Son odeur m'a fouetté les narines. J'ai renversé la tête en arrière. Ça vous est déjà arrivé de vous faire frapper au visage ? Moi, oui. Plus d'une fois. Les premières secondes, on est sonné. On ne sait plus quelle heure il est, où on se trouve. Voilà l'effet que m'a fait l'odeur de Jesse. Comme un coup de poing. Sérieux, les femmes devraient trouver le moyen de mettre ce genre de parfum en flacon. C'est hyper puissant.

— Qu'est-ce qui te met autant en joie ? a-t-elle demandé avec méfiance en surprenant mon sourire.

J'ai secoué la tête.

— Les pommes vertes et la pluie fraîchement tombée.

D'expérience, je savais qu'il existait différentes sortes de silence.

Le silence gêné. Intense. Sensuel. Mystérieux. Celui qui veut dire « navré d'avoir sauté ta femme, elle avait promis que ça ne te dérangerait pas ». Jesse et moi en avions trouvé un nouveau : le silence complice. C'était comme une variante du bavardage, et il s'installait entre nous comme un oncle sympathique qui adorait faire des blagues relou.

Je pigeais le truc. Elle commençait tout juste à se faire à l'idée de côtoyer quelqu'un de nouveau. Un homme, en outre, qui avait l'odeur, l'apparence et le comportement d'un mec. Ça ne devait pas être facile. L'histoire de sa vie ressemblait à un hiver cruel, du genre à tout recouvrir d'une épaisse couche de glace qu'il fallait casser pour l'atteindre. On le sentait dans l'air, ça craquelait entre nous. Je m'approchais prudemment de la flamme qui vacillait dans le cœur de l'ancienne Jesse.

Une fois arrivés, j'ai sorti Shadow de la voiture, parce que Vieille branche, comme elle l'appelait, était super lourd et n'avait pas l'air de tenir sur ses pattes. Chez le véto, la réceptionniste quarantenaire nous a regardés l'un après l'autre, comme craignant que j'aie kidnappé Jesse, avant d'appuyer sur un bouton de l'interphone. Deux minutes plus tard, Flocon de neige entrait dans la salle de consultation avec Shadow. Une vitre surplombait la réception, ce qui m'a permis de les voir en compagnie du véto, le Dr Wiese.

Le Dr Wiese était un homme.

Un homme qui ne connaissait pas Flocon de neige.

Un homme qui a donc voulu lui serrer la main. Rouge comme une tomate, elle a fait semblant de ne pas s'en apercevoir et s'est mise à parler à cent à l'heure. Elle tentait désespérément de l'éviter tout en aidant Shadow à grimper sur la table métallique d'auscultation. Le vétérinaire, qui ne se rendait compte de rien, ne cessait de s'approcher d'elle pour lui montrer une touffe de poils du chien ou l'intérieur de ses oreilles. Je faisais les cent pas à la réception comme un animal en cage, tâchant de ne pas songer à l'inconfort de Jesse et au mal-être qu'il m'insufflait.

C'est pas ton problème.

C'est pas tes oignons.

Barre-toi de cette histoire de cinglés, Bane. Ce train va bien trop vite et tu n'as pas de billet de retour.

Parfois, quand on sait qu'on est allé trop loin, on essaie de se trouver des excuses. Dans mon cas, je me disais que ça n'avait rien à voir avec Jesse. Je n'aurais pas voulu qu'une fille, quelle qu'elle soit, ait l'impression de se faire harceler sexuellement, même par une simple poignée de main. J'ai calé les bras sur le dossier d'une chaise dans la salle d'attente et j'ai secoué la tête. La réceptionniste a plissé le nez sans décoller les yeux de son écran.

— Je peux vous aider, monsieur ?

Elle s'est raclé la gorge. À la lueur vive qui clignotait sur son visage, j'en ai déduit qu'elle jouait à Candy Crush. Elle se moquait comme de l'an quarante de Jesse, de Shadow ou même de son boulot.

— Il faut que j'entre.

J'ai passé une main dans mes cheveux.

— Pourquoi ?

— Parce qu'il ne sait pas.

— Il ne sait pas quoi ?

Que Jesse n'est pas comme les autres. Le Dr Wiese la toucherait, elle flipperait, et tout partirait en couille. Voilà mon unique motivation : ce type allait foutre en l'air mes progrès avec Flocon de neige. Je me retrouverais de retour à la case départ, à essayer de la persuader de revenir au pays de la liberté et de l'indépendance. Pas vrai ? Pas vrai ?

Bref. Merde. Oui. Bien sûr que c'était ça.

— Il faut que j'y aille.

Je me suis appuyé sur son bureau, et elle a enfin quitté l'écran des yeux, une main au-dessus de sa souris et la bouche entrouverte.

— Je ne pense pas que…

— Elle ne laisse personne la toucher, ai-je expliqué rapidement. Et c'est ce qu'il essaie de faire. Il ne s'en rend pas compte, mais elle est sur le point de craquer.

J'espérais lui faire comprendre que Jesse était capable de frapper le véto si elle se sentait trop menacée.

Nos regards se sont croisés, et elle a hoché la tête.

— Je… Euh…

Sans prendre le temps d'écouter la suite, je me suis rué à l'intérieur. La première chose que j'ai remarquée en entrant a été la posture de Jesse lorsqu'elle a tourné la tête pour voir qui venait d'entrer. Elle s'est détendue en m'apercevant, ce qui m'a gonflé à bloc. À un ou deux mètres d'elle, le Dr Wiese s'était lancé dans une explication au sujet des dents de Shadow qu'elle était sûrement incapable de suivre parce qu'elle était aux prises avec une énorme crise de panique. Je me suis approché pour m'interposer entre elle et le véto. Un vrai bouclier humain.

— Et vous êtes… ? a demandé le Dr Wiese en grattant sa joue rebondie.

— Le garde du corps de Jesse, ai-je répondu en lui tendant la main.

Le vétérinaire, en bon professionnel, s'est repenché sur Shadow. J'ai enfoui les mains dans mes poches. Quand Flocon de neige m'a fait un clin d'œil, je lui ai adressé un sourire en coin. Le vieil homme a froncé les sourcils avant d'affirmer qu'il allait procéder à une analyse de sang, tout en se lavant déjà les mains pour enfiler ses gants bleus.

— Pour quoi faire ?

Jesse s'est raidie, les yeux grands ouverts. Wiese a secoué la tête et a donné une petite caresse à Shadow, qui se tenait sans bouger sur la table métallique.

— C'est juste… ici.

Il a voulu lui prendre la main pour l'approcher de la gorge de Shadow, et Jesse a reculé brutalement. J'ai écarté le Dr Wiese et posé la main sur celle de Jesse. Elle touchait à présent Shadow, sous ma paume. Mon cœur battait si fort que j'avais l'impression qu'il allait jaillir de ma poitrine, et je ne savais même pas pourquoi. Sa peau était chaude et soyeuse.

Elle était absolument splendide.

Terriblement abîmée.

Complètement paumée.

J'ai précisé « Totalement interdite » ? Parce que ça aurait dû se trouver tout en haut de ma liste. Et depuis quand est-ce que je me préoccupais de la peau des autres ? Sérieux, qu'est-ce qui m'arrivait ?

Je savais que j'aurais dû m'éloigner à présent que je l'avais sauvée du Dr Wiese, et aussi d'elle-même, mais j'attendais un signe de sa part. Un signe qui n'est jamais venu. Je sentais ses doigts trembler sous les miens. Personne ne parlait. Personne ne bougeait. Personne ne respirait.

L'Intouchable avait été touchée. Et elle y avait survécu.

Le Dr Wiese a dégluti bruyamment. Visiblement, il avait enfin compris le topo.

— Voilà, c'est ça. Maintenant, déplacez sa main par là, qu'elle sente la bosse. Ce n'est sans doute rien, mais il vaut mieux ne pas courir de risques. Shadow n'est plus un jeune chien.

La main de Jesse s'est figée sur la fourrure de son chien. Je lui ai fait décrire des cercles au niveau de la bosse. C'était… bizarre. Intime. Plus intime que de faire grimper une nana aux rideaux, curieusement. Je commençais à comprendre que je n'étais sans doute pas aussi blindé que je le croyais. Parce que je ne pouvais penser à rien d'autre qu'à guider sa main à l'intérieur de son jean pour qu'elle se caresse sous ma paume.

— Une analyse de sang, a-t-elle répété, tandis que nous palpions la bosse évoquée par le Dr Wiese.

Elle a fermé les paupières, et j'ai serré ses doigts entre les miens.

Ma bouche était quasiment pressée contre l'oreille de Jesse. J'étais derrière elle, je l'enveloppais presque.

— Il va s'en sortir ? ai-je demandé.

Ce salaud a gardé le silence. J'avais envie de lui sauter dessus pour le forcer à parler, mais je préférais rester collé à Jesse. Shadow s'est mis à remuer, à renifler et à gémir, pour qu'on le fasse descendre. Jesse s'est raidie. Elle s'est tournée vers le vétérinaire.

— Je ne peux pas le perdre.

— Il est en bonne santé, Jesse. Il faut juste qu'on fasse quelques examens.

Il a tenté de l'apaiser et a de nouveau frotté la joue de Shadow.

— Non, non. Je ne peux pas le perdre, a-t-elle répété, les yeux embués de larmes.

— Jess…

— C'est mon seul vrai ami.

— Allons, allons, a-t-il murmuré nerveusement. Je suis sûr que c'est faux.

Mais elle disait vrai. Il y avait Vieille branche, Mme Belfort, et puis moi. Et je ne comptais pas, puisqu'elle n'était qu'une transaction à mes yeux. C'était l'idée, en tout cas.

Shadow allait et venait sur la table, et le clic-clic-clic de ses griffes faisait écho au tic nerveux de la paupière gauche de Jesse. Le Dr Wiese m'a coulé un regard et j'ai écarté Jesse de son chien, surpris une fois de plus qu'elle me laisse la toucher, même si je restais hyper chaste en me contentant de lui effleurer le bras. Le vétérinaire a prélevé plusieurs tubes de sang pendant que Jesse regardait ailleurs et pleurait en silence.

— Quand est-ce qu'on aura les résultats ?

J'ai fourré les mains dans mes poches avant.

— On est très occupés à cette période de l'année, donc ça risque de prendre quelques jours. On vous enverra les résultats par mail, alors gardez un œil sur votre messagerie, a déclaré le Dr Wiese en posant tous les tubes sur leur support.

J'ai jeté un coup d'œil à Jesse pour m'assurer qu'elle avait entendu, et elle a hoché faiblement la tête.

Je me suis avancé vers le véto tout en observant Shadow, qui avait l'air épuisé, presque à bout de forces. Je n'avais jamais eu d'animal domestique. Ce n'était pas faute d'en avoir voulu, mais on avait dû se serrer la ceinture, et un compagnon à poils aurait occasionné trop de dépenses. Et puis, ma mère avait dû bosser tard pendant les dix premières années de sa carrière. J'avais vite compris qu'il valait mieux traîner chez les copains après l'école si je voulais manger des repas cuisinés, alors je n'avais pas souvent été à la maison non plus.

J'ignorais quel effet ça faisait de perdre un chien, mais j'avais l'impression que c'était mille fois pire pour Jesse, qui ne le voyait pas que comme un animal domestique. Il symbolisait un fragment de plus de la Jesse d'avant qu'elle ne pourrait jamais récupérer.

— C'est fini, a annoncé le Dr Wiese en retirant ses gants élastiques et en les jetant dans une poubelle en inox avant de se retourner pour se laver de nouveau les mains. Donnez-lui souvent à boire et veillez à ce qu'il mange de la pâtée, s'il manque d'appétit. Je vais lui prescrire un antibiotique. On reste en contact, de toute façon.

— D'accord, a reniflé Jesse.

J'ai attrapé Shadow. J'étais en train de le poser par terre quand elle a pivoté vers le Dr Wiese et lâché :

— Tout ça est ma faute, vous savez.

Le silence qui a suivi m'a flanqué la nausée.

J'ai remercié le véto, je me suis occupé de prendre le prochain rendez-vous avec Miss Candy Crush et j'ai réglé la note, vu que Jesse était en train de frissonner dans un coin de la réception, à marmonner des promesses et des excuses à Shadow. J'ai emmené la boule de poils puante jusque dans la Rover, je l'ai posée sur la banquette arrière et je me suis assuré que le chien était bien installé. Puis, je me suis retourné vers elle.

Je voulais dire quelque chose mais je ne savais pas trop quoi. D'habitude, je me contentais de balancer une ou deux vannes histoire d'alléger l'atmosphère. Mais, avant que j'aie eu le temps de faire quoi que ce soit, je me suis aperçu que Jesse se trouvait pile à côté de moi, et que son odeur de pommes vertes et de pluie m'emplissait de nouveau les narines.

— Quoi ?

J'ai froncé les sourcils.

Elle a secoué la tête, s'est encore approchée.

— Revoilà la meuf chelou, ai-je murmuré.

Elle n'a pas souri. N'a pas parlé. Au début, je ne me suis même pas rendu compte qu'elle était en train de se dresser sur la pointe des pieds pour presser les lèvres sur ma joue.

Je ne suis pas très fier d'avouer ce qui va suivre mais : je n'ai eu aucune de mes réactions habituelles. Pas de sourire satisfait ni d'œillade insistante, comme j'avais appris à le faire au lycée. Je me suis contenté de rester là, les bras ballants, à savourer son baiser qui m'imprégnait la joue comme du poison. Pourquoi du poison ? Parce qu'il me tuerait si je n'y faisais pas gaffe.

Cette fille était bel et bien une pomme.

Mais elle n'était pas verte. Elle était rouge et mortelle, et ne valait pas six millions de dollars.

Shadow a mis fin à la magie de l'instant en aboyant depuis la banquette arrière. Jesse s'est écartée. Vieille branche m'avait pourri mon groove. Après tout ce que j'avais fait pour lui. Maintenant, je savais que la générosité n'était jamais récompensée.

Nous nous sommes tous deux hâtés de monter en voiture et avons bouclé nos ceintures à l'unisson. Pendant que Jesse nous ramenait vers le centre de Todos Santos, j'ai tâché de me convaincre que je n'étais pas en train de foutre en l'air la transaction, qu'un bisou sur la joue équivalait à une tape dans le dos dans d'autres cultures. Il n'y avait rien de sexuel là-dedans. Mon érection naissante n'était pas d'accord, mais depuis quand j'écoutais son avis, à celle-là ? Elle aimait tout le monde, avec sa mentalité de hippie à la con.

— Il va s'en sortir.

Je me suis exprimé à voix haute histoire de ne pas écouter celles qui me susurraient de remettre ma main sur la sienne. Note pour plus tard : vérifier si j'avais encore quelque chose dans le froc. Je commençais sérieusement à me poser la question.

— Je l'espère, parce que je n'ai personne d'autre, a-t-elle affirmé.

— Je suis flatté, ai-je blagué.

Elle a éclaté de rire.

— Arrête.

— Arrête quoi ?

— De vouloir me redonner espoir. Il n'y a rien de plus dangereux. Ça donne envie d'essayer, et quand on essaie, on échoue.

Je me suis demandé si elle se rendait compte que nos genoux se touchaient presque. Qu'on n'avait jamais été aussi près l'un de l'autre. Que non seulement on percevait nos odeurs respectives, mais qu'on pouvait également étudier chaque tache de rousseur, chaque marque sur nos peaux.

— Tu es un vrai rayon de soleil, toi ! ai-je ironisé.

— Mon père est mort, ma mère est une catin, et je n'ai aucun ami. Mon chien est en train de mourir parce que j'étais trop lâche pour l'emmener à ses bilans de santé annuels. Je n'ai aucun lien avec ce monde. Prendre racine, sortir de la maison…, s'est-elle interrompue pour inspirer et tapoter sur le volant. Ces deux dernières années, j'attendais que le ciel me tombe sur la tête. Je le souhaitais presque. Je ne comptais pas accorder une seconde chance à mon existence. C'est pour ça que je ne voulais pas que tu me donnes ce boulot.

— Et c'est justement pour ça que tu en as besoin, ai-je contré.

Elle venait de déboucher sur Main Street en direction d'El Dorado, mais je n'étais pas prêt à la laisser partir. Pas dans cet état d'esprit.

— Ça te donnerait une bonne raison de te lever le matin. Et j'ai besoin d'une serveuse, Flocon de neige.

Ce n'était pas vrai, mais je me débrouillerais pour virer quelqu'un. Probablement Beck. Il fallait qu'il se concentre sur le surf de toute façon, et comme les sponsors commençaient à se bousculer au portillon, ce n'était pas comme s'il allait crever de faim.

— C'est le job le plus facile au monde. Même une gerbille pourrait le faire. Non, pire… même Beck !

— Ta proposition a beau me tenter — et crois-moi, laisser sous-entendre que je serais capable de faire le travail d'une gerbille me flatte au-delà de tout —, je ne travaillerai pas pour toi. Tu as vu la maison. L'argent n'est vraiment pas un souci dans ma famille.

— Ne bosse pas pour le fric. Bosse pour la sueur. Pour le pouvoir. Pour te sentir utile, indépendante, et productive, bordel ! Bosse pour montrer aux salauds qui t'ont agressée que tu es forte. *Illegitimi non carborundum.*

— C'est une position du *Kama-sutra* ou quoi ? a-t-elle marmonné.

J'ai ricané. Petit à petit, elle se défaisait de sa peur. À présent, elle était simplement agacée, ce qui me paraissait plus gérable.

— Ça veut dire : « Ne te laisse pas avoir par les salauds. »

L'espace d'une seconde, j'ai eu l'impression de l'avoir touchée. Elle a acquiescé d'un signe de tête.

— Je ne sais même pas comment faire un smoothie, a-t-elle protesté.

— Moi non plus. Et alors ?

J'ai posé une main sur le volant et je l'ai fait pivoter vers la gauche, en direction du front de mer et du Café Diem. Jesse a tourné la tête pour me dévisager.

— Ne sois pas à la bourre à ton propre entretien d'embauche, l'ai-je avertie. Officiellement, ça fait cinq minutes qu'il a commencé, et voilà que tu fais déjà ta peste.

Elle a esquissé un petit sourire.

Cette fois, il a atteint ses yeux.

Une victoire de plus pour moi.

Encore une que je n'avais aucune envie de communiquer à Darren.

J'ai laissé Jesse se garer sur mon emplacement habituel, vu que je n'avais ni mon pick up ni ma Harley. Puis, j'ai fait descendre Shadow, qui marchait au radar. Il avait l'air de meilleure humeur, mais semblait malgré tout avoir cruellement besoin d'une cure thermale canine ou je ne sais quoi. Jesse nous a suivis dans le café ; ma proximité ne la gênait peut-être pas, mais elle était plus à l'aise quand je gardais mes distances. En prime, Shadow avait cessé de me toiser comme si j'étais de la Gestapo, alors j'avais forcément un peu avancé.

Tu m'as quand même pourri mon groove, enfoiré.

Nous sommes entrés.

Des ados adeptes de skateboard, des jeunes cadres dynamiques, des mecs tatoués concentrés sur leurs MacBook, au milieu de *lattes* au lait écrémé et de smoothies verts. Le Café Diem était le paradis des hipsters, et il était bondé d'habitués, alors je savais qu'il y en avait pas mal qui avaient dû voir Jesse me planter en plein rencard quelques jours plus tôt. Un rencard, traîner ensemble. Aucune différence. Darren m'avait dit de sortir avec elle, pas de la baiser. Ce n'était pas ça, justement, la définition du mariage ?

Je me suis rendu derrière le comptoir d'un pas sautillant

avant que Jesse ait eu le temps de protester. J'allais lui donner ce boulot. Ça faisait partie de mon contrat avec Darren. Elle pouvait mettre le feu à l'établissement en faisant du café, je m'en fichais, je l'embaucherais quand même. Très franchement, ce n'était pas une si mauvaise affaire. Je n'aimais pas me l'avouer, mais il y avait pire que de contempler son petit corps fin, sa crinière d'ébène et ses yeux couleur océan.

Ses yeux couleur océan.

Bon, OK, là j'étais sûr à quatre-vingt-dix pour cent que je m'étais transformé en minette, à tel point j'hésitais presque à me rendre aux chiottes pour le vérifier. Et Flocon de neige n'était pas seulement jolie, elle était aussi super marrante.

— Voici Jesse et Shadow. Évitez de serrer la main de la nana ou de caresser le clebs. Ils ont tous les deux la rage.

Je les ai désignés du pouce, tout en m'exprimant avec autant de sérieux que d'habitude.

— Jesse, voici Gail et Beck.

J'ai montré ma serveuse au look emo option crâne rasé, ainsi que mon pote surfeur. Jesse a lâché un petit rire mais je ne me suis pas retourné pour voir ça, même si c'était rare. On ne m'aurait pas aussi facilement. Je me suis approché du mixer à smoothie et je l'ai tapoté en faisant semblant de vérifier quelque chose.

— Salut ! a lancé Gail.

J'ignorais ce qu'elle essayait de prouver avec son crâne rasé. Si c'était pour paraître moins féminine, Beck n'avait pas pigé l'allusion. Il l'a écartée d'un coup de fesses et a agité la main à son tour.

— Et moi, je suis la moitié de Gail, Callum Beck.

— Tu n'es absolument pas ma moitié, a protesté Gail. Tu n'es même pas la moitié d'un homme.

Beck a ricané.

— Je pourrais te prouver le contraire si tu daignais sortir avec moi.

— Passons, ai-je coupé, ne voulant pas laisser croire à Jesse que tout le monde se tapait tout le monde dans cet établissement, même si ce n'était pas si loin de la vérité. Notre clientèle est essentiellement composée de surfeurs, de skateurs ou de fanas de la plage, alors on met plus l'accent sur les smoothies que sur le café. Essaie de m'en préparer un, on n'aura qu'à partir de là.

— Je ne veux pas de ce boulot, a-t-elle répété pour la énième fois.

Histoire d'enfoncer le clou, elle est restée immobile. Sauf qu'elle se trouvait du côté des serveurs, avec nous.

J'étais le premier à reconnaître que mes fréquentations de l'autre sexe ne se limitaient qu'à ça — au sexe. Je n'avais eu qu'une seule petite amie dans ma vie, Edie, et, malgré sa fougue et son courage, je ne l'avais jamais vue bouillir d'une telle colère. Je semblais avoir le chic pour faire monter la moutarde au nez de Jesse, et inutile de mentir… ça m'excitait à mort. Je me serais cru à Bethléem le jour de Noël.

— Mais tu veux que j'emmène Shadow à son prochain rendez-vous. C'est bien ça ? ai-je demandé avec un sourire nonchalant.

Elle a ouvert la bouche pour rétorquer, puis l'a refermée brusquement.

— C'est bien ce que je pensais. J'accepte de me transformer en infirmière Protsenko avec Vieille branche si je gagne une nouvelle employée.

Elle a détourné le regard. Je savais que j'avais gagné cette bataille et j'étais aux anges.

Flocon de neige s'est avancée vers le mixer et a agité sa petite main dans ma direction. Rien qu'à la voir, on sentait que ça allait barder.

— Si je te prépare un smoothie, tu promets de le boire ?

J'ai haussé les sourcils avec méfiance.

— Tu vas mettre du sperme dedans ou quoi ?

Elle a levé les yeux au plafond.

— Oui, bien sûr. J'en ai toujours dans mon sac, au cas où.

J'ai souri. Au fond, ça n'aurait rien changé. Sans ce fichu contrat, j'aurais volontiers léché la sueur sur ses fesses après un cours de hot yoga.

— Pas d'ingrédients bizarres, c'est juré. C'est juste que je ne suis pas sûre que le mélange te plaise.

— J'aime que mes employés fassent preuve d'initiative. Voyons de quoi tu es capable.

Elle m'a adressé un sourire. Un vrai sourire. Je me suis retourné pour emmener Shadow à l'autre bout du café, où je lui ai donné un bol d'eau fraîche. Ces six mois allaient me paraître longs si j'avais envie de la culbuter à chaque fois qu'elle se déridait.

Je me suis appuyé sur le comptoir, à côté de Gail et Beck, pour regarder Jesse jeter des rondelles de banane, des fraises, du yaourt à la vanille, de l'eau de coco… suivis d'épinard, de chou kale, d'avocat, de fromage blanc, de gingembre, de piment de Cayenne, de tofu…

— Vas-y mollo, Jesse, est intervenue Gail en s'approchant de Carter.

J'ai tâché de détecter des signes d'angoisse chez cette dernière, mais je n'en ai trouvé aucun. Elle était plus à l'aise en compagnie féminine.

— Je ne suis pas sûre que tout ça aille ensemble.

Jesse a fermé le mixer dans un claquement et a décoché un sourire espiègle à Gail.

— Vraiment ? Mince alors, je serais vraiment embêtée si je ne décrochais pas ce job.

— Bane ne boira jamais ce truc, a ricané Beck dans mon

dos, et je l'ai imaginé envoyer ses cheveux longs en arrière d'un revers de main.

Quel débile. Moi aussi, je les portais longs, mais au moins je les ramassais dans un chignon.

Ce n'est qu'à cet instant — alors que Beck était derrière moi et Gail dans ma ligne de mire, mais pas près de Jesse pour autant — que je me suis aperçu que je faisais écran entre Jesse et eux. J'empêchais les gens de s'approcher d'elle. À ce stade, c'était devenu comme une seconde nature.

Je vois quelqu'un qui n'est pas moi — je m'interpose entre lui/elle et Flocon de neige — je veille à ce qu'il/elle ne s'approche pas d'elle jusqu'à ce qu'on ait quitté la pièce.

Jesse a enclenché le mixer, et j'ai regardé, écœuré, tous nos ingrédients en stock tourbillonner ensemble pour former un smoothie infernal. Lorsqu'elle a eu terminé, elle s'est mordu ostensiblement la lèvre inférieure, s'est penchée en avant, a attrapé un grand gobelet en haut de la pyramide et y a versé la boisson, sous le regard incrédule et curieux de toutes les personnes présentes. Elle ne devait même pas se rendre compte qu'on l'observait. Ou peut-être que si, et que l'espace d'un instant elle était redevenue la Jesse d'avant. Sûre d'elle, affirmée et marrante. Elle a fait glisser le gobelet sur le comptoir et a penché la tête sur le côté en battant des cils.

— Voilà, monsieur Protsenko. J'espère de tout cœur que ce breuvage vous plaira et vous donnera envie de m'embaucher.

Silence. Un type à l'autre bout de la salle s'est levé de son siège et s'est mis à taper sur sa table en scandant :

— Bois. Bois. Bois. Bois.

Quelques secondes plus tard, tout le monde était debout, les poings serrés, m'encourageait à descendre ce smoothie cauchemardesque. Il n'y a qu'aux États-Unis que ça arrive, ce genre de conneries. La capacité qu'ont les gens à s'unir pour regarder quelqu'un faire un truc complètement débile a un côté presque exaltant. N'oubliez pas que *Jackass* s'est fait des millions avec ce type de concept.

— Quel humour, ai-je lancé d'une voix égale.

— Tu essaies de gagner du temps, a-t-elle répliqué avec un grand sourire.

Quel. Canon. Putain.

C'était comme ça qu'elle me remerciait de l'avoir ramenée dans le monde civilisé ? En même temps, je trouvais ça plutôt réjouissant d'être mis au défi, et oui, même ridiculisé. Beck pianotait sur le comptoir, et Gail tapait dans les mains avec enthousiasme, en poussant des petits cris comme une figurante dans un film pour ados des années 1990. Jesse continuait de me fixer du regard, alors j'ai saisi le gobelet et je l'ai porté à mes lèvres.

— Tu vas le regretter, ai-je sifflé en humant la mousse brune.

— Toi aussi, a-t-elle chuchoté sans me lâcher des yeux.

J'ai bu l'intégralité de l'ignoble breuvage sans respirer une seule fois par le nez.

Tout le monde a applaudi, on aurait dit des grains de pop-corn explosant dans un sac au micro-ondes, et Jesse a ri si fort qu'elle a dû se cramponner au comptoir. J'ai fait mine de lui bondir dessus, et elle a affecté de fuir en m'effleurant l'épaule au passage. Sauf qu'au lieu de tressaillir ou de courir, elle s'est contentée de se redresser, d'essuyer une larme de rire sur sa joue et de sourire en contemplant la mousse brun verdâtre restée sur ma lèvre supérieure.

— Tu es engagée, ai-je grondé.

L'espace d'une seconde, j'ai cru qu'elle allait m'essuyer la lèvre avec son pouce.

L'espace d'une seconde, on aurait dit que la Jesse d'avant allait s'imposer.

Mais en réalité elle a fait volte-face et s'est éloignée en appelant Shadow.

Je m'en tapais. Même si je n'avais pas pu ranimer l'ancienne Jesse, j'avais malgré tout décroché une immense victoire ce jour-là.

J'avais touché l'Intouchable. Et, pour la première fois depuis très longtemps, son ciel n'allait pas s'écrouler.

Chapitre 8

Jesse

Ce soir-là, j'ai laissé tomber mon jogging nocturne.

J'avais la tête qui tournait après la journée que je venais de passer. Il y avait eu les analyses de sang de Shadow. Le nouveau boulot. Bane, que j'avais embrassé sur la joue.

Seules l'habitude et la répétition m'empêchaient de me jeter d'une falaise, et j'avais besoin d'un exutoire physique. Je me suis dirigée vers la piscine extérieure pour nager un peu. Après quelques longueurs, je me suis immobilisée au milieu pour flotter sur le ventre, les bras en croix, les yeux écarquillés. J'ai inspiré à fond et, les poumons en feu, j'ai retenu mon souffle.

Les seules lumières visibles étaient celles des éclairages extérieurs, qui se reflétaient sur l'eau. J'avais l'impression de flotter dans l'air, sans rien pour m'ancrer à la réalité. Ça me rappelait les jours qui avaient suivi l'Incident, quand j'avais envisagé le suicide. J'ignorais dans quelle mesure j'y avais songé sérieusement. Au fond de moi, cette idée me paraissait complètement dingue, mais parfois, en pleine nuit, quand tout était calme et que j'attendais que les larmes coulent, je ne ressentais rien d'autre qu'un grand vide.

Dernièrement, ce vide me semblait moins présent. Oui, j'avais peur, et je manquais d'assurance. Mais j'éprouvais aussi un certain degré d'excitation. Roman « Bane » Protsenko était un call-boy. Curieusement, ça enlevait toute pression. On n'était pas un garçon et une fille ordinaires, mais deux âmes solitaires, aussi torturées l'une que l'autre. Du coup, le fait d'avoir envie de faire une place à Bane dans ma vie devenait acceptable. Je voulais qu'il me guérisse.

Qu'il me tienne dans ses bras.

Qu'il me fasse rire.

Qu'il efface ma souffrance.

Plus que tout, je voulais qu'il soulève mon haut, qu'il voie ma cicatrice, qu'il l'embrasse pour que je n'aie plus mal, et qu'il me dise que j'étais belle. Avec un peu d'efforts, je m'y serais presque crue. Le frottement de sa barbe sur ma peau écorchée. Le poids de son regard sur mes souvenirs douloureux.

Doux.

Chaud.

Agréable.

Respire.

Il fallait que je respire.

J'ai brusquement sorti la tête de l'eau et j'ai aspiré une goulée d'air. J'ai regardé autour de moi avant de barboter jusqu'au rebord de la piscine.

C'était sans doute ça, la différence entre Bane et les autres.

Ce n'était pas une question de désir, mais de besoin.

J'avais besoin qu'il me rappelle comment respirer.

J'aimais voir mes souvenirs comme le cimetière de mes pensées.

Ces instants étaient déjà morts, alors je n'avais pas à m'inquiéter de les voir ressuscités.

Je me rappelais pas mal de choses que j'aurais préféré oublier, et c'était peut-être tout le problème. Par exemple, je me souvenais de l'instant où Emery avait tiré sur mon T-shirt pour m'entraîner dans cette voiture. Celui où j'avais compris que je courais un vrai danger. Je me souvenais d'avoir entendu le tissu se déchirer pour la première fois — là aussi, c'était Emery, qui avait commencé avant que les deux autres enchaînent.

Je me suis remémoré la première pénétration à sec. Nolan.

Le premier coup de poing au visage. Henry.

Je me suis rappelé ce que j'avais ressenti sur la table d'opération quand on avait aspiré le fœtus qui grandissait en moi. Il s'agissait là de souvenirs clairs, précis, aussi tranchants que des lames de rasoir. Et puis, il y avait cet instant dont je ne me souvenais pas du tout.

Avant qu'Emery essaie de prendre ma virginité.

Car je l'avais déjà perdue.

— Si seulement j'arrivais à m'en souvenir.

J'ai tiré sur mes cheveux. Je sentais le doux regard de Mayra sur moi. Elle me dévisageait toujours bouche bée, à mi-chemin entre l'impuissance et la pitié. Ma psy ressemblait à une caricature de mamie aimante. Des cheveux blancs qui encadraient un visage hâlé. Des rides profondes et des gros bijoux.

— Vous souvenir de quoi ? m'a-t-elle encouragée.

— De quand ça s'est passé… De quand j'ai perdu ma virginité.

Je me suis mordu la lèvre inférieure, les doigts entrelacés les uns aux autres. J'avais été heureuse avec Emery. Je n'avais pas couché avec un autre avant lui. Je m'en serais souvenue. Il était mon premier. Mais, quand on s'y était mis, il n'y avait pas eu de sang. Je n'avais pas eu mal. Stupéfait, il avait continué de m'assaillir, et ses coups de reins s'étaient faits de plus en plus brutaux. Emery avait froncé les sourcils tandis que mon angoisse et mon exaspération allaient croissantes, et je m'étais tortillée sous lui, prise de remords injustifiés. À tel point que j'avais envisagé de feindre l'inconfort qu'il brûlait de lire dans mes yeux.

Certaines filles se sentent obligées de mimer le plaisir. Avec Emery, j'aurais dû simuler la douleur.

Puis, son regard s'était porté sur sa PlayStation.

J'avais remarqué la caméra, son clignotant rouge braqué droit sur moi.

Alors, je lui avais balancé mon poing dans la figure et je m'étais relevée précipitamment pour enrouler son drap autour de ma poitrine.

J'avais scellé mon sort.

— Comment cela ? a demandé Mayra en se grattant la tempe avec son stylo.

— Et si j'étais en train de refouler quelque chose ? D'oublier quelque chose ?

Je me suis levée pour faire les cent pas. Le bureau de Mayra ne lui ressemblait absolument pas. Il était blanc, elle avait la peau mate. Le mobilier était sobre, elle aimait porter des accessoires tapageurs. Souvent, je me demandais lequel était faux : le bureau, ou la personne ?

— Peut-être que vous essayez de trouver une raison qui expliquerait ce que vous avez vécu ? Vous aimeriez sans doute vous convaincre que vous avez quelque chose à expier. Mais la vérité, c'est que ce sont Emery, Nolan et Henry qui vous ont fait du tort. Et pas le contraire.

— Non.

J'ai secoué la tête. J'avais l'impression que cette pièce n'était pas assez grande pour contenir toute ma colère.

— Ce que je veux dire, c'est que…

— Vous avez pu vous rompre l'hymen en tombant de vélo ou en insérant un tampon, m'a-t-elle interrompue, calme mais sévère. Certaines filles naissent même sans. Je crains que le fait de chercher une explication pour ce qui vous est arrivé ne vous éloigne de la voie de la guérison. L'acceptation et la réhabilitation viendront quand vous comprendrez que rien de mal ne s'est passé avant. Vous n'avez rien fait pour encourager ce type de comportement.

Elle me suivait du regard. Je me suis arrêtée devant sa fenêtre pour inspecter la rue. Pour une raison ou pour une autre, j'ai cherché le pick-up rouge de Bane. Il était sûrement au Café Diem, à se faire draguer par tout ce qui bougeait. *Pam comprise.* Ça m'agaçait de savoir qu'il attirait autant l'attention, qu'il couchait à tout-va pour obtenir de l'argent et des contacts. Et ça m'agaçait d'être secrètement surexcitée à l'idée de commencer à travailler pour lui.

Mais ce qui m'irritait par-dessus tout, c'était de me dire que je voyais Mayra depuis mes douze ans. J'avais commencé à consulter juste après que Pam et moi avions emménagé chez Darren. Après tout ce temps, je comptais encore les minutes de chaque séance, impatiente qu'elle se termine.

Mais Bane… C'était une autre histoire. Ce jour-là, je m'étais réveillée en me sentant différente de la veille. Peut-être que j'avais enfin digéré ce qui s'était passé. En tout cas, je me sentais possessive à l'égard de Bane, et ça m'inquiétait.

Avec lui, j'avais l'impression d'être normale. Je ne pouvais pas en dire autant de la plupart des gens que je connaissais. Il éveillait chez moi une curiosité qui me gênait. Mais quand je parlais de lui à Mayra, ou du fait que ma mère le draguait, ça me faisait… bizarre. Pour commencer, Mayra était une vieille amie de la famille de Darren, et elle risquait de me le faire sentir à un moment ou à un autre. J'ai appuyé le bout des doigts sur la vitre froide.

— Il y a tout un pan de ma mémoire qui a disparu, ai-je lâché, les dents serrées.

Ça remontait à l'année où Pam s'était mariée avec

Darren, peu après la mort de papa. Tout s'était passé si vite. D'après Mayra, il s'agissait d'une réaction normale. J'avais vécu tellement de choses en si peu de temps que j'avais dû créer un abîme dans ma mémoire pour encaisser tous ces changements.

— On ne peut pas se souvenir de chaque jour de notre vie.

Dans le reflet de la vitre, j'ai regardé Mayra tripoter un des nombreux colliers qui pendaient sur sa poitrine.

— Et tant mieux, Jesse.

L'horloge à côté du divan a tinté gaiement. J'avais déjà souligné qu'il ne s'agissait pas du signal le plus subtil qui soit pour signaler la fin d'une séance, et Mayra elle-même en avait convenu, mais elle n'y avait rien changé pour autant. Nous avons échangé un hochement de tête respectueux.

— Au fait, j'ai trouvé du boulot, ai-je annoncé de but en blanc une seconde avant de partir.

— Jesse ! s'est exclamée Mayra depuis le divan, avec un sourire qui, comme d'habitude, n'atteignait pas ses yeux. C'est merveilleux ! Il faudra tout me raconter la semaine prochaine.

À présent, c'était mon tour de sourire. J'aimais bien faire ce genre de trucs. Balancer un détail important pile à la fin d'une séance avec Mayra, juste avant qu'elle me vire de chez elle. Ça me faisait une petite piqûre de rappel : ce n'était pas une copine, mais une alliée que je payais. Le pire genre d'amie au monde.

— Eh oui.

J'ai attrapé mon sac à dos et je l'ai jeté sur mon épaule, un pied déjà sur le seuil. J'ai remonté la fermeture Éclair de mon gilet avant de sortir affronter le monde.

— J'ai trop hâte.

J'ai lu un jour que les gens ont tendance à confondre la passion passagère et le véritable amour, et que la meilleure façon de les distinguer serait de mesurer le temps passé entre l'instant où vous avez rencontré la personne en question et celui où vous avez compris que vous ne pouviez plus la laisser partir.

Quand on tombe amoureux, on perd lentement des fragments de soi.

Dans le cas d'une passion passagère, on se perd entièrement, d'un coup.

L'amour est semblable à du lierre. Il s'enroule autour de vous, vous étouffe en silence. Il n'est pas patient, bienveillant ni doux. Il est empressé, rusé et suffocant.

En prenant la direction du Café Diem, j'étais persuadée de rendre un service à Bane en le mettant en garde contre Pam. Mais c'était parce que le lierre me chatouillait à peine les pieds et ne m'agrippait pas encore les chevilles pour me ficher au sol. Bane et Pam étaient censés s'y retrouver, et j'étais submergée par une vague de haine envers ma propre mère. Je n'avais qu'un seul ami. Elle avait eu au moins quatre amants. Non seulement elle avait couché avec Nolan à l'époque où je fréquentais Emery, au début de mon année de terminale — une information que Nolan s'était fait un plaisir de m'annoncer le soir où il m'avait prise contre mon gré —, mais il y en avait eu d'autres aussi.

Son chirurgien esthétique marié.

Son jeune coach personnel.

Elle avait même installé une application de rencontres intitulée « NoToNosy » (« non aux fouineurs »), qui lui permettait d'entrer en contact avec d'autres hommes mariés. Je ne pigeais pas pourquoi Darren fermait les yeux sur toutes ces conneries. Il ne lui devait rien. Un autre homme que lui nous aurait flanquées à la porte depuis longtemps.

Je me suis garée sur la promenade et je suis sortie de ma voiture en feignant l'assurance, consciente d'attirer les regards. Me balader en plein été avec un gilet à capuche était curieux. Être connue comme une fille portée sur les orgies et le suicide ? Encore plus. Un type en particulier m'a fait hésiter. Il portait un bonnet gris, un débardeur blanc arborant le mot « FREE » et un bermuda à fleurs. Il ne devait pas être beaucoup plus âgé que moi. Appuyé contre une Mercedes, il avait l'air indolent des jeunes branchés de la Californie du Sud. Comme si le temps n'avait aucune signification, et que la jeunesse était éternelle. J'ai cru qu'il allait me parler. Par chance, ce n'était que le fruit de mon imagination débordante et de ma paranoïa florissante. Il a souri, m'a saluée de la main. Sans tenir compte de lui, j'ai descendu l'escalier afin de gagner le café qui donnait sur la plage, sous la promenade. Comme je ne pouvais pas entrer comme ça, vu que Pam et Bane me remarqueraient, je suis restée dehors, à rôder près des vélos attachés devant le Café Diem. En les apercevant derrière la vitre, assis dans le même coin que celui où j'étais quand Bane m'avait fait mon smoothie, mon cœur s'est rebellé dans ma poitrine. Je me sentais trahie par eux, alors qu'en réalité aucun ne m'avait juré fidélité.

Le truc, c'est que l'un d'eux me devait au moins ça.

J'ai regardé Pam renverser la tête en arrière pour rire à ce que Bane venait de dire, tout en ébouriffant ses cheveux peroxydés et en tirant sur l'étoffe de sa robe de cocktail rose. Elle a fait glisser un de ses doigts aux ongles rose bonbon sur le bord de son verre de vin et a hoché la tête gravement, comme s'il venait de lui faire part du remède contre le cancer.

Bane, affalé sur le siège en face d'elle, parlait tout en ayant l'air de s'ennuyer ferme. J'avais appris à déchiffrer ses expressions faciales. Il n'y en avait pas tant que ça. Quand il se passionnait pour quelque chose, ses yeux pétillaient comme si la vie l'éclatait. Là, il avait surtout l'air d'avoir envie de bâiller.

Pam a tendu le bras pour poser la main sur la sienne, tout en pressant l'autre sur son cœur. Il a retiré sa main sans ciller et l'a fourrée dans sa poche.

Au cours des dix minutes qui ont suivi, j'ai assisté à un véritable tango entre l'attirance et la répulsion.

Elle a secoué sa crinière. Il a appuyé sur un bouton de son téléphone pour vérifier l'heure. Elle a gloussé. Il a tendu le cou pour regarder par-dessus son épaule et engueuler Gail et Beck. Elle a serré les bras pour faire ressortir son décolleté plongeant. Il s'est penché pour caresser un chien assis sous le siège du client à côté de lui. J'étais en partie soulagée de constater que Bane rejetait les avances de ma mère, et en partie furieuse à l'idée qu'elle avait fait mine de se préoccuper de mon sort alors qu'elle ne cherchait qu'à coucher avec le type qui voulait devenir mon ami. Au fond, je ne me sentais pas capable de gérer tous ces brusques changements dans ma vie. À tel point qu'il m'a fallu plusieurs secondes pour remarquer qu'ils avaient quitté leurs sièges. Le temps que je revienne à la réalité, Pam se dirigeait déjà vers la porte. J'ai bondi pour me cacher près d'un mur adjacent. Ils sont sortis tous les deux. Je les ai écoutés.

Le clic d'un briquet quand Bane s'est allumé un joint. Le roucoulement suggestif de Pam.

— Il faut avoir le sens du partage, a-t-elle dit d'une voix traînante.

— Arrêtez votre cinéma, Pamela. Je ne connais pas de plus grande capitaliste que vous. Vous ne partageriez même pas un tas de merde si vous pensiez que quelqu'un d'autre en avait besoin.

— Inutile d'être aussi méchant.

— Inutile de jouer les sentimentales.

Silence. Mon cœur a enflé dans ma poitrine, au sens littéral : je l'ai senti grandir en moi, jusqu'à ce qu'il devienne presque trop lourd à porter.

— Alors, quelles sont vos intentions avec ma fille ? a-t-elle demandé d'une voix alanguie tout en tirant sur le joint.

Bane a répondu après une pause marquée.

— Je ne cherche pas à la mettre dans mon lit.

— Bien. Elle ne couchera jamais avec vous, de toute façon.

Mes joues se sont enflammées. Ce n'était pas qu'elle avait tort, mais elle avait choisi de lui dire la vérité pour sous-entendre : *Moi, si.*

— Je ne la vois pas comme ça.

— Comme quoi ?

— Comme une nana à choper. Et puis, elle est beaucoup trop jeune pour moi, a-t-il décoché.

J'ai crispé les mâchoires. Il n'avait que cinq ans de plus que moi. D'ici quelques semaines, on aurait tous les deux la vingtaine. Une nouvelle branche de lierre invisible s'est enroulée autour de ma jambe pour grimper vers mon genou. *Qu'est-ce que ça peut te faire ?*

— Bon, tant que vous savez…, a lâché Pam.

— Ravi de notre entrevue, Pamela. J'espère vous revoir souvent quand je viendrai chercher votre fille… pour ne pas coucher avec elle.

Ça s'est arrêté là. Depuis ma cachette, j'ai vu Pam grimper les marches pour regagner la promenade. J'ai accordé quelques minutes à Bane pour le laisser finir son joint et regagner l'intérieur du café. Sauf qu'en quittant ma planque, je me suis aperçue qu'il n'avait pas bougé.

Génial.

J'ai fait mine de me diriger tout droit vers l'escalier en évitant son regard, mais je l'ai entendu pousser un soupir théâtral dans mon dos.

— La prochaine fois que je te manquerai, contente-toi de me passer un coup de fil. Remarque, me suivre à la trace reste la meilleure méthode si tu cherches à flatter mon ego.

Je me suis figée, rouge comme une pivoine. Ces derniers temps, je n'arrêtais pas de rougir. Ça non plus, ça ne plaisait pas à la nouvelle Jesse.

— J'étais juste…

J'ai regardé autour de moi, à la recherche de… Quoi, au juste ? Un joli coin de sable pour y enfouir la tête ?

— Tu étais juste… ?

Il a haussé un sourcil en s'avançant vers moi. Chaque fois que je le voyais, sa virilité me prenait au dépourvu. Et ça n'avait rien de positif. Même dans mes souvenirs, déjà très détaillés, je ne parvenais pas à saisir toute la finesse de ses traits et l'éclat de ses yeux d'émeraude.

— Laisse-moi deviner : tu étais juste dans le coin et tu as décidé de passer voir si je draguais ta mère ?

Il a appuyé l'épaule contre la vitrine de son café, les mains dans les poches. J'ai donné un coup de pied dans un caillou, les yeux rivés sur mes Keds.

— Je te l'ai déjà dit, Flocon de neige. Je ne veux pas bousiller ce qu'on a.

— Tu te répètes.

— Et toi, tu t'obstines à ne pas écouter. Changement de sujet. Qu'est-ce que tu veux faire de ton dernier jour de liberté ?

— De liberté ?

Je parlais comme une idiote. C'était à cause de son haleine à l'odeur de cannelle et de ses cheveux au parfum d'océan. Me tenir aussi près de lui sans fuir à toutes jambes était une petite victoire en soi, mais elle n'était pas sans conséquence.

— Oui, a-t-il affirmé en lâchant son joint pour shooter dedans du bout de sa ranger et l'envoyer valser dans le sable comme un footballeur. Avant que tu commences ton emploi lucratif demain.

J'ai levé le menton et croisé les bras.

— Tu n'as pas des pauvres gens à racketter ?

Bane a éclaté de rire.

— Tu seras ravie d'apprendre que tous les pauvres gens dont je m'occupe ont déjà été rackettés. Tu as couru tes quinze kilomètres quotidiens ?

J'ai froncé les sourcils.

— Comment tu sais ça ?

Certes, il m'avait vue faire mon jogging le soir où il avait chassé Henry et Nolan, mais… ce chiffre n'avait pas été dit au hasard. *Quinze kilomètres.* Bane a écarquillé les yeux avant d'esquisser son sourire habituel.

— Ta chère mère m'a parlé un peu de toi aujourd'hui.

— Elle n'a absolument rien de cher.

— Là-dessus, on est d'accord.

Il m'a gratifiée de son sourire diabolique avant de claquer des doigts.

— Une glace à l'italienne.

— Les gens vont croire que c'est un rencard.

Je me suis mordu la lèvre inférieure. Je m'en voulais d'y accorder autant d'importance. J'avais le droit de quitter El Dorado. J'avais le droit de manger une glace avec un ami. J'avais le droit de sortir avec un garçon si j'en avais envie, et même si je n'en avais pas envie d'ailleurs. Je savais qu'en toute logique, tout ça était vrai, mais ça n'en était pas moins flippant.

— Et alors ? s'est agacé Bane en rangeant son portefeuille dans sa poche et en se dirigeant déjà vers les marches. Tout le monde s'en fout, non ?

— Pas moi, ai-je rectifié, clouée sur place. J'ai une mauvaise réputation.

Il s'est immobilisé pour me dévisager.

— La mienne est pire.

— Tu veux parier ? ai-je protesté avec un petit rire amer.

Il m'a adressé un de ses sourires décontractés qui avaient le don de me relaxer instantanément.

— Je te l'ai déjà dit, a-t-il murmuré. J'ai entendu toutes les rumeurs qui circulent sur toi, Jesse. Qu'ils aillent se faire foutre. Qu'ils aillent tous se faire foutre. Cette ville aussi, avec ses habitants BCBG qui passent leur temps à critiquer, et tous les crétins qui nous regardent de travers. T'as pas capté ? On est des intrus. Des parias. On peut faire tout ce qu'on veut, parce que ça ne compte pas. On ne sera jamais à notre place ici, alors inutile d'essayer. On est libres, dispensés de toutes ces conneries, a-t-il expliqué en montrant nos alentours d'un geste de la main. Ils ne peuvent pas te faire de mal si tu ne les laisses pas faire. Alors, ne les laisse pas faire.

J'ai avancé d'un pas vers lui, hésitante. Des gens entraient et sortaient du Café Diem, et personne ne nous regardait bizarrement. C'était sans doute l'une des raisons pour lesquelles j'aimais traîner avec Bane. On ne lui manquait jamais de respect. J'avais encore du mal à croire qu'il veuille me fréquenter après avoir entendu toutes ces rumeurs.

On racontait que cette nuit dans la ruelle ne s'était pas vraiment déroulée dans une ruelle, mais dans la maison de Henry, et qu'il s'était agi d'une orgie consensuelle. La nouvelle de l'avortement avait filtré jusqu'aux oreilles avides des habitants de la ville. Un jour, j'avais entendu une amie de Wren, Kandi, suggérer :

— Le bébé est sûrement mort de honte. Tu imagines ? Avoir été conçu comme ça ?

Mais Bane, lui, s'en fichait.

Il baisait pour vivre, bon sang !

Pas étonnant qu'il soit le seul à m'accepter.

Il affirmait avoir des raisons personnelles pour m'aider, et c'était peut-être ce qu'il entendait par là. Peut-être qu'il détestait tellement la stigmatisation sexuelle qu'il avait fait de moi son petit projet perso. Le pire, c'est que ça ne me dérangeait même pas. Pour moi, l'essentiel était qu'il veuille être mon ami.

— OK, ai-je lancé, mais ces syllabes me pesaient tellement sur la langue que je les ai répétées, plus fort cette fois : OK. On y va.

Nous avons marché en silence jusqu'au glacier, savourant la caresse du soleil sur notre peau. Nos mains se sont presque frôlées lorsqu'il m'a ouvert la porte du magasin, et j'ai senti monter en moi une émotion aussi violente qu'un tsunami. J'ai demandé deux boules de glace — soit deux de plus que ce que j'aurais mangé d'ordinaire.

Il y avait quelque chose chez Bane qui me donnait envie de me réinventer. D'essayer des choses nouvelles. J'ai opté pour une boule pistache, et une Eskimo. Et, pour la première fois depuis longtemps, ce que j'ai mangé avait vraiment du goût.

Un goût nouveau.

Qui me plaisait.

Une fois dehors, j'ai pivoté vers lui.

— Tu sais, quand on s'est tenu la main dans la clinique du Dr Wiese…

Il s'est arrêté et s'est tourné vers moi pour me regarder avec le plus grand sérieux.

— Je ne sais pas ce qui m'a pris. Ça n'arrivera plus.

— Non, ai-je protesté en m'immobilisant.

Nous étions les deux seuls à ne pas avancer sur cette promenade bondée. On dérangeait tout le monde, mais on s'en fichait.

— Je me demandais si on pourrait le refaire un jour.

Enfin, rien de zarbi, hein. Je voulais juste que tu saches que je, euh…, me suis-je interrompue pour regarder autour de moi en déglutissant. J'en suis capable.

Je n'arrêtais pas de penser à sa main tatouée sur la mienne. À cet instant où mes lèvres avaient effleuré sa joue d'une douceur surprenante. Ses narines se sont gonflées, et dans ses yeux est passée une lueur indéchiffrable. Il semblait peser soigneusement chacun de ses mots avant de me répondre.

— D'accord, a-t-il fini par dire en se caressant la barbe et en regardant autour de nous, comme s'il craignait qu'on nous observe. Tu veux que je le fasse par surprise, ou, genre, maintenant ?

J'y ai songé une seconde, tout en me remettant en route. À présent, nous marchions d'un même pas.

— Surprends-moi.

On a atteint l'extrémité de la promenade et on a attendu que le feu passe au vert pour traverser. Sa paume a trouvé la mienne, mais il continuait de fixer le feu de signalisation comme si de rien n'était, l'air blasé et indifférent.

— Ça va ? a-t-il chuchoté.

— Ça va.

Chapitre 9

Bane

La sonnette de ma mère avait la couleur du vomi.

Elle était sale et usée. Un peu comme moi. Les gens allaient et venaient, mais Sonya Protsenko restait et m'offrait toujours une épaule sur laquelle me reposer. Son frigo était rempli en permanence de boulettes de pomme de terre et de soupe au chou faite maison. Je trouvais un certain réconfort dans le fait d'avoir une mère digne de ce nom. Même si notre relation n'avait rien de simple — je n'étais pas le meilleur fils au monde.

Je n'étais pas le pire non plus.

Par exemple, je faisais toujours ce qu'elle me disait. Je lui étais reconnaissant de ne pas m'avoir torché les fesses à coups de cintre à l'époque où j'étais en couches-culottes, même si je n'aurais pas pu lui en vouloir. Violée à l'âge de dix-huit ans par un membre de la mafia russe, elle avait fui le pays avec moi alors que je n'avais pas trois ans. Ensuite, elle avait suivi des cours à la fac, décroché un diplôme de psy. Tout en trouvant le temps de s'occuper de ma scolarité, de m'acheter une planche de surf, et de s'asseoir sur le sable toute seule — elle ne connaissait personne et était trop timide pour parler aux autres — pour me regarder participer à des compétitions.

Du coup, je faisais la vaisselle. Je sortais les poubelles. J'aidais les voisins à réparer leur toiture. Je me débrouillais pour avoir des bonnes notes et je jouais le rôle du parfait petit garçon pour ses amies et collègues.

Sauf que j'avais hérité du gène du mal. J'avais soif de pouvoir. Ce besoin courait dans mes veines et m'échauffait le sang. C'est là que le sale gosse en moi entrait en jeu. Je ne donnais pas dans le viol, le meurtre ou toutes les saloperies que pratiquait ce bout de capote crevée qu'était mon père. Mais quand même, je volais.

Je dealais du shit.

Et je baisais des nanas que je n'aurais pas dû baiser.

L'amour sans équivoque que je vouais à ma mère me rappelait que j'étais un être humain. Mis à part ça, toute forme d'intimité me faisait grave flipper. C'est pour ça que je n'avais jamais baisé sans capote. Pas même mon ex-petite copine. Je préférais prendre un peu moins de plaisir plutôt que me donner entièrement.

Mais ne parlons pas de baise et de ma mère dans la même phrase. L'essentiel, c'est que j'avais de bonnes relations avec Mamul. J'aimais le fait qu'on se parle en russe. Ça permettait de dresser un mur entre « nous » et « les autres ». Ça nous donnait une intimité que d'autres gosses n'avaient pas avec leurs parents. Et j'adorais aussi l'entendre parler anglais à sa sauce, parce que c'était une sacrée partie de rigolade.

Chaque fois que je m'étais attiré des ennuis, elle avait rédigé des lettres interminables à mes profs et principaux en m'appelant « mon soleil ». « Mon soleil n'a pas fait ci. » « Mon soleil n'a pas fait ça. » La plupart du temps, elle avait raison. Je jouais souvent le rôle de bouc émissaire parce que j'étais l'immigré, le fils d'une mère célibataire. Ça ne m'empêchait pas de claquer la lettre sur la table de la cuisine en grondant :

— Maman, je suis ton fils, pas ton soleil !

— Si, rétorquait-elle. Tu es mon soleil. À ton avis, pourquoi ces deux mots, « son » et « sun », se ressemblent autant en anglais ?

Je suis entré chez elle torse poil, charriant mon poids en sable et l'odeur de l'océan. Ce jour-là, Jesse avait commencé à bosser au Café Diem, et j'avais demandé à Gail de la former. J'avais préféré ne pas être là, parce que je savais que j'étais déjà trop impliqué dans ma relation avec cette fille. J'avais carrément failli jouir rien qu'en lui prenant la main. Passer trop de temps avec elle n'était pas une bonne idée. Alors, j'étais allé surfer à la place.

— Mamul, ai-je crié en me dirigeant vers la cuisine.

Face à la cuisinière, elle faisait bouillir des navets et discutait en russe au téléphone. Elle parlait à tante Luba de… Allez savoir. Des commérages, sûrement. Ma mère continuait de retourner à Saint-Pétersbourg dès qu'elle pouvait se le permettre. Tout était hyper cher là-bas, et elle m'achetait toujours plein de trucs inutiles, genre des manteaux bons pour la Sibérie alors que je vivais dans un endroit où les gens pétaient un câble dès que les prévisions météo annonçaient un ciel nuageux.

— Roman !

Son regard s'est éclairé, et elle a marmonné un bref au revoir dans le combiné avant de couper le gaz et de me proposer un siège. La maison de mon enfance était très… russe, entre le papier peint à fleurs, les rideaux lourds et tout ce qui était capitonné, sans oublier les tapis assez épais pour cacher des corps en dessous. Malgré tout, Sonya Protsenko y apportait une touche de modernité, à tel point que certains coins de notre maison ressemblaient à des pièces témoins Ikea.

— Comment vas-tu, mon soleil adoré ?

J'ai pris le verre de vodka qu'elle me tendait et j'ai planté un petit baiser sur le sommet de son crâne. À côté de mon mètre quatre-vingt-dix, elle passait presque pour une naine. C'était à peine si elle m'arrivait aux épaules.

— Je suis torse poil et je bois une vodka en pleine journée avec ma nana préférée. C'est cool. Et toi ?

— Tout va très bien, a-t-elle affirmé en s'asseyant en face de moi avant de se pencher en avant, un verre à la main. Quoi de neuf ?

— J'ai rencontré une fille.

— Tu as rencontré une fille ?

— J'ai rencontré une fille.

Je n'avais pas encore pu parler de Jesse à qui que ce soit. Beck était un crétin, Hale presque un ennemi, et puis Gail et Edie étaient des minettes, alors les consulter m'aurait fait passer pour une fiotte. Ma mère était une valeur sûre, elle n'irait rien raconter à personne. En dehors de tante Luba évidemment, mais tant pis si des membres de la famille de l'autre côté du globe entendaient parler de Flocon de neige.

Ma mère m'a sondé un petit peu, et j'ai fini par tout déballer. Je lui ai parlé du viol collectif, de la sex-tape, de tout ce qui faisait que la vie de Jesse ressemblait à une série Netflix.

13 Reasons Why *je vais tuer Emery et ses petits copains.*

J'étais en train d'expliquer que j'aidais Jesse à sortir de chez elle plus souvent quand ma mère a posé une main sur ma joue mal rasée et qu'elle m'a regardé droit dans les yeux.

— Je t'aime, a-t-elle commencé.

Là, j'ai songé *houlà !*, parce que ça ressemblait au début d'un monologue qui risquait de ne pas me plaire.

J'ai frotté mon index sur mes dents de devant.

— Toi non plus, t'es pas trop mal.

— Et, m'a-t-elle coupé en pleine vanne, si je dois être honnête, ayant moi-même été victime d'un viol… je n'ai jamais regretté de t'avoir eu. Tu es mon destin, mon sang, mon rayon de soleil.

Elle a pris une inspiration tremblante et a fermé les yeux.

— Si tu entres dans la vie de cette fille, tu ne pourras pas repartir sans laisser de trace. Tu le sais, ça, hein, Roman ?

J'ai cligné des yeux, aussi agacé que furieux.

— Je ne suis pas débile.

Mais est-ce que je le savais vraiment ? J'avais un contrat de six mois avec Darren. Un mois était déjà passé. Je n'avais jamais vraiment songé aux conséquences de cet accord, j'avais simplement pensé poursuivre ma relation avec Jesse comme si de rien n'était. Mais ce n'était pas si simple que ça. Je la trompais, je lui mentais et, en un sens, je l'entubais en l'incitant à accorder sa confiance à quelqu'un qui ne la méritait pas. Pour la toute première fois, je me suis rendu compte que j'aurais sûrement rendu ce service à Darren même sans cette histoire de fric. Ça donnait à réfléchir, mais, bon sang, c'était aussi hyper déprimant. Les émotions, ce n'était pas mon truc. Il n'y avait pas de place pour ça quand on baisait pour vivre.

— Je veux être fière de toi, Roman. Traite-la comme il faut.

Je lui ai promis de le faire. Quand je suis sorti de chez elle, j'avais le cœur brisé. Je sentais que le sang d'un sauvage, d'une saloperie de voleur mafieux coulait dans mes veines, comme autant de serpents ondulant sous ma peau. J'avais envie de les arracher, de les jeter par terre. De tomber à genoux et de me vider de mon sang.

La plupart du temps, je n'avais pas l'impression d'être quelqu'un de bien.

Mais là, j'avais carrément le sentiment d'être une ordure.

Le genre que Jesse ferait mieux d'éviter.

Je n'étais pas un soleil caressant ni bienfaisant, mais plutôt un de ceux qui calcinaient et réduisaient tout en cendres.

*
* *

Ce que j'ai fait ensuite était une belle connerie, même pour moi, et quand je dis que j'en ai accumulé pas mal dans ma vie, vous pouvez me croire.

Je suis passé la voir après ses heures de boulot.

Pas la peine d'essayer de piger le raisonnement.

Cette situation exigeait que je prenne du recul. Il fallait que je me ressaisisse, que je ne me laisse pas mener par une meuf plus interdite que l'inceste. Cela dit, que pouvait-on attendre d'un mec qui vendait sa queue à la plus offrante ? *Eh oui.*

J'avais pensé à prévenir Jesse par texto, mais elle ne vérifiait jamais son téléphone. J'ai donc résolu de passer chez elle après avoir pris une douche, laissant tomber mon rendez-vous hebdomadaire avec une agente immobilière de quarante-deux balais qui m'aidait à remettre mon hôtel à neuf. J'ai sonné à sa porte une bonne dizaine de fois, j'ai fait les cent pas en attendant qu'elle ouvre. Je tenais à m'assurer que sa première journée s'était bien passée. D'après Gail, elle s'était montrée calme et attentive — Jesse tout craché, pas vrai ? —, mais j'étais rongé par l'idée absurde que j'aurais dû être là.

Coupable. Je me sentais coupable. Ça ne m'était jamais arrivé de ma vie.

C'est Pam qui a ouvert la porte.

— Bane, a salué Pam en s'appuyant contre l'encadrement avec un sourire aussi dangereux que de l'arsenic.

Je me suis rembruni. À ce stade, j'aurais préféré coucher avec une boîte de sardines plutôt que de la toucher. Derrière elle, la lumière était tamisée, et je me suis demandé si Jesse était de sortie. J'aurais sans doute dû commencer mes recherches chez Mme Belfort.

— Jesse est par là ?

Elle a penché la tête sur le côté en esquissant une petite moue.

— Peut-être.

Je me suis calé contre l'encadrement de la porte, moi aussi.

— Si j'étais vous, j'éviterais de me chercher.

— Sauf que je vous ai déjà trouvé, a-t-elle ronronné d'une voix lascive qui frémissait de désir.

Je suis entré de force, telle une armée hostile, tout en sachant qu'elle n'avait pas son mot à dire dans cette affaire. Darren m'avait engagé. Au besoin, il me défendrait.

— C'est votre fille que je veux, ai-je affirmé, n'éprouvant plus le besoin de le cacher.

— C'est une blague !

Elle m'a suivi tandis que je parcourais le rez-de-chaussée.

— Si seulement. Mais je sais qu'il ne faut pas lui courir après, alors ne vous faites pas de bile. Par contre, je ne vous tringlerai jamais. Moi vivant, jamais, et après ma mort non plus. Alors rendez-nous service à tous les deux et comportez-vous comme une mère digne de ce nom.

Elle m'a regardé, bouche bée, attendant que je formule des excuses qu'elle n'aurait jamais. J'ai fait volte-face pour grimper les marches qui menaient à la chambre de Jesse, sentant le poids de mes propres mots me peser sur les épaules.

Je désirais Flocon de neige. C'était un fait. J'avais envie de goûter à sa chatte, de la prendre sauvagement, d'embrasser le tatouage sur sa nuque en lui disant que je l'avais déjà vu et qu'il m'avait plu. Que je l'avais déjà *vue*, et désirée. Qu'elle n'était pas qu'une histoire tragique à mes yeux.

J'ai frappé à sa porte. Pas de réponse.

J'ai toqué de nouveau. Rien.

Une troisième fois.

— Va-t'en, a-t-elle ordonné de l'autre côté.

— Pas question. Ouvre-moi.

— Bane ?

Elle était encore assez naïve pour paraître étonnée. J'ai trouvé ça craquant.

— Il faut qu'on parle.

Je m'étais remis à faire les cent pas. Pourquoi je faisais ça ? Le silence s'est étiré avant qu'elle ouvre enfin la porte. J'ai contemplé son visage par l'entrebâillement. Elle était tellement belle que c'en était presque douloureux. J'étais sorti avec pas mal de belles femmes. J'en avais baisé beaucoup. Aucune n'était aussi jolie que Flocon de neige. Autour d'elle, tout semblait s'estomper. Elle effaçait tout ce qui l'entourait. J'ai poussé le battant de l'épaule pour entrer dans sa chambre, et ce que j'ai vu m'a coupé la chique.

Au plafond pendait un lustre composé de petits souvenirs : vieux CD, stylos, cartes postales, lettres, porte-clés de ses groupes de rock préférés. On aurait dit que son âme avait explosé pour tout éclabousser. Le mur derrière son grand lit était tapissé de polaroids montrant diverses personnes vues de dos. J'ai reconnu sa mère. Un homme brun qui devait être son père. Une bande de pom-pom girls et sans doute quelques inconnus. Des épingles qui n'épinglaient rien du tout. Je devinais qu'elles avaient dû retenir les photos de sa vie d'avant, avant qu'elle se fasse baiser, dans tous les sens du terme. J'ai remarqué un cliché corné. Le dos d'un jeune homme aux cheveux châtain clair. Emery, sûrement. Son cou avait été poignardé une centaine de fois par l'épingle qui retenait l'image, jusqu'à faire apparaître un trou de la taille d'un petit pois.

Un bocal contenant une guirlande trônait sur son rebord de fenêtre. Je me suis demandé combien de ses rêves étaient restés emprisonnés à l'intérieur. Des romans érotiques jonchaient le sol. Elle avait des draps noir et blanc à la Beetlejuice, et un panneau rouillé indiquant *Défense d'entrer : on en a marre de cacher les cadavres* était accroché à la porte. Sa chambre avait du caractère. De la personnalité. Et pas qu'un peu.

— Qui a fait tout ça ? ai-je lancé, intensément conscient de la proximité de nos deux corps, de son souffle court qui laissait entendre qu'elle ressentait la même chose que moi, même si j'ignorais de quoi il s'agissait au juste.

— C'est moi, a-t-elle répondu posément.

Elle avait encore les cheveux mouillés après la douche qu'elle avait dû prendre en rentrant du travail. Elle portait un minuscule bas de pyjama — orange, là encore — et un haut noir ample du groupe Sleeping with Sirens. Je n'aurais pas su dire pourquoi, mais je n'avais jamais rien vu d'aussi sexy.

C'était une vraie personne.

C'était une fille, sur le point de souffler ses vingt bougies.

C'était une femme, bordel, avec des seins, des hormones, de la trempe, et la couche de glace qui l'enveloppait fondait trop vite, et j'avais envie d'en boire chaque goutte jusqu'à la dernière.

Mes pieds touchaient les siens. On était si proches l'un de l'autre qu'on tanguait un peu. Mes yeux plongés dans les siens. Le vert face au bleu. La dureté face à la douceur. Un sale menteur face à la fille la plus pure et gentille que je connaissais.

— Comment s'est passé ton premier jour ? me suis-je enquis.

— Tranquillement. Tu étais où ?

Elle s'exprimait d'une petite voix, mais ses mots étaient assourdissants.

Je ne pouvais pas te voir sans rompre un contrat de six millions de dollars.

J'ai reculé d'un pas et fait claquer mon chewing-gum.

— Je suis allé surfer, ai-je déclaré. J'entraîne Beck pour une compétition à la fin du mois. C'est pour ça que je cherchais une nouvelle serveuse. Il a dû démissionner.

Je tordais tellement la vérité qu'elle allait finir par se briser.

— OK.

— Ça a été, alors ?

— Non. C'était mon premier jour de boulot. La première fois que j'affrontais de nouveau le monde. Je croyais que tu passerais me voir.

Sa voix tremblait. Je l'avais déçue, et elle était en rogne.

— Je croyais que tu étais mon ami.

— Je le suis.

— Un ami se soucierait de moi.

— C'est le cas.

C'était justement ce qui commençait à poser problème. La preuve : ma phrase suivante m'a donné une furieuse envie de me flanquer un coup de poing.

— Dîne avec moi.

Mais qu'est-ce qui me prenait de dire ça ? De *demander* ça ?

Elle s'est presque collée à moi — presque —, et son odeur a envahi mes narines. J'ai même perçu le doux parfum musqué de sa chatte. Ça me tuait, de me dire que je ne pouvais pas l'aider là où elle en avait le plus besoin. Que je ne pouvais pas lui prouver qu'elle pouvait de nouveau prendre plaisir au lit. Avec moi.

Mes gaffes commençaient vraiment à s'accumuler. Mon geste suivant a été aussi stupide que ceux d'avant. J'ai saisi son menton entre mon pouce et mon index afin d'incliner son visage en arrière, jusqu'à ce que nos bouches se trouvent à la même hauteur. Mais pour la suite il fallait que je la regarde dans les yeux. Ma mère avait raison. Je n'avais pas le droit de merder. La porte était encore entrebâillée, je savais pertinemment ce que je risquais. Mais ce que j'avais à lui dire était plus important.

— Il faut que tu dises « non », ai-je chuchoté. Je suis un salaud.

Flanque-moi à la porte. Avant que ce soit moi qui ne puisse plus te laisser partir.

Elle a levé les yeux et a secoué la tête.

— Oui.

— Non, Flocon de neige, tu ne comprends pas. Je suis un salaud, un bâtard, au sens littéral du terme. Mon donneur de sperme était marié, mais pas avec ma mère. Elle ne l'a pas choisi. Il l'a violée. Ma présence en est un rappel constant. J'ai les mêmes cheveux que lui. Les mêmes yeux. Les mêmes lèvres. Sa taille, sa carrure. Je ne l'ai jamais rencontré, mais j'ai le sentiment que si c'était le cas je m'arracherais les membres pour être sûr de ne jamais être en mesure de faire à quelqu'un ce qu'il lui a fait. D'où les tatouages. Et la barbe. D'où ma volonté de me cacher. Je ne veux pas être comme lui, tu comprends ?

Je n'avais jamais révélé ça à qui que ce soit. Ceux qui affirment que la vérité rend libre feraient mieux de consulter un psy. La vérité me faisait surtout l'effet d'une chaîne attachée autour de mon cou avec un boulet de cinq tonnes au bout. Cette barbe était mon armure. Je l'avais fait pousser quand j'avais commencé à coucher pour du fric. Comme ça, je me voyais moins dans le miroir.

Et pour mon prochain tour, mesdames et messieurs, je vais devenir la pute que mon père voyait en ma mère. En pire. Elle, elle n'avait rien demandé. Alors que moi, moyennant un bon prix, je suis prêt à tout.

Jesse a écarquillé les yeux, et ce que j'y ai vu ne m'a pas plu. Une lueur de pitié vacillait dans ses pupilles. J'avais envie qu'elle batte des cils et qu'elle me renvoie autre chose, n'importe quoi. Du désir. De la colère. De la confusion. De la haine. J'étais prêt à tout prendre, mais pas la pitié.

— C'est pour ça que tu disais que mon histoire te tenait à cœur. C'est pour ça que tu disais qu'on n'avait pas pu la sauver.

Je n'ai pas acquiescé. J'ai à peine réussi à hausser les épaules. Elle a poursuivi.

— C'est pour ça que tu ne veux pas coucher avec moi.

Elle s'est effleuré les lèvres du bout des doigts.

— Oui, entre autres. Écoute, pour moi, tu n'es pas une tragédie, OK ? Tu es une personne. Une personne adorable, intelligente, drôle… et hyper canon. Mais c'est ça, le hic. Je ne peux pas te toucher. Je refuse de le faire. Tant que notre relation restera platonique, tout ira comme sur des roulettes. Je suis déjà trop corrompu pour avoir un truc en plus sur la conscience.

La somme que je devais à Darren était supérieure à tout ce que je possédais sur mes comptes en banque. Même si j'avais voulu rompre le contrat, j'avais déjà claqué un quart du fric.

Elle s'est avancée vers moi, alors que nous étions déjà très proches l'un de l'autre. Elle a pressé l'intérieur de sa cuisse sur l'extérieur de la mienne. J'ai baissé les yeux sur sa peau laiteuse. Elle a appuyé plus fort. J'ai contemplé son visage, le cœur affolé.

— Je me fiche de ce que ton père a fait, a-t-elle murmuré. C'est lui, le salaud. Pas toi. Tu es le seul homme dont je n'aie pas peur. Avec toi, je me sens courageuse. Forte. J'arrive à me regarder dans la glace. Et j'en ai envie, Bane. J'ai envie d'avoir tout ce que je lis dans mes bouquins.

Elle s'est humecté les lèvres et a détourné le regard comme pour m'empêcher de lire en elle comme dans un livre ouvert.

— Alors, je t'en supplie, embrasse-moi.

Je brûlais d'envie d'attraper le col de son T-shirt, de l'attirer à moi, d'écraser mes lèvres sur les siennes et de la prendre contre le mur. C'était même sûrement ce dont elle avait besoin.

— Flocon de neige, l'ai-je avertie dans un doux grondement.

Elle a serré les cuisses pour se frotter contre moi, le regard plein d'audace et d'assurance, ses mouvements si subtils que je me suis demandé si j'imaginais la scène. Elle a adopté un rythme lent. Je ne pouvais pas la repousser. Non seulement je n'en avais pas envie, mais en plus elle était une victime de viol. L'éconduire aurait signé l'arrêt de mort de notre relation et anéanti le peu de confiance qu'elle venait de reprendre. J'avais le choix : six millions, ou sa chatte. On aurait dit une décision facile, mais c'était loin d'être le cas.

— Bane, a-t-elle soufflé, tout près de ma bouche.

Entre nous, mon membre a frémi et s'est plaqué contre son ventre. *Merde. Merde. Merde.*

J'ai reculé le visage. Mais, histoire de lui faire comprendre qu'elle n'était pas la seule à se sentir attirée, je me suis collé contre son bassin et j'ai plié la jambe pour appuyer contre son clitoris. J'ai senti sa fente s'entrouvrir à travers son bas de pyjama. Ses yeux se sont révulsés et une première goutte de sperme a collé mon érection à mon boxer.

— Embrasse-moi.

— Non.

— Pourquoi ?

— Je te l'ai déjà dit. Tu mérites mieux qu'un salaud comme moi.

— Mais tu es mon salaud, à moi.

J'ai fait clapper ma langue.

— Je suis celui de tout le monde, Jesse. C'est là tout le problème.

— Ça ne me dérange pas de partager. Ce n'est pas toi qui es en cause, c'est moi.

Elle se frottait contre moi, et je me collais de plus en plus à elle, le dos plaqué contre le mur. Techniquement, je n'enfreignais aucune règle. Je ne l'embrassais pas. Je ne la baisais pas et j'essayais encore moins de la séduire. Mais, sur tous les autres plans, j'étais dedans jusqu'au cou et, pour la première fois, j'en étais conscient. Contrat ou pas, ma façon d'appuyer la cuisse contre son clitoris gonflé n'avait absolument rien de professionnel.

— Si tu ne m'embrasses pas tout de suite, j'arrête, a-t-elle soufflé dans mon cou.

J'ai inspiré profondément, les lèvres pincées.

Ne le dis pas. Ne le dis pas. Tu n'as pas intérêt à le dire.

— N'arrête pas.

Les mots m'ont échappé, étranglés.

— Rase-toi la barbe.

— *Hein ?*

— Tu m'as bien entendue. Rase-toi la barbe, Bane. Tu n'es pas ton père. Arrête de te cacher.

Elle a serré les cuisses autour de ma jambe, et j'ai compris qu'elle y était presque. Ce qu'on faisait était mille fois plus érotique que tous mes plans cul de ces trois dernières années.

— Non, ai-je grogné.

— Alors, j'arrête.

— Fais ce que tu as à faire.

J'ai fait mine d'esquisser un sourire suffisant. Je n'étais pas du genre à négocier avec des terroristes, même quand elles étaient ultra-bandantes. Mais quand ses cuisses ont quitté les miennes, que j'ai senti que ma jambe était chaude et humide et que son ventre n'a plus été pressé contre ma queue, je l'ai attirée brusquement vers moi.

— Je me raserai la barbe.

Qu'est-ce que c'était que ce délire ? Où étaient passées mes couilles ? Sûrement là où se trouvait mon cerveau, parce que j'étais en train de foutre en l'air sciemment six millions de dollars.

Elle s'apprêtait à reprendre ma jambe en étau entre ses cuisses quand la porte s'est ouverte à la volée. Jesse s'est redressée, les joues rougies par le plaisir, quand Darren a glissé un regard penaud dans la pièce depuis le couloir.

— Zessy ?

J'avais envie de lui arracher la tête pour avoir gâché l'un des instants les plus torrides de ma vie, avec son cheveu sur la langue et ses yeux de lémurien. Flocon de neige a rassemblé ses cheveux et a battu des cils pour estomper le désir dans ses yeux.

— Oui, Darren ?

— Il est presque l'heure de manger. Je me demandais si… Ah. Bane.

Il est entré dans la chambre et s'est planté face à moi, tout en restant à distance de Jesse. Visiblement, elle ne permettait pas non plus à son beau-père de s'approcher.

— Vous vous connaissez, vous deux ?

Jesse nous observait en fronçant les sourcils. J'ignorais si Darren avait capté ce qui venait de se passer entre nous. J'étais trop occupé à lui écraser mentalement le crâne contre un rocher pour m'en soucier.

— Oui, ai-je répondu, me ressaisissant à la vitesse de l'éclair. On s'est rencontrés à la mairie. Je venais d'acheter un hôtel, et Darren était là pour gérer des paperasses.

À ces mots, elle a paru se détendre. L'ironie, c'est qu'en

voyant ça je m'en suis voulu plus que jamais. Elle a pivoté vers lui.

— Merci, Darren, mais la réponse est non, comme toujours. Désolée, il faut que j'aille aux toilettes.

Ses joues ont rosi, et mon esprit détraqué m'a persuadé qu'elle s'apprêtait à se caresser. Moi-même, je comptais bien me masturber longuement ce soir-là. Pour la première fois depuis des années.

Après le départ de Jesse, Darren a tendu le bras vers la porte pour s'y adosser. Je ne l'avais jamais vu aussi peu contrit. Les bras croisés, les sourcils froncés, il avait l'air prêt à entrer en guerre.

— Qu'est-ce que vous étiez en train de faire ? a-t-il lancé.

J'ai haussé les épaules, ma façon officielle de dire « mêle-toi de tes oignons ».

— Elle avait l'air très près de vous.

— Elle est de plus en plus à l'aise avec moi. Elle a commencé à bosser dans mon café, aujourd'hui. Et vous, vous vous pointez comme ça, et vous foutez en l'air mon boulot en faisant croire qu'on se connaît.

Je me suis écarté du mur pour me diriger vers le balcon à la Roméo et Juliette. J'ai entrouvert la fenêtre et je me suis allumé un joint. En contemplant la vue, je me suis aperçu que sa fenêtre donnait sur le labyrinthe de Mme Belfort. Les pièces du puzzle se sont assemblées dans un « clic » satisfaisant.

Voilà pourquoi elle le connaissait par cœur. *Petite coquine.*

— Qu'est-ce qu'il y a ?

— Comment ça ? ai-je demandé en tirant une latte.

— Pourquoi vous souriez?

Ah, je souriais ? Sans doute. Et alors ?

— Je remplis ma part du marché, ai-je affirmé en imaginant Jesse esquisser des petits cercles sur son clitoris dans la salle de bains, la bouche entrouverte de plaisir.

Avoir la trique en compagnie d'un magnat du pétrole moite de sueur ne correspondait pas franchement à l'idée que je me faisais de mon heure de gloire.

— Vous dépensez aussi beaucoup d'arzent.

Il s'est avancé vers moi et a calé un coude sur l'étagère de Jesse, faisant tomber une rangée de bouquins de Jane Austen. Il semblait avoir gagné en assurance. J'aurais pu jurer que ce petit con n'avait pas été aussi nonchalant la dernière fois.

— Vous restaurez et redécorez l'hôtel. Vous commencez la construction du parc avant même d'avoir obtenu l'arzent. Vous savez quelque soze que ze ne sais pas ?

La réponse était oui. Oui, je savais. Je savais que j'étais dans de sales draps.

La raison pour laquelle j'avais commencé à dépenser cet argent était simple : je ne voulais pas échouer. Ça n'avait rien à voir avec le fric, mais avec Jesse. Il fallait qu'elle quitte cet endroit, parce que ses parents étaient aussi bénéfiques pour elle qu'une poussée d'herpès.

J'ai soufflé ma fumée par la fenêtre et je me suis caressé la barbe.

— Ne me faites pas croire que ce fric n'est pas à moi. Elle bosse pour moi et elle est déjà sortie plus souvent en quelques semaines que pendant toute l'année dernière. Mais si boucler mes six mois vous aide à mieux dormir la nuit, ce n'est pas un problème non plus.

— Si vous voulez avoir le reste de l'arzent, faites comme prévu. Il ne vous appartient pas encore.

— Si, il m'appartient, ai-je grondé.

— Qu'est-ce qui t'appartient ? a lancé une petite voix depuis la porte.

Nous avons tous les deux pivoté. Flocon de neige se tenait sur le seuil de sa chambre, l'air rincée comme après un orgasme et vénère comme pas deux.

Merde alors.

Chapitre 10

Jesse

Trente secondes.

Je me suis forcée à me regarder dans la glace après m'être fait jouir.

Mon premier orgasme depuis l'Incident.

Ma première séance de masturbation depuis cette fameuse nuit.

Au début, je n'avais pas été sûre d'en être capable. Ce n'était pas que les hommes ne m'attiraient pas, mais c'était un peu comme admirer des tableaux et des sculptures : ils me semblaient lointain, comme s'ils n'avaient pas de cœur, ni d'âme. N'empêche qu'en m'asseyant sur le lavabo et en écartant les jambes, je me suis sentie gagnée par une vague de chaleur et d'excitation comme je n'en avais plus éprouvé après l'Incident. J'ai écarté mes replis intimes pour étudier mon clitoris.

Gonflé, frémissant, suppliant.

Ça fait longtemps. Allez, vas-y.

Je me suis exécutée, mais ce n'était pas aussi agréable que la cuisse de Bane. Son corps était dur, souple, viril. Mes doigts ne faisaient pas le poids face à sa jambe puissante. Frustrée, j'ai attrapé une serviette et je l'ai drapée sur le rebord de la baignoire pour m'y asseoir à califourchon, afin de me tortiller dessus comme s'il s'agissait d'un taureau mécanique.

J'ai fermé les yeux et j'ai visualisé Bane.

Ses muscles puissants sous son T-shirt Billabong usé par de multiples lavages.

Ses doigts rugueux et tatoués qui frôlaient ma peau.

Son haleine à l'odeur de cannelle et son parfum d'océan me caressaient l'intérieur des cuisses tandis que je me contorsionnais contre sa bouche. J'ai gémi, serré les jambes contre la baignoire, je me suis mordu le bras pour étouffer mes petits cris de plaisir alors que les premiers spasmes orgasmiques balayaient toute angoisse et inhibition. Je jouissais. Je ressentais. Je chutais. Je brisais les chaînes du chagrin qui m'ancraient au sol.

Je ne poursuivais pas un but physique. Enfin, pas que. Je cherchais à retrouver ma force. À reconquérir ma sexualité, un terrain qui n'avait toujours appartenu qu'à moi.

Je voulais remettre un pied dans le monde.

Après m'être lavé le visage et les mains, j'ai regagné ma chambre presque en sautillant. Darren était encore là. Ça m'a prise par surprise, vu qu'il n'avait pas le cran de frapper d'habitude, et encore moins d'entrer.

— Il m'appartient, a affirmé Bane d'un ton dégagé, sauf que sa posture, tendue et pleine d'autorité, suggérait qu'il était à deux doigts d'en coller une à Darren.

— Qu'est-ce qui t'appartient ?

Je me suis appuyée contre la porte, les bras croisés.

— L'hôtel sur le front de mer, a craché Bane d'une voix travaillée. Celui qu'on est en train de restaurer.

Il continuait de fixer Darren du regard, une lueur menaçante dans ses yeux.

— Ton beau-père a des idées très arrêtées sur ce que je devrais en faire, même si je ne lui ai jamais demandé son avis.

Bane a attrapé mon gilet sur mon lit, a pivoté vers moi et me l'a lancé avant de jeter un coup d'œil à Darren. Ce dernier restait là, les bras ballants, avec l'air d'un soldat blessé tout juste rentré de la guerre qui comprenait que tout ce qu'il chérissait avait été emporté par les flammes.

— Viens, Flocon de neige. On va casser la croûte, et puis on sortira Vieille branche.

— Shadow dort, ai-je marmonné, encore troublée par cet échange.

— Un clebs, ça passe son temps à dormir. On le réveillera.

Il m'a ébouriffé les cheveux, comme si j'étais une gamine.

Sa manière de me toucher, avec désinvolture, comme si tout allait bien, comme si j'étais *normale*, a accéléré les battements de mon cœur.

J'ai coulé un dernier regard à Darren, m'attendant à ce qu'il m'inspire de la pitié, comme d'habitude. Ses yeux étaient voilés, ses mâchoires crispées.

D'ordinaire, j'éprouvais un petit pincement au cœur de le voir perdre une bataille.

Pas cette fois.

Nous n'avons pas parlé de ce qui s'était passé dans ma chambre.

Quelque chose me disait que dès que je l'évoquerais la soirée serait finie, et cette perspective n'était pas réjouissante. On a mis sa laisse à Shadow, qui avait l'air d'aller un peu mieux, et on est allés manger un bout en ville. J'ai gémi à la première bouchée de ma pizza, étonnée qu'elle ait autant de goût, et je l'ai dévorée avec appétit.

Puis, on s'est installés dans son vieux pick-up rouge et on a appelé le bureau du Dr Wiese pour nous enquérir des résultats de mon chien. La réceptionniste a grommelé que c'était la folie à la clinique et qu'on allait devoir attendre quelques jours de plus, avant d'ajouter « nous vous rappellerons » en bâillant. Puis, on a déposé Shadow à la maison et on a mis le cap sur la plage. Bane avait promis à Beck qu'il surferait avec lui, mais je me fichais de ce qu'on pouvait faire. Le ciel était sombre et, pour la première fois depuis bien longtemps, je me sentais libre.

Je ne me rongeais plus les sangs à l'idée que Bane voie le mot « salope » inscrit sur mon ventre et trouve ça laid.

Je ne m'inquiétais plus pour les analyses de sang de Shadow.

Il y a eu un instant parfait sur la plage, juste après que Bane m'a présentée à ses amis, Beck — que j'avais déjà rencontré au Café Diem — et Edie, une surfeuse blonde, menue, jolie et super sympa qui était le pire cauchemar de toutes les nanas manquant d'assurance. Quand ils ramaient vers le large tandis que j'étais appuyée contre mon sac à dos, perdue dans le roman *Princess Bride*, j'ai éprouvé un délicieux sentiment de solitude mêlé d'intimité. J'étais avec Bane sans vraiment l'être.

De temps en temps, je levais les yeux et je souriais.

Parfois, il ne me remarquait pas.

Parfois, il me rendait mon sourire.

Lorsqu'il m'a ramenée chez moi, l'idée qu'il puisse rejoindre une de ses clientes m'a percutée de plein fouet. Soudain, j'ai résolu de prolonger notre temps ensemble du mieux que je le pouvais, élaborant le projet bancal de lui faire poser un lapin à la nana concernée.

— Elle est sympa, Edie.

J'ai ouvert sa boîte à gants et j'y ai trouvé une montagne de chewing-gums à la cannelle, ainsi qu'un petit sachet d'herbe. J'ai pris deux chewing-gums et j'ai refermé.

Bane a haussé les épaules, sans rien dire.

— En plus, c'est une surfeuse. Ton genre, quoi.

Je l'ai sondé du regard.

Il a esquissé un sourire sans décoller les yeux de la route.

— Évidemment.

— Allez, quoi, Bane. Tu veux dire que tu n'as jamais pensé à sortir avec elle ?

— Si. Je l'ai même fait. Pendant un an. Plus ou moins, a-t-il ajouté, aussi désinvolte que leur relation avait dû l'être.

J'avais la gorge nouée. Jusqu'à présent, je pensais être jalouse des clientes de Bane. Sauf que non. *Là*, je l'étais. À mes yeux, Edie — que j'avais aimé côtoyer et avec qui j'avais même échangé une ou deux blagues — était le diable incarné, l'ennemie publique numéro un. J'en avais la tête qui me tournait et j'ai serré les poings.

Bane a donné un coup de volant à gauche.

— N'en fais pas tout un plat. On était au lycée.

Je hais le lycée.

— Qui a largué l'autre ?

Je me suis efforcée de paraître blasée, mais je devais avoir l'air hystérique.

Il a fait la moue, perdu dans ses pensées.

— Je ne sais pas. Ça n'a jamais été sérieux. On couchait ensemble, rien de plus. Je l'ai emmenée au bal de fin d'année. On a commencé à moins se voir quand on s'est mis à fréquenter d'autres gens. Et puis, elle a rencontré son mari, Trent, et on a tout arrêté.

J'adore Trent.

Non, mais sérieux ! C'était grave, d'être aussi soulagée d'apprendre qu'Edie était mariée.

Bane a brandi la télécommande de la grille avec nonchalance — comme s'il n'avait pas été illégal de l'avoir —, s'est engagé dans le lotissement et a coupé le moteur de son pick-up une fois arrivé devant chez moi. Je suis restée sans bouger sur mon siège, souhaitant presque qu'il oublie ma présence et décide de piquer un roupillon.

Oui, bien sûr. Tu rêves.

— Euh…

Il m'a jeté un regard incrédule, comme pour me demander en silence ce que je fichais encore là.

— Tu seras au Café Diem demain ? ai-je lancé.

Il s'est tourné vers moi et a posé son coude sur le volant. Ses cheveux mal coiffés étaient ramassés dans un chignon, il avait l'air si jeune et beau que j'avais envie de pleurer.

— Peut-être.

J'ai dégluti et j'ai changé de sujet.

— Tu sais, moi aussi j'ai un tatouage.

Je parlais sans réfléchir. J'étais prête à raconter n'importe quoi si ça le faisait rester. Je ne voulais pas qu'il s'en aille et qu'une autre se glisse dans son lit. Je ne voulais pas qu'il presse sa cuisse tatouée contre le sexe d'une autre. Rien que d'imaginer ses lèvres pleines effleurer la mâchoire d'une cliente, j'avais envie de mourir.

Il a esquissé un sourire.

— Montre-moi.

Je me suis retournée et j'ai relevé mes cheveux en une queue-de-cheval. J'ai senti le poids de son regard sur mon cou. J'ai battu des cils, les yeux rivés à la rangée de palmiers en face du domaine Morgansen. Je voulais que Bane réagisse. Il a frôlé mon tatouage du bout des doigts. S'est aventuré plus bas, le long de ma colonne vertébrale, jusqu'à ma taille. Il m'a attrapée par la taille, sans douceur. Sa bouche chaude et douce s'est posée sur mon tatouage, dans un contraste avec sa barbe rugueuse, comme je l'avais imaginé plus tôt dans ma salle de bains. Au contact de ses lèvres, j'ai laissé échapper une petite plainte gutturale.

— Je l'avais déjà vu, a-t-il soufflé.

— Ah bon ?

Il a acquiescé au-dessus de la courbe entre mon épaule et mon cou.

— À la plage. Il y a quelques années. Bikini rouge. Motif cerise.

Je me rappelais cette journée. Ce qui me surprenait, c'était qu'il se souvenait de moi. Je me suis humecté les lèvres, attendant qu'il poursuive.

— Je traversais une mauvaise passe et je me posais pas mal de questions. L'espace d'une seconde, j'ai failli arrêter toutes ces conneries d'escort-boy. J'ai cru que cette citation m'était destinée. J'ai toujours été fan de Pouchkine — enfin, surtout ma mère et mon prétendu beau-père. Ils étaient, genre, hyper russes. Bref, j'y ai vu un signe. Comme si l'univers me hurlait quelque chose, et que je ne parlais pas la bonne langue. J'étais sur le point de te faire un plan drague, mais tu t'es jetée dans les bras d'un pauvre type, et j'ai compris que ce n'était pas un signe. C'était un beau doigt d'honneur de la part de Dieu pour avoir cru que je pouvais devenir quelqu'un d'autre. Ou bien, que je pouvais *appartenir* à quelqu'un d'autre.

Je me suis retournée vers lui. Dans mon for intérieur, je l'invitais, je le priais, je le *suppliais* d'enfreindre ses règles et de gâcher notre amitié. Parce qu'une fois que nos lèvres se rencontreraient, ce serait fini. On ne pourrait plus être amis. Ni ennemis. Ni deux ciels solitaires — l'un vide et sans étoiles comme moi, l'autre piqueté de lumières. L'un caché derrière des murs, l'autre derrière des tatouages et une barbe. On serait libres *d'être*, tout simplement.

On se regardait dans les yeux. Il s'apprêtait à capituler, et je voulais qu'il perde.

— Tu es empoisonnée. Comme la pomme dans le film.

Pourtant, tu n'as rien d'une Blanche-Neige. Tu veux savoir pourquoi ?

— Pourquoi ?

— Blanche-Neige attendait son prince. Alors que c'est *toi* qui vas te sauver toi-même dans cette histoire.

J'ai cligné des yeux. J'ai songé à ce que mon père avait pour habitude de dire, avec son lourd accent qui avait presque autant de poids que ses paroles.

« Tu n'as pas besoin d'un prince, princesse. Tu as besoin d'une épée. »

Bane me protégeait. Il croyait en moi, ce qui me permettait d'y croire, moi aussi. J'étais gonflée d'espoir.

— Tu peux être mon épée, ai-je affirmé calmement.

Seigneur, j'étais pitoyable ! Et s'il en était incapable ? Et s'il ne le voulait pas ?

Il a frôlé ma joue avec son pouce et plissé les yeux. Leur profondeur dégageait quelque chose de très expressif, de très réel. Le poids de son expérience.

— J'ai peur de te faire du mal.

— Tu n'es pas ton père, Roman.

— Peut-être, mais ça ne veut pas dire qu'on devrait faire ça pour autant. Je suis ton patron, et un de tes seuls amis. Si je te touchais, j'aurais l'impression de profiter de toi. Dis-moi que tu le comprends, Jesse.

Je savais qu'il tenait mon destin entre ses mains rugueuses et je comprenais ce qu'il voulait dire. Il fallait que j'acquière mon indépendance si je voulais qu'on soit sur un pied d'égalité.

— Je veux continuer à travailler, ai-je annoncé.

— Tant mieux.

— Mais on ne m'a plus embrassée depuis…

Neuf cent trois jours. Depuis que j'avais aperçu le point rouge de la caméra alors que j'étais couchée sous Emery. Depuis que mon sort avait été scellé. Je me suis raclé la gorge.

— Depuis longtemps.

— Tu seras embrassée par beaucoup d'hommes. Des hommes à qui j'aurai envie de casser la gueule. Et qui ne seront pas moi.

Consciente que j'étais en train de le supplier, je me suis écartée et j'ai heurté la portière du côté passager. Il fallait que je parte, et j'allais le faire, même si je n'en avais pas envie. Je ne voulais pas qu'il aille voir quelqu'un d'autre. C'était égoïste de ma part, et je n'avais pas le droit de penser ça, mais c'était la vérité. Je voulais Bane pour moi toute seule.

— Je ne veux pas que tu couches avec une autre.

Il a eu un sourire amer.

— On n'a pas toujours ce qu'on veut.

— Je sais, ai-je marmonné.

J'ai attendu une minute en espérant qu'il en dise plus. Qu'il se ravise. Il n'en a rien fait. J'ai ouvert la portière et je suis sortie d'un bond. J'aurais aimé lui en vouloir, mais il avait raison. Vu de l'extérieur, si je couchais avec lui, on pourrait croire qu'il se servait de moi. J'ai foncé vers la porte de ma maison, refusant de regarder en arrière. Il valait sans doute mieux qu'il ne se pointe pas au Café Diem demain matin.

— Hé, Flocon de neige, a-t-il appelé dans mon dos.

Je me suis figée, mais ne me suis pas retournée.

— Tu veux bien m'expliquer pourquoi tu es sortie de la salle de bains dans tous tes états tout à l'heure ?

J'ai posé une main sur la poignée, je l'ai tournée et je suis entrée, le laissant en plan. J'ai cru entendre le bruit sourd de sa tête percutant le siège en cuir derrière lui avant que je claque la porte. Ça ne m'a étonnée qu'à moitié.

Il voulait me rendre plus forte.

C'était bien parti pour.

***

Cette nuit-là fut la première où j'ai réussi à dormir. Et, avec le sommeil, j'ai retrouvé le cauchemar que j'avais tâché d'éviter.

On aurait dit un souvenir plutôt qu'un rêve.

Une pièce vide et noire. Moi, un peu plus jeune, blottie dans un coin, sur un divan. J'observais la scène comme si j'étais en train de regarder la télé, extérieure à mon propre corps.

La jeune Jesse lisait un livre. Elle tournait les pages en mâchouillant une mèche de cheveux. Puis, l'odeur montait jusqu'à mes narines. Celle de l'alcool. Celui que mon père aimait boire. *La vodka.* La peur qui me vrillait l'estomac est encore montée d'un cran.

Une ombre s'est dressée devant moi. Un homme. Je n'arrivais pas à le voir. Il me tournait le dos, mais il faisait face à la jeune Jesse.

Son dos.

Son dos.

Son dos.

C'était pour ça. Pour ça que je prenais des photos de dos.

À cause de cet homme.

Mais qui était-il ?

La Jesse de mon rêve a laissé tomber son livre sur ses genoux pour le dévisager. Elle semblait prête à se lever d'un bond pour s'enfuir, et j'avais cruellement envie qu'elle le fasse.

L'homme s'est avancé vers elle. Vers moi. Vers *nous.*

Elle s'est réfugiée dans le coin du canapé.

— Non, a-t-elle dit. Je t'en supplie. Je sais que je ne devrais pas être ici, mais je te promets de ne plus revenir si tu me laisses partir.

Mon cerveau a ordonné à mon corps de bouger. À mes yeux de s'ouvrir. Je voulais sortir de ce rêve avant qu'il me dévore. Je voulais fuir avant que je me souvienne d'une chose que je ferais sans doute mieux d'oublier. Je ne sentais rien d'autre que mes paupières qui remuaient dans mon sommeil paradoxal. Mon corps était figé, mon esprit partait dans tous les sens.

Bouge. Réveille-toi. Lève-toi, tout de suite !

L'homme s'est encore approché, et elle s'est recroquevillée sur elle-même, un peu comme je l'avais fait après qu'Emery, Nolan et Henry m'avaient agressée.

J'avais envie de donner des coups de pied. De tomber du lit.

L'odeur de la vodka me prenait à la gorge et se nichait dans mon ventre.

Enfin, j'ai réussi à ouvrir la bouche, mais rien n'en est sorti. Pas le moindre murmure, aucun cri.

Sans trop savoir comment, je suis parvenue à agripper un des côtés du lit et à me redresser pour entrouvrir les yeux et m'imprégner du soleil matinal. Le souffle court, couverte de sueurs froides, je n'ai rien pu faire d'autre que me retourner vers le mur derrière moi pour chercher frénétiquement le dos de l'homme. En vain.

J'ai enfilé mes Keds et mon gilet à capuche noir, j'ai pris mon Taser et je suis sortie courir.

Cette fois, je ne me suis arrêtée que lorsque je suis tombée à genoux d'épuisement.

Chapitre 11

Bane

J'ai passé les jours qui ont suivi à enchaîner les rendez-vous d'affaires, à surfer avec Beck et à bouder dans mon coin. Tout et tout le monde me gonflait. Mes amis. Ma mère. Ma barbe. J'en voulais même à Edie de me rappeler ma dernière conversation avec Jesse.

Jesse, que j'avais soigneusement évitée ces derniers jours, au point de ne pas me rendre au Café Diem parce que je savais que la voir me donnerait envie de démarrer une guerre mondiale.

J'étais conscient que ce n'était pas cool de ma part, mais maintenant qu'elle s'en sortait mieux dans la vie, il fallait que je mette de la distance entre nous, histoire qu'elle ne se frotte pas à moi la prochaine fois que je me perdrais dans ses yeux azur. Je flirtais déjà avec le danger en dépensant l'avance donnée par Darren comme si j'étais certain de tout avoir.

Des nouveaux meubles pour l'hôtel ? *Adjugé.*

Une nouvelle plomberie pour le Café Diem ? *Vendu.*

Des avocats qui m'arracheraient les yeux s'ils apprenaient que j'avais rompu notre accord, touché à l'Intouchable, et que je devais à peu près un million de dollars à Darren ? *Pas de problème.*

À vrai dire, je ne pensais pas avoir plus de pouvoir sur Jesse qu'elle n'en avait sur moi.

Elle me dominait carrément. Le truc, c'est que je le cachais sous de la frime.

Le pouvoir était un jeu que je ne connaissais que trop. Autrefois, ma mère avait fréquenté un mec qui était resté assez longtemps pour que je me souvienne de son nom. Artem. Russe. Évidemment. L'un dans l'autre, Artem n'était pas un connard. Bon, je suis peut-être trop sévère avec lui. Il avait été comme un père pour moi, sans pour autant se comporter en parent chiant. Par exemple, il m'avait appris à jouer aux échecs. Les règles étaient simples : certes, le roi était la pièce la plus importante, mais c'était aussi la plus faible. La reine était la plus puissante, mieux valait s'en souvenir si on voulait avancer dans la vie.

Jesse était plus ou moins la seule minette de la ville qui m'était interdite, et pourtant je la désirais de plus en plus. C'était un tout. Son attitude de défi, sa force tranquille, son intelligence, sa compassion envers les autres.

Je me suis traîné jusqu'au Café Diem malgré moi parce que je tenais à me rattraper pour ne pas être passé la voir le premier jour. Ni le suivant. Ni celui d'après.

C'est pas grave de me juger. Moi aussi, je me juge.

Ça m'a paru surréaliste de pousser la porte de mon café sans en avoir envie. D'avancer à contrecœur entre les tables occupées. De m'installer sur le tabouret près du comptoir, devant Jesse et Gail, tout en sachant que j'aurais dû être ailleurs — n'importe où.

Le crâne rasé de Gail luisait comme une bille sous les néons et contrastait curieusement avec son visage rond et féminin. Elle portait un T-shirt noir proclamant *Stay Weird* — « restez bizarre » —, des Converse rouges et un vernis à ongles assorti. Ses lèvres étaient rose pâle, le reste de son maquillage outrancier. Quant à Jesse, j'étais trop captivé par ses lèvres pulpeuses pour remarquer ce qu'elle portait.

— Parle-moi de lui, a lancé cette dernière, tellement focalisée sur Gail qu'elle n'avait pas remarqué ma présence.

Mais Gail, si. Elle a esquissé son petit sourire de fouteuse de merde avant de se retourner vers Flocon de neige.

— Il est plutôt gentil. Un peu zarb, mais je ne vois pas ça comme un défaut.

Gail a essuyé avec un torchon des tasses tout juste sorties du lave-vaisselle et les a empilées soigneusement contre le mur de briques blanches derrière elle. J'espérais qu'elle ne parlait pas de moi, parce que non seulement je n'étais ni gentil ni zarb, mais en plus j'étais son patron.

— Hale est super canon. C'est une sorte de philosophe un peu dingue. Et il ne drague jamais personne, alors tu dois vraiment lui plaire, a chantonné Gail.

Ses paroles ont transpercé mon cœur et fait bouillir mon sang dans mes veines. Hale ? Ce connard de Hale ? Il draguait ma Jesse ? Enfin, Jesse. Pas *ma* Jesse. Elle ne m'appartenait pas. Même si le petit trou qui me vrillait la poitrine semblait vouloir dire le contraire.

— Oh ! mais je ne suis pas intéressée. Les mecs et les rencards, j'évite. Je me demandais seulement qui c'était. Je l'ai surpris en train de me regarder l'autre jour et je l'ai reconnu aujourd'hui parce qu'il portait le même débardeur avec « FREE » imprimé sur le devant.

D'un coup de hanche, Jesse a refermé le frigo en inox derrière elle, celui où on rangeait la glace pilée. Elle préparait un smoothie pour une surfeuse qui attendait à la caisse. J'étais épaté de la voir s'acquitter de son job de serveuse de façon aussi naturelle. J'avais presque cru qu'elle n'y parviendrait pas, et il était encore tôt, mais bon sang elle avait l'air… *normale*. J'avais beau être heureux pour elle, une toute petite partie de moi, dingue et mesquine, était furax. Furax de constater qu'elle n'avait pas autant besoin de moi qu'elle l'avait cru.

Dans ma tête, je me suis mis à dresser une liste de raisons pour lesquelles il fallait qu'elle reste là. Près de moi.

Je lui offrais un boulot aux horaires flexibles. Elle était en lieu sûr. Je me pliais à toutes ses exigences. Mais je lui avais aussi affirmé que je continuerais de coucher avec d'autres. Non seulement elle l'avait accepté, mais elle avait l'air très à l'aise dans son rôle de serveuse, et ça me dérangeait.

Ça me dérangeait même beaucoup.

Et c'était sans doute ce sentiment qui me gênait le plus. Quel genre d'imbécile tient à ce que d'autres dépendent de lui simplement pour les garder près de lui ?

Moi. Voilà qui.

Famous Last Words de My Chemical Romance a pris la suite de *Crystallize* de Lindsey Stirling (un DJ nous déposait une compilation hebdomadaire parce qu'on n'arrivait pas à s'entendre sur nos goûts musicaux), et Gail a sorti son téléphone de sa poche arrière.

— Waouh !

Mon employée fan d'emo a examiné son écran, et ses lèvres ont formé un *o* de surprise. Je continuais de feindre de pianoter sur mon portable, les sourcils froncés comme s'il s'agissait de quelque chose d'important, tout en maudissant Hale de m'avoir percé à jour. J'étais quasiment sûr qu'il avait pigé ce que je faisais, et qu'il avait décidé de m'emmerder en draguant la seule fille qui me tenait à cœur.

— C'est l'hallu ! a couiné Gail. Hale vient de m'envoyer un texto. Il me demande ton numéro. Qu'est-ce que je fais ?

Les yeux de Jesse étaient aussi grands que son sourire, et j'ai eu envie de mourir.

Tu lui colles un pain et tu me laisses finir le boulot.

Flocon de neige a pressé le bouton du mixer pour gagner

du temps. J'ai été pris d'une furieuse envie de l'embrasser. Elle était peut-être flattée, mais elle ne filerait pas son numéro comme ça. Elle venait à peine de me le donner, et je l'avais courtisée pendant des semaines. Mais ça ne changeait rien au fait qu'elle rencontrerait d'autres Hale. Des salauds enjôleurs à belle gueule qui essaieraient de lui faire du rentre-dedans maintenant qu'elle était visible de tous, bien vivante et absolument craquante.

Blanche-Neige s'était réveillée et un prince était en route, sûrement au volant d'une Tesla blanche.

Il y avait toujours un prince à la con pour mettre des bâtons dans les roues du méchant.

Le mixer s'est arrêté. Jesse l'a détaché de son socle et a tapoté le fond en versant le smoothie rose dans un grand verre.

— Jesse ? Je lui donne ton numéro ?

Les pouces de Gail s'agitaient déjà sur son écran, et je me suis demandé si elle m'en voudrait de les lui briser.

Dis « non ».

— OK.

Merde.

Ne voulant pas passer pour le plus gros connard de Todos Santos — ce qui aurait été un exploit en soi, vu le salaire moyen par foyer et le nombre d'ados pourris gâtés qui y vivaient —, j'ai décidé de ne pas me mêler de cette conversation et j'ai même laissé le temps à Jesse de donner son numéro à Gail. Non seulement je suis parvenu à ne pas exploser de colère quand Gail a répété les chiffres à haute voix, mais j'ai attendu que celle-ci ait remis son téléphone dans la poche de son jean pour annoncer ma présence.

Au fait, j'ai précisé que Hale était un homme mort ? Non ? Parce que c'était le cas.

— Comment vont mes nanas préférées ? ai-je lancé avec mon sourire aguicheur.

Vous voyez ? À l'aise, Blaise. Comment ça, mes paupières tressaillaient ? Non, ce n'était pas un AVC.

— Bonne question, étant donné qu'elle concerne environ quatre-vingt-cinq pour cent de la population féminine de la Californie du Sud. Tu ferais mieux de lancer un questionnaire en ligne pour gagner un peu de temps, a rétorqué Jesse d'une voix mielleuse, tout en tendant son smoothie à la fille en combinaison de surf.

Comme je l'avais bien cherché, je lui ai permis de savourer les gloussements de Gail.

Un point pour la fille au tatouage de Pouchkine. Zéro pour le pauvre type qui essaie de piétiner la confiance qu'elle a eu tant de mal à lui accorder.

La surfeuse a glissé deux dollars dans le bocal à pourboire, puis m'a adressé un clin d'œil en buvant une gorgée à sa paille. Jesse a suivi cet échange silencieux, et je me suis senti mieux. Si on veut.

— Le boulot se passe bien ? ai-je demandé, sans tenir compte de la pique de Jesse.

Elle a posé les coudes sur le comptoir, l'air sûre d'elle, radieuse, carrément à croquer. En la contemplant, je me suis aperçu qu'elle ne portait pas son éternel gilet à capuche noir. Elle avait dû fouiller dans le fond de sa penderie, parce qu'elle semblait… fraîche. Colorée, même, avec un legging écossais rouge qui la moulait de partout, ses Keds habituels et un long T-shirt jaune avec deux mains de squelette qui faisaient un doigt d'honneur. Elle était pleine de vie. Soudain, je me suis senti possessif et protecteur à son égard.

— Super bien. Merci. Tu as surfé aujourd'hui ?

— Tu as respiré aujourd'hui ? ai-je renvoyé.

Elle a souri.

— Oui.

— Oui, j'ai surfé aujourd'hui.

J'ai attrapé une bouteille d'eau pétillante derrière le comptoir et j'ai dévissé le bouchon pour en boire une goulée.

— Tu devrais apprendre. Ça te plairait. C'est un sport solitaire, où on ne parle pas beaucoup.

L'idée m'était venue de nulle part. Surfer avec Jesse me permettrait de passer plus de temps avec elle et, mieux encore, de la voir en bikini ou en combinaison de surf. Trop cool pour ma libido, pas si cool côté frustration. J'ai tout de suite compris que mes projets étaient déjà tombés à l'eau. À la voir, on aurait dit que je venais de lui proposer un plan à trois avec Shadow.

— Non, merci.

— Parce que ?

J'ai fait claquer mon chewing-gum en affectant l'ennui.

Elle a regardé ses chaussures, a tiré sur le tissu jaune de son T-shirt et a secoué la tête.

— Ça n'a pas vraiment d'importance, Bane.

— Appelle-moi Roman.

— Pourquoi ?

Parce que personne d'autre ne le fait, et que j'aimerais qu'entre nous ce soit différent.

Évidemment, je n'allais pas sortir ce genre de réplique digne d'un film avec Kate Hudson. J'ai haussé les épaules.

— Je ne sais pas. Ça me fait bizarre quand c'est toi qui m'appelles comme ça. Tu ne me connaissais pas au lycée.

Je raconte vraiment n'importe quoi.

J'ai attendu qu'elle ait fini le travail. J'ai tenté de me convaincre que j'étais là pour gérer mon établissement mais, la vérité, c'était que je ne voulais pas que débarquent d'autres dragueurs à la Hale. Je doutais qu'elle sorte avec lui. Mais Hale, semblable à la couleur flamboyante de ses cheveux, lançait un avertissement : un autre mec viendrait, bientôt. Il aurait l'air sympa, et elle tenterait le coup. Pourquoi pas, après tout ?

Je suis resté assis dans mon coin pendant un certain temps, faisant mine d'être plongé dans mes calculs. Je détestais les chiffres, même si je ne me démerdais pas trop mal. Enfin — enfin, bordel —, à 13 heures, elle s'est arrêtée près du percolateur pour faire défiler les chansons sur notre playlist. Je me suis avancé vers elle, contemplant son dos, sa nuque, ce tatouage désormais visible à présent que ses cheveux étaient ramassés dans un chignon flou.

— Personne ne touche à la playlist, l'ai-je avertie d'un ton neutre. Ces titres ont été sélectionnés par un producteur suédois de musique indépendante. Personne n'a envie d'entendre tes chansons préférées de Taylor Swift.

C'était gonflé de ma part. Je savais qu'elle n'était pas fan de Taylor Swift.

Elle a fait volte-face, tressaillant sous l'effet de la surprise.

— Mais n'imp !

Elle avait dit « mais n'imp ». Il m'arrivait parfois d'oublier que Jesse avait vingt ans. Pas tout à fait, d'ailleurs. Son anniversaire était la semaine prochaine, ce que je ne savais que trop. À cause du deal, bien sûr.

— Viens avec moi.

J'ai montré la réserve d'un signe de tête. Pas question de courir le risque d'un nouveau craquage en public. Jesse savait comment me rembarrer. Et je voulais lui parler d'un sujet sensible. Notamment, du fait qu'on ne devait plus se tripoter.

Elle m'a suivi en silence. Je sentais ses pas à moins d'un mètre des miens. Si je la touchais, Darren ferait de ma tête un kebab façon *Game of Thrones*. Et puis, il y avait plus important.

Un but plus essentiel.

Derrière nous, la porte s'est refermée. Visiblement, mon corps n'avait pas pigé que je n'avais plus seize ans. Mon membre était carrément dressé à la verticale, heureusement masqué par mon bermuda. Mais le tissu restait fin et, comme je m'opposais formellement à tout type de sous-vêtement, il lui aurait suffi de baisser les yeux pour l'apercevoir.

Elle n'en a rien fait.

Ouf.

Elle s'est perchée sur une caisse de bouteilles de jus d'orange et a croisé les bras en laissant pendre ses jambes. Elle était encore plus belle à présent que je pouvais distinguer ses imperfections sous la lumière crue et vacillante de l'ampoule. Ses yeux étaient rouges et fatigués. Sa bouche, presque en forme de parenthèse inversée, laissait entendre que l'existence l'attristait. La tache de rousseur sous son œil gauche était l'unique marque sur sa peau autrement parfaite.

Je devais arrêter de faire des fixations comme ça, et commencer à la guérir. J'ai pris sa main dans la mienne. Ce n'était pas ce qu'on était censé faire quand on voulait se montrer compatissant ? Prendre la main de quelqu'un ? Ça ne m'était encore jamais arrivé. Enfin, j'avais déjà dû annoncer des mauvaises nouvelles, mais ça ne m'avait jamais chamboulé, si vous voyez ce que je veux dire.

Là, je cherchais clairement à gagner du temps.

— Répète après moi, Flocon de neige : la reine est plus puissante que le roi.

Elle me regardait droit dans les yeux, et j'ai été surpris de déceler de la passion dans ses prunelles. On aurait dit qu'elle savait de quoi je parlais. Peut-être qu'elle était forte aux échecs, elle aussi.

— La reine est plus puissante que le roi.

J'ai pris son visage dans mes mains, tout en sachant qu'il

n'y aurait rien eu de plus naturel que d'écraser mes lèvres contre les siennes en envoyant valdinguer mes rêves et projets.

On ne peut plus se toucher. Même pas un bisou sur la joue.

Mais, ces mots, je ne les ai pas prononcés. Je ne suis même pas allé jusqu'au bout de ma réflexion.

— C'est quoi, ton problème avec le surf ? me suis-je contenté de demander. Pourquoi tu refuses d'en faire ?

Je croyais qu'elle allait m'expliquer qu'elle n'aimait pas exhiber son corps depuis ce qui lui était arrivé — ce qui aurait été compréhensible —, mais je ne m'attendais pas à ce qu'elle soulève son T-shirt en silence pour me montrer *ça.*

Ça — ses cicatrices.

Pourpres, profondes, captivantes.

Salope

J'ai dégluti sans même m'en rendre compte. Son haut était retroussé jusque sous ses seins. J'avais envie de l'attirer à moi, de la prendre dans mes bras. D'embrasser cette fichue cicatrice, histoire qu'elle se sente mieux. De la lécher, de la mordre, de lui montrer qu'elle était toujours sexy, avec ou sans. Surtout avec, d'ailleurs. Quoi de plus craquant qu'une survivante ?

Mais je ne pouvais pas la toucher, pas comme ça, alors je me suis borné à lui frotter la joue avec le pouce.

— Je vais leur faire la peau, à ces enflures, ai-je marmonné.

Tout en prononçant ces mots, je me suis rendu compte que j'en étais capable, et même que je me devais de le faire. Je connaissais leurs noms. Je savais qui ils étaient. Obtenir leurs adresses serait un jeu d'enfant. La seule chose qui me retenait était ma conscience, sauf qu'elle n'était pas très fiable, ce qui n'était pas bon signe pour eux.

Elle a baissé son T-shirt et m'a sondé du regard, en quête d'un signe de dégoût. N'en trouvant aucun, elle s'est frotté le front d'un air fatigué.

— C'est pour ça que je ne veux pas y aller. Je ne veux pas qu'on voie ça.

— Je comprends.

Il existait des combinaisons intégrales, mais, même moi je ne manquais pas de tact au point de ne pas saisir l'idée de base. Son corps la répugnait.

Avec un rire incrédule, Jesse a levé les yeux au ciel pour m'empêcher de voir les larmes accrochées à ses cils.

— C'est affreux, hein ? Je sais.

— Arrête, ai-je dit.

J'avais envie d'entrer dans les détails, mais je ne tenais pas à avouer à voix haute ce que je commençais enfin à comprendre : que certes elle était aussi jolie que d'autres filles, mais que ses démons intérieurs rendaient sa beauté unique en son genre.

— Mais c'est la vérité.

Elle s'est mordu l'intérieur de la joue et s'est essuyé les yeux rapidement. Les basses de la chanson qui résonnait dans le bar faisaient vibrer la porte. *My Own Summer*, des Deftones.

— C'est pour ça que je ne t'en veux pas de ne pas me désirer. Je comprends, Ba… Roman. Je comprends pourquoi tu ne veux pas d'une nana abîmée.

De quoi elle parlait, bordel ?

— Qui a dit que je…

— Tu t'es bien amusé avec celle que tu as vue hier soir ? Et le soir d'avant ? Tu dois aimer la diversité.

Elle a reniflé et a relevé le menton. J'avais posé un lapin à ma cliente de la veille pour me défoncer avec Beck en matant un porno. Sauf qu'évidemment je n'allais pas lui dire ça. Elle était encore assise quand je me suis retourné pour me diriger vers une grande table où reposaient les sacs de café.

— Tu veux la vérité ? ai-je demandé en agrippant le rebord du plateau en bois.

Voilà qu'il me fallait un bouclier pour pouvoir lui parler sans la baiser. Génial. Vraiment génial.

Elle a laissé échapper un bruit qui ressemblait plus à un petit cri qu'à un gémissement.

— J'en ai ma claque des mensonges, a-t-elle grommelé.

— J'ai envie de toi. De toute mon âme. T'es contente ? Avec tes cicatrices. Avec ton histoire tragique. Je veux te baiser, te prendre, te malmener, te sauver. Mais je ne peux rien faire de tout ça. Pourquoi ? Parce que après tu me haïras, et c'est un fait, pas une supposition. Crois-moi. Pour des raisons que je ne peux pas t'expliquer maintenant, ça te briserait et ça me ruinerait. Je suis sans doute un salaud, mais je ne suis pas le méchant dans cette histoire.

Je ne pouvais pas être plus sincère que ça.

— Alors, voici la vérité, Flocon de neige : il va falloir qu'on se retienne.

Je brûlais de tout envoyer valser.

Et si je ne le construisais pas, ce parc à surf ? Mikayla, ma cousine, n'avait jamais eu de licorne pour son anniversaire. Elle avait survécu. Moi aussi, je survivrais. Le truc, c'est qu'il était trop tard pour faire machine arrière. J'avais claqué des tonnes de fric pour mon hôtel et pour des réparations au Café Diem, et maintenant j'étais endetté auprès de Darren. Je n'étais absolument pas en position de devoir de l'argent à qui que ce soit. Je me noyais déjà dans assez d'affaires et d'aventures commerciales, où je tentais de prouver Dieu sait quoi à Dieu sait qui.

Je la dévisageais, j'attendais qu'elle me dise qu'elle pigeait. Jesse a glissé au sol et s'est débarrassée de son legging, qu'elle a jeté au loin d'un coup de pied, avec ses chaussures. Sa culotte en coton noir était la prochaine sur la liste. Debout devant moi, elle a exhibé sa chatte rasée et alléchante. Puis, faisant tanguer sa croupe ronde, elle s'est approchée de la porte pour pousser le verrou. Tout aussi désinvolte, elle a regagné la caisse de bouteilles, s'est de nouveau assise dessus et a écarté les jambes pour me montrer sa fente rose, véritable fragment de paradis.

— Inutile de me toucher pour me débaucher, a-t-elle lancé d'une voix rauque, tout en passant la langue sur sa lèvre inférieure.

Je tiens à souligner que j'ai essayé de résister. Plus ou moins. J'ai émis l'unique réaction qui m'a paru convenable.

— Merde.

À vous les studios.

Chapitre 12

Jesse

« Merde »… Oui, c'était à peu près ça.

J'ignorais d'où me venait cette absence d'inhibitions. C'était sans doute sa manière de regarder mon ventre, si différemment des autres. Une poignée de gens l'avaient vu depuis l'Incident. Des médecins. Des infirmières. Pam. Darren. Tous horrifiés, écœurés. Le contraire de ce que j'aurais aimé voir. J'avais espéré un regard signifiant « ce n'est pas si grave », pas « vite, je vais vomir ». Mais Roman, lui, m'observait comme si j'étais jolie. Je voyais à sa façon de déglutir qu'il songeait plus à mon ventre plat et à ma taille fine qu'aux cicatrices qui les recouvraient.

Et ça me donnait de la force.

Je n'étais pas fière de vouloir le séduire malgré lui. Mais, quelque part, je trouvais assez marrant d'essayer de me taper le plus chaud lapin de la planète alors que, comme par hasard, il estimait que coucher avec moi serait une erreur.

Il avait sans doute raison.

Mais personne n'avait jamais dit qu'on devait se toucher mutuellement pour prendre du plaisir.

Bane avait l'air torturé. Je ne l'avais encore jamais vu comme ça. Il était toujours si sûr de lui, sans pitié, triomphant. Une énergie sombre vibrait autour de lui, comme s'il avait été frappé par la foudre et qu'il frémissait de colère. Il bouillait, scintillait, rayonnait.

Il me désire.

Sa soif m'insufflait de la force. Contrairement aux autres, il ne me prenait pas d'autorité.

Il ne me réclamait même pas, d'ailleurs.

Raison de plus pour voir en lui le parfait partenaire sexuel.

Je me suis caressée avec l'index, me sentant fiévreuse, sur un petit nuage, excitée, chaude comme la braise. Oui. J'étais brûlante. Son regard sur moi enflammait le creux de mon ventre, jusqu'à me rendre incandescente.

J'avais vu l'effet qu'il avait sur les femmes. Elles tombaient toutes comme des mouches en sa présence. Et j'étais au courant pour ses liaisons. Ses amantes mariées et influentes. Je lui avais dit que je m'en fichais, et en un sens c'était vrai. L'idée de guérir m'importait plus que ce qu'il faisait de son temps libre. L'essentiel pour moi était de pouvoir profiter d'un homme sans que la panique m'enserre la gorge comme une corde rugueuse, sans que je me mette à me débattre dans un désir de fuite.

Je brûlais de le sentir en moi, à tel point que ça me faisait peur. C'était une envie tellement animale que j'aurais pu le supplier à genoux.

J'ai accéléré mes mouvements circulaires. Au début, il n'a pas réagi. Il s'est contenté de me fixer du regard, comme s'il essayait de déterminer ce qu'il allait faire ensuite, les paumes figées sur la table, les yeux voilés. Mon cœur a chaviré dans ma poitrine, m'avertissant qu'il ne s'agissait pas juste d'un désir physique. J'ai préféré ne pas l'écouter.

Il fallait qu'il me guérisse.

Il fallait qu'il me fasse jouir.

— Qu'est-ce que tu fous, Jesse ? a-t-il gémi, d'une voix rendue rauque par le désir.

— J'essaie de te séduire.

J'ai écarté les jambes un peu plus, sachant que ça lui plaisait. Il semblait à l'agonie, et son érection, presque cachée derrière la table, gonflait son bermuda. J'ai attendu que la peur m'envahisse, mais elle ne venait pas. J'avais envie de lui arracher son short avec les dents, de prendre son membre dans ma bouche et de lui montrer que je n'étais pas brisée. Ou, en tout cas, que je n'étais pas irréparable. Contrairement à ce que j'avais pu croire.

Qu'est-ce qui te prend ? Qu'est-ce que tu racontes ? Tu es sûre de savoir qui tu es ?

Mais c'était justement cette fille-là que j'étais. La Jesse d'avant prenait. Elle se servait. Elle avait pour habitude d'exiger qu'on lui donne ce qu'elle voulait, et de l'obtenir.

Et là, dans la remise, elle avait décidé de s'amuser un peu.

Je me suis pincé le téton à travers mon haut, sachant qu'il était visible à travers ma brassière de sport. D'ordinaire, je savourais l'espace que Bane m'accordait. Il n'essayait pas de changer qui j'étais. *L'Intouchable.* Mais aujourd'hui j'avais envie d'être prise, possédée, dévorée. Je voulais me prouver à moi-même que j'en étais capable.

Capable d'être touchée.

De ressentir.

De m'abandonner dans les bras de quelqu'un sans avoir le sentiment de me perdre.

— Jesse, a-t-il soupiré en collant son front sur la table.

Sa respiration était lourde, hachée. Comme s'il était en train de perdre une bataille intérieure. Ses jointures blanchissaient sous ses efforts pour se retenir de se ruer sur moi. Je voulais qu'il le fasse. Et je me foutais de tous ces gens de l'autre côté de la porte.

— Tu as envie de moi ? ai-je risqué.

— Envie de toi ?

Il a tapé tellement fort sur la table que j'ai cru qu'il allait la briser en deux.

— Je suis entre le désir et le désespoir. Et ça ne me plaît pas, Jesse. Pas du tout.

— Alors, prends-moi.

Il m'a regardée droit dans les yeux.

— Tu n'es pas prête.

Il voulait paraître impassible. Indifférent. Dommage, car je n'y croyais pas une seconde.

— Tu es qui, pour me dire ça ?

— Ton seul ami lucide, a-t-il rétorqué, pince-sans-rire. Et pas question de briser ça pour une partie de jambes en l'air.

— Tu es cruel, ai-je gémi.

— Eh oui.

— *Bane.*

— « Non », tu ne comprends pas ? ?

Visiblement, non. Je ne comprenais pas. L'attirance entre nous était évidente, je la lisais dans ses yeux. Et je ne voulais pas d'autre homme que lui. C'était le seul avec qui je me sentais en sécurité. Si ce n'était pas avec lui, ce ne serait avec personne, et cette pensée m'effrayait.

Tout le monde a besoin de quelqu'un. Même l'Intouchable.

Le désir crépitait entre nous comme un incendie intense et dévastateur. J'ai glissé deux doigts en moi, tout en écartant mes replis pour lui montrer qu'à l'intérieur j'étais rose et normale, sans cicatrices.

Il a encore dégluti.

— Je préférerais que ce soit toi qui me le fasses, ai-je soufflé, le ventre noué par le plaisir.

Du bout de l'index, j'ai dessiné un cercle autour de mon clitoris et, à mesure qu'il enflait, j'ai vu les yeux de Bane scintiller.

— Bane…

Sans un mot, je me suis humecté les lèvres tout en faisant

aller et venir ma main le long de ma fente. Après quelques va-et-vient, j'ai ouvert ma paume pour la lui montrer. Il a dévoré mes doigts luisants du regard.

— Je suis prête, ai-je chuchoté.

Il a secoué la tête, incapable d'exprimer son refus à voix haute.

— Ce n'est pas grave. Je suis sûre que Hale n'hésitera pas, lui.

J'ignorais d'où m'était venue cette pique. Sans doute à force de voir Bane crisper les mâchoires chaque fois que Gail parlait de son ami. Très franchement, je savais que je ne sortirais jamais avec Hale, mais j'avais le sentiment que Bane avait juste besoin qu'on le pousse un peu. Après tout, s'il ne voulait pas de moi, ça ne devrait pas le déranger de céder la place à son ami.

Mais s'il tenait à m'avoir pour lui tout seul…

— Tu n'es pas obligé de me toucher, Roman.

J'ai ajouté un troisième doigt aux deux premiers, tout en renversant la tête en arrière.

— J'ai déjà l'impression de te sentir partout.

Bane s'est redressé et a baissé son bermuda juste assez pour sortir son sexe, qu'il a empoigné. J'ai aperçu un scintillement et j'ai failli en tomber par terre. Il avait un piercing. Il s'est mis à se masturber brutalement, et j'ai admiré son membre impressionnant. Bon sang, quelle beauté ! J'avais envie de le prendre dans ma bouche, ce que je n'avais jamais accepté de faire avec Emery.

— On recommence. Sors tes doigts, et enfonces-en un. Trèèès lentement. Maintenant.

Sa voix avait quitté son ton agacé pour devenir autoritaire. Obéissante, j'ai inséré un doigt en moi avant de me caresser avec le pouce.

— Personne n'a dit que tu pouvais te caresser. Doigte-toi,

mais pas au point de jouir. Parce que c'est ce que je ressens, Jesse, quand tu me tortures comme ça.

— Ce n'est pas mon but. Tu peux faire tout ce que tu veux de mon corps.

Nos regards se sont croisés, et ça m'a fait l'effet d'un feu d'artifice multicolore.

— Merde, a-t-il lâché en intensifiant ses mouvements et en fermant les yeux. Tu mouilles ?

— Je suis trempée.

— Montre-moi.

Il a ouvert les yeux, et j'ai sorti un doigt lentement. Il était couvert de mon désir.

— Suce-le.

— Fais-le toi-même.

— Si je m'approche, je risque de carrément le mordre. Si tu pouvais juste…

Il s'est interrompu pour inspirer profondément avant de reprendre, d'un ton presque suppliant :

— … pour une seule fois dans ta vie, faire ce qu'on te demande, Jesse.

Je me suis exécutée, pas pour lui obéir mais parce que ça me plaisait de le voir comme ça, sur le point de perdre pied, de tomber et de s'écraser avec moi.

— Qu'est-ce que je vais bien pouvoir faire de toi, Flocon de neige ?

— Me baiser jusqu'à en faire trembler les murs, ce serait un bon début.

J'ai souri, et il a lâché un rire torturé. Au son de sa voix, des fourmillements m'ont assailli la colonne vertébrale. Cet homme aurait pu m'embraser rien qu'avec ses mots. Je brûlais de savoir ce qu'il pourrait faire avec ses mains, ses bras, ses dents. Avec son corps tout entier.

— Trois doigts, a-t-il ordonné.

J'ai obtempéré. La sensation était aussi douloureuse que délicieuse. Il s'est masturbé plus violemment, une main calée sur la table, et le biceps de son autre bras se gonflait à chacun de ses assauts.

Je me suis mordu la lèvre inférieure et j'ai glissé un quatrième doigt en moi, jusqu'aux jointures, histoire de l'allumer au maximum.

— Jesse.

J'ai vu sa résolution de ne pas me toucher s'effilocher, brin par brin, jusqu'à se désintégrer.

— Je mouille tellement.

Je me suis cambrée jusqu'à avoir mal au dos, mes doigts toujours en moi, la base de ma paume pressée contre mon sexe.

Il s'est rué vers moi, tout en continuant de se masturber furieusement. J'adorais le voir comme ça, rendu vulnérable par le désir. C'est en constatant sa faiblesse pour la toute première fois que j'ai compris que j'étais sur le point de tomber amoureuse de lui. De nous. Tout ce qui suffisait pour que je chute dans le vide et que j'atterrisse dans ses bras, c'était qu'il me touche. Qu'il me caresse. Qu'il affirme que je lui appartenais.

Bane s'est positionné entre mes cuisses en continuant de se caresser, son front en sueur collé contre le mien. Ses cheveux fins et blonds se sont mêlés à mes épaisses mèches de jais et nos nez se sont frôlés, mais on ne s'est pas embrassés. On ne le ferait pas. Pas parce que je n'en étais pas capable, mais parce que je ne voulais pas le pousser aussi loin.

Et que le simple fait d'avoir le choix suffisait à me faire un bien fou.

— Je sens l'odeur de ta chatte sur ton haleine.

Il s'est humecté les lèvres, et sa langue chaude a presque touché ma bouche.

— C'est vrai ? ai-je soufflé.

— Oui. Ça ne sent pas les pommes vertes ou la pluie. Ça sent la chatte assoiffée, mon plat préféré. Et je ne peux pas t'avoir.

Sa façon de s'exprimer était presque risible. On aurait cru qu'il parlait d'un interdit. C'était peut-être comme ça qu'il voyait les choses. Je ne pouvais pas lui en vouloir. Certains disaient que j'étais abîmée. Fragile. Compliquée. Ils n'avaient pas tort.

— Mais tu en as envie.

J'ai frotté le bout de mon nez contre le sien, et il a lâché un soupir haché. Nos jointures s'effleuraient chaque fois que j'enfonçais les doigts en moi et qu'il se caressait, qu'il tirait vivement sur son piercing en passant la main sur le bout de son sexe. J'ai frôlé sa longueur veloutée, et mes yeux se sont révulsés. À un moment donné, nos doigts se sont touchés l'espace d'une seconde, et des décharges d'électricité ont parcouru ma nuque.

— J'en ai *besoin*, a-t-il enfin reconnu.

— Alors vas-y. Qu'est-ce que tu as à perdre ?

— Beaucoup trop. Jouis pour moi, Flocon de neige.

Nous tanguions, haletions, soufflions dans la bouche l'un de l'autre sans pour autant franchir la limite invisible qu'on s'imposait. Un frisson violent m'a secouée de la tête aux pieds quand un orgasme m'a percutée pour la deuxième fois en une semaine. Je l'ai senti me percer jusqu'aux os, me rappelant tout l'intérêt du sexe.

Procurer du plaisir. De la puissance. Du contrôle.

— Merde, je vais jouir aussi, a-t-il haleté.

On était si près l'un de l'autre. Physiquement, mais pas seulement. Je me suis collée à lui à l'instant où son sexe s'est mis à tressaillir dans sa main. Il a soulevé mon haut pour se déverser sur ma cicatrice, son sperme blanc venant décorer le mot que j'aurais aimé oublier.

Pour autant, je ne me sentais pas sale.

Sans me quitter du regard, il a pris ma main, l'a portée à ses lèvres brûlantes et a embrassé mes jointures. À sa manière de me tenir — de serrer mon poing dans le sien, presque douloureusement —, j'ai perçu ce qu'il ressentait. Ce n'était plus le Bane maîtrisé et accommodant, mais le sauvage dont on m'avait tant parlé. L'homme que j'étais censée craindre.

— La reine est la pièce la plus puissante, a-t-il sifflé. Ne laisse pas les autres pions prendre le dessus.

J'avais envie de lui demander s'il était mon roi.

Parce que je savais super bien jouer aux échecs.

Mais la réponse me semblait claire comme de l'eau de roche.

Roman « Bane » Protsenko était mon chevalier. La pièce qu'on devait déplacer avant les pions, les fous et les reines.

Celle qui aurait pu me sauver s'il m'avait approchée sur la plage le jour où il m'avait vue avec Emery.

Le jour où Emery m'avait attirée contre lui pour me murmurer à l'oreille :

— Et maintenant, ma chérie, je vais te prendre ta virginité.

Chapitre 13

Bane

Le lendemain, j'ai invité ma mère à déjeuner.

Pendant tout le repas, elle m'a dévisagé comme si j'avais une idée derrière la tête. On était dans un restau de fruits de mer, sur une terrasse surplombant le sable doré qui s'étirait vers l'océan infini. Elle a commandé le homard, j'ai opté pour des tacos au poisson et le tirage de tronche de l'année. J'étais incapable de faire bonne figure et, pour être tout à fait honnête, je n'ai même pas essayé.

— Qu'est-ce qui se passe ? a-t-elle demandé, la bouche pleine, en me voyant me renfrogner de plus belle.

J'ai baissé mes Wayfarer sur mon nez et j'ai contemplé les vagues avec une soif que seuls les surfeurs peuvent comprendre.

— Rien du tout.

En dehors de la trique que j'ai chaque fois que Jesse est dans les parages.

Évidemment, j'ai préféré taire cette réponse. Mamul et moi étions très proches mais pas à ce point.

Elle s'est tamponné les coins de la bouche avec une serviette.

— Tout va bien ?

— Une petite variante de « Qu'est-ce qui se passe ? ». Toujours rien à signaler.

— Je me demande seulement pourquoi tu m'as invitée à déjeuner, a-t-elle insisté en toute sincérité, tout en poussant son assiette à moitié pleine vers moi et en tapotant un bourrelet imaginaire sur son ventre plat.

Elle a bu une nouvelle gorgée de vin. Je m'apprêtais à lui expliquer de quoi il retournait, quand elle s'est exclamée d'un coup :

— Ne me dis pas que tu as mis une fille enceinte.

— Putain, Mamul, tu vas arrêter avec ça ?

— Pas de grossièretés.

— Alors arrête de raconter n'importe quoi !

— Tu n'as toujours pas répondu à ma question.

Toute la discussion se déroulait en russe. Même si ma mère ignorait que je louais mes services — ou alors, elle n'en avait jamais rien dit —, elle craignait tout de même toujours que j'engrosse une nana. J'étais presque tenté de lui préciser que je faisais tellement gaffe que j'aurais pu devenir actionnaire chez Durex. J'ai fini mon assiette et j'ai avalé ce qu'elle avait laissé dans la sienne. J'aurais pu en gober deux de plus sans sourciller. J'ai tout fait descendre avec ma bière.

— Non, je n'ai mis personne enceinte.

Même si je reconnais qu'avoir éjaculé sur le ventre de Jesse en laissant mon sperme dégouliner sur sa fente n'était pas exactement conforme aux conseils du planning familial.

— Alors, quoi ?

Le serveur a surgi avec la note, et j'ai sauté sur l'occasion pour gagner du temps en dégainant ma carte de crédit. Normalement, je mettais un point d'honneur à commander à emporter chez ma mère chaque vendredi soir. C'était ma seule soirée de libre, et je la consacrais à courtiser l'unique femme qui me tenait à cœur. C'était plus facile de décompresser à la maison en matant une de ses émissions russes zarbi que de réserver une table quelque part et devoir se coltiner tous les petits arrivistes de Todos Santos. Son trip à elle, c'était la version russe de *Loft Story*. C'était n'importe quoi, plus ahurissant qu'une bande de mecs sans capotes lâchés dans un bordel clandestin. Toutes les cinq minutes, une grosse bagarre éclatait. Ma mère feignait d'être horrifiée, mais je savais qu'en secret elle prenait son pied. Et j'aimais la voir comme ça. Bref, tout ça pour dire qu'on sortait rarement ensemble, alors sa méfiance n'était pas entièrement injustifiée.

On s'est levés, et j'ai passé mon bras sous le sien.

— J'ai besoin d'aide.

— C'est une affaire de drogue ? s'est-elle affolée, évoquant ce qu'il y avait de pire pour elle après une grossesse surprise.

J'ai crispé les mâchoires en m'abstenant de tout commentaire. Oui, j'étais un saint. Et oui, elle était pardonnée.

— En fait, j'ai besoin d'aide pour choisir un cadeau, mais merci pour la confiance.

— Un cadeau pour qui ?

— La fille dont je t'ai parlé. C'est son anniversaire.

— La victime de viol ?

À ce mot, j'ai failli sursauter. Je n'aimais pas que Jesse soit réduite à ça. Encore moins par ma mère. Une vision de sa cicatrice m'a traversé l'esprit. Ces salauds le paieraient. Ce n'était pas une promesse, mais un fait.

— Oui. Elle.

— Tu as une idée de ce qu'elle aimerait ? Ça nous donnerait un point de départ.

J'en avais bien une, et c'était justement ce qui me tracassait.

On s'est rendus dans le centre commercial hyper-chic de Vicious et on a fait les boutiques, ce qui, comme vous le diraient beaucoup d'hommes, revenait à perdre beaucoup de temps pour pas grand-chose. Ça ne m'était jamais arrivé de chercher un cadeau pour quelqu'un. Enfin, si. Je n'avais pas été un petit ami si nul que ça. J'offrais des cadeaux à Edie chaque fois qu'il fallait fêter une date à la con que la société jugeait importante. Mais je m'étais borné à lui acheter les trucs habituels, genre du matos ou une nouvelle planche de surf, Avec Jesse, c'était différent. Je ne voulais pas lui donner un truc utile, mais quelque chose qui lui montrerait qu'elle n'avait besoin de personne d'autre qu'elle-même.

Pardon ?

Quand j'ai fini par escorter ma mère jusqu'à sa voiture, elle avait l'air fin prête pour deux semaines de vacances sur une île des Caraïbes. J'avais sans doute pris ma tâche trop au sérieux, mais, comme je ne pouvais pas montrer physiquement à Jesse ce que je ressentais, je me disais qu'un cadeau serait un bon point de départ.

— Tu as choisi le cadeau parfait.

Elle a pivoté vers moi, une main sur le cœur et le sourire aux lèvres. Sa Prius était garée derrière elle, prête à la ramener au cabinet dans lequel elle accueillait ses patients en sa qualité de thérapeute d'enfants stars.

— Je suis tellement fière de toi, mon soleil.

— Il y a intérêt. Il y a moins d'une heure, tu me prenais pour un bon à rien de toxico super fertile. J'espère bien que tu t'en veux.

Elle m'a donné un petit coup sur le torse en riant.

— Ça veut dire que je vais bientôt pouvoir la rencontrer ?

J'y ai réfléchi une seconde.

— Rencontrer des gens, ce n'est pas trop son truc. Mais je vais lui demander.

— Toi non plus, ce n'est pas ton truc. C'est sans doute pour ça que vous vous entendez bien.

— Sans doute.

C'est peut-être parce que j'ai promis de l'apprécier, sans piger à quel point ce serait le cas, et que maintenant je suis dans la merde jusqu'au cou.

— Au fait, comment avance ton hôtel ? Et ton parc à surf ? Tu vas faire une offre ?

Mamul a sorti ses lunettes de soleil de son sac, la main déjà posée sur la poignée de sa portière. Il m'arrivait très rarement de parler affaires avec ma mère. Pour commencer, elle ne s'intéressait pas aux détails. Il lui suffisait de savoir que j'avais quelque chose à moi qui n'était pas de l'ordre d'une MST ou d'un casier judiciaire. Et puis, je redoutais le jour où elle me demanderait comment, au juste, je finançais mes entreprises commerciales, parce que la réponse risquait de ne pas lui plaire. J'ai fourré mes mains dans mes poches pour effleurer le joint que j'allais fumer dès qu'elle aurait le dos tourné. Je l'avais bien mérité, bordel, après avoir fait du shopping pour une meuf que je ne m'étais même pas tapée.

Mais tu as failli, connard. Et tu lui as éjaculé sur le ventre, au passage.

— Ça se passe bien. Je suis en train de restaurer l'hôtel et je vais probablement faire une offre pour le terrain dès qu'il sera mis aux enchères. Pourquoi cette question ?

— C'est qui, le plus sceptique des deux ?

Son sourire m'a caressé la joue. Si, je vous le jure.

— Je voulais seulement savoir comment tu t'en sortais.

— Tu vois Luna Rexroth aujourd'hui ?

Luna était la belle-fille d'Edie, et elle l'adorait. Luna venait voir ma mère deux fois par semaine depuis qu'elle était quasiment un nourrisson. Elle avait décidé très tôt qu'elle n'avait pas envie de parler, mais visiblement elle s'exprimait avec Edie, Trent et ma mère. Comme elle se cantonnait à une poignée de mots, elle devait être cataloguée comme cinglée à son école. Pauvre gosse.

— Sois gentil avec ta petite copine.

Ma mère a lissé mon T-shirt froissé et a glissé mon collier avec un pendentif en dent de requin sous l'encolure. Visiblement, la discrétion de mise entre un médecin et son patient ne s'appliquait pas au fils de la thérapeute.

— Ce n'est pas ma petite copine, ai-je répliqué en la regardant monter dans sa voiture et chausser ses lunettes de soleil avec un sourire.

Elle a levé les yeux au ciel, qu'elle a montré du doigt.

— Parfois, le soleil est un menteur. Il sort quand il fait froid.

J'ai ouvert la bouche pour répliquer, mais rien n'est sorti.

Un peu plus tard, je suis allé à la plage pour entraîner Beck.

J'aimerais pouvoir dire que c'était uniquement dans le but de le préparer pour la compétition imminente que je sponsorisais. Mais, comme je m'efforçais d'être plus honnête, je devrais préciser que je savais que Hale y serait, et que j'avais à lui parler. De Jesse, notamment.

J'ai trouvé Beck, Hale et Edie assis devant Breakline, la boutique de surf de mon ex-petite amie. Elle appliquait de la wax sur sa planche de surf dans un petit bikini blanc, et de loin j'ai repéré un petit renflement bizarre au-dessus de son bas de bikini. *Enceinte.*

Il m'était souvent arrivé de me demander pourquoi Gidget n'était pas encore en cloque. Franchement, j'étais étonné qu'ils aient tenu sept ans avant de décider de donner un petit frère ou une petite sœur à Luna. Edie était une mère poule en puissance. Quoi qu'il en soit, j'étais content pour elle. Sans même lui avoir parlé, je savais déja qu'elle n'avait rien dit à personne et que je serais le premier en dehors de sa famille immédiate à être mis au courant, alors je l'ai bouclée. Hale repeignait des vieilles planches torse poil, et Beck, déjà en combi, lisait un truc sur son téléphone. J'espérais pour lui qu'il s'agissait des statistiques de ses rivaux, parce que je le trouvais un peu trop tranquille, et j'avais investi pas mal de fric sur lui.

— Salut les connards, salut ma poule, les ai-je salués en lâchant ma planche sur le sable à côté de la Firewire de Beck.

Sa planche déchirait tout, mais bon, il y claquait tout son salaire.

Edie s'est détournée de sa planche et m'a souri, plissant les yeux sous le soleil.

— Qu'est-ce qu'il y a là-dedans ?

Je tenais distraitement le sac contenant le cadeau de Jesse. Je ne m'en étais même pas rendu compte. Merde.

— Les outils nécessaires pour castrer Hale.

Beck et Edie ont éclaté de rire. Pas Hale. Il savait pertinemment pourquoi j'étais en rogne contre lui. J'ai penché la tête sur le côté.

— J'ai un truc à te dire, ai-je lancé avec un sourire assassin.

— J'ai l'impression qu'il n'y en a pas qu'un seul, et que ça ne va pas me plaire, a grogné Hale avant de me suivre de mauvaise grâce dans la boutique.

Je me suis approché du minifrigo derrière le comptoir d'Edie et j'en ai sorti une bière. Il s'est affalé sur un pouf en forme de donut et s'est gratté les ongles en regardant le plafond, comme si j'étais une pom-pom girl mélodramatique qui venait d'apprendre qu'il avait liké la photo d'une minette sur Instagram. J'ai posé délicatement le cadeau de Jesse sur le comptoir et je lui ai fait face.

— Tu lui as envoyé un texto ?

— À qui ?

— N'essaie pas de me baiser. J'y arriverai toujours mieux que toi. C'est mon boulot, je te rappelle.

— Je n'essaie pas de te baiser. Je ne sais vraiment pas de quoi tu parles.

Il a cligné des yeux avec un air de fausse naïveté. J'ignorais ce qui poussait Hale à vouloir se payer ma tête, ou celle des gens en général. Je le soupçonnais de s'ennuyer ferme et de chercher à contrarier les autres parce que les deux personnes qu'il brûlait d'agacer — ses propres parents — contrôlaient chacun de ses gestes, et son avenir aussi. Il aurait aimé devenir entrepreneur et passer ses journées à glander, mais il ne pouvait pas avoir ce que j'avais. Lui, on le forçait à devenir prof, comme son père, alors sa route était déjà toute tracée.

— À ton avis, de quoi je parle ?

Bon, là, je commençais vraiment à ressembler à une pom-pom girl. *Qu'est-ce que tu m'as fait, Jesse ? Je veux redevenir un mec.*

Il a fait tout un cinéma en se frottant la nuque et en soupirant bruyamment.

— Je ne sais pas. J'ai récupéré le fric du racket avec un jour d'avance. J'aide Gidget dans sa boutique. Je suis un mec sympa qui fait des trucs sympas, a-t-il conclu en me décochant un grand sourire carnassier que j'ai eu envie d'effacer de son visage d'un coup de ranger. Tu vas devoir éclairer ma lanterne.

— Jesse Carter.

J'ai plaqué les mains sur le comptoir, tout en veillant à rester derrière pour éviter de me ruer sur Hale sans le vouloir. Enfin, en le voulant un peu quand même.

— Hum… Ta nouvelle serveuse, c'est ça ?

Il a sifflé, puis s'est mordu le poing.

— Hyper canon.

J'avais envie de le tuer. Pas proprement, avec une petite balle dans la tête. Non, genre en l'étranglant, ou en le jetant dans une fosse pleine de serpents.

— Tu lui as envoyé un texto ? ai-je répété.

— Oui.

Où est-ce que je vais trouver tous ces serpents ?

— Et qu'est-ce que tu lui as dit ?

— Je lui ai proposé de prendre un café. Pas au Café Diem, évidemment. Dans un endroit cool.

Il s'exprimait d'une voix calme et étudiée, comme si me faire sortir de mes gonds était ce qu'il préférait le plus au monde. Est-ce qu'il avait seulement idée de ce à quoi il se frottait ? De ce qui se passait au juste dans ma tête ? Non. Bien sûr que non. Je n'avais jamais été aussi possessif envers une nana de toute ma vie. Même avec Edie, que j'aimais pourtant beaucoup. Je l'avais laissée me filer entre les doigts et se jeter dans les bras de Trent sans broncher, estimant qu'ils avaient besoin l'un de l'autre alors que moi je n'avais besoin de personne. Chaque fois que des mecs l'avaient draguée, j'avais observé la scène avec un sentiment de pitié mêlé d'amusement. Mais avec Jesse, ça prenait un tour personnel.

— Elle t'a répondu ?

En temps normal, je ne posais jamais de questions. Mais là, je ne pouvais pas m'en empêcher.

— Pas encore.

— Elle va refuser, ai-je tranché en jetant la bière à la poubelle sans y avoir touché. Efface son numéro de ton répertoire et ne lui adresse plus jamais la parole.

— Quoi ?! s'est-il esclaffé.

— J'ai bafouillé ?

J'ai crispé les mâchoires et j'ai balancé un coup de pied dans un bidon de peinture fraîche, prêt à lui foncer dessus pour lui planter mon poing dans le visage.

Son sourire s'est évaporé.

— Tu es qui pour me dire ça ?

— Tu as une crise d'amnésie ou quoi ? Je suis ton boss, putain.

Hale a secoué la tête.

— Je veux dire, tu es qui par rapport à elle ? Qu'est-ce qui te donne le droit de m'interdire de l'approcher ? Tu es son petit ami ? Son frère ? Son père ?

Notez bien qu'il l'avait cherché.

J'ai contourné le comptoir pour me diriger droit sur lui et l'attraper par le colback avant de le hisser à ma hauteur.

— Elle est à moi.

Il m'a sondé du regard, toujours aussi tranquille.

— Elle le sait ?

— Oui.

Je vous avais bien dit que j'étais un menteur.

— Bon, je vais devoir l'entendre de sa propre bouche.

Je l'ai laissé retomber comme une pierre.

— Lâche l'affaire.

— Sinon quoi ?

— Sinon je te vire, et la partie sera terminée pour toi. Fini de jouer les gros bras, tu retourneras plier des chemises chez Gap. Évidemment, si tu coupes les liens avec moi tu auras moins de meufs et de temps pour surfer, mais au moins tu auras droit à la remise de cinquante pour cent accordée aux employés et tu pourras enfin arrêter de porter ces chemises hawaïennes.

Eh oui. J'étais allé jusqu'à insulter ses fringues. J'étais officiellement devenu une minette.

Hale a plissé les yeux en digérant ma menace.

— Tu ne peux pas faire ça.

J'ai attrapé le téléphone à côté de lui et j'ai saisi son code — la date d'anniversaire de son ex-copine, qu'il était trop paresseux pour changer — avant de chercher le numéro de Jesse.

— Flash info : je peux faire ce que je veux. Personne n'est irremplaçable. Edie était à ta place il y a sept ans. Quand elle s'est mariée avec un millionnaire, j'ai pris Robbie. Il a déménagé, et j'ai embauché Ashford. Il y a toujours eu un Hale à l'arrière-plan. Un garçon de courses avec qui je partageais le fric pour m'assurer que tout était OK. Ne te méprends pas sur ma générosité. Je n'ai pas besoin de toi, et dès que je te laisserai tomber, ce sera fini pour toi ici. N'approche pas Jesse Carter. Je te repose la question : est-ce que c'est clair ?

Je lui ai jeté son téléphone après avoir effacé le numéro de Jesse.

Il s'est crispé, s'est levé du pouf où il était tombé et s'est dirigé vers la porte. Il fulminait. Dehors, Gidget et Beck avaient l'air à cran. J'avais toujours été dur avec Hale, mais pas au point de menacer de le virer. Sauf que tout était en train de changer, et pas seulement à cause de Jesse.

— C'était vraiment nécessaire ? a lâché Beck en croisant les bras et en secouant la tête.

— Prends ta planche, ai-je lancé sans tenir compte de sa question. On va se faire quelques vagues.

Tellement agacée que ses narines étaient aussi dilatées que ses yeux, Edie m'a tiré par le bras jusque derrière sa boutique, qui n'était pas plus grande qu'une cabane. Je me suis laissé faire, même si je savais qu'elle allait me gonfler comme pas deux.

— C'est à cause de Jesse ? s'est-elle enquise.

— Pourquoi ?

— Parce que tu es bizarre quand elle est là. Je t'ai vu avec elle, Bane. Je ne suis pas aveugle. Et je me demande…

Elle s'est interrompue, m'a dévisagé avec une expression que je n'ai pas su décoder. De l'espoir ? Oui. C'était un peu ça.

— Continue. Tu n'as pas fini ta phrase.

— Je me demandais si elle était au courant pour ton boulot.

Ah.

Ah.

— Elle est au courant, ai-je répondu.

C'était vrai, en plus. Accessoirement, elle détestait ça. Voilà pourquoi elle avait donné son numéro à Hale.

— N'en fais pas tout un plat. Tout va bien.

Ce n'était pas ce que disaient les gens dont la vie était un beau merdier ? J'ai dégagé mon bras de son emprise et j'ai décoché un sourire assuré qui n'avait rien de sincère. Je savais que je n'avais aucun droit d'empêcher d'autres mecs de sortir avec elle quand je ne pouvais pas le faire moi-même. Mais c'était plus fort que moi.

— Hale ferait mieux de ne pas approcher Jesse s'il tient à ce que je ne lui coupe pas la bite. D'ailleurs, tu peux faire passer le message au reste de la population masculine de cette ville. Soit dit en passant…

Je me suis interrompu pour déposer un petit bisou sur sa joue.

— … ça commence à se voir. Félicitations.

Plus tard dans la soirée, je me suis regardé dans le miroir de la salle de bains en tâchant de ne pas tiquer.

J'ai agrippé le lavabo jusqu'à ce que mes jointures blanchissent, tout en me demandant si j'avais vraiment la force de faire ce que j'aurais dû faire il y avait bien longtemps.

Lâcher prise. Me débarrasser de ce qu'il y avait de négatif dans ma vie.

J'ai baissé la tête. Je me suis emparé des ciseaux posés à côté du robinet.

J'ai relevé les yeux.

« Je me fiche de ce que ton père a fait. C'est lui, le salaud.

Pas toi. », m'avait dit Jesse plus tôt dans la semaine. Sauf que Jesse ne savait pas tout sur moi, alors est-ce que son avis comptait vraiment ?

J'ai attrapé le chignon sur le sommet de mon crâne et je l'ai coupé avant de le jeter dans le lavabo, toujours avec l'élastique, et de faire couler l'eau.

Je me suis regardé dans la glace. Je n'ai pas cillé.

J'ai continué à tailler.

Je me suis de nouveau regardé.

J'ai tressailli.

Chapitre 14

Jesse

Il y a une évolution avec les anniversaires. Plus on vieillit, moins on a envie de les fêter. Dans mon cas, l'Incident m'avait fait vieillir de plusieurs décennies d'un coup. Ces dernières années, j'avais tenté de faire comme si rien ne s'était passé. Comme si je n'existais pas. C'était plus facile d'imaginer que je n'avais pas d'existence, parce que dans le cas contraire j'aurais dû gérer et je n'en avais pas la force.

Jusqu'à présent.

Trois ans plus tôt, pour mon dix-septième anniversaire, Pam m'avait offert un bracelet à nœud de chez Tiffany, et Darren avait allongé les billets pour me payer un week-end à bord d'un yacht pour moi et mes amis. J'avais invité cinquante ados à ma fête, et certains de leurs parents les avaient même accompagnés pour faire office de chaperons.

— Comme ça, ils pourront papoter et se faire de nouveaux contacts. Et, au passage, veiller à ce que personne ne tombe enceinte, avait gloussé Pam, se sentant sûrement pousser des ailes à l'idée de faire partie du gratin de Todos Santos.

À l'époque, je sortais avec Emery et je me souvenais de l'air triomphant de ma mère. Elle s'était même remise à me laisser l'appeler « maman ».

C'était l'année où, pour la première fois, je ne m'étais pas rendue sur la tombe de mon père pour y déposer le KitKat qu'on avait partagé tous les matins.

C'était la première et la dernière année où je m'étais sentie vraiment normale, acceptée, populaire.

Pour mon vingtième anniversaire, j'ai décidé de revenir à l'essentiel et de fêter ça en grignotant un KitKat dans ma chambre et en lisant un roman prêté par Mme B.

J'ai choisi de ne pas quitter ma chambre, puisque je ne bossais pas au Café Diem ce jour-là. Pam et Darren m'ont envoyé par texto leurs vœux d'anniversaire les plus banals. Leurs messages sont restés sans réponse.

Hannah a glissé sa carte d'anniversaire annuelle sous ma porte, et Mayra a appelé. J'ai décroché, mais seulement parce qu'elle surveillait mes faits et gestes de si près que j'avais peur qu'elle dise à Darren et Pam que je ne faisais pas de progrès, et qu'ils insistent pour que je multiplie les séances avec elle.

Bane n'avait pas téléphoné. Je me suis efforcée de ne pas laisser son silence m'affecter. En vain.

À 21 heures, j'étais déjà au lit, le nez enfoui dans *La Scandaleuse*, de Judith McNaught. J'ai cru entendre quelque chose, un petit bruit sourd. J'ai décollé les yeux de ma page. Je relisais le même paragraphe depuis une demi-heure, mon esprit ne cessant de dériver vers Roman. Je l'avais laissé me ramener au monde trop vite, trop imprudemment, et il ne s'était même pas donné la peine de me souhaiter un bon anniversaire. J'ai écouté attentivement le silence. Rien. Je suis revenue à ma page.

Clic.

J'ai jeté un coup d'œil dehors. Le vieux chêne dressé devant la vitre m'a renvoyé mon regard. J'ai tourné une page. J'aurais dû être plus attentive, vu que j'étais en plein dans une scène particulièrement hot, mais…

Clic.

Là, je me suis levée.

Clic. Clic.

Je me suis avancée vers la fenêtre, je me suis agenouillée sur la banquette et j'ai ouvert la vitre pour scruter le fond de notre jardin, qui surplombait le labyrinthe de Mme Belfort. J'ai aperçu l'ombre d'un homme, debout sous l'arbre. Il avait le visage baissé et portait une casquette de base-ball. Mais sa posture, sa carrure et sa tenue m'étaient familières : un pantalon de treillis et un T-shirt de surfer noir usé.

— Roman ? ai-je lancé en fronçant les sourcils.

— Tu dormais ?

Sa voix m'a fait l'effet d'une douce promesse, et j'ai compris combien il m'avait manqué. À quel point j'avais besoin qu'il reconnaisse mon existence, ce jour-là plus que tous les autres, même si la plupart du temps je préférais oublier que j'étais encore en vie.

— Je lisais, ai-je rectifié, me raclant la gorge pour feindre l'indifférence.

— Le soir de ton anniv'? Hyper rock'n'roll.

Mon cœur s'est mis à battre la chamade. Il s'en était souvenu.

J'ai remarqué le sac qu'il tenait à la main, mais je ne voulais pas tirer des conclusions hâtives.

— Tu devrais aller te coucher. Toute cette rébellion, ça doit être épuisant.

Il sautillait sur place. Contrairement à d'habitude, il n'avait pas l'air agressif ni renfrogné. Je crevais tellement d'envie qu'il lève tête, qu'il me contemple avec ses yeux verts, que j'en avais du mal à respirer.

— Quoi ?

— Retourne à tes affaires, Jesse, fais comme si je n'étais pas là. Je voulais seulement m'assurer que tu étais dans ta chambre et que ta fenêtre n'était pas fermée. Te filer une crise cardiaque aurait été mémorable, mais un peu naze, même pour moi.

Il gardait la tête baissée. Cette fichue casquette me privait de ma vue préférée.

Je savais que je devais refréner mes émotions, mais c'était si facile de se laisser émoustiller par Bane. Tous les ingrédients étaient réunis : il était drôle, charmant, sûr de lui et beau comme un dieu.

— T'es zarb, ai-je marmonné en m'éloignant de la fenêtre.

Je l'ai entendu sauter sur la grille du barbecue en bas, dans un bruit mat que Pam et Darren n'entendraient pas, vu que leur chambre se trouvait de l'autre côté de la maison. J'ai ravalé un sourire et je me suis remise au lit, reprenant mon roman tout en sachant que je n'étais définitivement plus assez concentrée pour lire.

En tendant l'oreille, j'ai compris qu'il escaladait le mur. Mon cœur a dansé comme un dingue dans ma poitrine, complètement ivre, et j'avais envie de lui hurler d'arrêter avant qu'on le regrette tous les deux.

— Ouh là, merde !

Hors d'haleine, il a émis un petit rire. Mais son exclamation a été suivie d'un bruit de dérapage.

Mon sourire s'est effacé. J'ai posé mon livre.

— Tout va bien ?

Nouveau soupir essoufflé.

— Pas de souci. Mais je suis en train de perdre mon froc et de montrer mon cul à tout le quartier. J'espère que Mme Belfort n'est pas en train d'admirer son labyrinthe.

J'ai gloussé.

— Elle s'en remettra.

— Attends un peu, tu n'as jamais vu mon cul, ma petite. Tant que tu n'as pas testé la marchandise, tu ne peux pas juger.

— Parce que je suis censée « tester » ton cul ?

Mon cœur faisait mille bonds par minute. J'étais peut-être au bord de l'infarctus. Ce qui se passait dans ma poitrine n'avait rien de naturel ni de familier.

— Ferme les yeux, a-t-il ordonné.

Sa voix était toute proche. J'ai obéi. Cette année-là, j'avais fait promettre à Pam et Darren de ne rien m'offrir. Ils avaient tenu parole. Je ne pouvais pas leur en vouloir d'avoir accédé à ma requête. L'année dernière, Darren avait voulu me faire un cadeau — un nouvel écran plat pour ma chambre —, et j'avais décliné gentiment. J'avais appelé le fils de Hannah pour qu'il vienne le chercher, sachant qu'elle n'aurait jamais accepté d'elle-même. Mais avec Roman, c'était différent. J'avais une folle envie d'ouvrir son cadeau.

J'ai entendu le bruit de ses rangers sur ma moquette quand il a sauté dans ma chambre. Mon pouls est grimpé en flèche. Il y avait une excitation toute particulière à savoir qu'il pouvait m'infliger n'importe quoi. Et qu'il n'en ferait rien. Parce qu'il était honnête et loyal. Parce que, quelle que soit l'opinion qu'il avait de lui-même, c'était quelqu'un de bien.

Son souffle m'a effleuré le visage.

— Ouvre les yeux.

J'ai battu des cils pour mieux voir, et je n'en ai pas cru mes yeux. La casquette avait disparu.

Ainsi que sa barbe.

Et son chignon.

Bane. Bane tout entier. Son beau visage dans son intégralité. Rasé de près et hypnotisant, comme Leonardo DiCaprio dans le rôle de Romeo, la première fois qu'on le voit à travers l'aquarium et qu'on a l'impression que quelqu'un nous pince le cœur.

Je savais que Roman était attirant, mais là, c'était autre chose. Ça allait plus loin. Ses mâchoires carrées et puissantes.

Ses lèvres charnues. Son nez digne d'une statue de dieu grec. On aurait dit qu'il avait été inventé pour me détruire.

Et puis, j'ai compris.

C'était pour moi qu'il s'était rasé.

C'était moi, la semaine dernière, dans cette même pièce, qui lui avais dit de le faire.

Il avait obéi. Il avait cessé de se cacher. Pour moi. Il m'offrait le plus beau cadeau possible pour mon anniversaire : l'acceptation de qui il était.

Il m'a regardée avec impatience. Consciente que j'avais laissé passer une bonne minute sans rien dire, j'ai ouvert la bouche.

— C'est… un nouveau T-shirt ?

Il a haussé un sourcil.

— Sympa !

Je me suis écroulée de rire sur mon lit. Roman a fait mine de me flanquer un coup de poing dans l'épaule, puis il m'a chevauchée pour me clouer au matelas pendant que j'agrippais son pantalon par la taille pour le lui remettre.

— Tu as dit qu'on voyait ton cul. Je ne pensais pas que tu parlais de celui que tu avais autour du cou, me suis-je esclaffée, hors d'haleine.

— Ne fais pas ça.

Assis à califourchon sur moi, il a frotté son érection sur mon ventre. L'air entre nous s'est chargé d'électricité, alourdi par nos souffles bruyants, nos hormones et notre désir. J'ai jeté un coup d'œil à la porte. *Fermée à clé.* Bon sang, je mourais d'envie d'aller plus loin.

— Pourquoi ?

— Parce que j'ai une érection de dingue et que tu as failli m'écraser les couilles.

Avec un gloussement, j'ai ondulé, et mon nombril a percuté l'extrémité de son sexe à travers nos vêtements.

Il a tressailli et s'est levé précipitamment pour s'approcher de la fenêtre et la fermer. Puis, il s'est retourné et on s'est dévisagés.

On avait abattu nos murs respectifs, et j'espérais, de tout mon être, que ce qu'on trouverait sous les décombres n'était pas abîmé.

— Alors, qu'est-ce que tu en penses ?

Il a indiqué son visage avant d'attraper son sac mystérieux.

J'ai plissé le nez.

— Je te préférais avec ta barbe et ton chignon.

— Dommage, parce que tu vas devoir voir ma sale tronche tous les jours, a-t-il décrété en se jetant sur mon lit et en me tendant le sac. Joyeux anniversaire, Flocon de neige.

— Comment tu savais que c'était mon anniversaire ?

J'ai pris le sac, tout en me demandant s'il pesait aussi lourd parce qu'il contenait mes rêves et mes espoirs.

— C'est toi qui me l'as dit.

— J'ai juste dit que c'était en septembre. Je n'ai pas précisé la date exacte.

Mon regard restait scotché au sac, comme s'il allait disparaître. C'était un sac en plastique violet, tout simple. Sans nom ni marque. Je connaissais Bane, il n'était pas du genre à acheter des bijoux à une fille, même s'il en avait les moyens. De toute façon, je n'avais jamais vraiment aimé ce bracelet de chez Tiffany. Le plus beau cadeau que j'avais jamais reçu était le KitKat que j'avais partagé avec mon père chaque matin en attendant le bus pour aller à l'école.

— J'ai vérifié sur ton contrat de travail.

Il a levé les yeux au plafond en calant la tête sur mon oreiller. Maintenant qu'il était rasé de près, on ne lui aurait pas donné plus de vingt ans. Je me suis demandé s'il en était conscient, et si ça le dérangeait. J'ai passé une main sur sa joue. *Miel et velours.*

— Si, ça me plaît, ai-je murmuré.

Il a recouvert son visage avec ses mains tatouées, comme s'il avait honte, et il a poussé mon genou avec le pied.

— Allez, ouvre ton cadeau.

Quand j'ai glissé une main dans le sac, j'ai palpé un objet rond et dur, emballé dans du papier cadeau. Je l'ai sorti, j'ai déchiré l'emballage et je suis restée comme deux ronds de flan.

Une boule à neige avec un bébé labrador à l'intérieur qui ressemblait comme deux gouttes d'eau à Shadow. De faux flocons volaient autour de lui, épais, paresseux, et *à moi*. Ce cadeau n'était rien qu'à moi, et il avait un sens. J'en avais les larmes aux yeux.

— Waouh ! C'est…

— Ce n'est pas fini, m'a-t-il interrompue en s'asseyant.

Il s'est frotté le menton et s'est éclairci la gorge.

— Il y a autre chose.

J'avais bien vu qu'il y avait un autre truc dans le sac, mais je n'avais pas imaginé que c'était pour moi aussi. J'ai sorti le deuxième cadeau du sac. Une… combinaison de surf ? Je l'ai étudiée en fronçant les sourcils. Des vagues ornaient les manches, un soleil couchant était imprimé sur la poitrine. Et c'était une combinaison intégrale. Qui me couvrirait des pieds à la tête.

Il m'a attrapé le poignet pour m'attirer vers lui, les yeux plongés dans les miens.

— Tu ne t'empêcheras plus jamais de faire quelque chose à cause des cicatrices qu'ils t'ont laissées. Tu vas faire du surf. Tu vas *vivre*. Pourquoi tu n'as pas porté plainte ? Pourquoi ils ne sont pas en taule à l'heure qu'il est ? Ils avaient dix-huit ans quand c'est arrivé.

J'ai écarquillé les yeux. La discussion dégénérait beaucoup trop vite. Je n'avais pas envie de raconter mon histoire. Je n'avais même pas envie de demander à Bane comment il savait qu'ils n'étaient pas mineurs au moment des faits.

« L'affaire est close, inspectrice Villegas. Il n'y a rien d'autre à dire. Allez, Jesse, on y va. »

Les mots de Pam sont revenus me hanter. J'ai secoué la tête, tâchant d'avaler le nœud amer dans ma gorge.

— On peut parler d'autre chose ?

— Non.

— Vraiment, Bane ? Le jour de mon anniversaire ?

— C'est Roman. Et quoi, tu auras davantage envie d'en parler demain, peut-être ?

Non.

— Peut-être, oui.

— Tu les as laissés s'en tirer à bon compte.

— Je n'avais pas le choix, ai-je grondé.

Il a dû comprendre, au ton de ma voix et au regard noir que je lui ai jeté, qu'il valait mieux ne pas insister. Ses yeux brillaient d'une lueur de vengeance que j'hésitais à assouvir moi-même. Puis, il a fait disparaître la colère de son visage et a souri.

— Alors, comment je m'en sors ?

J'ai reporté mon attention sur la combinaison et la boule à neige.

— Super bien. Merci.

— Tu veux autre chose pour ton anniversaire ?

J'ai effleuré la combi avec un sourire distrait.

— C'est déjà plus qu'assez. Tu as illuminé ma journée.

Et même mon année.

Il s'est penché vers moi. On était près. Trop près. Suffisamment pour que je me mette à fantasmer sur ce qui allait se passer. Suffisamment pour que je me fasse des idées. Je me suis reculée, craignant de l'embrasser et de me couvrir de ridicule.

— Quoi ?

J'ai dégluti. Ses paupières étaient lourdes, comme dans la réserve du café, mais quelque chose avait changé. Cette fois, c'était plus intense.

Tous les deux, on est comme un ballon d'hélium prêt à exploser, et chaque souffle nous rapproche un peu plus l'un de l'autre.

— Tu peux demander *tout ce que tu veux.*

Le sous-entendu était clair. Et je savais ce que je voulais : un baiser. Mais j'avais fini de supplier. Mon père m'avait dit un jour que les marques d'affection ne se réclamaient pas. Que ce n'était pas une récompense, mais une évidence.

— Tout ce que je veux ? ai-je répété en battant des cils.

Il s'est penché davantage, et la chaleur de son corps a imprégné le mien. J'avais le cœur serré, les jambes en coton. Tout était bizarre, sens dessus dessous. Insensé, mais parfaitement évident.

— Tout ce que tu veux.

Sa voix était un doux grondement, ses lèvres à quelques centimètres des miennes. C'était tentant, mais je devais me retenir. Au nom de mon amour-propre. Pour veiller à la manière dont le pouvoir était distribué entre nous.

— Alors, je veux que tu me montres ton cul. Ce n'est pas juste que le labyrinthe ait pu le voir et pas moi.

Il lui a fallu quelques secondes pour se reprendre et se lever. Mais il l'a fait sans protester, et c'était tout à son honneur.

Il a levé l'index dans ma direction pour me mettre en garde avant de me tourner le dos.

— Tu es sûre que ça ne va pas partir en sucette ? Tu ne vas pas tomber amoureuse de mon cul, je ne vais pas devoir demander une ordonnance restrictive ?

Je me suis calée sur les avant-bras, un sourire effronté aux lèvres.

— Je ne peux rien te promettre, mais je vais faire de mon mieux pour ne pas te harceler.

Il a haussé les épaules.

— Dans le pire des cas, si tu me suis à la trace, au moins j'aurais quelqu'un pour me prévenir avant que je tombe en rade de bière.

Il a baissé son pantalon de treillis, sans se donner la peine de regarder par-dessus son épaule pour vérifier ma réaction. J'ai dégluti. Ses fesses musclées étaient couvertes d'un crâne dont le sang dégoulinait le long de sa cuisse, de trois squelettes souriants qui tenaient des planches de surf, et d'un troisième tatouage qui disait : « Quelle histoire. »

— Explique-moi, ai-je réclamé.

Il a remis son pantalon et est revenu s'installer sur mon lit, son corps parfaitement encastré avec le mien, comme s'il y avait toujours été.

— J'ai perdu un pari.

— Tu te fous de moi !

Mais il s'est contenté de hausser une épaule, genre « si seulement ».

J'ai cligné des yeux, bouche bée.

— Qui se fait tatouer ça sur le cul juste parce que ses potes lui ont dit de le faire ?

— Quelqu'un qui n'en a rien à foutre de rien et qui ne rate jamais une occasion pour faire un truc débile, a-t-il blagué en calant une mèche de cheveux derrière mon oreille.

J'ai pris sa main, je l'ai portée à ma bouche et j'ai embrassé sa paume ouverte. Il a tressailli, et ça m'a attristée. Il avait couché avec beaucoup de femmes, mais je me demandais à quand remontait la dernière fois qu'on l'avait embrassé tendrement, enlacé sous la pluie, aimé comme chacun méritait d'être aimé.

— Il faut que tu respectes ton corps davantage, Roman.

Tous ces tatouages. Toutes ces femmes. Tu n'es pas obligé de faire tout ça. Ne laisse pas ça te foutre en l'air.

« Ça », c'était son père. « Ça », c'était comme l'Incident. Les cicatrices psychologiques étaient semblables à Voldemort. Il ne fallait pas en parler.

Il a fait mine de remettre en place le col de mon haut trop grand.

— Je te propose un marché, a-t-il lancé sans lever les yeux. Je veux bien arrêter de maltraiter mon corps si, toi, tu me promets de ne plus considérer le tien comme s'il était fait de guimauve et de péchés. Viens surfer avec moi demain.

J'ai éclaté de rire.

— Et si je le fais ?

— Finis, les tatouages sur le cul. Et ailleurs aussi.

— C'est de l'arnaque, il n'y a plus de place, de toute façon.

Il s'est caressé le menton, avant de désigner son visage désormais lisse et rasé.

— Maintenant, si.

Je lui ai donné un coup dans les côtes.

— Si tu fais ça, je te tue !

— C'est déjà presque fait, chérie, tu peux me croire.

— Qu'est-ce que ça veut dire ?

Il a pris un air sérieux.

— Ça veut dire que je ne peux pas garder mes distances, et à ce stade je sais que je le devrais.

J'ai dégluti sans répondre.

J'étais sur une corde raide, ne voulant ni le supplier, ni le voir partir.

Roman m'a demandé de reprendre ma lecture, et j'ai obéi. Serrés l'un contre l'autre comme des sardines, je lui ai lu ce qui restait du chapitre à voix haute et j'ai éteint la lumière avant de me tourner sur le côté et de fermer les yeux.

Il a enroulé un bras autour de moi, et j'ai souri dans le

noir en sentant son érection plaquée contre mes fesses, en un doux supplice. Quand ses tablettes de chocolat m'ont effleuré le dos, j'ai été assaillie de picotements et je me suis sentie douloureusement vide. Il se frottait contre moi de tout son long, j'en avais l'eau à la bouche.

— Roman…

Il a fait serpenter sa main tatouée autour de moi et mis son index devant mes lèvres pour me faire taire. Je l'ai suçoté, excitée par le goût de son dernier joint et de sa virilité salée. Sa bouche a effleuré l'arrière de mon oreille.

— Chhhh…

J'ai frémi de la tête aux pieds à mesure que son membre dur se pressait de plus en plus entre mes fesses, et j'ai serré les genoux. J'étais sur le point de me laisser envahir par l'orgasme le plus frustrant jamais éprouvé sur Terre.

— Baise-moi, ai-je chevroté autour de son doigt avant d'avoir pu m'en empêcher.

Ce n'était pas moi. Ce n'était pas la Jesse d'avant, et encore moins celle d'aujourd'hui. C'était une fille qui semblait avoir été créée tout spécialement pour Bane. Effrontée, insatiable. Désespérée, en manque.

— S'il te plaît, je… je me sens tellement vide.

Sauf que ce n'était plus tout à fait vrai. Seule, j'étais vide. Avec Roman, j'étais plus que comblée.

Sa main rugueuse a quitté ma bouche pour pincer mon téton à travers mon pyjama. Je flambais comme une sorcière sur un bûcher, je brûlais vive, mon corps au supplice. Je me suis mordu la lèvre pour étouffer un gémissement.

J'ai fait mine d'attraper mon bas de pyjama, le creux de mes cuisses en feu. Bane m'a agrippé le poignet pour le porter à ses lèvres. Je l'ai senti sourire contre ma peau.

— Je te parie que je peux te faire jouir sans même te toucher, a-t-il chuchoté.

— Espèce de frimeur.

— Détrompe-toi, a-t-il soufflé en se frottant contre mon arrière-train.

J'ai lâché un lourd soupir, les paupières baissées, tandis qu'il effleurait mon oreille du bout des lèvres.

— Tu me sens te baiser avec mes mots ?

J'ai frotté mes cuisses l'une contre l'autre, le suppliant intérieurement de se glisser entre mes jambes. La torture était à peine supportable et délicieuse à la fois, et une partie de moi savourait sa cruauté.

— Je préférerais que tu me baises avec autre chose.

C'était vraiment moi qui disais ça ? Je n'arrivais pas à savoir si mes joues en feu étaient dues à ma gêne, ou au fait que je m'embrasais à son contact.

— Tout le monde a déjà eu l'« autre chose ». Toi, tu as droit à une version inédite. Celle où j'essaie d'être un type bien. Tu me sens sucer ton clitoris rose et gonflé ?

Il a fait glisser son sexe entre mes fesses et je me suis pressée contre lui, agitée de spasmes incontrôlables. Il continuait de se frotter contre moi avec insistance, à un rythme que j'avais envie de graver dans mon esprit pour le transformer en mélodie.

Je me suis mise à émettre des petits halètements de plaisir.

— Ne me sous-estime pas, Roman. Je sais ce qui est bon pour moi.

— Imagine que je te pince le clito, là.

J'ai gémi.

— *Roman.*

— Je te lèche, et tu me dégoulines partout sur le menton.

Pourquoi est-ce qu'il faisait ça ?

L'orgasme est parti de mes orteils recroquevillés avant de monter en flèche pour exploser entre mes jambes. J'ai essayé de dégager mes mains de son emprise, mais en vain.

J'ai joui en partant de rien, alors qu'il ne m'avait pas touchée. Il m'a fallu quelques minutes pour me calmer, pour que mon pouls ralentisse, et pour que je ne remarque la substance chaude et visqueuse qui collait mon haut à mon dos.

Lui aussi, il avait joui. À force de se frotter contre moi.

— Je te hais, ai-je marmonné d'une voix tremblante.

Je ne m'étais jamais rendu compte du vide douloureux qui m'habitait avant de rencontrer Roman. Et désormais je voulais qu'il me comble. Tout le temps.

— Bonne nuit, Miss anniversaire.

Il a planté un doux baiser sur ma nuque et a enroulé son bras autour de ma taille.

Pour la première fois depuis des années, je n'ai pas eu envie de chausser mes Keds pour fuir les démons tapis sous mon lit.

Pour la première fois de ma vie, je les ai laissés dormir avec nous, dans mon lit, dans ma chambre, avec la conviction qu'ils n'étaient que des fantômes de mon passé.

Qu'ils ne pouvaient pas m'atteindre.

Chapitre 15

Jesse

Quand je me suis réveillée, Bane était parti.

Le lit était froid et vide à côté de moi. J'ai cligné des yeux pour dissiper les brumes du sommeil et j'ai cherché à tâtons mon téléphone portable sur la table de chevet. C'était tout nouveau pour moi, ça faisait deux ans et demi que je n'avais plus fait ça. Ado, cela avait été mon premier geste du matin : je vérifiais si j'avais reçu des messages, je jetais un coup d'œil à Snapchat et à Facebook. Après l'Incident, j'avais remisé mon téléphone dans un tiroir. Jusqu'à ce que Roman fasse irruption dans ma vie.

J'avais un message.

Roman

On se voit ce soir, il faut qu'on parle.

J'ai essayé de rester désinvolte. Après tout, Bane était toujours à la cool. Mais j'étais déjà tellement dépendante de lui que j'ai ressenti une bouffée de peur. J'ai essayé de me dire qu'un vrai ami ne disparaîtrait pas de ma vie le lendemain de mon anniversaire. J'ai renvoyé un bref « OK » et j'ai dévalé les marches deux par deux jusqu'au rez-de-chaussée.

J'avais une faim de loup. Comme si je n'avais pas mangé depuis des années. D'une certaine façon, c'était le cas.

— Bonjour, a chantonné Hannah depuis la cuisine, où elle coupait des racines pour les smoothies dégueu de Pam.

Ma mère ne vivait que de légumes, de Botox et de vin. Un régime conçu dans l'enfer hollywoodien. Si Hannah était surprise de me voir — ce dont elle avait entièrement le droit, je ne quittais jamais ma chambre le matin vu que je dormais pour récupérer après mes nuits blanches —, elle n'en a rien laissé paraître.

— Tu as faim ? a-t-elle demandé en me regardant en coin.

— Je crève la dalle, ai-je répondu en ouvrant la porte de notre frigo pour en inspecter le contenu.

— Pancakes ?

Hannah était gentille. Trop gentille pour Pam. Darren la traitait bien, mais Pam semblait avoir oublié qu'elle avait été serveuse avant que Darren nous sorte quasiment du caniveau.

— Ne t'embête pas avec ça.

J'ai posé une main rassurante sur son épaule, consciente du fait que je n'aurais jamais eu ce geste quelques semaines plus tôt. Avant de rencontrer Bane. Elle m'a poussée d'un coup de hanche pour que je m'éloigne du frigo.

— C'est ton anniversaire. Bon, c'était hier, mais tu as droit à tes pancakes. C'est la règle.

Loin de moi l'envie de l'enfreindre.

Je me suis assise et je me suis mise à observer Hannah tout en enroulant une mèche de cheveux autour de mon doigt pour la mordiller. Il fallait que j'aille chez le coiffeur. Non, correction — je *voulais* y aller. Pour la première fois depuis des années, j'avais envie d'être jolie. Ou peut-être que j'étais simplement prête à m'exposer aux regards. Hannah s'est accroupie pour sortir un verre doseur. Lorsqu'elle s'est retournée avec le récipient en inox entre les mains, mes mâchoires se sont relâchées.

Moi. Assise sur un divan. Je lis un livre. Autour, tout est noir.

Lui. Il me tourne le dos, comme sur toutes les photos que j'ai prises depuis le jour où c'est arrivé.

Des dos.

Des têtes.

Des nuques.

Des gens sans visage.

Il tient un objet en inox dans sa main. Une tasse ? Un shaker ? Ça sent la vodka. Sa vodka.

— Papa ? demandé-je.

Mais, bien sûr, ça ne peut pas être lui. J'aime mon père. Je pose mon KitKat à moitié grignoté sur la table à côté de moi et je me lève.

— Je m'en vais.

— Non.

Il m'attrape le poignet. Il transpire. Il n'a toujours pas de visage. Pourquoi il n'a pas de visage ?

— Non, ma chérie.

Je contemple cette version plus jeune de moi-même. Son visage se tord en prenant conscience d'une chose : elle ne quittera pas cette pièce. Ou en n'étant plus la même que quand elle est entrée, en tout cas.

— S'il te plaît, je ne veux pas...

Elle ne finit pas sa phrase. Il l'a épinglée contre le mur, joli petit chef-d'œuvre qu'elle est, et la souille jusqu'à en faire un être vide et creux.

— Jesse ? Jesse ? Ma puce ?

Hannah m'a secouée et je suis revenue sur Terre. Devant moi se trouvait une assiette remplie de pancakes fumants et nappés généreusement de sirop d'érable. Le chiffre « vingt » avait été dessiné à l'aide de fraises et de myrtilles. Et j'avais officiellement perdu l'appétit.

— J'ai acheté les meilleurs fruits que j'ai trouvés. Ce n'était pas donné, mais je me suis dit que ça ne devrait pas poser de problème à tes parents.

Hannah s'est essuyé les mains sur son tablier avant de s'appuyer contre le plan de travail pour se servir un verre de jus d'orange.

— Qu'est-ce qui ne va pas ? Tu as l'air dans la lune.

— Oui. Pardon.

J'ai souri et je me suis empressée de planter ma fourchette dans la pile de pancakes.

Je me suis forcée à en avaler au moins deux, sachant que Hannah s'était donné beaucoup de mal pour me faire plaisir. Mais j'étais incapable d'apprécier leur saveur sucrée.

Quelque chose me disait que je ne devais pas en parler à Mayra.

J'ai lavé mon assiette, j'ai serré Hannah contre moi et, quand elle a tourné la tête, je me suis emparée du verre doseur pour l'emporter dans ma chambre. Je l'ai posé sur mon bureau et je l'ai contemplé, perdue dans mes pensées.

Qu'est-ce qui m'est donc arrivé ?

Comme je n'étais pas censée me rendre au café ce jour-là, et que Roman ne m'avait pas répondu, j'ai décidé de harceler le Dr Wiese. Je l'ai appelé plusieurs fois, mais il n'a pas décroché. À contrecœur, je me suis rendue chez Mme Belfort, l'esprit toujours obnubilé par Shadow. J'avais l'impression d'avoir négligé ma voisine depuis que je travaillais et je m'étais promis de ne pas devenir comme ça. Comme tous mes amis du lycée après l'Incident. Quelqu'un qui prenait et qui laissait. *Une enflure.*

J'ai commencé par faire une longue balade dans le labyrinthe pour essayer de décoder mon récent flash-back. Car oui, il s'agissait d'un flash-back. Tout un pan de ma mémoire avait disparu. J'ignorais ce qui m'était arrivé au juste, mais je savais que l'événement avait fait boule de neige pour dégénérer en une catastrophe qui avait détruit ma vie.

Je n'étais pas vierge quand j'avais rencontré Emery.

Et celui qui m'avait dépucelée l'avait fait de force.

À l'époque, mon père devait être mort depuis peu. Je le savais, parce que dans tous mes flash-back, j'avais l'air d'une préado. J'avais douze, peut-être treize. Et j'avais beau aimer mon père de tout mon cœur, je ne pouvais pas m'empêcher de me demander si je l'avais si bien connu que ça.

Je savais qu'il avait trompé ma mère avec une autre. Qu'il avait eu une longue aventure. C'est pour ça que ma mère l'avait flanqué à la porte. Mais je savais aussi qu'il avait toujours été génial avec moi. C'est lui qui m'avait appris à faire du vélo. Qui m'emmenait à l'école tous les jours. Qui essuyait mes larmes quand j'étais triste, qui me faisait rire quand j'étais en colère et qui était venu me border quand je faisais des cauchemars.

Il me lisait des histoires de princesses, de châteaux et de dragons, dont il changeait la fin pour que les princesses se sauvent elles-mêmes des méchants reptiles.

Il m'achetait des sparadraps à l'effigie de Wonder Woman. Quand j'avais la grippe, il me préparait des macaronis au fromage avec des Doritos écrasés parce qu'il croyait que j'adorais ça. Ce que j'adorais surtout, c'étaient ses petites attentions. J'aimais le voir me préparer des trucs absurdes dans la cuisine.

J'aimais être aimée.

Certes, c'était un ivrogne, qui affectionnait la vodka par-dessus tout. Je me souvenais encore de l'odeur cinglante de l'alcool lorsqu'il venait m'embrasser sur le front le soir avant de dormir.

Mais, bizarrement, j'aimais cette odeur. C'était mon chez-moi. Et je refusais de croire que ce chez-moi était devenu mon enfer.

Quand j'ai fini par émerger du labyrinthe, des questions sans réponses me martelaient le crâne.

Mme B m'attendait dans son fauteuil à bascule habituel, dans lequel elle se balançait avec un petit sourire. Elle portait deux manteaux en plein mois de septembre, mais c'était à cause de son ostéoporose. Elle semblait lucide, exceptionnellement calme. Juliette m'a tendu une pince à épiler et a tapoté sa joue en silence.

— Vous voulez que je vous épile ? ai-je demandé en approchant mon siège du sien.

Mieux valait lui retirer ses poils au menton à la lumière du soleil. Elle m'avait affirmé que j'en aurais aussi à son âge, sauf qu'à vingt ans on est incapable de se visualiser vieux. On sait que ça arrivera un jour, mais on n'y croit pas. Pas vraiment.

Je me suis concentrée sur ma tâche.

— L'amour, c'est comme l'art, a-t-elle fini par dire. Certains ferment les yeux et refusent de le voir. D'autres visitent tous les musées du monde. Dans quelle catégorie vous rangez-vous, ma chère Jesse ?

J'ai cligné des yeux et j'ai scruté le labyrinthe.

— Je crois que je suis capable de voir la beauté dans l'art.

J'ai dégluti, avant de reporter mon attention sur elle et d'arracher un poil blanc qui se dressait sur son menton.

— Bien. Bien. Parce que c'est le seul moyen d'arriver à mon âge sans angoisse. Je sais ce que vous voyez quand vous me regardez, Jesse, et je sais que vous ne devez pas trouver cela attirant. Mais comprenez une chose : je n'ai aucun regret. J'ai vécu ma vie pleinement. J'ai aimé librement, sans doute ni jalousie. J'ignore qui était ce garçon…

Elle a levé son menton désormais glabre vers le labyrinthe, tandis qu'un sourire se dessinait sur ses lèvres. Ma gorge s'est serrée — elle se souvenait de Bane ?

— … mais il a des sentiments pour vous. Ne soyez pas sotte, aimez-le en retour. Personne ne devrait mener une vie solitaire.

Elle a baissé les yeux sur moi et a lissé mes cheveux tendrement. Comme une mère. Comme Pam aurait dû le faire.

— Oui, je me souviens de lui, Jesse. Je ne suis peut-être pas en forme, mais je ne suis pas sénile, a-t-elle ajouté doucement.

J'ai hoché la tête. J'allais lui dire que je ne comptais pas le laisser partir. Que je garderais Roman aussi longtemps qu'il daignerait rester. Mais elle a repris la parole.

— Je sais que j'ai la maladie d'Alzheimer.

Ses mots m'ont ébranlée. J'aurais sans doute préféré croire qu'il n'existait aucun lien entre la Mme Belfort que je connaissais et la femme qui s'entretenait longuement avec son défunt mari à une table vide.

— Je suis navrée, Juliette.

— Je sais que je suis en train de mourir. Je ne suis pas en bonne santé, Jesse. Pourtant, personne ne m'en parle jamais. On croit que je ne comprends pas, mais je ne suis pas idiote.

Les larmes me sont montées aux yeux, mais je les ai retenues. Ça aurait été égoïste envers Mme B.

Je me suis rappelé à quel point je détestais qu'on accapare ma tragédie. Après l'Incident, j'en avais voulu à tous ceux qui avaient pleuré sur mon sort. Si je ne versais pas de larmes, alors personne d'autre ne devait le faire. Je me souvenais de l'inspectrice Madison Villegas, au poste de police, quand on m'avait demandé de témoigner après m'avoir examinée à l'hôpital.

Elle s'était tenue dans un coin de la pièce, les larmes aux yeux, et m'avait regardée énoncer des mensonges laconiques qui ne faisaient pas le poids à côté de la montagne de preuves. Comme si c'était *elle* que je blessais.

— Qu'est-ce que je peux faire pour vous aider ? ai-je lancé en arrachant un autre poil rebelle et en le laissant choir sur le perron en bois de Mme B.

J'ai posé la pince à épiler et j'ai pris ses mains froides dans mes paumes chaudes.

— Appelez mes enfants. Dites-leur de venir. Chaque fois que je leur parle, ils me prennent pour une folle. Quand Imane leur passe un coup de fil, ils disent qu'elle exagère. Il faut que je leur fasse mes adieux.

— Vous n'allez pas mourir, ai-je décrété.

En réalité, je n'en savais rien. Simplement, je ne supportais pas l'idée qu'elle puisse disparaître. Surtout avec les analyses de sang de Shadow qui étaient encore en cours. J'avais le sentiment d'être sur le point de perdre tout ce qui m'avait maintenue en vie ces deux dernières années.

— Nul ne vit éternellement.

Elle m'a souri, les yeux luisants. Le soleil brillait au-dessus de nous de tous ses feux, et pourtant elle frissonnait sous ses manteaux. Elle a levé sa main aux veines bleues pour tapoter la mienne.

— Ne vous en faites pas. À mon âge, on est fatigué. Je suis prête. J'aimerais seulement revoir mes enfants. S'il vous plaît.

J'ai su à cet instant que j'étais prête à tout pour que ses gosses viennent en Californie, quitte à ce que je les traîne par la peau du cul.

— Bien sûr. Je vais les appeler.

Je suis partie peu après. Je faisais comme si de rien n'était, mais dans mon for intérieur je hurlais. Je suis rentrée chez moi d'un pas lourd, décidée à rappeler la clinique du Dr Wiese et à y aller en personne s'ils ne décrochaient pas. J'ai fourré ma clé dans la serrure et je m'apprêtais à ouvrir la porte quand une main a émergé d'une des énormes plantes qui ornaient le perron pour m'attirer contre un grand corps dur.

Bane.

Enfin, Roman. J'avais du mal à me faire à l'idée qu'il m'avait demandé de l'appeler par son vrai nom. *Son vrai nom*. Celui qu'il était réellement.

— Bon sang !

J'étais tellement surprise que je me suis mordu la langue et un goût métallique a envahi ma bouche. Quand je voyais son visage, j'avais l'impression qu'on me transperçait le cœur. Je me suis demandé s'il était normal de ressentir ça quand on aimait quelqu'un.

Parce que oui, j'étais amoureuse de Roman « Bane » Protsenko. De lui, tout entier. Du voleur, de l'arnaqueur, du prostitué. Mon cœur se fissurait chaque fois qu'il me touchait, se brisait à chaque sourire, et ça n'avait aucun sens, car on ne pouvait pas briser ce qui était déjà cassé, si ? Je ressentais sa présence jusque dans mes os. Son visage rasé depuis peu, si charmeur et si trompeur. Sa bouche sexy et boudeuse. J'ai regretté qu'elle ne soit plus dissimulée par sa barbe, au final. Ça m'aurait permis d'avoir les idées plus claires.

J'ai ouvert la bouche, et il a plaqué une main dessus en me poussant contre le mur, absorbant mon souffle tremblant dans sa paume chaude. Une montée d'adrénaline m'a traversée.

— Avant que tu me poses la question, je n'ai pas la moindre idée de ce que je fous là.

Je n'ai rien pu faire d'autre que hocher lentement mais fermement la tête. Il a collé son corps au mien, a plaqué son érection contre mon ventre. Tout son corps semblait tendu à l'extrême, sa peau réchauffée par le soleil et le désir.

— Embrasse-moi, ai-je supplié, ma voix étouffée par sa main.

« Aime-le », m'avait conseillé Juliette.

J'en ai envie, madame B. Et ça me fait peur. Très peur.

Il a retiré la main de ma bouche

— C'est toi qui dois m'embrasser, a-t-il contré en appuyant son front sur le mien.

J'ai souri.

— Pourquoi ?

— Parce que je veux voir l'ancienne Jesse. Celle qui prend des décisions. La nouvelle ne fera pas l'affaire.

Quelque chose s'est embrasé dans mon ventre. J'avais envie de croire que c'était *elle*. L'ancienne Jesse s'est réveillée et a grandi en moi tel un ouragan prêt à se déchaîner, mue par le désir et la détermination.

C'était peut-être parce que j'avais été violée.

Parce que je savais qu'il était call-boy.

J'ai contemplé l'homme dont j'étais tombée amoureuse. Celui qui signerait ma perte.

À cet instant, j'ai compris que j'avais surmonté bien des épreuves, mais que je ne survivrais sans doute pas à Roman Protsenko.

Chapitre 16

Bane

Elle m'a regardé.

Je l'ai regardée.

Quelle cata. Une cata de six millions de dollars. Ça avait intérêt à valoir le coup pour que je reste planté là, à regarder Jesse se dresser sur la pointe des pieds, ses longs cils épais déployés comme deux petits éventails au-dessus de ses joues. Je brûlais d'embrasser la courbe de ses lèvres, de plonger ma langue dans sa bouche et de la conquérir comme une terre inconnue. Elle était mienne. J'allais pouvoir l'explorer, régner sur elle. La tenir dans mes bras. Elle a levé la tête, ses lèvres à un souffle des miennes. Non seulement Jesse me plaisait beaucoup, mais je bandais tellement de la voir faire le premier pas que j'avais peur d'exploser. Même si je ne rêvais pas d'avoir des gosses, je préférais avoir le choix, vous comprenez ?

Enfin — enfin, bon sang —, ses lèvres ont happé les miennes, et j'ai dû faire preuve d'un sang-froid surhumain pour me retenir de prendre son visage entre mes paumes et de l'embrasser comme je savais le faire, comme j'y étais habitué, comme je *voulais* l'embrasser. Ça me démangeait. Ça me brûlait. Pourtant, je suis resté sans bouger, figé comme une statue, à la laisser explorer timidement ma bouche.

— Est-ce que… Je fais ça comme il faut ?

J'ai hoché lentement la tête. Tu parles, Charles. C'était mieux que « comme il faut ». J'étais plus que partant pour la laisser foutre en l'air mon deal avec son beau-père. Pour briser mes projets. Mes rêves. Ma vie. Parce que c'était moi qui étais venu à elle. Qui avait rampé vers elle, genre zéro maîtrise de soi.

Je me suis baissé légèrement. Le sang me martelait les tempes, et je m'en voulais atrocement de ressentir de telles émotions pour un baiser échangé la bouche fermée. Il fallait vraiment que je tire mon coup. Et vite. La vache, tout de suite. On s'embrassait comme des gosses. Un smack. Deux smacks. Trois smacks. Encore, encore, encore, jusqu'à ce que tout se réduise à un seul et long baiser.

Puis, elle a ouvert la bouche. Doucement. Timidement. Un minuscule pas en avant. Sa langue a frôlé mes lèvres, comme pour me demander la permission, que je lui ai accordée. Elle avait un goût chaud et sucré, presque de noix de coco, et on est restés comme ça à s'embrasser un petit moment, avant que je me rende compte que j'avais agrippé sa crinière dans mon poing comme un sauvage et que je l'avais tirée vers moi. Son corps s'est enroulé autour du mien comme du lierre. Elle a avancé la tête vers la mienne, comme pour me faire comprendre que je pouvais aller plus loin, et je ne me suis pas fait prier. J'ai ouvert la bouche en grand et je l'ai dévorée. J'ai léché les commissures de ses lèvres, je les ai mordillées, jusqu'à ce qu'elles deviennent rouges et gonflées. Nos fronts écrasés l'un contre l'autre, j'ai aspiré sa langue dans ma bouche, jusqu'à ce que nos baisers se muent en purs et simples assauts. Elle a gémi, et j'ai failli la lâcher, craignant d'être allé trop loin. Mais, quand elle a serré ses petits poings autour de mon cou, j'ai agrippé l'arrière de sa cuisse pour l'enrouler autour de ma taille et me frotter contre elle avec un désir douloureux.

En l'emprisonnant dans mes bras contre le mur, j'ai songé que je ne pouvais m'en prendre qu'à moi-même. À force de dépasser les bornes et d'enfreindre toutes les règles, prétendument dans le but de la guérir, j'étais devenu le plus gros junkie du monde entier.

Ouais, c'est bien moi.

J'ai écrasé mon érection contre elle et j'ai fléchi les genoux pour l'assaillir à travers ses vêtements. Elle a enfoncé les ongles dans mes épaules pendant que je la martelais. Nos sexes qui vrillaient l'un contre l'autre, c'était de la magie noire.

Je la prenais presque à travers nos fringues, sans capote. Je la pénétrais presque. Seuls son legging et mon maillot de bain nous séparaient. J'allais écarter ma bouche de la sienne quand elle a glissé sa petite main dans mon short pour s'emparer de mon sexe. J'ai frémi dans sa main. Il n'y avait pas plus stupide que ce que j'étais en train de faire — baiser une nana après avoir signé un contrat de six millions de dollars me l'interdisant, sur le perron du type qui en était à l'initiative —, mais en présence de Jesse je perdais tout discernement. J'étais sur le point de protester, de marmonner qu'il fallait qu'on se calme avant que j'explose, quand elle a glissé mon sexe entre ses cuisses et qu'elle les a frottées l'un contre l'autre.

Crétin de Bane : ouvrons les vannes. C'est parti.

C'était délicieux, obscène. La nouvelle Jesse en aurait eu la nausée. J'étais face à l'ancienne. Celle d'avant Emery.

— Flocon de neige…, ai-je balbutié.

Rien d'autre. Je ne réfléchissais pas vraiment au-delà de ça. Je n'étais même pas sûr de ce que je demandais. Sans doute qu'elle ait pitié de moi.

— Je veux qu'on se fasse jouir, a-t-elle soufflé. Mets-moi un doigt.

Elle m'a de nouveau empoigné et s'est mis à me caresser, frôlant du pouce mon piercing. Des frissons ont commencé à me parcourir.

Comme les caméras de surveillance de Darren n'étaient pas braquées sur les plantes immenses qui flanquaient son entrée — j'avais vérifié —, je savais qu'on ne courait pas de risque. J'ai glissé une main dans son legging. Elle était tellement soyeuse et chaude que j'ai eu envie de mourir sur-le-champ, persuadé que ma vie ne m'offrirait jamais rien de mieux. J'ai enfoui deux doigts entre ses cuisses et je l'ai caressée doucement. Avec n'importe qui d'autre, je serais allé droit au but, j'aurais tripoté son clito et je l'aurais fait jouir le plus vite possible histoire de passer au plat de résistance : moi. Mais avec Jesse, c'était elle, le plat de résistance. Cette idée m'aurait perturbé quelques mois plus tôt mais, maintenant, je me préoccupais beaucoup moins de ma pomme.

J'ai frôlé ses replis intimes et j'ai fait ça à l'ancienne, en glissant deux doigts en elle pour m'assurer qu'elle mouillait suffisamment. J'ai amorcé des mouvements de va-et-vient lents et réguliers en stimulant son point G afin de faire monter son orgasme progressivement, comme en des préliminaires infinis. Elle a laissé sa tête basculer en arrière, et j'ai dû suivre ses mouvements pour l'embrasser et la mordiller.

— Caresse-moi le clito, a-t-elle supplié en passant un doigt dans mon piercing de titane et en tirant doucement dessus.

J'étais sur le point de jouir, je le sentais. J'ai ri avant de l'embrasser. C'était hyper trippant d'entendre Jesse parler comme ça. L'ancienne, la nouvelle ou une autre.

— Demande-le-moi gentiment.

— S'il te plaît, caresse-moi le clito.

— Tu viens surfer avec moi demain ?

— Peut-être.

J'ai appuyé sur son clitoris. Elle a voulu se frotter contre ma main, mais je l'en ai empêchée. Elle a gémi.

— Edie y sera ?

— Peut-être que oui, peut-être que non. Et on s'en tape d'Edie. Elle est mariée et elle n'a pas d'importance. C'est toi, ma nana.

Ma nana.

Ma nana.

Ma nana.

Les deux mots n'arrêtaient pas de résonner dans ma tête. J'ignorais ce qui m'avait pris de dire ça. Sans doute ma folle envie que ce soit vrai. Ça me rendait dingue de songer que Hale avait pu ne serait-ce que la regarder. J'avais envie de lui arracher les yeux et d'en faire un smoothie.

Elle a serré le poing, et j'ai mordu sa lèvre par réflexe. Elle a poussé un petit cri de douleur que j'ai aspiré dans ma bouche.

— Je suis ta nana ? a-t-elle demandé.

Mon cœur galopait comme un cheval sauvage et ruait comme un enragé. *Si tu le brises, c'est fini pour toi*, ai-je voulu la mettre en garde. Sauf que c'étaient des conneries, et je le savais.

— Interdiction à quiconque de t'emmerder et de te toucher. Alors, qu'est-ce que ce sera ?

Silence. Puis…

— Je surferai avec toi demain.

Ma nana.

J'ai glissé les doigts entre ses cuisses et j'ai frotté son clitoris. Le souffle court, elle m'a caressé jusqu'à ce qu'elle se mette à trembler et que ses jambes se dérobent sous elle dans un orgasme long et spectaculaire.

Elle est tombée à genoux, le souffle court.

— Je vais jouir aussi, ai-je haleté.

Elle a pris mon sexe dans sa bouche et a levé ses yeux bleus et brillants vers moi. En agrippant ses cheveux, j'ai compris ce que j'allais devoir faire pour nous sauver tous les deux.

Abandonner mon rêve.

— Je veux que tu avales tout, jusqu'à la dernière goutte, Flocon de neige, ai-je ordonné en me déversant entre ses lèvres.

Je n'ai pas visé sa gorge, mais sa langue. Pour vraiment laisser mon empreinte sur elle. Pour qu'elle puisse me goûter autant que possible.

Elle a avalé. Je me suis rhabillé.

Elle s'est essuyé la bouche d'un revers de main, et je l'ai aidée à se relever.

— De quoi tu voulais me parler ?

Initialement, j'avais prévu de lui dire qu'il fallait qu'on arrête nos conneries façon petit couple. Mais maintenant j'avais trouvé la solution. Je m'en voudrais jusqu'à la fin des temps, mais ça me permettrait de garder Jesse.

— Je voulais te dire que tu ronflais.

Elle m'a donné un coup dans le bras.

J'ai souri.

Elle m'avait cru.

— Bane ? a risqué une voix douce.

J'ai ouvert les yeux.

Il m'a fallu une seconde pour comprendre où j'étais. Affalé sur mon lit défait, où j'essayais de pioncer. J'ai tourné la tête et vu Grier retirer l'élastique qui retenait ses cheveux pour libérer ses mèches blondes, qui sont tombées en cascade jusqu'à ses fesses. Elle portait une robe d'été dont je lui avais dit un jour qu'elle me donnait une trique d'enfer. Jaune, avec des pâquerettes bleu vif. Maintenant, elle ne me faisait plus aucun effet.

— Merde, ai-je dit d'une voix rauque en me dressant sur les avant-bras pour me frotter le visage. Quelle heure il est ?

— 8 heures. Comme tu n'ouvrais pas, je me suis permis d'entrer.

Elle a effleuré les bretelles de son soutien-gorge. 8 heures J'étais censé retrouver Darren à 6 heures dans son bureau de Newport Beach. J'avais même mis un réveil, ne voulant pas rater le rendez-vous pour des raisons évidentes, mais j'avais dû sérieusement en écraser. J'ai baissé les yeux et je me suis aperçu que mon réveil était par terre, en morceaux. *Merde.* Cette tête de nœud de Beck finirait par avoir ma peau, avec ses séances de surf interminables. Ce petit con avait intérêt à décrocher au moins la troisième place, sinon j'allais devoir lui botter le cul jusqu'à Hermosa Beach.

Je me suis redressé et j'ai enfilé un T-shirt. Grier a laissé échapper un cri.

— Tu t'es rasé ! Tu es canon comme ça !

J'aurais aimé que les gens arrêtent de dire ça. Je n'étais pas une robe de cocktail, bon sang ! Mais l'expression sur le visage de Jesse quand j'étais passé par sa fenêtre la nuit dernière avait suffi à me convaincre que j'avais fait le bon choix. Elle m'avait regardée avec des yeux pleins d'étincelles, et sa brusque soumission avait justifié que je m'épile le reste du corps aussi.

Sans accorder de réponse à Grier, j'ai écarté mon drap et je me suis rué vers ma kitchenette, où mon téléphone était en train de charger. J'avais reçu plusieurs textos. Et ça ne sentait pas bon.

DARREN

Vous êtes là ?

Darren

Bien sûr que non. Vous m'avez appelé pour réclamer un rendez-vous urgent et vous n'êtes même pas venu. Je vous ai attendu. Maintenant, je vais me retrouver coincé dans les embouteillages pendant des heures.

Darren

Ça n'a pas intérêt à être au sujet de Jesse. Je sais que vous lui avez donné un travail et qu'elle se lie d'amitié avec une fille rasée qui est venue la chercher aujourd'hui pour aller au centre commercial. Mais il faut malgré tout que vous l'aidiez à rencontrer d'autres gens, à se faire plus d'amis. Les six mois ne sont pas encore terminés.

Je n'étais même pas au courant pour Gail et Jesse, mais j'étais ravi qu'elles s'entendent bien. Gail était une fille top. Il y avait un autre message. Celui-là m'a fait sourire.

Flocon de neige

Suis au centre commercial avec Gail. Je pensais te montrer cette petite beauté, je sais à quel point tu aimes la couleur orange.

Elle m'avait envoyé une photo d'elle en combishort orange. Pas seulement la couleur, mais le fruit. Je lui ai répondu en étouffant une envie de rire :

Délicieux, mais il va falloir faire quelque chose pour ce combishort orange. Pour commencer : tu l'enlèveras quand je te verrai. Bisous

Eh ouais. J'avais ponctué mon message de « bisous ». J'étais foutu.

J'ai reporté mon attention sur Grier : elle tapait nerveusement du pied, les bras croisés, en jetant des coups d'œil à sa montre Cartier. Elle ne s'était pas déshabillée, elle devait donc deviner ce qui se passait. Je lui avais posé un lapin la semaine dernière et, très franchement, j'avais prévu de lui en poser un autre avant de m'endormir comme une masse. J'ai sorti deux bières du frigo et je lui en ai tendu une. Il était temps d'avoir une discussion gênante.

Elle a bu une gorgée et a fixé le bout de ses chaussures.

— Jesse Carter, a-t-elle soufflé.

Je me suis approché de la porte qui menait sur le pont et j'ai posé les avant-bras sur la rambarde rouillée. Elle m'a imité. Tous les deux, on a contemplé les vagues qui s'écrasaient sur les rochers près du rivage.

— Brian m'a dit que tu lui avais demandé de sortir son dossier.

En effet, je l'avais appelé le jour où Jesse et moi nous étions tripotés dans la réserve du café. Peut-être qu'elle ne voulait pas se venger, mais moi je refusais d'oublier ce que ces ordures lui avaient infligé. Je les ferais payer. Ceux que j'avais dû chasser sur le terrain de jeux n'avaient visiblement pas compris leurs torts. Et rien, ni *personne*, ne ferait de mal à Jesse.

J'ai haussé les épaules.

— Toute la ville est au courant de ce qui s'est passé, mais ces petits cons sont toujours en liberté. Tu trouves ça juste, toi ?

Les yeux de Grier ont étincelé du même éclat que l'eau sur laquelle nous flottions. Même du coin de l'œil, je pouvais voir qu'elle était submergée par l'émotion. Sauf que ça n'avait rien à voir avec l'histoire de Jesse.

— Tu sais, je n'aurais jamais cru que tu tomberais amoureux. C'est ce qui faisait de toi une valeur sûre. Tu étais tellement détaché quand je t'ai rencontré. Tu étais là, mais pas vraiment. Coucher avec toi était si facile. Si… peu compliqué. Je connais pas mal de femmes qui partagent ce sentiment. Oui, on te payait. Oui, tu étais notre escort-boy. Mais tu étais honnête. Discret et décontracté, et c'était sympa de te parler. Avec toi, on n'avait pas l'impression d'être minables, grossières ou bizarres. Tu as toujours été un vrai gentleman, Bane.

Je ne savais pas trop comment réagir. J'ai remarqué qu'elle parlait de moi au passé, ce qui m'a soulagé. Elle savait donc que c'était fini entre nous. Je me suis tourné vers elle et j'ai calé une hanche contre la rambarde.

— Tu trouveras mieux que moi. Quelqu'un qui t'offrira plus qu'un petit coup rapide une fois par semaine.

— Peut-être que j'aurai une vraie aventure cette fois, a-t-elle renchéri avec un sourire amer. Avec des sentiments, et tout.

J'ai fait mine de suffoquer.

— Des sentiments. Beurk.

— Tu sais à quoi ça ressemble, au moins ? m'a-t-elle taquiné.

Oui. Depuis qu'ils m'ont pris en embuscade, je n'arrive plus à m'en débarrasser.

On s'est enlacés, et c'était l'étreinte la plus gênante de toute ma vie. Ce n'est qu'en la relâchant que j'ai pris conscience de l'étendue de mon soulagement. Fini les conneries, avec ou sans Flocon de neige. En fin de compte, elle était le coup de pied dans le derrière dont j'avais tant besoin. Et quel coup de pied. J'en avais encore mal aux fesses.

— Je suis un peu jalouse de Jesse Carter, m'a-t-elle glissé quand je l'ai raccompagnée à la porte.

Je me suis frotté la nuque.

Te bile pas. Je finirai forcément par tout foutre en l'air.

Une fois Grier partie, je me suis installé dans mon coin salon, j'ai sorti mon téléphone de ma poche arrière et je me suis mis à répertorier toutes les clientes dans mes contacts. Il fallait que je me montre ferme, poli et laconique. Le truc, c'est que je n'étais pas très diplomate, alors après y avoir bien réfléchi j'ai fini par pondre ça :

Salut. C'est Bane. Je t'écris ce message pour te faire savoir que je mets fin à notre relation professionnelle. Je prends officiellement ma retraite et je n'ai pas l'intention de revenir. Si tu me dois de l'argent, considère ta dette payée. Si je te dois un coup de bite, je te suggère d'aller le chercher ailleurs.

À plus. Un de perdu, dix de retrouvés. — Bane.

Après l'avoir envoyé aux quarante-six femmes avec lesquelles j'avais travaillé, la réalité de ce que je venais de faire m'a heurté de plein fouet. Je venais de tuer l'entreprise qui m'avait permis de gravir les échelons dans cette ville et je m'apprêtais à tuer mon rêve lors de ma prochaine discussion avec Darren.

Grier avait décrit ce que je ressentais pour Jesse comme de l'amour. Pour ma part, je n'étais pas si sûr de ce qui existait entre nous, ce qui rendait cette prise de décision irréfléchie encore plus dingue. Si Jesse avait vent de mon accord avec Darren, elle me tuerait. Et elle aurait raison. Il fallait que j'y mette un terme immédiatement et que je lui en parle si je voulais bien faire les choses.

C'est vraiment ce que je veux ?

Au fil des ans, j'avais vu un bon nombre d'idiots autour de moi se lancer dans des relations longues. Peut-être que je pourrais le faire, moi aussi. Je devais seulement me rappeler que je n'étais pas mon père, que moi aussi je méritais de tenter ma chance. Même si l'accord que j'avais signé pour la trouver suggérait le contraire.

J'ai envoyé un autre texto à Flocon de neige avant de me traîner de nouveau jusqu'au lit.

Je n'arrive pas à me sortir ce combishort orange de la tête. Envoie-moi une photo.

Elle m'a répondu avec une photo de ses seins pressés ensemble sous son débardeur noir My Bloody Valentine, un livre érotique ouvert sur ses jambes en tailleur. Je me suis mordu le poing.

Moi
My Bloody Valentine ? Je les déteste. Enlève-moi ça.

Flocon de neige
Il y a un truc que tu ne détestes pas ?

Bane
Oui. Toi.

Flocon de neige
Intéressant. Et donc, si tu ne me détestes pas, tu ressens quoi ?

Bane
Je ne sais pas. C'est quoi, le contraire de la haine ?

Flocon de neige

Je refuse d'être la première à le dire.

Bane

Dors bien, Flocon de neige. Demain est un grand jour.

J'ai contemplé mon plafond écaillé jusqu'au petit matin, au rythme des multiples tintements de mon téléphone. Mes désormais ex-clientes oscillaient entre rage, panique et légère vexation.

Peut-être que l'amour, ce n'était pas se sentir heureux et entier.

Peut-être que l'amour, c'était se briser soi-même pour que la personne à laquelle on tenait se sente un peu plus entière.

Chapitre 17

Jesse

Ce soir-là, au dîner, l'ambiance était tendue.

La seule raison pour laquelle j'avais décidé de descendre à table était que je me sentais de plus en plus normale et que je pensais pouvoir gérer. J'essayais de ne pas songer au fait que j'étais devenue brusquement très attachée à ma propre existence. Au fait que soudain les choses, les gens et les événements avaient commencé à prendre de l'importance. Au fait que Roman avait changé le regard que je portais sur les hommes — pas radicalement, mais assez pour que je cesse d'en avoir peur. Au fait que Gail m'avait rappelé l'importance de l'amitié.

Plus tôt dans la journée, on était allées faire une razzia chez Hot Topic, un magasin de fringues pour ados, comme si on avait eu douze ans. Et puis, on avait mangé une glace avant de s'asseoir sur le front de mer pour noter sur une échelle de un à dix les mecs qui passaient en skateboard, même s'ils avaient tous seize ans maximum. Ça m'avait paru si simple et si normal que j'avais réussi à faire abstraction de tous les trucs négatifs pendant quelques heures. Le flash-back, les analyses de Shadow, même la requête de Mme Belfort. J'ai laissé un nouveau message sur le répondeur du Dr Wiese, décidant d'appeler les enfants de Mme B le lendemain et de rendre visite à Wiese après avoir fini mon service au Café Diem.

Hannah avait remballé pour la journée, mais pas avant de nous avoir préparé quelques asperges grillées et des pommes de terre sautées, ainsi que son succulent poulet ail-citron. J'ai coupé le poulet et j'ai servi tout le monde pendant que Pam lisait un truc sur son téléphone et que Darren pianotait sur la table. Shadow, quant à lui, dansait presque la samba en dessous. Ça faisait longtemps que je ne l'avais pas vu comme ça. À l'époque de l'ancienne Jesse, je lui glissais toujours un peu de nourriture sous la table quand personne ne regardait. C'était notre petit secret à tous les deux. Lui redonner un peu de bonheur était l'unique aspect qui me réjouissait dans cette affaire.

Quand je me suis assise, deux paires d'yeux se sont fixées sur moi.

Je les ai regardés, l'un après l'autre.

— Vous voulez ma photo ou quoi ?

— Non, non.

Pam a déroulé sa serviette d'un geste sec et l'a posée sur ses cuisses. Darren n'a pas répondu.

— Est-ce que le Dr Wiese a appelé ? ai-je demandé, sans m'adresser à quelqu'un en particulier.

C'était curieux que je n'aie toujours pas de ses nouvelles, mais j'avais lu sur Internet qu'il fallait parfois plusieurs semaines pour obtenir certains résultats. J'ai glissé à Shadow un bout de poulet au citron, et il a mastiqué si bruyamment que j'ai dû feindre une quinte de toux. Ils ont échangé un regard perplexe.

— Non, a dit Darren.

— Au fait, chéri ?

Pam a piqué sa fourchette dans un morceau de poulet et l'a portée à sa bouche. Pas question de toucher à des pommes de terre ou au moindre soupçon de glucide. À son terme affectueux, j'en ai déduit qu'elle s'adressait à Darren, pas à moi.

— Tu savais que Jesse s'était mise à fréquenter Bane Protsenko ? Tu le connais ?

— Oui, a rétorqué Darren d'un ton dégagé, tout en coupant ses pommes de terre en petits morceaux.

L'agressivité de ses gestes suggérait qu'il était agacé soit par Bane, soit par ses patates. J'aurais plutôt parié sur le premier.

— Ce garçon ne me dit rien qui vaille.

— Sans oublier qu'il est connu comme l'escort-boy de la ville, a renchéri Pam en mastiquant son poulet vingt-sept fois.

Depuis qu'elle avait lu cette astuce dans un magazine, elle mangeait comme une tortue édentée. C'était n'importe quoi. Je me suis retenue de souligner que la réputation de Bane n'avait pas eu l'air de la déranger quand elle lui avait fait du rentre-dedans. J'ai ressenti une pointe de jalousie en y repensant. Elle avait essayé de draguer Roman. *Mon* Roman. Et maintenant elle agissait comme s'il valait moins que rien.

— Justement, puisque vous parlez de lui, j'ai accepté un boulot dans son café, ai-je annoncé.

Convaincue d'avoir parfaitement choisi mon moment, j'ai porté une pointe d'asperge à ma bouche et j'ai mordu dedans en caressant Shadow avec le pied.

Pam a froncé les sourcils, et Darren a posé ses couverts à côté de son assiette avec une colère maîtrisée.

— Ze voulais zustement t'en parler. Ze suis ravi que tu aies trouvé un travail. Et zustement, ze me disais… et si tu venais travailler pour moi ? Ze pourrais t'offrir un bon salaire, t'emmener tous les zours et, bien sûr, tu aurais tout le temps libre que tu veux.

Il m'a adressé un sourire contrit.

— Merci, Darren, mais je suis très contente au Café Diem.

— Ne sois pas aussi ingrate, s'est emportée Pam. Darren t'offre la chance de ta vie. Je pense que tu devrais accepter.

— Comme toi, tu veux dire ? ai-je rétorqué avec un grand sourire. Et pourtant ça n'a pas l'air de t'avoir rendue heureuse, si ?

Elle s'est levée et a jeté sa serviette sur son assiette. Elle devait en avoir fini avec son minuscule morceau de poulet.

— Quel culot !

— Et toi ? ai-je renvoyé, toujours assise, mon pouls plus régulier que jamais. Tu ne te trouves pas culottée, toi aussi ? C'est bizarre, tu avais oublié mon existence jusqu'à ce que Bane entre en scène, et voilà que tu t'intéresses à moi, maintenant.

— Zessy !

Darren s'est levé à son tour et a tapé du poing sur la table.

— Ne parle pas à ta mère sur ce ton !

Histoire de parfaire cette jolie chorégraphie, je me suis levée, moi aussi.

— Ouvre les yeux, Dar. Elle couche avec la moitié de Todos Santos, et elle ne s'en cache même pas.

— Ce n'est pas d'elle qu'on parle ! s'est-il écrié, le visage rouge et les yeux injectés de sang. C'est de toi. Tu es amie avec Bane, ou ça va plus loin que ça ?

— Plus loin que ça, ai-je chantonné. Tellement plus, Darren, tu ne peux même pas imaginer.

Cette pique était adressée à Pam, histoire de lui dire de lâcher l'affaire, mais c'était Darren qui avait l'air sur le point d'exploser.

— Tu cousses avec lui ?

J'ai éclaté de rire.

— Ce ne sont pas tes oignons. Tu n'es pas mon vrai père, tu te rappelles ?

— En ce cas, toi, tu n'es pas ma fille ! a hurlé Pam de l'autre côté de la table.

Si seulement ça avait été vrai. Malheureusement, même quand je tentais d'oublier notre lien de parenté, le fait qu'on se ressemblait comme deux gouttes d'eau était là pour me le rappeler. Enfin, ça, c'était avant qu'elle ait recours à la chirurgie esthétique.

J'ai haussé les épaules.

— Je t'aurais bien dit : « Tu n'as qu'à me faire un procès ? », mais ça n'aurait aucun intérêt pour toi vu que je n'aurais rien à te donner.

— C'est faux. Tu vas hériter de tout ce que z'ai, Zessy. Tu sais que ze tiens à toi. À ma mort, ze te léguerai tout.

Première nouvelle. Pour Pam aussi, vu sa mine stupéfaite.

J'ai repoussé ma chaise et j'ai contourné la table.

— Je sais que tu essaies de me protéger, Dar, et je comprends pourquoi : parce que ma mère ne le fait pas. Mais il faut que tu saches que Bane n'est pas le problème. C'est le seul à vraiment me comprendre.

— Non, il ne te comprend pas.

Darren, encore plus écarlate qu'avant, a agrippé le dossier de son siège. Qu'est-ce qu'il avait, à la fin ? Des fois, j'aurais aimé qu'il s'affirme davantage. Qu'il tienne bon, qu'il dise ce qu'il avait à dire. C'était triste, mais, s'il avait divorcé d'avec Pam pour se mettre avec une femme plus gentille, j'aurais été contente pour lui.

— Tu n'en sais rien.

— Çérie, ta mère a raison. C'est un escort-boy. Il n'a rien à t'apporter.

— Tu ne le connais pas, ai-je craché.

— Toi non plus.

*
* *

Je n'étais pas fière de la suite, mais je n'ai pas pu m'en empêcher. J'ai quitté la cuisine en trombe et je suis montée dans ma chambre. J'ai claqué la porte comme une ado en rogne avant de plonger dans une mer d'oreillers duveteux. Il m'a fallu quelques minutes pour reprendre haleine et jeter un coup d'œil à ma collection. Aux dos des gens sans visage que j'avais pris en photo.

Je perds la boule à force d'essayer de comprendre ce qui s'est passé. Mais je finirai par y arriver. Je résoudrai cette énigme.

Puis, Roman m'a envoyé un texto (ou un sexto ?) pour me réclamer une photo sans combishort orange, et j'ai obtempéré.

À un moment donné, il a arrêté de m'écrire et m'a appelée.

— J'avais besoin d'entendre ta voix.

— Pourquoi ?

— Parce que j'avais le sentiment que tu étais en train de te caresser, et je paierais cher pour t'écouter pendant que tu fais ça.

— Quel romantisme, ai-je commenté avec un grand sourire. Tu sais, le sexe n'est pas une question de fric.

— Mon petit scarabée. Tout est une question de fric. Tu vas te caresser ou pas ?

— Et toi ? ai-je renvoyé.

Il a marqué une pause.

— Je suis un mec, et je discute avec ma petite amie en pleine nuit. Ça fait au moins dix minutes que je me tripote la nouille comme si c'était une manette de Nintendo.

J'ai ricané, laissant la conversation prendre un tour inattendu. La plupart du temps, je ne savais pas trop où Roman voulait en venir. Je me contentais de suivre. Pendant un petit moment, on a mêlé nos halètements en décrivant ce qu'on allait se faire. Finalement, tout mon corps s'est contracté avant de se relâcher brusquement sous la violence d'un orgasme époustouflant.

— Bonne nuit, Flocon de neige, m'a ensuite dit Roman.

— Attends !

Je me suis presque étouffée en prononçant ce mot. J'avais peur de passer pour une désespérée, mais bon, il m'avait appelée sa petite amie, et mon cœur était sur le point d'exploser chaque fois que j'y repensais.

— Je ne peux pas m'endormir. C'est pour ça que je cours la nuit. Je fais des cauchemars.

Nouveau silence lourd de sens.

— Essaie. Je te promets de ne pas raccrocher tant que je n'entendrai pas tes affreux ronflements.

Je me suis endormie le téléphone pressé contre mon oreille.

Quand je me suis réveillée, le haut de l'écran tactile était vert et l'appel était encore en cours.

— Salut, la ronfleuse !

Neptune.

Sombre. Froid. Bleu. À 6 heures du matin, l'océan avait un aspect presque morbide. Je frissonnais dans ma combinaison de surf et sautillais sur place pour faire affluer le sang dans mes orteils. Le sable était dur et froid sous mes pieds. J'avais l'impression de gâcher le talent de Roman par ma simple présence. Notre session touchait à sa fin. Beck, Edie et Hale — que Bane m'avait de nouveau présenté comme « la source de toutes les emmerdes dans ma vie » — surfaient de leur côté pendant que Roman restait sur la rive avec moi, où il m'enseignait à ramer à plat ventre, ma planche posée sur le sable. Je me sentais complètement crétine. Comme si je le ralentissais. Puis, on a poursuivi dans l'eau, et il est resté à mes côtés. Hale et Beck riaient et lançaient « T'es accro » en toussant chaque fois qu'on s'approchait d'eux, pendant qu'Edie nous souriait en secouant la tête. Je m'en voulais de la détester sans raison. Elle était plutôt cool, en fait. Pas autant que Gail, mais ça restait quelqu'un de bien. Elle a passé son temps assise sur sa planche, à laisser les premiers rayons du matin nimber ses cheveux dorés.

Elle n'était pas là pour Roman.

Elle profitait de l'océan, de la nature et de tout ce qu'ils avaient à offrir.

Notre session finie, Roman m'a proposé de me doucher chez lui. C'était la première fois que je mettais les pieds sur sa péniche. Petite, propre, basique. Je savais qu'il se faisait assez de blé pour vivre dans un des lofts couleur bonbon, et je trouvais ça chouette qu'il ne le fasse pas. Il y avait beaucoup d'aspects chez lui qui me plaisaient.

C'est quoi, le contraire de la haine ?

L'amour. C'est l'amour, et je devrais peut-être être la première à le dire.

— Je n'arrive pas à croire que ce soit si propre chez toi.

Son chez-lui était petit et un peu vieillot, on aurait presque dit l'antre d'un marin. Il a laissé tomber ses affaires de surf près de la porte, derrière moi.

— J'ai peut-être fait un peu de ménage pour toi, a-t-il avoué, un joint tout juste roulé dans la bouche.

— Peut-être ?

Je me suis retournée pour lui décocher un grand sourire.

— S'il te plaît, arrête de me faire passer pour une fiotte, Flocon de neige.

Il m'avait fait rire plus souvent ces dernières semaines qu'en trois ans. J'ai haussé les épaules.

— Si tu es sage.

Avant de partir pour la plage ce matin-là, j'avais pris un sac en toile avec des habits de rechange, sachant que je commençais le boulot à 9 heures du matin et que je n'aurais sans doute pas le temps de repasser chez moi. J'ai sorti un pantalon en velours côtelé et un débardeur de la couleur de mes yeux. J'avais dû fouiller dans ma penderie pour trouver des fringues autres que des gilets à capuche noirs et des pantalons qui auraient pu contenir trois clowns et une décapotable. Je me suis dirigée vers le coin douche de Roman, tout en ondulant des hanches sous son regard.

J'avais envie de coucher avec lui.

Et pas qu'une fois.

Je voulais qu'il ressente la même chose que moi. Qu'il me voie comme étant belle, dangereuse, forte. *Comme la Jesse d'avant.*

— Où tu vas comme ça ?

Il a glissé son bras autour de ma taille pour coller mes fesses à son érection. Je portais encore ma combinaison, et j'ai senti la pointe de mes seins durcir sous mon bikini rouge. Il a enfoui le nez dans mon cou, tout en posant ses lèvres chaudes sur ma nuque tatouée.

— Je vais prendre une douche. Je ne veux pas arriver en retard au travail.

— Gail peut se débrouiller toute seule.

— Elle va me tuer. Le matin, c'est toujours bondé.

— Tu dis « bondé ». J'entends « bander ».

Il m'a donné un petit coup de hanche, et j'ai gagné sa salle de bains en sautillant. J'ai retiré ma combi toute seule, sachant qu'il ne me rejoindrait pas. Qu'encore une fois, il me priverait de ce que je désirais vraiment. Lui. En moi. J'ai abandonné la lourde combinaison au sol avec un bruit mat et je me suis contemplée dans le miroir sale. Dans mes yeux brillait une lueur de défi, une vraie mousson d'émotions.

Bane est arrivé derrière moi. Nos regards se sont croisés dans la glace légèrement craquelée. Il y avait un chasseur en lui, et j'avais envie qu'il sorte. Qu'il me traque. Sa combi ouverte exhibait ses tablettes de chocolat, et ses tatouages luisaient sur sa peau hâlée. Ses cheveux blonds et ondulés étaient tout ébouriffés. Il avait les yeux rivés sur mon ventre.

— Je déteste, a-t-il commenté.

J'ai dégluti.

— Va te faire voir.

— Mais aussi, j'adore. Cette cicatrice t'a donné des griffes. J'ai hâte que tu t'en serves avec moi.

J'ai pivoté vers lui, le sourire aux lèvres. J'avais fini de jouer. Je le voulais, lui, tout entier, les parties de lui qu'il ne réservait qu'à moi et celles qui appartenaient à tout le monde. Bane contemplait mes tétons dressés, et ses yeux verts brillaient comme la rosée du matin sur de l'herbe fraîche. Il était temps d'administrer une bonne dose de réalité.

— Je suis tombée enceinte. Je voulais garder le bébé. Complètement débile, hein ? Mais j'y tenais. C'était un peu le côté positif de l'Incident. J'allais avoir quelqu'un rien qu'à moi. Quelqu'un qui me serait fidèle et loyal. Quelqu'un qui m'aimerait, quoi qu'il arrive. On s'occuperait l'un de l'autre, et il ou elle ne serait jamais du côté de son papa, vu qu'il ou elle ne le connaîtrait même pas. C'était un peu ma vengeance, même si, dit comme ça, ça peut paraître un peu glauque. On m'avait pris quelque chose — ma volonté, ma force, mon innocence —, alors je prenais à mon tour. Sauf que Pam m'a forcée à me faire avorter. Je ne voulais pas, mais j'étais faible. Trop faible pour me lever le matin, parfaitement incapable de m'opposer à elle.

Il a écarté mes cheveux mouillés de mon visage. L'autre soir, il avait insisté pour que j'en parle. Maintenant, il avait obtenu satisfaction et entendu l'horrible vérité.

— Le truc, c'est que je n'étais pas vierge quand Emery a voulu me dépuceler, Roman. Quelque chose s'était passé avant. L'Incident n'était pas la première fois qu'on me violait. Sauf que je n'arrive pas à m'en souvenir.

Les yeux de Bane ont lancé des éclairs d'une telle violence que j'ai eu peur qu'il défonce tout dans la salle de bains. J'ai continué de parler, craignant de me dégonfler si je m'interrompais.

— Après ce qui s'était passé dans la ruelle, j'étais tellement désorientée que j'ai paniqué. Je ne savais plus quoi dire, ni penser. Pam a réglé le problème en parlant à ma place. Elle a dit que si je foutais tout en l'air, on serait forcées de partir, et Darren nous laisserait à la rue. J'avais les parents des mecs sur le dos. Pam et Darren pensaient qu'il s'agissait d'une orgie qui avait mal tourné et que j'avais honte de l'admettre. Purée, même moi, je ne croyais plus à ce que je disais. Peut-être que j'avais bel et bien trompé Emery, après tout. Il m'a fallu pas mal de temps pour comprendre à quel point on m'avait manipulée, et à ce stade il était trop tard. Tout le monde était déjà passé à autre chose. Tout le monde à part moi.

Il a pris mon visage dans ses mains et m'a serrée contre lui. J'avais envie de me blottir contre son corps puissant et de ne plus jamais partir.

— Pendant ces deux dernières années, le temps a été comme suspendu. Cette nuit dans la ruelle continuait de me hanter, comme si c'était arrivé hier. Et puis, tu es arrivé. Au début, je ne voulais pas de toi. Mon chagrin était encore tellement frais que je ne voulais pas qu'on le ternisse avec de l'espoir. Mais tu n'es pas seulement entré dans ma vie, Roman. Tu l'as prise d'assaut. Tu ne m'as pas laissé d'autre choix que de guérir. Maintenant, je veux tout : retrouver un boulot, des amis, ma sexualité. Si tu ne me baises pas, quelqu'un d'autre le fera, *Bane*, ai-je décoché, l'appelant volontairement par le nom qu'il ne voulait pas que je prononce. J'en ai besoin. Pour guérir. Pour me briser et me réassembler. Pour me tuer et me ressusciter. Ce n'est pas pour le sexe. Pas seulement, en tout cas. C'est pour *moi*.

Bane a dégluti, sans rien dire.

J'ai secoué la tête, les yeux baissés. Puis, j'ai fait volte-face pour me ruer vers la porte, prête à fuir sa péniche, même nue. J'en avais assez d'implorer, de supplier, de marchander. J'en avais assez d'allumer, d'attirer, d'espérer. S'il ne voulait plus de moi après cet aveu, c'était fini.

Je ne voulais même pas de lui comme ami. Comme si j'avais pu être amie avec Bane Protsenko. Chaque mot qu'il prononçait ressemblait à des préliminaires.

— Jesse, a-t-il grondé.

Sans l'écouter, j'ai saisi mon sac en toile pour prendre mes habits mais, avant que j'aie eu le temps d'ouvrir la fermeture Éclair, Bane m'a plaquée contre le mur de la cuisine. Le bruit sourd de mon dos s'écrasant contre la surface a résonné dans mes tympans. J'étais à deux doigts de gifler son beau visage quand j'ai senti son membre jaillir de sa combi, chaud et soyeux. Il a noué mes jambes autour de sa taille et a frappé le mur au-dessus de ma tête.

— Arrête un peu, Jesse !

— Alors laisse-moi partir ! ai-je hurlé.

— Jamais, a-t-il lancé d'une voix rageuse en me mordant l'épaule, et fort. Jamais, a-t-il soufflé en enfouissant le nez dans mon épaule. Jamais, bordel.

Il a tendu les hanches en avant, m'a clouée au mur et s'est enfoncé en moi. J'ai laissé échapper un gémissement. Il était imposant, long… et n'avait pas mis de capote.

— Tu veux que je te baise ? a-t-il craché, avec une telle intensité dans le regard que j'en ai frissonné. Très bien. Mais souviens-toi, Flocon de neige : c'est toi qui l'as voulu.

Il a commencé à me prendre, à m'assaillir de plus en plus violemment à chaque coup de reins. J'avais l'impression qu'en moi un nid de lucioles s'éveillait. Je sentais leurs lumières qui clignotaient, leurs ailes qui virevoltaient sur chaque centimètre de ma chair. Je le sentais lui, tout entier en moi, la boucle en titane de son piercing qui frottait contre mes parois. Et ça ne me suffisait toujours pas.

J'en voulais plus. Je perdais les pédales.

Je lui ai griffé le visage, des larmes me coulaient sur les joues et dans le cou, et il les léchait tout en me prenant encore plus sauvagement, comme s'il se fichait de qui ou de ce que j'étais. Il me prenait comme j'avais envie d'être prise. Sans douceur, sans s'excuser. D'égal à égal. Comme un soldat dans une guerre où les civilités n'étaient pas de mise.

— *Plus fort*, m'a-t-il incitée. Vu ce que je suis en train de t'infliger, tu pourrais au moins me laisser une petite marque.

Roman a écrasé les lèvres sur les miennes en un baiser indiquant clairement que mon corps lui appartenait, avec tout ce qu'il contenait. Chaque pensée, chaque battement de cœur, chaque souffle douloureux. Tout était à lui.

J'ai enfoncé mes ongles dans son dos, lui rendant coup pour coup quand sa langue est entrée en guerre contre la mienne. Une onde de chaleur s'est répandue dans mon bas-ventre pendant que son sexe s'imposait en moi.

— Enfin, la battante en toi se réveille.

Avec un petit rire, il a ajusté notre position en me tenant les fesses d'une main et en me pinçant le téton de l'autre. J'ai poussé un petit cri, et il a baissé son beau visage pour prendre la pointe de mon sein dans sa bouche et aspirer la douleur, avec une dureté mêlée de tendresse. Je brûlais d'enfouir les mains dans ses mèches d'or, mais je me suis retenue.

Les tremblements sont partis du bout de mes doigts, pour monter progressivement et envahir tout mon corps. J'allais jouir, mais cette fois c'était différent. Comme une épiphanie. J'ai voulu lui attraper les fesses pour les serrer en frissonnant, mais il a écarté mes mains d'un geste, avant de m'attraper par le cou pour me plaquer contre le mur.

— Je ne suis pas ta copine, Jesse. Tu n'as pas à me peloter le cul, sauf si c'est pour te retenir de suffoquer quand j'ai ma bite dans ta bouche. Pigé ?

J'ignorais pourquoi les grossièretés qu'il prononçait faisaient resurgir la Jesse d'avant, mais en tout cas elle était bel et bien là. Je me suis contractée de toutes mes forces autour de lui pour l'enserrer comme dans un étau impitoyable, tout en riant avec abandon.

— Mon Dieu, ai-je crié en jouissant, prise de violentes convulsions.

Il a accéléré la cadence. Mon dos me brûlait à force de frotter contre le mur.

— Je vais jouir, m'a-t-il prévenue.

J'ai acquiescé, pensant qu'il allait venir en moi. Mais, au lieu de ça, il s'est retiré lentement et, avec des gestes précis et un calme olympien, a dirigé son sexe vers moi pour se déverser sur le mien. Des giclées de sperme ont atterri sur ma chair délicate, qu'il a étalées en frottant son gland contre mon clitoris sensible. Un second orgasme a explosé en moi comme un feu d'artifice. J'ai enfoui les mains dans ses cheveux et j'ai amené son visage près du mien pour l'embrasser goulûment, tout en lui mordant la lèvre inférieure.

— Roman.

Un seul mot. Pas une requête, une supplication ni une affirmation, mais plutôt un sort auquel je succombais de plus en plus. Un océan dans lequel je me noyais sans même me donner la peine d'essayer de remonter à la surface pour respirer.

Il s'est écarté de moi, a plissé les yeux en remettant sa combi, son membre toujours à moitié dressé.

Je me suis laissée glisser jusqu'au sol, encore enivrée par mon orgasme. Il s'est approché de la table basse pour attraper un joint et l'a allumé comme si de rien n'était. Comme si on n'avait brisé aucune règle, aucune promesse, ni même — potentiellement — mon cœur.

— C'est quoi, le contraire de la haine ? ai-je lâché.

Il s'est affalé sur le divan, saisissant le joint entre le pouce et l'index pour aspirer la fumée.

— Jesse.

On a réussi à caser un autre petit coup rapide dans la douche après celui dans la kitchenette. Là encore, Roman s'est montré sans pitié, ce qui expliquait pourquoi il avait attendu si longtemps avant de me toucher. Sa vision du sexe était sans concession. Non seulement la position du missionnaire n'était pas au menu, mais je doutais même qu'elle fasse partie de son vocabulaire. Sous la douche, il m'a fait me pencher en avant et me cramponner au robinet pendant qu'il me prenait debout derrière moi, tout en me caressant et en glissant épisodiquement ses doigts dans ma bouche pour que j'aie mon propre goût sur la langue. J'étais surprise de le voir aussi désinhibé avec moi, mais je n'aurais pas dû. Sous prétexte que Roman était gentil, ça ne voulait pas dire qu'il n'était pas sauvage. Il était l'un et l'autre. Ça faisait partie de son charme.

Quand on s'est enfin habillés dans sa petite salle de bains humide, j'ai passé une main sur son débardeur California Republic froissé.

— Tu m'envoies la facture par mail, ou je te paie en heures de boulot au Café Diem ?

Je m'étais exprimée d'une voix enjouée, mais mon commentaire restait cinglant. Je n'avais pas pu m'en empêcher. Une partie de moi lui en voulait de ne pas être la seule.

J'imaginais que je n'étais qu'un préliminaire avant un tour de force impliquant un couple marié, leur chien et un gode. Bon, d'accord, j'exagérais peut-être, mais pas tant que ça.

Roman a fait tournoyer ses clés de voiture autour de son index et m'a décoché un regard blasé.

— Je pourrais te virer de ma clientèle rien que pour cette répartie.

— Surtout, ne t'en prive pas.

Je lui suis passée devant pour me rendre dans le salon. Ses pas ont résonné derrière moi.

— Sauf que c'est impossible.

— Pourquoi ?

— Parce que j'ai démissionné.

J'ai fait volte-face.

— Pardon ?

— Tu n'as pas à t'excuser pour ce qu'on a fait.

Il m'a donné une claque sur les fesses avant d'aller attraper une bière dans le frigo. La vache. Il n'était même pas 10 heures du matin.

— J'ai démissionné, a-t-il répété en buvant une gorgée. Ma braguette est officiellement fermée. Je prends ma retraite.

— Depuis quand ? ai-je demandé, plutôt fière de ne pas avoir balbutié.

— Hier.

— Avant ou après nos sextos ?

J'ai appuyé une épaule contre le mur où il m'avait sautée un peu plus tôt. Une tache de sperme en ornait la surface jaune écaillée, et j'ai dû me retenir de la nettoyer.

Roman a vidé sa bouteille d'un trait avant de la claquer sur l'évier.

— Avant. Tu te souviens de quand j'ai parlé de pouvoir se regarder dans une glace sans sourciller ?

— Oui.

— Je n'y arrivais plus. Je ne pouvais pas faire ça.

— Faire quoi ?

— Me taper d'autres nanas tout en ayant une petite amie.

C'était la deuxième fois qu'il m'appelait ainsi, sauf que ce coup-ci sa phrase résonnait plutôt comme une question, ou une suggestion. J'avais l'impression que des milliers de papillons plus chatoyants les uns que les autres s'éveillaient dans mon ventre, pleins de vie et d'espoir. Je l'ai scruté, en quête d'un signe indiquant qu'il se moquait. Ou qu'il mentait. De n'importe quel indice susceptible de rendre sa phrase moins concrète. Son visage était neutre. Parfaitement impassible.

— C'est ce que je suis ? ai-je demandé en souriant.

Il a haussé une épaule, comme pour ériger un mur protecteur autour de lui.

— À toi de me le dire.

— Sachant que tu as quitté ton job glamour pour moi, je me vois mal te dire non.

— Tu peux *toujours* me dire « non », a-t-il contré d'une voix sincère.

— Je veux être ta petite amie, Roman.

— Cool. Parce que j'ai toute une liste de trucs que j'aimerais te faire, et rien qui puisse intéresser une simple copine.

Il s'est approché de moi pour déposer un baiser sur ma bouche, sur mon nez, sur mon menton. Mon cœur était à vif. Brûlant. Sur le point de se briser entre ses grandes mains calleuses.

— À propos de ce matin…, a-t-il commencé.

— Je prends la pilule.

Je me suis dressée sur la pointe des pieds pour effleurer sa bouche meurtrie avec la mienne, qui n'était pas mieux. Il a tressailli légèrement avant de s'écarter.

— Je sais.

Il a passé un doigt le long de mon bras.

Je n'avais même pas besoin de lui demander comment il était au courant. Je prenais religieusement la pilule depuis mon avortement. La plaquette reposait sur ma table de nuit, à côté d'une bouteille d'eau Fiji. J'avalais mon comprimé tous les matins avant de me brosser les dents.

On a ouvert la porte pour se diriger vers son pick-up. Il restait sans doute le même Bane Protsenko qu'avant, mais moi je suis ressortie avec le sentiment d'être une personne différente de celle qui était entrée.

J'étais vivante.

En alerte.

En pleine éclosion.

La Jesse d'avant avait cessé de frapper à la porte de mon âme. Elle l'avait carrément défoncée.

Pour laisser entrer la lumière.

— Tiens, on dirait que quelqu'un a tiré son coup ce matin.

Gail a ricané en refermant la porte du frigo d'un coup de fesses et en jetant un torchon sur son épaule. Roman m'avait dit devoir se rendre à la mairie pour un rendez-vous professionnel — au sujet de SurfCity ou je ne sais quoi —, et je n'étais pas mécontente de passer un peu de temps loin de lui. J'avais apprécié notre matinée ensemble, mais j'aimais aussi avoir mon espace. Affronter le monde de manière indépendante, même si c'était depuis le comptoir branché du Café Diem. J'aimais ce boulot, et ce constat me rendait heureuse, parce que ça me confortait dans l'idée que j'étais tout l'opposé de Pam. Le concept de travail lui était totalement étranger. Elle pensait que la vie se réduisait au shopping et aux bavardages.

Rouge comme une tomate, j'ai souri en continuant à couper des fraises.

— Arrête.

— Ce n'est pas grave. Il n'y a pas une seule nana dans cette pièce qui n'a pas crevé d'envie de se taper Bane Protsenko. T'as dû avoir droit à un échantillon gratuit. Il offre des forfaits hebdomadaires ?

Gail m'a donné un coup de coude dans les côtes, tout en m'inspectant de la tête aux pieds. Je lui ai adressé mon plus beau doigt d'honneur.

— Sérieux, Gail, je crois que c'est toi qui as besoin d'un bon coup de bite. Je vais demander à Beck s'il est dispo.

— Non merci. Plutôt me frotter contre un iceberg. Et je vais interpréter ça comme un « non ».

Ça paraissait tellement normal de discuter et plaisanter comme ça. Mon sourire s'est encore élargi.

— Ding-dong. Oh ! mais qu'est-ce que c'est ? Ma pause déjeuner ! On se revoit dans une demi-heure.

J'ai attrapé mon téléphone et le smoothie que je m'étais préparé et j'ai mis les voiles.

— Si tu as besoin de moi, je serai dehors ! ai-je lancé par-dessus mon épaule en agitant la main.

— Mais tu viens tout juste d'arriver ! Décidément, tu deviens aussi imbuvable que lui. Sa personnalité commence à déteindre sur toi… et il n'y a pas que ça, d'ailleurs, a-t-elle gloussé en époussetant des grains de café sur le plan de travail.

— Qu'est-ce que t'es drôle, ai-je commenté en ouvrant la porte d'un coup d'épaule. Continue comme ça.

— Vaut mieux pas. J'ai pas envie de me friter avec ton petit copain et de me retrouver aux urgences.

— Hein ?

J'ai cligné des yeux. Gail a appuyé les coudes sur le comptoir.

— La rumeur dit que Bane a quasiment cassé la gueule à Hale pour t'avoir draguée. Je crois que tu as un admirateur, Jesse.

Je suis sortie en me demandant ce que je devais savoir d'autre sur le comportement de Roman. S'il avait voulu tabasser Hale pour avoir flirté avec moi, quelle serait sa réaction face à Emery, Henry et Nolan lorsqu'ils finiraient par pointer leurs nez à Todos Santos ? Je préférais ne pas y penser. J'appréciais son côté protecteur, mais je tenais à me débrouiller toute seule. Ça me paraissait même essentiel, après tout ce qui s'était passé.

Une fois dehors, j'ai appelé la fille de Mme Belfort, Kacey, une New-Yorkaise mariée avec des enfants. Je l'avais vue une fois chez Mme B. En revanche, je ne connaissais pas son frère, qui habitait Boston. Kacey a répondu à la troisième sonnerie et n'a pas semblé ravie lorsque je me suis présentée. Quand je lui ai expliqué la raison de mon appel, elle a poussé un soupir exaspéré.

— Alors comme ça, ma chère mère est tellement désespérée à l'idée d'attirer l'attention qu'elle utilise sa voisine ado pour m'atteindre ? Elle a vraiment le chic pour en faire des tonnes. Sérieusement, achetez-vous une vie.

Elle a raccroché.

Je suis restée assise là, sans bouger, à contempler l'océan pendant une longue minute, tout en essayant de comprendre ce qui venait de se passer. Puis, j'ai composé le numéro de Ryan, le fils de Mme Belfort. Je suis tombée sur son répondeur. J'ai appelé de nouveau. Pareil. Peut-être qu'il était en réunion. Ou qu'il n'avait pas envie de me parler, tout comme sa sœur. Bouillante de colère, je lui ai écrit un texto rapide.

Ici la voisine de Juliette Belfort. Je vous ai appelé parce que votre mère ne va pas bien. Elle veut que vous et votre sœur veniez la voir.

Il m'a répondu une minute plus tard.

Arrêtez de m'appeler.

J'étais tellement en rage que j'avais du mal à respirer. Je me suis demandé comment j'aurais réagi si mon père avait encore été en vie et qu'il avait eu besoin de moi. J'aurais tout lâché pour le rejoindre. Sauf que je n'avais pas cette chance, et ça m'irritait au plus haut point.

Vous avez de la chance que votre mère soit encore en vie. Vous la traitez comme une hystérique, alors que vous savez parfaitement qu'elle est malade et que c'est pour ça qu'elle commence à perdre la tête.

Nouveau message quelques instants plus tard.

Ce n'est pas un jeu, gamine. On a tous les deux une vie et un boulot. On n'a pas que ça à faire.

Oui, ai-je pensé. *Vous êtes super occupés à être des gros cons.*

Je suis retournée dans le café, j'ai fait mes heures et je suis rentrée chez moi. Sur la route, le sentiment troublant d'une catastrophe imminente m'a taraudée. Quelque chose se tramait, je le sentais. J'ai essayé d'appeler Roman, mais il n'a pas décroché. J'ai dû me raisonner, me répéter que tout allait bien. Je me suis garée devant la maison et j'ai ouvert la porte d'entrée, la gorge nouée sans trop savoir pourquoi. Puis, j'ai entendu un petit cri s'élever en provenance la cuisine.

— Jesse ? Jesse, c'est toi ?

Pam semblait essoufflée. Sa voix était rauque et paniquée. Elle s'était cassé un ongle ou quoi ? J'ai laissé tomber mon sac à dos près de la porte et j'ai fourré mon téléphone dans ma poche arrière en me dirigeant vers la cuisine.

— Non. C'est le pape.

— Viens vite, ma chérie ! s'est-elle exclamée.

« Ma chérie » ? C'était nouveau. Et flippant. Mon estomac s'est crispé de plus belle. J'ai été prise d'une furieuse envie de détaler, mais j'ai résisté. J'ai longé le couloir jusqu'à la cuisine et j'ai trouvé Pam debout devant l'évier. Elle a reniflé bruyamment. J'ai haussé un sourcil.

— Tu es malade ? Tu veux de l'aspirine ?

Depuis que Pam m'avait forcée à avorter, je m'efforçais par tous les moyens d'oublier son existence. Ça me paraissait donc presque aberrant de lui proposer de l'aide, mais c'était plus fort que moi. Une partie de moi, infime et muette, continuait à vouloir qu'on soit proches.

— J'en ai déjà pris deux. Il faut que je te montre quelque chose.

Elle m'a pris la main, et j'ai failli sursauter. Encore un mauvais signe. En général, Pam ne me touchait jamais. Elle a fait coulisser la baie vitrée qui donnait sur le patio et m'a presque traînée jusqu'au jardin, avec ses chênes, sa pelouse verdoyante et sa piscine olympique.

— Je l'ai retrouvé comme ça ce matin, peu après ton départ.

Elle a contourné un transat rouge de style marocain et s'est immobilisée. Shadow était allongé dans l'herbe, les yeux ouverts, comme s'il contemplait le ciel. Parfaitement immobile.

J'ai plaqué une main sur ma bouche en essayant de ne pas vomir. La scène avait quelque chose de surréaliste. Il regardait le soleil éblouissant sans plisser les yeux. Une mouche errait le long de ses côtes figées. J'ai songé qu'en temps normal il aurait essayé de la gober.

Sauf qu'on n'était pas « en temps normal ».

Car Shadow était mort.

Je me suis accroupie et je l'ai pris dans mes bras. Mes larmes se sont mises à couler comme l'eau d'une fontaine détraquée. J'avais mis le temps. Des années, pour être exacte, mais c'était enfin arrivé. Après tout ce que j'avais vécu — je pleurais.

— Non, Vieille branche, ai-je sangloté en pressant sa tête contre moi.

Il me paraissait plus lourd que d'habitude. Flasque et raide à la fois. Pam se tenait derrière moi, immobile, et j'ai eu envie de la frapper.

— Donc, il est là depuis ce matin.

— Oui.

— Pourquoi tu ne m'as pas prévenue avant, Pam ? Pourquoi tu n'as pas appelé ?

Je me suis levée d'un bond, mon chagrin laissant soudain place à une immense colère. Cette émotion était plus facile à gérer que la perte, paralysante et suffoquante. Pam a passé une main dans ses cheveux peroxydés, ses ongles acryliques roses produisant un crissement ignoble.

— J'ai passé la matinée à vomir. Tu sais que j'aimais beaucoup ce chien, moi aussi. Mais il était vieux, Jesse. Et puis, il avait un cancer. On ne pouvait plus rien faire.

— Une seconde, l'ai-je interrompue en levant une main. Quel cancer ? De quoi tu parles ?

Aux dernières nouvelles, les résultats de ses analyses de sang n'étaient toujours pas arrivés, et quand je l'avais interrogée à ce sujet, Pam avait répondu que le Dr Wiese n'avait jamais appelé. J'avais prévu de passer par la clinique aujourd'hui après le déjeuner.

Pam a froncé le nez, comme si elle était face à une gamine agaçante qui faisait un caprice. J'ai éprouvé une envie folle de la pousser dans la piscine pour la voir se noyer. Le pire, c'est que je savais que j'en étais capable. Je n'étais plus triste, ni léthargique. Je bouillonnais de rage, je brûlais d'une flamme dévastatrice capable de tout consumer autour de moi en moins de temps qu'il n'en fallait pour le dire.

Elle a levé les bras en l'air.

— Écoute, je suis désolée, mais tu es une vraie épave et on ne voulait pas te le dire parce qu'on savait que tu en ferais tout un plat. Et on avait raison, la preuve. Je n'ai pas besoin de ça dans ma vie. Mon coach m'a dit que tu perturbais mon zen.

— « On » ? Parce que Darren était au courant, lui aussi ?

Je me suis avancée vers elle. Elle a reculé d'un pas. Encore quelques pas et je n'aurais même pas à la pousser dans la piscine. Elle y tomberait toute seule.

— Bon, d'accord, c'était moi. Tu t'es regardée, Jesse ? Tu ne vois pas à quel point tu es bizarre et imprévisible ? Ce n'est pas étonnant qu'on préfère éviter d'avoir affaire à toi.

— Tu m'as forcée à avorter après m'avoir convaincue de nier que j'avais été victime d'un viol collectif. Tu t'attendais à quoi ? Je perturbe ton zen ? Toi, tu as fichu ma vie en l'air, je te signale !

— Tu remets ça ! s'est-elle écriée en reculant d'un pas de plus avec un geste dédaigneux de la main. Tu n'étais qu'une gamine ! Tu aurais accouché de ce chiard et c'est moi qui aurais dû m'en occuper. Tout ce que je veux, c'est qu'on me laisse tranquille.

J'ai avancé vers elle. Pour la première fois, je comprenais que, si je n'étais sans doute pas tout à fait saine d'esprit, Pam ne l'était pas non plus. Elle refusait toujours d'admettre qu'on m'avait violée, et son égocentrisme frisait la folie.

— Quand est-ce que tu as su pour le cancer, Pam ?

Il fallait qu'elle me dise que ça datait de ce matin, histoire que je puisse la regarder sans avoir envie de l'assassiner. Mais en la voyant lever les mains en signe de capitulation et reculer d'un pas de plus, déjà sur la défensive, j'ai su que sa réponse ne serait pas ce que je voulais entendre.

— Deux ou trois jours après la prise de sang.

Mon ventre s'est retourné. Ça m'aurait laissé le temps de lui dire adieu. Je n'avais pas pu le tenir dans mes bras pour son dernier souffle. Je n'avais même pas été là pour le réconforter. Pour m'assurer qu'il avait tout ce dont il avait besoin, qu'il se sentait aimé. Pour l'installer sur un de mes gilets à capuche — il adorait dormir sur mes habits. J'aurais murmuré des paroles apaisantes qu'il aurait comprises. Je n'avais même pas eu la chance de lui donner ce que nul autre que lui dans cette maison méritait — le respect qu'on accordait à un membre de la famille qui avait été là quand personne d'autre ne l'avait été.

Shadow avait sûrement rendu son dernier souffle pendant que j'étais sous la douche avec Roman, à lui griffer le dos en gémissant.

Voilà ce qui arrive quand on veut vivre.

— Je te hais ! Je te hais, putain ! ai-je hurlé en me ruant soudain sur Pam.

Elle a trébuché en arrière et a chuté dans la piscine, du côté le plus profond, là où on n'avait pas pied. Pam n'était pas bonne nageuse. Elle ne s'était jamais donné la peine de plonger un orteil dans l'eau, préférant se concentrer sur ses séances de bronzage.

Elle a battu des bras, paniquée, et a poussé un cri. Pour la première fois, c'était moi qui avais le dessus dans notre relation et je comptais bien savourer ce moment.

Je me suis accroupie pour la contempler, le visage dénué de la moindre émotion.

— Le pire, tu sais ce que c'est ?

— Jesse ! a-t-elle hurlé avant de boire la tasse. Jesse ! Aide-moi à sortir !

— Je ne peux pas noyer mes démons. Eux, ils savent nager.

Chapitre 18

Bane

Je t'aime, mais tu as choisi le pire moment possible pour m'appeler.

Cette pensée m'a traversé l'esprit tandis que j'attendais devant le bureau de Darren Morgansen pour le remercier pour les six millions de dollars et lui dire que je préférais sauter sa belle-fille. Et plutôt deux fois qu'une. Le hic, c'est que c'était justement sa belle-fille qui m'appelait.

En plus, je venais de lui dire que je l'aimais.

Ou, du moins, je l'avais pensé.

Merde alors, j'aimais Jesse Carter.

J'étais amoureux d'elle.

Sans blague, petit con ? C'est vrai que c'est dans tes habitudes de cracher sur les six millions de briques offerts par un magnat du pétrole.

Ce matin-là, dans ma petite kitchenette miteuse, j'avais compris que je ne me contentais pas de baiser Flocon de neige. Je baisais aussi SurfCity, parce que je ne trouverais jamais le fric nécessaire pour le construire, et pire encore je me baisais moi-même, parce que, merde, je m'apprêtais à contracter une énorme dette. Belle ironie. J'étais devenu plein aux as à force de coucher avec des tonnes de nanas, mais au bout du compte une seule partie de jambes en l'air allait me coûter un million de dollars.

Darren a ouvert la porte de son bureau et m'a fait signe d'entrer. Pour la première fois depuis longtemps, je ne me sentais pas sûr de moi. J'étais même nerveux. Pas parce que j'allais rompre le contrat. Ça, je n'en avais rien à carrer. Mais à cause de la somme que j'allais devoir. D'habitude, c'était à moi qu'on devait du fric, pas l'inverse. Je trouverais le blé, mais pas tout de suite. Il me faudrait un an minimum. Et rien ne me disait qu'il m'accorderait un tel délai.

— Vous allez bien ? s'est enquis Darren en m'invitant à m'asseoir.

Le décor de son bureau était presque trop impersonnel.

J'ai songé, pour la première fois, que Darren se débrouillait pour que tout autour de lui — lui compris — paraisse bénin et inoffensif. Une alarme s'est mise à retentir dans ma tête. *Ding, ding, ding.*

Il ne portait jamais de costumes chers.

Il se tenait toujours le dos voûté, la tête basse.

Son défaut de prononciation. Ses bureaux. Ses relations. Il était presque commodément faible.

— Ne faites pas semblant d'en avoir quelque chose à foutre, ai-je lâché en balançant mon portefeuille et mon téléphone sur sa table avant de me laisser tomber dans un fauteuil. La vie est trop courte pour ça.

— Comme vous voudrez.

Il s'est avancé vers son siège en m'inspectant soigneusement. Cette fois, il ne m'a pas proposé un verre, un cigare ou son poumon gauche. Il s'est contenté de me décocher un regard agacé qui m'a fait comprendre qu'il devinait déjà la mauvaise nouvelle que j'allais lui annoncer.

Et puis, il m'a pris de court.

— Vous avez coussé avec elle.

En tant que gentleman, je n'aurais pas dû répondre, mais avec le contrat que j'avais signé je ferais mieux de parler, sauf si l'idée de me coltiner un procès m'excitait à mort. J'ai opté pour une demi-vérité. Je n'étais pas prêt à trahir Jesse si elle ne lui avait rien dit. Et je préférais croire qu'elle n'avait pas évoqué ses exploits sexuels avec son beau-papa, parce que : Beurk. Dégueu.

— Que je l'aie fait ou non n'a aucune importance. La situation a changé. Je ne marche plus.

J'ai allumé un joint froidement et j'ai jeté l'allumette encore enflammée sur la table entre nous. C'était surtout pour l'énerver, et pour lui rappeler qu'il n'était pas mon patron. Même si je n'en étais pas sûr à cent pour cent. L'allumette a crépité avant de s'éteindre. J'aurais aimé que Darren fasse de même.

— Il vous reste encore quelques mois à tenir, il me semble.

Darren a tendu le cou pour jeter un coup d'œil à l'heure qu'indiquait mon téléphone, l'air curieusement à l'aise. Je me suis demandé combien de Xanax il gobait par jour.

— Elle a un boulot. Des amis. Elle m'a, moi. Rien de tout ça ne va changer en six mois, ni même en six ans, si elle décide de rester à Todos Santos.

La seule idée qu'elle puisse vouloir le contraire me rendait dingue.

— Par conséquent, la durée convenue à la base n'a plus d'importance. Inutile de me verser le reste de l'argent. Vous vous en tirez donc pour trois millions de dollars pour bien plus de six mois.

Pour une vie entière. Évidemment, je ne l'ai pas dit à voix haute parce que, premièrement, ç'aurait été ridicule et, deuxièmement, je savais que Jesse finirait tôt ou tard par se réveiller et par se trouver un mec qui la méritait vraiment. La vie n'attend personne. Pas même un pauvre type comme moi.

— C'est justement à cause de cette date limite qu'on a signé un contrat, a souligné Darren, dont l'œil gauche tressaillait. Mais ça, c'était avant que vous rompiez notre accord. Vous avez raison sur un point, Bane. La situation a changé, en effet.

Je me suis penché en avant.

— J'en ai rien à carrer de tout ça. J'ai plus aidé votre belle-fille que sa psy, vous et Pam réunis.

— Le contrat est rompu quand même, a-t-il insisté sèchement.

Je n'avais ni le temps ni l'envie de me chamailler avec ce clown. J'ai esquissé un geste de mépris.

— Vous savez quoi ? Comme vous voudrez. J'ai dû claquer un million de ce que vous m'avez filé, je vais vous transférer les deux millions qui restent et on passe à autre chose. Juste, n'oubliez pas de mettre une laisse à votre femme au passage.

— Bane, m'a-t-il interrompu en posant ses doigts osseux sur la table, le sourire aux lèvres. Vous n'êtes pas assez attentif.

J'ai penché la tête sur le côté.

— Hein ?

— Vous êtes *vraiment*, *franchement* dans la merde.

Sans m'accorder un regard, Darren a ouvert un tiroir. Il en a sorti une pile de documents, qu'il a posée entre nous. Puis, il a inspiré, l'air blasé et détaché.

— Et si vous lisiez l'article 77, alinéa 7, monsieur Protsenko ? Peut-être que la partie sur les dommages et intérêts éclairera votre lanterne.

C'est là que j'ai pigé.

Son cheveu sur la langue.

Il avait disparu.

Ainsi que l'homme que j'avais cru savoir décrypter si aisément. Darren Morgansen s'est redressé sur son siège.

Il paraissait plus vif, plus alerte. Pas autant que les autres magnats du pétrole de Todos Santos, mais presque.

À quoi tu joues, vieux con ?

Il a fait glisser le contrat vers moi, et j'ai cherché frénétiquement cette fichue clause que je ne m'étais pas donné la peine de lire. Inutile de lui demander pourquoi il avait fait semblant d'avoir un problème d'élocution. C'était pour embrouiller les gens comme moi. Voilà pourquoi j'avais à peine parcouru le contrat. Parce que je l'avais vu comme un type faible. Sauf que la réalité était tout autre. Enfin, j'ai repéré la clause. Dans mon esprit, j'entendais presque Darren qui ricanait.

> *77.7 En cas de rupture ou de résiliation du contrat de la part de Roman Protsenko (l'Entrepreneur), et dans le respect du temps, des efforts et des ressources de Darren Morgansen (l'Investisseur), l'Entrepreneur devra dédommager l'Investisseur à hauteur de 1,5 million de dollars pour les dommages encourus par l'Investisseur.*

Je ne cessais de relire le même paragraphe, encore et encore. Ça n'avait aucun sens. Comment j'avais pu signer ce truc ? J'étais futé. Chacun de mes gestes était soigneusement calculé. Je passais sans doute pour un fumeur de blases à la cool, et je jouais parfaitement mon rôle — tout comme Darren —, mais j'étais un joueur d'échecs, bon sang ! Artem m'aurait tué en voyant ça. S'il avait été vivant. Ce qui n'était pas le cas.

Merde. Bon sang. Merde, merde, merde.

Darren a posé les coudes sur son bureau, et son sourire s'est élargi. Il s'éclatait. Il a pressé l'index sur le milieu de la page et l'a fait glisser vers lui avec un soupir théâtral.

— On dirait que vous êtes dans de sales draps.

Je l'ai toisé du regard, bouillonnant de colère.

— C'est quoi, votre problème ?

Il a haussé un sourcil.

— Comment ça ?

— Vous n'avez pas fait tout ça pour rien. C'est quoi, votre but final, Morgansen ? Et pas d'entourloupe.

Il s'est frotté le menton et a semblé réfléchir quelques instants.

— Vu que vous me devez une somme que vous ne pourrez jamais me donner — deux millions et demi de dollars, il me semble — et que votre relation avec Jesse est plus ou moins finie, je pense que je peux vous le dire. C'est à cause d'Artem.

— Hein ?

— Artem, a-t-il répété. C'était lui, mon problème. Je savais que vous ne seriez pas capable de garder vos distances avec Jesse, vous voyez ? Et je ne vous ai jamais aimé, Bane. Avant même de vous connaître, je vous haïssais déjà. Je vous détestais parce que je *le* détestais.

— Qu'est-ce que vous avez à voir avec Artem ? ai-je craché.

Je l'avais bien aimé à l'époque où il sortait ma mère, mais à ce stade il n'était plus qu'un lointain souvenir. Désormais, j'étais surtout triste pour elle. Elle avait beaucoup tenu à lui.

Darren a rejeté la tête en arrière et a éclaté de rire. J'avais envie de lui éclater la tronche, mais pas avant qu'il me donne une explication.

— Artem Omeniski était le père de Jesse.

Dans la vie, la plupart du temps, on est en mouvement, alors on n'est pas vraiment conscient de ce qui se passe autour de soi. On se contente de réagir à des situations, c'est pour ça qu'on dit que la vie n'est rien d'autre qu'une accumulation de décisions. Mais, parfois, c'est plus que ça. Parfois, c'est un puzzle qui s'assemble brusquement. Et là, tout avait soudain un sens.

Pam et Artem ne s'étaient jamais mariés. Voilà pourquoi Jesse s'appelait Carter, pas Omeniski.

Artem avait trompé Pam avec ma mère et brisé la famille de Jesse.

Jesse avait vénéré son père, et Darren le détestait, lui, ou l'idée qu'il se faisait de lui. Par conséquent, il savait que j'étais l'enfant bâtard qu'Artem avait pris sous son aile tant d'années plus tôt. C'était comme ça que ma mère l'avait rencontré. Quand j'étais à l'école primaire, on lui avait confié pour mission de s'assurer que je n'allais pas devenir un tueur en série ou je ne sais quoi, et on se voyait toutes les semaines. On avait tenu à me trouver un assistant social qui parlait russe et avec qui je me sentirais à l'aise, ce qui était le cas. Il était venu chez nous. Il avait mangé à notre table. Il m'avait appris toutes sortes de conneries. Et ma mère avait été fidèle à elle-même : chaleureuse, perspicace, douce et belle. Ils avaient des valeurs, des idées et une culture similaires. Je ne pouvais pas lui en vouloir d'avoir trompé Pam. J'étais sûr qu'il n'était resté avec elle que pour veiller sur Jesse. Allez savoir ce dont Pam aurait été capable s'il l'avait quittée ?

— Alors comme ça, vous avez voulu vous venger d'Artem à travers moi ? me suis-je offusqué en me frottant le menton. Vous êtes au courant qu'on ne peut pas blesser un mort ? C'est un peu tard pour ça.

Darren a haussé les épaules.

— Jesse l'aimait trop, ce salaud. Il ne méritait pas son admiration.

— Vous l'avez tué ?

À ma connaissance, Artem s'était rompu le cou en chutant dans l'escalier du bureau où il travaillait, mais sa mort tombait un peu trop à point. Darren m'a dévisagé avec confusion.

— Je ne suis pas un assassin.

— Donc, Vicious faisait partie du plan, ai-je enchaîné,

veillant à ce que toutes les pièces du puzzle soient bien en place.

Darren a secoué la tête.

— Il vous a aidé à m'approcher.

J'ai repensé à mon entrevue avec Vicious quelques mois plus tôt. Quand il m'avait aiguillé vers Darren. Mais, une fois de plus, ce dernier a secoué la tête.

— J'ai rencontré Baron au country club il y a quelques mois. Je savais que vous alliez lui parler, parce que vous l'admirez. Tout le monde dans cette petite ville minable sait que vous finirez par monter sur son trône. Alors, je lui ai simplement laissé entendre que je cherchais à investir dans une affaire locale. Il ignorait tout de mon plan — il a mordu à l'hameçon, rien de plus.

— Et comment est-ce que Jesse va réagir en apprenant ça, à votre avis ? ai-je demandé, les dents serrées.

— C'est là tout l'intérêt de la situation, a-t-il déclaré avec un grand sourire. Vous ne lui direz rien, sauf si vous tenez à crouler sous les dettes jusqu'à la fin de votre misérable vie. Tout ce que j'ai fait, c'était pour Jesse. Artem était un sale type. Je l'ai su dès que j'ai posé les yeux sur Pam et Jesse. Je voulais donner à Jesse la vie qu'elle n'aurait jamais pu avoir. Et j'y suis arrivé. Après son agression, il fallait que je trouve le moyen de la ramener dans le monde réel. Vous étiez parfait pour ça. Belle gueule, jeune, et, surtout, ouvert à tout.

Il s'est arrêté pour me dévisager. L'air plus blasé que jamais, je ne lui ai pas même offert une crispation des mâchoires. Il a poursuivi lentement.

— Je savais que vous parviendriez à dompter ses démons pour un bon prix, et j'étais ravi d'allonger les billets. À mes yeux, il y avait deux possibilités : soit vous remplissiez votre part du marché et vous la laissiez partir sans faire d'histoires, parce qu'il faut voir la réalité en face, une fille comme Jesse est trop bien pour un clodo comme vous, a-t-il affirmé avec un air méprisant. Ou alors, vous rompiez le contrat, auquel cas non seulement j'empêchais le bâtard chéri d'Artem d'obtenir son précieux SurfCity, mais en plus il me devrait une coquette somme. Alors, voici ce qui va se passer : vous allez quitter mon bureau et dire à Jesse que c'est fini entre vous. Que vous ne voulez pas d'une relation sérieuse, mais qu'elle peut continuer de travailler au Café Diem. Supprimez son numéro de votre répertoire. Ne répondez pas à ses textos. Laissez-la tranquille. Si vous faites tout cela, je considérerai qu'on est quittes. Si vous désobéissez, vous aurez des ennuis. Des *millions* d'ennuis, pour être précis.

Il existe une loi tacite sur les affrontements. C'est le dernier à parler qui gagne. Ou, du moins, qui a l'avantage. Je tenais à être cette personne, alors j'ai fait la seule chose qui m'est venue à l'esprit. J'ai souri, comme s'il venait de me proposer un marché bien trop tentant pour qu'on le refuse, alors qu'en réalité je savais que c'était fini pour moi. Puis j'ai porté une main à son cou, j'ai attrapé sa cravate et j'ai tiré sur le nœud. *Fort*. Pas pour l'étrangler, mais suffisamment pour lui montrer que j'en étais capable. Et qu'au besoin je le ferais. Mon visage était si près du sien que j'ai lu la panique dans ses yeux. Il avait sans doute réussi à simuler un cheveu sur la langue, mais il ne pouvait feindre le courage. Il flippait. Et avec raison.

— Je crois que vous avez oublié une chose, Morgansen. J'ai grandi ici. Je connais cet endroit. Je *suis* cet endroit. Vous avez peut-être du fric, mais vous n'imposez pas le respect. Et vous n'avez pas d'amis. Ni de relations. Vous n'avez aucun pouvoir sur moi et, si vous croyez que je vais m'agenouiller devant vous, vous vous fourrez le doigt dans l'œil.

J'ai lâché sa cravate et je l'ai laissé s'affaler comme un sac de pommes de terre sur son fauteuil de cadre. Je me suis dirigé vers la porte, un sourire de façade aux lèvres. Je me suis arrêté sur le seuil et je me suis retourné.

— Vous n'auriez pas dû jouer au con avec moi, Darren.

— Larguez-la.

— Excusez-moi ? Vous êtes sourd ou quoi ? Vous n'avez pas entendu ma dernière phrase ?

— Vous le regretterez, fiston.

Je n'étais pas expert en matière de figures paternelles, mais je savais que j'aurais préféré qu'on m'arrache les couilles plutôt que d'entendre Darren m'appeler « fiston ». J'ai claqué la porte derrière moi, suffisamment fort pour la faire trembler sur ses gonds.

Tu parles que je vais le regretter.

À peine dans l'ascenseur, j'ai été pris de nausées. J'ai vomi mon petit déjeuner dans un des rosiers bien entretenus devant l'immeuble de Darren, avant de me traîner jusqu'à l'épicier le plus proche pour acheter une bouteille de vodka et une boîte d'aspirine. La grande classe. Après avoir avalé deux comprimés à l'aide d'une grande gorgée et avoir jeté le reste de la bouteille dans une poubelle, je me suis appuyé sur ma Harley, les coudes sur les poignées, pour réfléchir à ce que j'allais bien pouvoir raconter à Jesse.

La vérité, espèce de menteur. Si tu tentais d'être sincère, pour une fois ?

Sauf que la vérité était compliquée. Elle était chaotique et gênante. Même moi, je ne la comprenais pas tout à fait. Pour commencer, Jesse et moi étions presque demi-frère et sœur. Certes, je n'avais pas les gènes d'Artem et il n'avait jamais été marié à ma mère, mais il avait été un père pour moi quand j'en avais eu besoin, ce qui était arrivé plus d'une fois. Ma mère n'avait pas su qu'il avait une famille avant qu'il soit trop tard — elle l'avait sûrement compris le jour où elle s'était rendue à son enterrement et avait préféré me le cacher, ne voulant pas ternir son image à mes yeux. Le bon côté de cette nouvelle-choc, c'est qu'au moins j'avais désormais une réponse claire et nette à la question de ma mère, à savoir : est-ce qu'elle allait bientôt rencontrer Jesse ? C'était mal parti.

J'étais presque sûr qu'en apprenant ça Jesse ne voudrait plus rien avoir à faire avec moi. Même si elle parvenait à surmonter cette nouvelle, il restait que je lui avais menti. J'allais devoir justifier le fait que j'avais signé un contrat dans lequel elle n'avait été rien de plus qu'un pion. Un moyen de parvenir à mes fins. Et puis, pour finir, il y avait la question de l'argent. J'étais officiellement endetté auprès de Darren — des millions de dollars que je ne possédais pas. Je n'aurais pas d'autre choix que de me séparer du Café Diem et de revendre le nouvel hôtel. Sans le moindre doute, j'allais y laisser ma chemise — et sûrement ma péniche aussi. J'essayais de me dire que je réussirais tôt ou tard à m'en sortir. Comme toujours.

Le menteur. L'arnaqueur. Le voleur. L'escort-boy.

J'avais de multiples casquettes et je manipulais les gens comme s'il s'agissait de simples instruments. On dit « un de perdu, dix de retrouvés », mais dans mon cas je n'avais jamais rien perdu. Pas avant d'avoir trouvé celle qui m'importait vraiment.

Et puis merde. Oui, je voulais bien perdre ma chemise, mes propriétés et mon chez-moi, mais pas elle. Pas Jesse.

Obnubilé par cette idée, j'ai sauté sur ma bécane pour me rendre chez elle. Je comptais cracher le morceau, et essayer de la convaincre de ne pas me trucider. J'espérais que le fait d'avoir ignoré les menaces de Darren et de l'avoir choisie, elle, au lieu du fric, jouerait en ma faveur. Mais, contrairement à elle, je n'avais jamais été baisé par un mec qui avait négocié un rencard avec moi en échange de blé, alors qu'est-ce que j'en savais ?

Et merde.

Arrivé à El Dorado, j'ai appuyé sur la télécommande pour ouvrir la grille, mais elle est restée fermée. Nom de Dieu. Ils avaient changé le système électrique. Inutile d'être un génie pour savoir qui en était à l'origine.

Samantha. Qui n'était plus une cliente. Et qui était donc en rogne, revancharde et surtout plus d'aucune utilité à mes yeux.

J'ai garé ma Harley devant le portail. J'étais déjà en train d'escalader la grille quand j'ai entendu une voix familière s'élever derrière moi.

— Violation de propriété, a bâillé Vicious. Si vous voulez acheter sa prochaine villa mexicaine à votre avocat, contentez-vous de vous inscrire sur un site de financement participatif.

Je me suis retourné pour le dévisager. Il était assis dans son Aston Martin One-77 argentée, un bras sur le rebord de sa vitre ouverte.

— Ouvrez-moi cette fichue grille.

— Bane. Je ne vous avais pas reconnu sans tous ces poils pubiens sur le visage. Vous allez où comme ça ?

Il n'y avait aucune agressivité dans sa voix, ce qui signifiait que même lui il me prenait en pitié. Je devais avoir l'air sacrément pathétique.

— Chez les Morgansen.

Le simple fait de prononcer le nom de famille de Darren me donnait mal au bide.

Vicious a baissé ses Ray-Ban pour m'étudier.

— Les affaires marchent bien ?

— Je n'ai pas envie d'en parler.

J'étais encore pendu à la grille comme un singe ivre quand il a appuyé sur sa télécommande et que le truc s'est mis à bouger. J'ai sauté par terre. Vicious a désigné le siège passager d'un hochement de tête.

— Montez.

— J'ai ma moto.

— Vous allez vous faire repérer en deux secondes. Samantha Haggins s'est fait taper sur les doigts l'autre jour pour avoir donné la clé à son petit gigolo. Vous avez idée de qui c'était ?

Et merde. J'ai secoué la tête et j'ai grimpé dans la voiture.

En chemin, Vicious n'a plus desserré les dents et j'ai tâché de ne pas stresser à l'idée de revoir Jesse. Lorsqu'il m'a déposé devant la maison coloniale, il a sorti un joint de sa poche, l'a allumé, a tiré une bouffée et me l'a tendu.

— On n'est plus des inconnus l'un pour l'autre, a-t-il affirmé.

Je n'étais pas d'humeur à plaisanter, mais j'ai pris le joint, parce que j'en avais besoin.

— Je crois que je suis dans la merde, Baron.

— Bien. Ça veut dire qu'il y a quelqu'un dans ta vie qui vaut le coup.

En Russie, on dit souvent qu'un ennui ne vient jamais seul. J'aurais dû m'en douter en quittant le bureau de Darren. Sauf que j'étais tellement focalisé sur le merdier dans lequel je m'étais fourré que je n'avais même pas pris la peine de rappeler Jesse.

Elle a ouvert la porte, les yeux et le nez rouges, plus pâle que jamais. Ses cheveux étaient ébouriffés, et son regard avait perdu l'éclat espiègle qui avait le don de m'exciter. J'ai aussitôt oublié mon long discours bien élaboré et je suis entré pour la prendre dans mes bras.

— Ça va ?

— Shadow est mort.

— Merde, ai-je soufflé en la serrant plus fort contre moi, le nez enfoui dans ses cheveux. Quand ?

— Ce matin. Pam l'a trouvé dans le jardin, mais elle ne m'a pas appelée. Il avait un cancer. Elle le savait depuis… un bout de temps.

Elle s'exprimait avec un tel détachement que j'ai compris qu'elle était encore en état de choc. Ce n'était pas le moment de lui apprendre une nouvelle qui lui ferait l'effet d'une bombe, ni de l'entraîner dans ma guerre avec Darren. En même temps, je savais qu'il ne tarderait pas à rentrer. S'ils se croisaient, j'étais foutu. Je me suis écarté, j'ai passé les mains sur ses yeux, ses cheveux, ses joues, ses lèvres. Je faisais l'inventaire, pour m'assurer que tout était intact. Que ma Jesse était toujours mienne. C'était le cas. Pour l'instant.

— Il est où, là ?

Elle a jeté un coup d'œil vers l'escalier.

— Je l'ai monté dans ma chambre. Je ne savais pas quoi faire. Il faut que je l'enterre. Mais, Roman…

Elle a éclaté en sanglots, et je l'ai tenue dans mes bras pendant plusieurs minutes en écoutant le sang rugir dans mes oreilles. Puis, je me suis dirigé vers l'escalier d'un pas lourd et j'ai gravi les marches. Naturellement Pam a choisi de descendre à ce moment-là. À son air, j'ai compris qu'elle ne voulait plus coucher avec moi. Je lui ai adressé un doigt d'honneur et j'ai poursuivi mon chemin jusque dans la chambre de Jesse. J'ai enroulé Shadow dans un drap avant de le ramener au rez-de-chaussée.

— Qu'est-ce que vous allez faire du chien ? a crié Pam depuis la cuisine.

Je n'ai rien répondu. J'avais envie de les tuer, elle, son mari, le Dr Wiese, qui avait opté pour la facilité en préférant annoncer le cancer à Pam plutôt qu'à Jesse, trop fragile et sensible à son goût.

— On y va, Flocon de neige.

J'ai hissé Shadow dans le coffre et je me suis installé au volant de la Rover. Jesse m'a suivi en silence. J'ai conduit jusqu'au réservoir à l'orée de la ville, sachant qu'il y aurait largement la place là-bas pour l'enterrer. Flocon de neige regardait par la vitre en reniflant. Je ne voulais pas la forcer à parler, elle avait sûrement assez de choses dans la tête comme ça. De temps à autre, elle me prenait la main. J'avais une folle envie de la lui serrer, fort, et de lui dire que ce n'était pas tout. Qu'il fallait qu'elle soit forte, parce que tout n'allait pas tarder à s'envenimer.

— Jesse.

— Mme B est en train de mourir, a-t-elle annoncé d'une voix neutre en continuant de regarder par la vitre. Ses enfants refusent de venir en Californie pour lui dire adieu.

J'ai ravalé un chapelet d'injures.

— Vraiment ?

— Oui. Ils m'ont dit d'arrêter de les contacter. Je voulais qu'ils viennent tant qu'elle était encore lucide, mais ça ne va pas se faire. Tu sais ce qui ne va pas se faire non plus ? Moi sous le même toit que Pam. J'en ai ma claque de ses conneries. Tout ce qui m'importait dans cette maison, c'était Shadow, et maintenant il n'est plus là.

Je savais que j'allais droit dans le mur vu tout ce que je lui cachais, mais je n'ai pas pu me retenir.

— Viens chez moi.

Ce n'était pas une question.

— Je pensais demander à Gail. Elle cherche une coloc.

— Elle ferait mieux de se trouver des vrais goûts musicaux, ai-je blagué. Si je l'entends passer My Chemical Romance sur son téléphone encore une fois, je jure que je lui fais bouffer.

Je m'attendais à un rire, un sourire, n'importe quoi. Mais non, rien. Je lui ai touché la cuisse.

— Allez. Ça va aller.

— Non. Mon père est mort. Mon chien est mort. Ma meilleure amie est mourante. Il ne me reste plus que toi. Bon, et Darren et Mayra, j'imagine, mais ils ne s'intéressent à moi que parce qu'ils n'ont pas le choix. L'une est payée pour, et l'autre a épousé ma mère.

Je n'ai pas répondu. En effet, je doutais que Darren tienne à elle. Sinon, il n'aurait pas élaboré ce genre de plan. Mais bon, qu'est-ce que j'y connaissais à l'amour ? En y réfléchissant... Pas mal de trucs, en fin de compte. Pour commencer, je savais que ça faisait un mal de chien.

Je me suis garé pas loin d'un vieux sycomore. La terre était meuble et humide, facile à creuser. J'ai sorti du coffre une pelle que j'avais piquée dans la cabane du jardinier, j'ai jeté mon T-shirt sur le siège du conducteur et je me suis mis à creuser. Jesse a contemplé mon dos pendant toute l'opération. J'ai transporté Shadow jusqu'à sa dernière demeure, je l'ai enterré et j'ai écrit son nom dans la terre. *Shadow Carter, le chien.*

— Il devrait avoir droit à un éloge funèbre.

Je l'ai attirée vers moi, j'ai enroulé un bras autour de ses épaules et j'ai planté un baiser sur le sommet de son crâne.

— C'était un bon chien. Il le mérite.

Elle a fixé du regard le monticule sous le sycomore, le menton tremblant. J'avais envie d'aspirer sa douleur jusqu'à ce qu'elle se sente mieux, quitte à ce que ça me tue. Le pire, c'est que je savais que je lui causais du tort en lui taisant mon entrevue avec Darren. En ne lui disant rien sur Artem. Pourtant, je n'arrivais pas à l'imaginer souffrir davantage.

— Il était une fois une petite fille, a-t-elle commencé en s'accroupissant pour enfouir sa paume sous la terre. Elle avait peur du noir et elle adorait les KitKat. Chaque KitKat comportait quatre barres de chocolat. Une pour elle. Une pour son père. Une pour sa mère, et une…

Elle s'est interrompue. Malgré son visage baissé, je savais qu'elle souriait.

— La fillette avait envie d'un compagnon, alors son papa lui a offert un petit chiot pour Noël. Elle l'a appelé « Shadow », parce qu'il la suivait partout comme son ombre. Sous la pluie battante, dans la chaleur étouffante. Il était là pour elle quand elle a perdu son papa. Il était là pour elle quand sa mère a voulu repartir de zéro et a décidé que sa fille ne cadrait plus avec son existence. Il était là pour elle quand ils ont pris l'âme de la fille pour ne laisser que son corps abîmé. Il était là pour elle, même si elle n'était pas là pour lui. Elle avait trop peur d'affronter le monde réel. De l'emmener chez le vétérinaire. De le sauver.

— Jesse.

Elle a secoué la tête.

— Pourquoi est-ce que la vérité fait toujours aussi mal ?

J'aimerais bien le savoir. Là, je suis en train de me noyer dedans.

À l'époque où j'étais jeune et impressionnable, Artem m'avait donné un conseil qui m'avait tellement plu que je l'avais tatoué sur mon torse, au cas où. En hommage à l'homme qui, à mon insu, contribuerait si magnifiquement à ma chute.

Ne tombe pas amoureux. Saute plutôt d'un pont. C'est moins douloureux.

Cette formule me plaisait et elle me faisait marrer. J'ignorais à l'époque qu'elle était vraie en plus d'être drôle. J'ai pris Jesse dans mes bras, et elle a blotti le visage contre mon torse. Je n'étais pas très fort pour réconforter les autres, mais j'avais une idée qui allait lui faciliter la vie, à défaut de la consoler.

— Donne-moi les numéros des enfants de Mme Belfort, ai-je ordonné.

Je les ai appelés le soir même, pendant que Jesse était sous la douche.

Le lendemain, ils prenaient l'avion.

Chapitre 19

Jesse

Le lendemain matin, je me suis réveillée la bouche sèche et pâteuse.

Une douleur sourde et persistante me serrait le crâne comme un étau. Je me suis demandé si je subissais ma toute première gueule de bois. J'ai battu des paupières sous les rayons de soleil qui abondaient par les fenêtres sans rideaux de la péniche de Bane. La réalité filtrait à l'intérieur, telle une lumière clignotante qui s'allumait et s'éteignait par intermittence.

Shadow était mort. On l'avait enterré la veille. Ensuite, on était rentrés chez Bane — *Où est ta Harley ? T'inquiète, Flocon de neige* —, et je lui avais dit que tout était mort, une allusion à *Sur la route* qu'il avait tout de suite relevée. Roman Protsenko était aussi éloquent qu'il était cultivé. C'était probablement l'homme le plus cultivé que j'avais connu, hormis mon père. Roman m'avait affirmé qu'il était temps de se boire un verre et de se fumer un joint, et une bière s'était transformée en trois. Il m'était rarement arrivé de boire de l'alcool avant l'Incident, et encore moins après, alors ça m'avait fait de l'effet.

Je n'étais plus soûle à présent. J'étais sobre, alourdie par le chagrin. Je me suis étirée dans son lit, imprégnée du parfum de son haleine à l'odeur de cannelle et de celui grisant de sa peau.

J'ai passé un bras sur l'épaule de Roman. Elle était dure comme la pierre, à croire qu'il avait été sculpté dans la matière la plus coriace au monde. Sa force contre ma fragilité. Sa solidité contre ma friabilité. Il a grogné, et j'ai jeté un coup d'œil au réveil à côté de lui. Il était 8 heures. Il avait manqué sa session de surf, sûrement à cause de moi, et j'étais déjà en retard pour aller au travail.

— Tu crois que mon patron m'en voudra si j'arrive à la bourre ?

Blottie contre lui, j'ai égrené des baisers depuis son épaule jusqu'à sa mâchoire. Sa peau était chaude, presque duveteuse. Il s'est retourné pour m'attraper par la taille et me plaquer contre son érection matinale.

— Ça dépendra de ton excuse. Il m'a l'air d'être un type plutôt raisonnable.

La veille, je m'étais montrée acariâtre. Certes, j'avais eu mes raisons, mais je n'avais même pas pris la peine de remercier Roman pour tout ce qu'il avait fait. Il avait dit qu'il parlerait à Kacey et Ryan, et voilà qu'ils atterrissaient ce soir à San Diego. Je voulais être présente à leur arrivée, mais je redoutais d'apprendre à quelle méthode Roman avait eu recours pour les inciter à sauter dans le premier avion.

— Mon excuse, c'est d'avoir justement couché avec le patron, ai-je décrété en haussant un sourcil.

Il a souri et a repoussé mes cheveux en arrière pour dégager mon visage.

— J'espère que cette ordure se retrouvera avec un procès aux fesses pour harcèlement sexuel avant ce soir. Comment tu te sens ce matin ?

— Déchirée, ai-je répondu en l'embrassant sur la bouche.

Épanouie, ai-je enchaîné en déposant un baiser sur son front. Surtout, je suis heureuse d'avoir quelqu'un sur qui compter.

J'ai laissé mes lèvres se promener dans son cou.

— Je t'aime, Roman « Bane » Protsenko, ai-je chuchoté. Pas parce que tu me fais oublier ma solitude, mais parce que tu me donnes de la force.

Je n'ai pas attendu qu'il le dise à son tour. J'ai déposé une pluie de baisers le long de son torse en repoussant la couverture en chemin, et je me suis arrêtée quand la boucle métallique de son piercing a effleuré mes lèvres. Je lui ai adressé un sourire. Son visage était neutre, indifférent.

— Il faut qu'on parle.

Il s'est frotté le visage avec ses grandes paumes, l'air peiné.

J'ai pris son sexe dans ma bouche et je l'ai aspiré goulûment. Il a laissé retomber sa tête sur l'oreiller, s'est couvert les yeux avec son avant-bras.

— Putain…

Je l'ai léché comme une sucette pendant quelques minutes avant qu'il m'attrape par les cheveux et incline mon visage vers le sien.

— Si tu veux me sucer, tu vas devoir le faire à ma façon.

J'ai hoché la tête en silence.

— Ça n'a rien à voir avec ce que tu as pu lire dans tes bouquins.

Il a baissé la voix, scrutant mon visage pour un signe de détresse. Il n'en a trouvé aucun.

— Tu n'en sais rien, tu ne les as pas lus, ai-je contré.

Il m'a décoché un sourire confiant et a posé une main dans ma nuque pour me rediriger vers son sexe.

— Si tu veux arrêter, dis « révolutionnaire ».

— Je ne vais jamais pouvoir dire ça avec ta bite dans ma bouche, ai-je fait remarquer, les yeux écarquillés.

Son sourire s'est élargi.

— Tant mieux.

Il a poussé sur ma nuque, et son sexe a aussitôt percuté l'arrière de ma gorge. J'ai pincé les lèvres et j'ai aspiré du mieux que j'ai pu en tâchant de ne pas suffoquer. J'avais soif de lui, et ça me désorientait. Je n'avais jamais voulu faire ça à qui que ce soit d'autre.

Lentement, il s'est mis à me baiser la bouche et m'imposer son rythme. Ses assauts sont devenus plus rapides, plus profonds et frénétiques, et je le sentais de plus en plus imposant dans ma gorge, tandis que sa main se crispait davantage autour de mes cheveux.

— Merde. Ta bouche est aussi serrée qu'un poing, a-t-il grondé d'une voix rendue rauque par l'excitation.

Deux minutes plus tard, je l'ai senti tressaillir entre mes lèvres. Il m'a fait relever la tête.

— Oui ou non ?

Inutile de lui demander de quoi il parlait.

— Oui.

J'ai senti son sperme chaud gicler dans ma gorge, épais et salé, et j'ai frémi de tout mon corps.

Quand il a terminé, il m'a entraînée jusque dans le salon, entièrement nue, et m'a fait asseoir sur le bord de son canapé usé. Il m'a écarté les cuisses et a posé la bouche sur mon sexe déjà humide de désir. Il a commencé par me lécher l'intérieur des cuisses, tout en les mordant doucement avec un sourire. J'ai fourragé dans sa crinière dorée, dont j'ai savouré la douceur soyeuse. J'ai étouffé un petit cri quand il a aspiré avec force, tout en passant nonchalamment la langue le long de ma fente. Ma bouche était endolorie et je sentais encore son goût sur ma langue. Est-ce qu'il était conscient de ne me l'avoir pas dit ? Peut-être qu'il ne partageait pas ce sentiment, après tout. Tant pis. Ça faisait mal, mais tant pis.

Il donnait de grands coups de langue autour de mon

clitoris, et je me suis contorsionnée jusqu'à lui agripper les cheveux pour le repousser. C'était trop pour moi. Les chevilles nouées derrière sa nuque, j'ai senti le souffle de son rire sur mon sexe.

— Pourquoi le divan, au fait ? ai-je bafouillé.

— La position est meilleure pour un cunni. Allonge-toi et laisse-moi te dévorer.

— Tu me rends dingue.

Je me suis tortillée pour mieux caler mes fesses et lever le bassin vers sa bouche. J'aimais ne pas voir son visage, mais simplement percevoir son sourire sur ma peau tandis qu'il me léchait de bas en haut en me caressant le clitoris avec le pouce.

— J'aime quand tu lâches prise. Tu deviens aussi juteuse qu'un fruit de la Passion.

Il a levé le visage. J'aurais dû mourir de honte en voyant ses lèvres et son menton si humides et luisants, mais j'avais largement dépassé ce stade.

À peine quelques minutes plus tard, j'ai joui violemment, tout en regardant ses lèvres magnifiques me sucer avec avidité. Il m'a contemplée. Une lueur sauvage brillait dans ses yeux d'émeraude, où je distinguais toutes les nuances de vert possibles et imaginables. Puis, il s'est levé, son érection à hauteur de mon visage. Il m'a poussée jusqu'à m'allonger à plat sur le dos et s'est agenouillé en chevauchant ma cuisse gauche.

— La position du bretzel, a-t-il expliqué en glissant en moi (sans capote) avec un sourire aussi séducteur que provocant.

— Jamais entendu parler, ai-je murmuré.

— Fais-moi confiance, tu n'es pas près de l'oublier.

Quand j'ai fini par arriver au café sans Roman, parti récupérer sa Harley à El Dorado avant d'entraîner Beck, je me sentais normale. Presque égale à moi-même. Moins comme le monstre que j'avais perçu en moi la veille.

Avant qu'on parte chacun de son côté, Bane m'avait embrassée devant le café. Ça ressemblait à une déclaration. Une affirmation sans paroles, mais qui proclamait la même chose que ce que je lui avais dit ce matin-là.

Il m'avait caressé la joue.

— Il faut qu'on parle ce soir quand tu auras fini chez Mme B. Promets-moi que tu iras directement chez elle après le boulot et qu'ensuite tu rentreras à la péniche.

J'avais acquiescé. Je pigeais. Il ne voulait pas que je me frite avec Pam. Moi non plus, d'ailleurs.

— Juré craché.

— Tu rentres direct, m'avait-il avertie une dernière fois.

Je l'avais regardé sauter dans la voiture de Beck pour partir récupérer sa Harley.

Enfin, je me sentais assez forte pour accomplir ce que je devais faire. Pour surmonter la mort de Shadow, et tous les obstacles que la vie avait mis sur mon chemin au cours des dernières années.

Ce que j'ignorais encore, c'était que cette force soudaine me serait essentielle.

Car, ce soir-là, la princesse allait devoir brandir son glaive.

Pour enfin tuer tous ses démons.

Mes heures de travail sont passées en un éclair. J'étais soulagée d'être occupée par mon boulot, ça m'empêchait de songer à Shadow. Sauf que Shadow n'était pas le seul problème que j'avais à gérer.

Où est-ce que je vais vivre ?

Est-ce que je vais pouvoir pardonner à Pam un jour ?

Est-ce que je devrais couper les ponts avec Darren aussi ?

Est-ce que Mme Belfort va s'en sortir ?

Et sans doute la question la plus importante de toutes, celle qui m'obsédait depuis le début de mes flash-back : qui était cette personne qui sentait la vodka ? Celle qui me poussait inconsciemment à tapisser ma chambre de polaroids de gens vus de dos ?

Quand j'ai fini mon travail, j'avais quatre appels manqués. Deux de Pam, un de Darren, un de Roman. Pam voulait sûrement s'assurer que je n'allais pas me suicider, ce qui aurait entaché sa précieuse réputation, et Darren cherchait sans doute à l'excuser en sortant un truc du genre « elle s'inquiétait zuste pour toi ». Comme je n'étais pas d'humeur, je me suis contentée de rappeler Roman.

— Tu vas chez Mme Belfort ? a-t-il demandé.

— Oui.

— Rappelle-toi : fais ce que tu as à faire, engueule ses gosses et rentre tout de suite après. Il faut absolument que je te parle.

— Tu me stresses.

C'était vrai, en plus. J'avais déjà eu mon lot de mauvaises nouvelles.

— C'est grave ?

Il a réfléchi avant de répondre, ce qui n'était pas franchement ce que j'espérais.

— Rentre direct à la maison, s'est-il contenté d'insister.

« La maison. » Comme si on vivait ensemble.

— On se voit ce soir, a-t-il repris.

— À plus.

Je t'aime, ai-je ajouté en silence. *Et je flippe à mort.*

Arrivée chez Mme Belfort, je suis allée tout de suite dans la cuisine. Kacey avait une tasse de thé à la main, et Mme Belfort dégustait une part de tarte aux pommes, le menton et le manteau couverts de miettes. Ryan, assis en face d'elles, buvait une bière à petites gorgées. Quand je suis entrée, ils ont tous levé les yeux vers moi. Je me suis avancée pour m'installer sur le siège vacant.

— Salut. Je suis Jesse.

— On sait qui vous êtes, a affirmé Ryan d'une voix posée. On connaît aussi la réputation de votre petit ami, d'ailleurs, et le coup de fil qu'il nous a passé n'était pas franchement une partie de plaisir. Vous avez intérêt à avoir une bonne raison de nous avoir fait venir.

Aucun des enfants de Mme Belfort ne ressemblait à sa mère. Ils étaient grands, blonds, et aimables comme des portes de prison. Rien à voir avec la femme chaleureuse que j'avais appris à aimer. Je me suis levée et j'ai croisé les bras.

— Il faut qu'on parle en privé. Tous les trois.

Mme Belfort a levé le nez de sa tarte aux pommes, l'air perplexe et un peu vexée.

— Imane, ai-je lancé à l'intention de sa domestique. Vous pouvez tenir compagnie à Juliette pendant qu'on va dans le séjour ?

Kacey, Ryan et moi nous sommes isolés. Je me suis assise en face d'eux. Je me sentais parfaitement inapte à aider quelqu'un d'autre — j'étais déjà incapable de m'aider moi-même, bon sang ! —, mais j'aimais trop Juliette pour laisser ses enfants la négliger.

— Votre mère a la maladie d'Alzheimer, ai-je annoncé de but en blanc.

— Elle a aussi les moyens de se faire aider, comme vous pouvez le voir, est intervenu Ryan en agitant la main pour désigner un personnel invisible.

J'ai pris une grande inspiration.

— Elle a des instants de lucidité. Elle sait qu'elle est en train de mourir. Elle sait que sa maladie ronge ses capacités. Et elle sait aussi que ses enfants font l'autruche à l'autre bout du pays.

— On nous a dit qu'on ne pouvait rien faire, est intervenue Kacey. Je ne peux pas la prendre chez moi, j'ai un gamin et je bosse soixante heures par semaine. C'est impossible.

— J'ai une famille et je travaille pour la plus grande agence de pub de Boston, a renchéri Ryan en y allant de sa petite histoire larmoyante.

Ils me faisaient furieusement penser à Pam. Égoïstes, refusant d'endosser leurs responsabilités alors que Juliette les avait élevés. Et puis, j'ai songé à toutes les responsabilités que j'avais occultées, moi aussi. J'avais trop attendu avant d'emmener Shadow chez le vétérinaire. Je n'avais pas porté plainte contre les types qui s'en étaient pris à moi, tout en sachant pertinemment qu'ils étaient de vraies bombes à retardement et qu'ils pourraient s'en prendre à une autre. Ils s'en étaient tirés une fois. Ils repasseraient donc sûrement à l'acte. J'ai entrelacé mes doigts et j'ai avancé ma chaise, m'apprêtant à brandir l'arme dont je répugnais tant à me servir. Celle qui les aurait convaincus de venir sur-le-champ si j'avais eu le cran de leur en parler au téléphone.

— Mme Belfort a modifié son testament.

— Hein ?

Pour la première fois depuis qu'on était entrés dans le séjour, Ryan a décollé les yeux de l'écran de son téléphone.

J'ai hoché la tête solennellement.

— Elle souhaite tout me léguer.

— Elle n'est pas lucide ! s'est exclamée Kacey en se levant brusquement pour taper sur la table.

— Elle l'était quand elle a changé son testament.

— C'est ridicule ! a hurlé Ryan.

Kacey s'est penchée vers moi en agitant un index menaçant sous mon nez.

— J'ai entendu parler de vous, Jesse Carter. Je sais que

vous sortez des quartiers pauvres. Si vous pensez pouvoir mettre la main sur la fortune de ma famille…

— Je ne veux pas de ce fric, ai-je rétorqué sèchement.

C'était la vérité. Je m'en fichais. Pour moi, il n'y avait aucune corrélation entre l'argent et le bonheur. À ma connaissance, plus on était friqué, plus on était malheureux. C'était peut-être parce que j'avais l'air d'y accorder si peu d'importance que tout le monde semblait empressé de m'en donner. En tout cas, Darren et Juliette se retrouvaient sur ce point.

— Je veux que vous assumiez la responsabilité de la personne qui a tout sacrifié pour vous élever.

— Qu'est-ce que vous suggérez ? s'est agacé Ryan.

— Qu'elle s'installe chez Kacey, parce que je sais que son appartement est assez grand, ai-je affirmé en me tournant vers l'intéressée. Et vous, Ryan, que vous preniez deux week-ends par mois pour vous rendre à New York et passer du temps avec votre mère. Qu'elle voie ses petits-enfants. Et je veux qu'Imane et son infirmière la suivent sur la côte Est. Elles ont déjà accepté.

Ils m'ont dévisagée comme si j'étais le diable incarné. J'en avais marre des gens incapables de prendre sur eux, moi y compris. Il était temps de changer. D'arrêter de rester sur la ligne de touche, de regarder ma vie défiler sous mes yeux sans y prendre part.

— Je serais ravie de renoncer à ce que Mme Belfort compte me donner. Ça ne fait que deux ans que je la connais, depuis…

On s'en fout, ai-je tâché de me dire, sauf que non, on ne s'en foutait pas. Il fallait que je commence à regarder la réalité en face.

— Depuis que j'ai traversé une épreuve qui a changé ma vision des gens et de la manière dont il faut les traiter.

Je suis disposée à renoncer à l'argent, à l'exception d'une petite partie.

Ryan a émis un rire moqueur.

— Évidemment.

J'ai poursuivi en haussant le ton.

— Cette somme me permettra de lui rendre visite tous les deux mois, histoire de m'assurer qu'elle est heureuse avec vous.

Un silence stupéfait s'est abattu dans la pièce. Ils ont échangé un regard tellement exaspéré que j'ai cru qu'ils allaient décliner ma proposition. Et là, qu'est-ce que je ferais ? Il m'était bien venu à l'esprit de m'installer chez Mme B, mais je tenais à mettre de la distance entre Pam et moi. En outre, ce n'était pas de moi que ma voisine avait besoin, mais de sa famille.

— Je ne m'étais pas rendu compte que la situation avait dégénéré à ce point, a lâché Kacey en baissant les yeux sur la table.

Elle s'est rassise, apparemment honteuse de s'être disputée avec une gamine de vingt ans au sujet de la fortune de sa mère.

— Les dernières fois que je lui ai parlé au téléphone, elle avait l'air de croire que mon père était encore en vie. Je me suis dit qu'elle débloquait complètement. Je n'imaginais pas qu'elle comprenait ce qui lui arrivait.

— Eh si, ai-je décrété en essuyant une trace invisible sur la table.

— Elle va encore dans le labyrinthe ? a demandé Ryan d'une voix moins hostile, quoique toujours cassante.

J'ai secoué la tête.

— Maintenant, c'est moi qui y vais.

— C'est là qu'ils sont tombés amoureux, avec mon père, a commencé Kacey.

À ces mots, j'ai senti mon cœur défaillir. Moi aussi, j'étais tombée amoureuse dans ce labyrinthe.

— Cette maison appartenait à sa famille, à lui. Elle était la fille du jardinier. Il y allait tout le temps. C'est là qu'ils se sont rencontrés, a enchaîné Kacey d'une voix tremblante, une larme coulant sur sa joue.

« Je n'ai aucun regret. J'ai vécu ma vie pleinement », avait dit Mme Belfort.

J'ai eu un petit sourire.

— Ça faisait des années que je n'avais pas côtoyé une personne aussi agréable.

Ryan s'est levé et a regardé sa sœur, qui l'a imité. Quelque chose est passé entre eux que je n'ai pas su décrypter. Ils m'ont demandé une heure de réflexion, que je leur ai accordée. J'ai attendu dans le séjour, perdue dans mes pensées.

Au bout d'une heure, Kacey est revenue. Seule. Elle avait l'air d'avoir pleuré. Je l'ai enviée d'avoir un frère qui avait dû la prendre dans ses bras.

— Elle vient avec nous, a-t-elle affirmé brièvement. Je vais prendre les dispositions nécessaires.

J'ai inspiré profondément, m'apercevant que j'avais retenu mon souffle.

Une bonne chose de faite.

Ce serait bientôt fini.

J'ai regagné ma Range Rover au pas de course. Je tenais à retrouver Roman au plus vite, histoire de me débarrasser de cette discussion qui flottait au-dessus de ma tête comme une épée de Damoclès. J'étais sur le point de monter dans ma voiture quand j'ai distingué le bruit familier de la Mercedes de Darren qui se verrouillait. J'ai voulu me glisser en vitesse sur le siège conducteur, mais j'ai entendu sa voix s'élever depuis derrière les palmiers qui séparaient les deux maisons.

— Zessy !

Je me suis figée. J'avais beau en vouloir à Pam, Darren ne méritait pas ma colère. Je lui devais au moins le respect. J'ai pivoté vers lui avec un sourire patient.

— Salut, Darren. J'étais sur le point de partir.

Il s'est précipité vers moi, et j'ai poussé un soupir silencieux. Je tenais à retrouver Roman au plus vite.

— Il faut que ze te parle, ma cérie.

— Le moment est mal choisi.

Je me suis retournée pour ouvrir ma portière.

— C'est au suzet de ton petit ami.

J'ai marqué une pause, tout en continuant de lui tourner le dos. Mais il avait éveillé ma curiosité, et il le savait.

— Z'espérais pouvoir en parler ailleurs. Peut-être dans le bureau de Mayra ?

Traverser toute la ville juste pour discuter ? On ne pouvait pas faire ça à la maison ? *Non, parce que Pam n'est sûrement pas au courant de ce dont il veut me parler.* Brusquement, j'ai été envahie d'un affreux pressentiment.

Pourquoi est-ce que Darren avait la clé du bureau de Mayra ? Ils étaient si proches que ça ?

Il y a tout un pan de ma mémoire qui a disparu.

Mais non.

— Darren, je dois partir.

Je dois partir.

Il m'a agrippé le bras et m'a fait pivoter vers lui. Ce n'était pas violent ni douloureux, mais ce geste m'a paru curieusement familier. Et ça n'aurait pas dû être le cas.

— Zessy, a-t-il répété, presque en grondant cette fois.

— Qu'est-ce que tu veux ? ai-je aboyé.

J'ai eu l'impression de perdre les pédales, et ça m'a fait flipper. J'avais envie de brandir mon épée imaginaire, de devenir l'héroïne de ma propre histoire.

— Tu dois rompre avec Roman.

— Pourquoi ?

— Parce qu'il te ment.

— *Pourquoi ?* ai-je insisté.

— S'il a noué des liens avec toi, c'est uniquement parce que je l'ai payé pour le faire !

Ses paroles cinglantes m'ont fait l'effet d'une gifle d'une telle violence que j'en ai eu le souffle coupé. Je l'ai dévisagé, bouche bée et les yeux grands ouverts. Il était tellement près de moi que je lisais sur son visage des expressions que je n'y avais encore jamais vues. La colère. La frustration. *La folie.*

— Je savais qu'il couchait avec tout le monde en ville et qu'il louait ses services. Qu'il possédait un café dans lequel tu pourrais travailler. Je l'ai payé six millions de dollars pour qu'il construise son SurfCity débile et, en échange, il devait passer six mois avec toi. Je ne voulais pas qu'il te touche ni qu'il te séduise, juste qu'il te ramène à la vie. Je ne voulais que ton bien-être, Jesse, mais il a pris le fric et la fille aussi. Et hier, il a essayé de me faire chanter.

Mon dos a percuté mon véhicule. J'ai plaqué une main sur ma bouche.

— Non.

— Si. Je parie qu'il ne t'a pas dit pourquoi je voulais rompre le contrat, pas vrai ? Ça ne me dérangeait pas que vous sortiez ensemble. Je ne veux que le meilleur pour toi, ma chérie.

Il avait l'air de croire que Bane m'avait déjà tout raconté.

J'ai quelque chose à te dire.

C'est grave ?

Rentre vite.

C'était ce qu'il s'apprêtait à faire.

Darren s'est encore avancé, sauf qu'il était déjà beaucoup trop près.

— J'ai enquêté sur lui pour m'assurer qu'il n'était pas aussi dangereux qu'on le disait.

Il parlait vite, comme s'il était pressé de tout déballer.

— Et j'ai appris que… Ma chérie, Roman est ton beau-frère. Artem a eu une liaison avec la mère de Roman.

Une flèche de bile brûlante m'a transpercé la gorge.

— Tu mens, ai-je lâché d'une voix brisée.

Darren m'a fourré son téléphone dans la main.

— Appelle-le et demande-lui. Sa mère était la maîtresse d'Artem. Il n'est pas la solution à tes problèmes, Jesse. Il en est la cause.

— Pourquoi tu fais ça ? ai-je balbutié.

Je ne l'avais jamais vu dans cet état. En sueur. Rouge. Furieux. Comme s'il ne se maîtrisait plus. Son costume était froissé, ses cheveux en pétard, ses yeux cernés. Maintenant que j'y réfléchissais, que j'y réfléchissais vraiment, Darren n'avait jamais véritablement eu l'air maître de lui-même. Mais ces derniers temps… c'était pire que jamais. Ses fringues fripées. Le fait qu'il ne tenait pas en place. Les longues heures passées au bureau. Il déraillait.

Mais est-ce qu'il a jamais été sur les rails ?

— Parce que je tiens à toi. Je ne pensais pas qu'il te toucherait.

— Non, ai-je protesté en le poussant si fort qu'il a trébuché en arrière. Pourquoi tu t'es marié avec ma mère ? Tu ne l'aimes même pas. C'est à peine si tu lui parles. Pourquoi on vit avec toi ? Pourquoi tu interfères dans ma vie alors que la plupart du temps je fais comme si tu n'existais pas ? Pourquoi tu as embauché Bane ? Et un détective privé, en plus ? Pourquoi, Darren ?

Il m'a contemplée. Un océan d'émotions tourbillonnait dans ses yeux. Il y avait quelque chose qu'il semblait brûler d'envie de me dire, mais qu'il préférait taire.

— Crache le morceau ! me suis-je écriée en tapant du pied, les yeux embués de larmes.

— Parce que je t'aime.

J'ai reniflé avec mépris, le sourire amer.

— Ne le prends pas mal, Darren, mais je te hais. Je te hais, toi, ta maison, El Dorado et Todos Santos. Je hais tous les salauds friqués qui régissent cette ville, et les imposteurs, et les pelouses trop bien entretenues, et le centre commercial trop brillant. Je déteste le fait que tu essaies de me guérir. Le fait que ta femme est une salope. Le fait que ta femme est ma *mère*.

Mais, surtout, je détestais Roman Protsenko, parce qu'il m'avait donné de l'espoir et qu'il me l'avait repris aussi sec. Parce qu'il m'avait offert un faux avenir, et parce qu'il m'avait pris la seule chose qui importait. Mon père. J'ai encore poussé Darren pour monter dans ma voiture et partir.

La gifle est partie de nulle part. Elle était tellement violente qu'elle a fait vibrer mon oreille pendant plusieurs secondes. J'ai dû cligner des yeux pour y voir plus clair.

— Oh. Oh ! Jesse, je suis navré. Je ne voulais pas… Je n'ai pas fait exprès de…

Il a levé les mains et tenté de s'approcher pour voir ce qu'il avait fait, mais c'était trop tard. J'ai bondi dans mon véhicule, j'ai verrouillé la portière à toute allure et j'ai mis les gaz. J'ai quitté le quartier comme si j'avais le diable aux trousses, pour déboucher sur la route principale qui menait au centre de Todos Santos.

Ce n'est qu'une fois arrêtée à un feu rouge que j'ai compris.

Darren n'avait jamais eu de cheveu sur la langue.

Et il empeste la vodka.

Chapitre 20

Jesse

Quinze appels manqués de la part de Darren.
Huit de Bane.
Cinq de Pam.

DARREN
Ma chérie, je suis vraiment désolé. J'ai craqué. Je m'en excuse. Je t'en supplie, reviens.

BANE
?

DARREN
On trouvera une solution. J'ai connu pire. Mon père me frappait à coups de ceinture quand j'étais gosse. Ça n'excuse pas ce que j'ai fait, mais ça arrive.

BANE
Flocon de neige, t'es où ?

DARREN
Jesse, s'il te plaît, rappelle-moi.

Pam

Tu n'as pas intérêt à tout foutre en l'air, petite conne. Ramène ton cul à El Dorado, parce que Darren est en train de péter un câble et il faut qu'on arrange le coup.

Je ne pouvais affronter aucun d'eux, et en plus je n'avais nulle part où aller.

Mme B était à El Dorado, le dernier endroit où j'avais envie d'être, alors me réfugier chez elle était hors de question.

Finalement, j'ai décidé de squatter chez Gail. Elle vivait dans une des villas rose et jaune sur la promenade. Gail s'est montrée compréhensive. Elle ne m'a pas traitée de tarée quand, avant même d'avoir posé mon sac à dos dans son salon, je lui ai réclamé ses baskets et son pantalon de jogging pour aller courir sur la plage.

— J'aimerais avoir l'envie pressante de courir chaque fois que je suis stressée, plutôt que de me jeter sur un pot de Ben & Jerry's, a-t-elle simplement répondu dans un soupir théâtral.

Évidemment, je ne lui ai pas dit ce qui s'était passé. Je me suis contentée de couper mon téléphone et de lui dire que, si jamais Bane appelait, je n'étais pas là. Persuadée qu'il s'agissait d'un problème de mecs, elle ne s'est pas inquiétée plus que ça. Enfin, presque.

— C'est mon patron, Jesse.

— Je sais.

— Et il t'adore, et il me tuera s'il apprend que je lui ai menti. Tu veux ma mort, c'est ça ?

Je lui ai jeté un regard inexpressif.

Elle a levé les yeux au ciel.

— Tu as intérêt à m'écrire un éloge funèbre du tonnerre, connasse.

J'ai dévalé les marches quatre à quatre et j'ai commencé à courir, le visage fouetté par un brise salée. J'ai mis mes écouteurs pour faire taire les voix de mes démons. Les premières notes de *Can You Feel My Heart*, de Bring Me The Horizon, ont retenti. Je me suis mise à assembler toutes les pièces du puzzle. Tout ce que Darren avait dit, tout ce que Roman avait probablement voulu expliquer avant que Darren lui coupe l'herbe sous le pied.

SurfCity.

Le contrat de six mois.

Six millions de dollars.

Me faire sortir de ma coquille.

Comme si j'étais un fichu crabe.

Tout ça pour me jeter encore vivante dans l'eau bouillante.

Avant de me poser sur une assiette.

Pour me briser. M'anéantir. Me dévorer.

Malgré ma nausée croissante, je n'ai pas ralenti. Non. J'ai couru plus vite, pendant que mes larmes brûlantes dévalaient mon visage qui me paraissait glacé.

Après l'Incident, je m'étais demandé ce qui, dans mon comportement, avait pu causer cette catastrophe. « Elle l'a bien cherché » : j'avais trop souvent entendu cette phrase. Si mon père avait encore été là, il aurait sûrement affirmé que ça n'avait aucun sens. C'était un assistant social, un poète et un ivrogne dépressif. Mais c'était aussi quelqu'un d'intelligent. Mon agression n'avait rien à voir avec ma façon de m'habiller, de me comporter, ni même avec ma volonté d'appartenir à un milieu qui avait déjà décidé que j'étais différente — tout comme Roman — avant que j'ouvre la bouche. Ce n'était pas non plus parce qu'on m'avait déjà violée, car *oui*, me suis-je dit, *on m'avait déjà violée avant*.

C'était simplement que j'avais côtoyé les mauvaises personnes. Les mauvaises personnes qui passaient pourtant pour la crème de la crème. Sourires éclatants, habits parfaitement repassés, manières impeccables, notes excellentes. Parfois, on ne pouvait pas deviner ce qui se cachait sous les apparences. Il fallait que je l'accepte.

« Il faut que vous lâchiez prise. Le passé ne vous appartient plus », m'avait un jour affirmé Mayra, quand j'avais une fois de plus évoqué ma mémoire défaillante.

Sauf que, bien sûr que si, le passé m'appartenait. Je ne possédais d'ailleurs rien d'autre que ça, que ces instants qui m'avaient constituée. Quand Bane était entré dans ma vie, les flash-back avaient surgi aussi. J'aimais me dire que c'était une façon pour Artem — ou « Art », comme l'appelait Pam, qui avait déjà assez honte comme ça d'avoir été engrossée par un immigrant russe — de me rendre un peu de mon équilibre mental.

J'avais envie de me souvenir.

J'ai foulé le sable en silence et j'ai contemplé mon ombre en tâchant de réguler ma respiration. *Tu me manques, Vieille branche.*

Tout s'effondrait autour de moi, et pourtant j'éprouvais un curieux sentiment de calme. De liberté.

J'ai levé les yeux vers le ciel sans nuages. Il commençait à arborer une teinte bleu foncé qui s'assombrissait peu à peu, comme un tissu s'imbibant d'eau. Je continuais de courir après le soleil qui brillait au bout de mon chemin.

Papa, pourquoi est-ce que tu as trompé maman ?

La réponse était pourtant évidente, et je le savais. Ma mère n'avait jamais été de bonne compagnie. Ils ne s'étaient même pas mariés. Un soir où elle était rentrée ivre du mariage d'une amie, ma mère m'avait raconté qu'ils s'étaient rencontrés dans un troquet minable. Elle étudiait la littérature à la fac, et Artem connaissait Pouchkine et Dostoïevski par cœur. Le courant était tout de suite passé, et ils avaient fini au lit le soir même. Tous les deux avaient beaucoup trop bu et, au petit matin, ils avaient retrouvé la raison. Mais, quand elle avait appris qu'elle était enceinte de moi, ils avaient décidé de se mettre ensemble.

Parfois, je me disais que ma mère avait voulu bien faire. C'était sans doute ça, le pire dans l'histoire.

Elle avait essayé d'être une mère, une épouse, sauf qu'elle manquait de constance. Elle avait flanqué mon père à la porte pour des broutilles. Pour avoir oublié de sortir les poubelles, pour m'avoir mal coupé ma frange, pour être rentré tard du travail à cause d'un dossier compliqué. Et puis, les broutilles avaient fini par devenir l'essentiel. Art était tellement frustré qu'il avait commencé à boire. Il était souvent absent. Il lui avait fait comprendre qu'il l'aimait de moins en moins. Comme beaucoup de couples qui ne s'aimaient plus mais qui avaient des enfants, ils étaient restés ensemble dans l'espoir qu'un jour tout finirait par s'arranger.

Le jour de sa mort, il pleuvait. Et pas qu'un peu : un vrai déluge. Je me souvenais d'avoir pensé que Dieu pleurait avec moi. Et aussi que Dieu était injuste, parce que j'étais déjà malheureuse et que je n'avais rien fait de mal.

À son enterrement, j'avais remarqué une dame rousse qui nous observait à quelques mètres de la tombe, cachée derrière des grosses lunettes de soleil. Sur le coup, je n'avais pas compris.

Maintenant, si.

Je me suis rappelé que Darren était entré dans notre vie peu après la mort de mon père. Comme par hasard. Cette année tout entière était floue dans ma mémoire. Douze ans, c'est un mauvais âge pour perdre un parent. On est à l'orée d'une vraie révolution hormonale, le corps est en pleine éclosion, on commence à se départir de notre innocence et on prend tout à cœur.

Au début, je m'étais jetée de moi-même dans les bras de Darren.

J'éprouvais une telle soif d'amour, une telle solitude, que je m'étais abreuvée de son attention comme on se désaltérait à une oasis dans un désert.

Et Pam adorait ça. Elle nous adorait, nous. Pour la première fois depuis ma naissance, elle m'avait regardée en souriant. Certes, c'était parce que je jouais son jeu d'une deuxième famille, mais bon, elle était contente et ça me suffisait.

Et puis, c'était arrivé.

C'était arrivé.

Flash-back. Soudain, j'ai compris comment j'en étais arrivée là, sur cette plage, trahie par toutes les personnes auxquelles je tenais et privée de toutes les relations importantes que j'avais jamais eues.

Cette nuit-là.

Son dos.

Pendant qu'il fermait la porte.

Qu'il la verrouillait.

Qu'il posait la clé au-dessus d'un meuble trop haut pour que je puisse l'atteindre.

Lui, qui se retournait pour me dire, sans le moindre défaut de prononciation :

— Bonsoir, Jesse.

Je me suis écroulée. Le flash-back me revenait dans son intégralité, désormais parfaitement clair, net et précis. Réel.

Je me suis souvenue de la bouteille de vodka qu'il avait posée devant moi.

Dessus, il y avait un flocon de neige.

Chapitre 21

Jesse

Huit ans plus tôt

Tout ce que voulait Pam Carter, c'était qu'on la prenne au sérieux.

En tout cas, c'est ce qu'elle m'a dit, dans un des rares instants où elle avait décidé d'admettre mon existence.

— J'ai *énormément* de potentiel, a-t-elle décrété avec sa longue cigarette à la bouche en me regardant dans le rétroviseur de sa voiture déglinguée.

Ses cheveux, autrefois noirs de jais, étaient désormais blond platine. À ses racines foncées, on comprenait qu'elle était actuellement dans la dèche.

— Je suis allée à la fac, tu sais. Il ne me manquait pas grand-chose pour décrocher mon diplôme.

À la mort de mon père, ma mère avait presque eu l'air soulagée. Il avait trépassé de la manière la plus débile qui soit : en tombant dans un escalier. Les marches qui menaient à son bureau étaient mouillées. Le dernier jour de sa vie, j'avais dit à ma mère que j'avais besoin d'une nouvelle paire de chaussures, et elle m'avait répondu :

— On n'a pas d'argent. Ton père a une nouvelle famille, c'est peut-être là que disparaît le fric, tu sais.

Je m'étais retournée vers lui et j'avais scruté son visage impuissant.

— C'est vrai ?

Il n'avait pas nié.

Très calmement, avec un ton que j'avais emprunté à ma mère, j'avais affirmé :

— Je te hais. Je ne veux plus jamais te revoir.

Depuis, j'avais porté en moi cet instant, comme la marque de Caïn.

Je ne savais pas quand, au juste, Pam avait rencontré Darren, mais je me souvenais de la première fois qu'elle m'avait parlé de lui. On aurait presque dit une annonce de mariage royal. Elle m'avait révélé être tombée amoureuse d'un homme tendre et merveilleux. Elle m'avait dit que moi aussi j'allais l'adorer.

On s'était installées chez Darren quatre mois après la mort de mon père, et leur mariage avait eu lieu le week-end suivant notre emménagement, à la mairie de Todos Santos. Il n'y avait pas grand-chose à dire sur Darren. Il faisait tout avec soin et prudence. Il paraissait inoffensif et il lui arrivait souvent d'écarquiller les yeux quand on lui parlait, comme s'il n'arrivait pas à croire qu'on lui accorde de l'attention. Pas besoin d'être grand clerc pour comprendre ce qui l'avait attiré chez Pam. C'était une excellente actrice, capable de simuler les émotions à la perfection.

Elle lui donnait le sentiment d'être puissant et important.

Deux qualités qu'il était persuadé de ne pas posséder.

Darren a endossé son rôle de père à la vitesse de l'éclair. Quand il a appris que j'aimais lire, il a installé toute une bibliothèque dans son salon. Il m'emmenait souvent faire du shopping à l'improviste et me tenait la main.

— Ça te plaît, Zessy ?

Au début, son cheveu sur la langue m'horripilait. Puis, j'avais appris à l'aimer.

J'acquiesçais d'un signe de tête.

— Alors, c'est à toi.

Il essayait activement de m'impliquer dans des discussions chaque fois qu'on se retrouvait autour de la table à manger. Quand j'avais évoqué l'idée de me rendre sur la tombe de mon père, et que Pam avait failli en faire une syncope, Darren avait affirmé que c'était une bonne idée. Il était même venu avec moi pour acheter le KitKat que j'avais tenu à apporter sur la tombe, en souvenir de ceux qu'on avait partagés à l'arrêt de bus chaque matin. Moi, j'attendais le car pour aller à l'école, et lui, pour se rendre au travail.

— Deux pour toi, deux pour moi.

— Mais tu es plus grand, papa.

— Ça veut dire que tu es en train de grandir. N'oublie pas : le trajet importe toujours plus que la destination.

Au début, j'avais été heureuse, malgré les circonstances. Comment imaginer le contraire, quand j'avais troqué un trois-pièces à Anaheim contre un manoir à Todos Santos, une toute nouvelle garde-robe et un papa sur mesure qui faisait de son mieux pour succéder à mon vrai père ? Ce n'était pas la faute de Darren si on s'était retrouvés parachutés ensemble artificiellement, et encore moins si, depuis la mort de mon père, j'avais l'impression qu'on m'avait arraché une partie de moi.

Darren n'avait qu'un vice. Rien qu'un seul. Et on y était déjà tellement habituées après avoir dû l'endurer avec mon père pendant tant d'années qu'il s'est fondu dans le décor, comme un meuble moche hérité d'un être cher.

De temps à autre, il revenait d'un voyage d'affaires en fulminant. Dire qu'il était furieux aurait été en dessous de la réalité. Mais, comme mon père avant lui, il nous épargnait toujours sa colère. La première fois qu'il était rentré chez nous blême de rage, c'était super flippant. Il était monté tout droit dans son bureau pour s'y terrer pendant deux jours. C'était bizarre, pour le moins, mais pas invivable. Lorsqu'il avait fini par ressortir, il était calme, serein et poli.

— Navré d'avoir craqué. Z'ai appris que z'avais perdu beaucoup d'arzent dans un hôtel qui ne sera pas construit avant dix ans. Z'ai eu tort, ça n'arrivera plus, a-t-il juré en lissant sa cravate fripée.

Sauf que si, c'est encore arrivé. Et plus d'une fois. Je tentais de ne pas en tenir compte. Ce n'était pas comme s'il s'en prenait à maman ou à moi. Il m'arrivait de l'entendre hurler au téléphone — sans le moindre défaut de prononciation, comme si perdre la boule lui faisait gagner en assurance —, mais il s'adressait toujours à nous d'une voix calme et posée. Un jour, un homme était venu chez nous lors d'une de ces crises de rage. Un avocat qui avait l'air d'un papy avec son pantalon qui lui remontait sur le ventre. Je les avais observés depuis la fenêtre de ma chambre. Darren avait failli lui balancer son poing dans la tronche.

Darren n'a dérapé qu'une seule fois, mais elle a suffi à bouleverser mon monde tout entier et à réécrire les pages de mon passé et de mon avenir. J'adorais traîner dans le bureau de mon beau-père, même si je savais que c'était interdit. Il avait trois ordinateurs portables et une bibliothèque avec des centaines de livres, dont la plupart n'avaient jamais été touchés.

— Ils sont beaux, pas vrai ? s'était-il enorgueilli un jour. La décoratrice d'intérieur a mis un point d'honneur à asseter tous les classiques.

J'avais l'impression d'être dans une grotte magique où je pouvais me retrouver seule avec mes pensées. Avec Pouchkine.

À cette époque, Darren revenait d'un voyage au Honduras. Je m'étais installée dans son bureau, allongée sur le divan de velours vert sombre, un roman de Jane Austen sur les genoux. Je m'étais endormie. Il était plus de 3 heures du matin.

Darren était entré en trombe et avait claqué la porte derrière lui, me réveillant en sursaut. Il avait une bouteille à la main. Ça ne lui arrivait jamais. Une bouteille de vodka. J'avais reconnu l'odeur tout de suite, elle me rappelait mon père. J'avais remis le Jane Austen à sa place, au-dessus de ma tête, et j'avais calé une mèche de cheveux derrière mon oreille.

Il avait pivoté sur lui-même. Il m'avait aperçue.

— Bonjour, Jesse.

Il n'avait plus son cheveu sur la langue. Ça m'avait inquiétée. J'en avais conclu que j'étais face à un Darren que je ne connaissais pas. Un Darren qui n'avait pas nécessairement envie d'être mon père.

Il avait fermé la porte à clé.

J'avais cligné des yeux. J'avais l'impression que mes paupières agissaient comme un appareil-photo et prenaient un cliché de son dos, histoire de graver cet instant dans ma mémoire et de le répertorier dans la boîte noire de mon cerveau.

Souviens-toi de cette image, Jesse.

Je n'arrivais pas à avaler la salive qui s'était accumulée dans ma bouche.

— Je vais y aller.

Je pensais avoir prononcé ces mots, mais je n'en étais pas certaine. J'étais pétrifiée par une peur que je n'avais jamais connue auparavant. J'étais incapable de l'expliquer. Avec moi, il avait toujours été gentil. Sauf que ce soir-là tout me semblait différent. Comme si le diable s'était emparé d'un stylo pour écrire le scénario de ma vie jusqu'au matin.

Il avait une tête de déterré, son costume était froissé.

L'espace d'un instant, il m'avait fait pitié. Parce qu'il se sentait obligé de gagner tout ce fric pour arriver à la cheville de son défunt père. Parce qu'il avait épousé une femme pour qui ça avait de l'importance. Et parce que, encore à son âge, il avait l'impression d'avoir quelque chose à prouver.

— Jesse, a-t-il hoqueté.

Il était en train de pleurer ou quoi ? Mince alors. Oui, il pleurait. J'avais regardé autour de moi, prise d'une envie irrationnelle de lui faire du mal. Mon instinct de survie me hurlait de fuir.

— Je suis navré, s'était-il excusé d'une voix claire, forte, stable. Tu n'aurais pas dû venir cette nuit.

Enfin, j'avais réussi à me lever. Je l'avais regardé boire pendant quelques minutes, trop effrayée pour bouger.

— Tu es vraiment très belle, tu sais.

Il avait avancé d'un pas. J'avais reculé d'un pas. Ma peur, telle une horde de fourmis assoiffées de sang, s'était élancée de mes pieds pour m'envahir tout entière, m'assaillant de brûlures et de démangeaisons.

— Je m'en vais, avais-je déclaré en me dirigeant vers la porte.

Mes soupçons et mon angoisse s'étaient confirmés dès que j'avais senti sa main s'enrouler autour de mon poignet. Ma paume était plaquée sur la poignée ronde que je savais verrouillée. Il avait baissé les yeux au moment où je levais les miens. Nos regards s'étaient croisés.

Il m'avait tendu la bouteille de vodka avec son étiquette arborant un flocon de neige.

— Bois.

Je n'avais pas bougé. Il m'avait tordu le poignet pour tourner ma paume vers le ciel et mettre la bouteille dans ma main.

— Bois jusqu'à ce que tu ne sentes plus rien.

La meilleure façon d'y parvenir était de me pincer les narines d'une main en tenant la bouteille de l'autre. Elle était lourde. Je me souviens d'avoir songé : *Je vais peut-être mourir cette nuit.* Et c'était le cas, même si je n'étais pas vraiment en mesure de le comprendre à cet âge.

Sur ses ordres, j'avais regagné le divan encore chaud, qui avait retenu la forme de mon petit corps. Darren s'étais mis au-dessus de moi, s'était penché et avait pressé mes poignets de part et d'autre de ma tête. La pièce était devenue floue, mes sens comme engourdis.

— Tu es soûl, avais-je commenté. Ça arrivait tout le temps à mon père. Tu n'es pas obligé de faire ça.

Il avait secoué la tête.

— Rien qu'une fois, Jesse. Accorde-moi cette fois-ci.

— Non. S'il te plaît. Non.

Sans tenir compte de mes supplications, il m'avait grimpé dessus. Il avait une odeur d'homme, pas de garçon. Un garçon dégage un parfum épicé et acide, avec trop d'hormones et de déodorant. Un homme, ça sent la violence. C'est un parfum amer, mais subtil.

— Mon Dieu, qu'est-ce que tu es belle. Tellement belle, Jesse…, avait-t-il gémi en me pénétrant.

Ça devait sûrement faire un mal de chien. Mais je ne sentais rien du tout.

— Ton petit corps chaud contre le mien, c'est le paradis. J'ai envie de vivre en toi, Jesse.

Son haleine chargée de vodka m'avait brûlé l'oreille.

J'ai envie de vivre en toi.

J'ai envie de vivre en toi.

J'ai envie de vivre en toi.

Ces mots passaient en boucle dans mon esprit vide. Je n'arrêtais pas de me demander pourquoi je ne résistais pas, mais je connaissais déjà la réponse. Sa réaction en cas de refus m'effrayait plus que ce qui était en train de se produire. D'abord, j'avais peur qu'il devienne violent, et que l'approbation sincère dont il m'avait gratifiée s'évapore. Deuxièmement, je craignais que ça ne change rien à l'affaire, et qu'il me viole quand même. Il était beaucoup plus fort et imposant que moi. Troisièmement, je flippais à l'idée que ma mère ne me croie pas si je le lui disais — ou pire, qu'elle raconte n'importe quoi, du genre que je l'avais allumé. Et quatrièmement… Même si, en théorie, je parvenais à surmonter tous ces obstacles, qu'est-ce que je pourrais bien faire ? Ma mère n'avait pas de travail. Si elle quittait Darren, on se retrouverait sans toit ni argent.

J'avais vaguement eu conscience qu'il me mettait au lit. Le lendemain matin, je m'étais réveillée, j'avais baissé mon bas de pyjama et j'avais aperçu du sang séché sur l'intérieur de mes cuisses. J'avais eu une curieuse envie de vomir, sans trop savoir pourquoi. J'avais essayé de faire pipi, mais rien n'était sorti. Je m'étais retournée, j'avais vomi dans les toilettes et je m'étais cramponnée à la cuvette un petit moment, mon front humide collé contre la lunette. Pam, qui passait dans le couloir devant la porte ouverte de la salle de bains, s'était arrêtée et m'avait regardée, tout en tripotant ses boucles d'oreilles en diamant.

— Tu ne te sens pas bien ?

— Ze crois qu'elle a mal au ventre, avait lancé Darren depuis leur chambre d'une voix dégagée. Z'ai dû la porter dans l'escalier hier soir.

Les yeux de Pam s'étaient fixés sur le sang qui me tachait les cuisses. Ses pupilles s'étaient dilatées. *J'ai enfin eu mes premières règles ?* C'est la première chose qui m'a traversé l'esprit.

Beaucoup de filles de mon âge les avaient déjà eues, et elles évoquaient toujours des crampes d'estomac et d'autres maux dégueu auxquels je préférais ne pas penser. Une lueur de compréhension était passée dans le regard de Pam. Elle avait secoué la tête et m'avait tourné le dos. J'avais cligné des yeux.

Clic.

Souviens-toi de cette image, Jesse.

— Tu peux rester à la maison aujourd'hui, avait-elle affirmé froidement. Hannah va te préparer ton petit déjeuner. J'ai une séance avec mon coach et je déjeune au country club, mais je repasserai te voir après. Félicitations, s'était-elle esclaffée d'une voix un peu éraillée. Tu es une femme maintenant.

Ce jour-là, je me suis mise à prendre en photo des gens de dos. Celui de Hannah. De Pam. De Mme Belfort, quand elle sortait de son labyrinthe et que je l'observais depuis la fenêtre de ma chambre.

Et, cette nuit-là, j'ai eu mon premier cauchemar.

Clic.

Il collait son front au mien.

Je ne bougeais pas.

Il se levait.

Je ne bougeais pas.

Il baissait les yeux sur moi.

Je ne bougeais pas.

Il a dit : « Merde » — la première et dernière fois que je l'ai entendu jurer.

Je me suis mise à pleurer.

J'ai enfoui ce souvenir au plus profond de moi et j'ai pris une photo de la porte du bureau de Darren.

Ne te souviens jamais de cette image, Jesse.

Chapitre 22

Jesse

Plus tard dans la soirée, j'ai rampé jusque chez Gail. Couverte de sable, de larmes et de morve, j'étais tout sauf présentable. Noyée au milieu des souvenirs qui affluaient, je suis de nouveau tombée à genoux en gravissant les marches qui menaient de la plage vers la promenade. Je saignais. Je ne m'en suis rendu compte qu'en grattant à la porte de Gail tel un chat errant. Quand elle a ouvert à la volée, elle a tellement écarquillé les yeux que j'ai cru qu'ils allaient jaillir de leurs orbites.

— Jesse !

Elle m'a traînée à l'intérieur et m'a fait entrer dans sa baignoire tout habillée. Je n'arrêtais pas de pleurer et de me griffer le visage. Je crevais d'envie de me venger d'eux, de tous.

De Darren.

De Pam.

D'Emery.

De Nolan.

De Henry.

Même de Roman. Je voulais les faire souffrir et profiter du spectacle, sans leur témoigner la compassion qu'ils ne m'avaient pas accordée eux-mêmes. Pendant que je planifiais la destruction massive de leur vie, Gail m'ôtait ses lourds habits mouillés et ses baskets. Entre deux halètements et reniflements, je l'ai entendue parler au téléphone, le portable coincé entre son épaule et son oreille.

— … Ouais. Elle n'ira pas bosser demain.

Bane.

Silence.

— Non. Ne viens pas.

Silence.

— Pourquoi ? Parce que t'es qu'un sale con, Bane ! Voilà pourquoi. Je ne sais pas ce que tu lui as fait, mais elle est dans un état pas possible. Je t'interdis de rappliquer.

Silence.

— Non. Tu ne peux pas lui parler non plus.

Silence.

— J'ai l'impression que tu n'as pas compris, Roman. Je n'en ai rien à foutre que tu sois mon patron. Si tu viens ici, j'appelle les flics. Tu ne l'approcheras pas tant qu'elle n'aura pas donné son accord.

Silence.

— Je ne vais pas lui dire ça.

Silence.

— Parce qu'il faut qu'elle l'entende de ta bouche.

Elle a raccroché et a jeté son téléphone dans le lavabo. Je lui ai agrippé les bras pour me redresser. Mon flot de larmes m'empêchait de la voir. Elle n'était qu'une ombre, comme tout ce que j'avais aimé et perdu dans ma vie.

— Merci, ai-je soufflé.

Elle s'est assise sur le rebord de la baignoire et a passé une main dans mes cheveux mouillés. J'ai pressé le visage sur sa paume, me sentant nue et vulnérable.

— Raconte-moi, a-t-elle dit doucement.

Je me suis exécutée.

Moi

Je suis au courant.

Darren

???

Moi

Pour toi. Pour Pam. Pour tout. Je me souviens.

Bane

Elle savait.

Elle savait pour Artem.

Elle savait pour le contrat. La trahison. Et tout le reste.

Elle savait, et maintenant il était temps pour moi de mobiliser toutes mes ressources pour mettre fin à ce merdier.

Je n'ai pas réussi à fermer l'œil cette nuit-là, alors j'ai conduit jusqu'à El Dorado, j'ai escaladé la grille et j'ai frappé à la porte de Darren. J'avais presque envie qu'il appelle les flics, parce que je savais, sans l'ombre d'un doute, qu'on allait jouer des poings. Pam a ouvert la porte, et je l'ai dévisagée avec un dégoût teinté de mépris.

— Dégage.

Je lui suis passé devant en relevant mes manches et en refermant la porte d'un coup de pied. Pam devait se sentir téméraire, parce qu'elle a essayé de se jeter sur moi. J'ai levé les mains pour m'assurer que chaque caméra dans cette fichue maison enregistrait le fait que je ne l'avais pas touchée, tout en esquissant un pas de côté pour la voir glisser et tomber sur les fesses.

Elle s'est relevée d'un bond et m'a talonné.

— Attends ! Où est-ce que tu vas ? Qu'est-ce que tu fais ? Il est dans son bureau, ne le dérange pas !

Comme vous pouvez le constater, elle n'avait pas inventé le fil à couper le beurre. Grâce à elle, je n'ai même pas eu à le chercher. Je suis monté voir Darren, avec Pam sur mes talons comme un petit chiot surexcité. Je lui ai lancé trois avertissements avant de me retourner pour la pousser contre le mur. Je n'étais pas violent, mais je tenais à ce que mon message passe cinq sur cinq.

— Si tu me touches encore, je te jure qu'il ne restera plus une seule dent à ton mari, ai-je grondé.

Puis, j'ai ouvert la porte du bureau de Darren.

Il était assis, la tête dans les mains, secoué de violents sanglots. Ça m'a pris de court. Je n'avais jamais vu un homme dans cet état, même s'il m'était déjà arrivé de voir un mec chialer. Artem sanglotait devant des films de Disney, bon sang.

M'adossant au mur, j'ai incliné la tête sur le côté afin de l'observer comme un photographe étudiant son sujet pour obtenir l'angle parfait. Comme un sniper s'apprêtant à tirer droit dans le cœur.

— Il faut qu'on parle. Et tu n'as pas intérêt à me faire ton cinéma avec ton cheveu sur la langue, parce que je n'ai pas de temps à perdre. C'est au sujet de Jesse.

Il a secoué la tête avant de me regarder. Je n'avais jamais vu autant de larmes et de morve sur un visage humain.

— J'ai tout fichu en l'air. C'est fini, Bane.

Je n'avais pas la moindre idée de ce qu'il racontait, mais si c'était aussi grave que ça en avait l'air, ça craignait.

— Il faut qu'on arrange le coup. On s'est tous les deux comportés en connards, mais pas elle. Alors, on n'a qu'à trouver un...

— Va-t'en, Bane, m'a-t-il interrompu.

— Pas avant de l'avoir aidée.

— C'est cuit pour Jesse. Pour moi. Pour nous tous.

Comment ça, « cuit » ? Il nous prenait pour des steaks ou quoi ? Et puis, je n'étais pas d'accord. Lui, il était sans doute cuit, mais Jesse et moi ? Le jury était encore en délibération là-dessus.

— Tu sais où elle est ? a-t-il demandé en levant les yeux avec un vague air d'espoir.

— En lieu sûr.

— Où ça ?

J'ai laissé échapper un rire amer.

— Pardon, mais tu étais où ces dernières quarante-huit heures ? Pourquoi est-ce que je te dirais autre chose que « va te faire foutre » ? Maintenant, dis-moi ce qu'elle sait, qu'on puisse arranger ce merdier.

Plus j'en saurais, mieux je pourrais préparer ma discussion avec Jesse.

Mais Darren s'est contenté de secouer la tête une nouvelle fois — ça commençait à devenir une habitude chez lui —, et de soupirer.

— Elle sait tout sur tout. C'est fini pour moi.

Il y avait beaucoup de choses que je ne comprenais pas, et Darren avait l'air aussi bavard et coopératif qu'un parpaing. J'avais envie de lui cogner le crâne contre son bureau jusqu'à ce qu'il me donne toutes les réponses dont j'avais besoin, mais ça n'aurait servi à rien. Ce type était complètement incohérent.

— Je vais tout arranger, ai-je affirmé.

— Trop tard.

Il a encore secoué la tête. J'ai filé au rez-de-chaussée pour regagner ma Harley, sans me préoccuper de Pam qui me courait après dans la rue dans sa chemise de nuit en satin en hurlant :

— Je ne sais pas ce que Jesse croit savoir, mais dis-lui que je n'étais pas au courant.

Allez savoir ce qu'elle voulait dire par là. Comme je l'ai déjà dit, Jesse a hérité toute son intelligence d'Artem. Sa mère avait simplement joué le rôle de couveuse pendant neuf mois. Et puis, ce n'était pas étonnant que la mère de Blanche-Neige soit une telle harpie.

Je suis parti tout droit chez Gail. Je savais que ça n'aurait servi à rien d'essayer de convaincre mon employée de me laisser voir Jesse. En outre, je voulais ce qu'il y avait de mieux pour elle et, même moi, j'étais en mesure de comprendre qu'elle avait besoin d'être seule. Mais ça ne voulait pas dire que je ne pouvais pas lui envoyer des SMS. C'est donc ce que j'ai fait, histoire d'assurer mes arrières.

Il faut que tu me croies quand je te dis que je ne savais pas pour Artem. Je ne t'aurais jamais caché un truc aussi important, Jesse. Jamais.

Oui, j'ai signé un contrat. Mais ça, c'était avant. Avant nous. Avant toi. Avant tout. J'ai cru que je nous aidais tous les deux. Et puis, j'ai appris à te connaître et SurfCity a perdu toute importance.

C'était toi qui comptais. Qui COMPTES. Toi et rien ni personne d'autre, Flocon de neige. Je suis allé voir Darren pour lui dire que notre accord ne tenait plus. C'est ce jour-là qu'il m'a dit pour Artem.

Je serai devant chez Gail si jamais tu veux parler.

Sans vouloir te mettre la pression, ni rien.

Je me suis endormi sur les marches qui menaient chez Gail, et j'ai été réveillé à 6 heures du matin par les textos et les appels de Beck. À contrecœur, je me suis traîné jusque chez moi pour me doucher. Il fallait que je reste concentré sur Jesse. J'ai envoyé un bref message à Beck.

Je ne peux pas venir à l'entraînement aujourd'hui.

BECK
Putain tu fais chier.

Je me suis lavé les cheveux et rasé, histoire de ressembler à quelque chose, et puis j'ai taillé la route jusque chez Gail. Je savais qu'elle bossait, ce qui signifiait que Jesse serait seule. J'ai frappé à la porte le plus doucement possible. Comme elle ne répondait pas, j'ai décidé d'escalader le mur pour entrer par la fenêtre. J'avais le sentiment que je n'étais pas le seul en cause dans cette histoire et je voulais comprendre.

Ne me faites pas dire ce que je n'ai pas dit : Jesse avait de bonnes raisons de m'en vouloir. Mais sa réaction laissait entendre qu'il n'y avait pas que ça.

Je me suis avancé vers la chambre de Gail et j'ai trouvé Flocon de neige allongée sur le lit, un bras jeté sur un oreiller et le regard rivé au réveil sur la table de chevet. J'ai avancé d'un pas de plus, histoire qu'elle sache que j'étais là. Elle n'a pas bougé.

— Salut, ai-je lancé.

Elle n'a pas répondu.

— Je t'ai apporté ton chèque.

Rien.

— Écoute, je sais que j'ai foiré, mais…

— Va-t'en.

Sa voix était froide. J'ai pressé le front contre le mur et j'ai fermé les yeux.

— Pas avant qu'on ait parlé.

— Ce n'est pas à toi d'en décider, Bane.

Bane.

— Tu m'as trahie. Et comme c'est un concept qui ne m'est pas étranger, je commence à bien savoir faire la part des choses.

Je me suis approché d'elle. Je perdais le contrôle, je la perdais, *elle*. C'était ça, le pire. Le fait de savoir que je la perdais, et qu'elle avait tout à fait le droit de m'effacer de sa vie après ce que j'avais fait. Je me suis accroupi près du lit pour croiser son regard, sauf qu'elle continuait de fixer le réveil. Je l'ai envoyé valser d'un revers de main.

Ouaip. Je vais craquer.

— Écoute-moi !

J'ai voulu lui attraper les poignets pour la forcer à me regarder. Grossière erreur. Elle a bondi hors du lit et m'a poussé. Je n'ai pas bougé d'un centimètre. Elle a recommencé. Je me suis levé et j'ai reculé d'un pas. Elle s'est ruée sur moi pour me gifler.

OK, je ne l'ai pas volé.

Jesse a tourné les talons, a chaussé ses Keds et a attrapé ses clés. Elle portait les habits de Gail, une robe noire flottante qui lui descendait jusqu'aux chevilles. Elle s'est dirigée vers la porte.

Je lui ai couru après, tout en songeant que c'était la première fois que je courais après quelqu'un.

Toute ma vie, on était venu à moi.

Pour me réclamer de l'herbe.

De l'argent.

Une partie de jambes en l'air.

Des contacts. Le fait d'être le seul type originaire des bas-quartiers dans une ville qui n'avait que des beaux quartiers avait ses avantages.

C'était la première fois que je tenais désespérément à ne pas perdre quelqu'un, et elle était en train de me filer entre les doigts. J'ai résolu de ne pas la toucher à moins d'un danger de mort, ce qui ne m'a pas empêché de la talonner. Lui parler serait une bonne idée à ce stade. Mais par où commencer ? Le contrat ? Artem ? Nous ? J'ignorais ce qui la gênait le plus.

— Jesse… Putain, Jesse, arrête-toi. Juste une seconde. Cette connerie avec Artem, c'était pas ma faute. Il a été mon conseiller d'orientation pendant un temps, et il passait chez nous pour s'assurer que ma mère me donnait à manger, m'achetait des habits et ne se servait pas de moi comme d'un cendrier humain. Ça a tout de suite fait tilt entre eux. Je n'avais rien à voir là-dedans. On ne savait pas qu'il était marié, qu'il avait une fille et tout ça…

« Et tout ça ». Pourquoi j'ai dit ça ? Ça faisait… nul. Mais je ne pouvais pas l'effacer. Elle refusait de m'écouter, et ça me rendait dingue. Jesse s'est retournée vers moi.

— Ils n'étaient pas mariés. Et ce n'est pas pour ça que je t'en veux.

J'ai eu l'impression que mes poumons recommençaient à fonctionner et que je respirais à nouveau. OK. Il ne restait donc plus que l'accord avec Darren. Ça me semblait gérable. Elle est sortie de l'appartement, je l'ai suivie. Elle a claqué la porte et l'a verrouillée.

— Darren m'a tendu un piège. Ce type n'a même pas de cheveu sur la langue !

— Je sais.

Elle a glissé les clés dans son sac à dos. J'ai attendu qu'elle en dise plus, mais elle ne l'a pas fait. Au lieu de se diriger vers la rue principale, comme je m'y étais attendu, elle a tourné brusquement dans une ruelle. Je me suis pressé derrière elle, tout en passant les mains dans mes cheveux.

— Ton beau-père savait que j'avais besoin d'un investisseur. Il m'a fait une offre que je n'ai pas pu refuser, ai-je affirmé, avant de me rendre compte que ça ne sonnait pas top. Bon, si, j'aurais pu, et j'aurais dû, mais coucher avec toi n'a jamais fait partie du plan. Il voulait qu'on soit amis, et je n'aurais jamais cru rompre cette promesse.

— On était amis, quand je t'ai taillé une pipe dans ton lit ? Quand tu m'as prise dans ta douche ?

Elle a émis un rire amer et a accéléré le pas. La ruelle longue et étroite séparait deux rangées de magasins. Elle était sombre et remplie d'immenses poubelles industrielles. Ça sentait la mort à plein nez.

— Écoute, il faut que tu t'arrêtes, parce que je vais le dire une fois, pas une de plus. Je ne me répète jamais, Jesse, et je ne ferai pas d'exception pour toi.

J'ignorais d'où je sortais ça. J'avais simplement décidé de tenter une nouvelle stratégie. Et vous savez quoi ? Ça a marché. Flocon de neige s'est arrêtée et s'est retournée vers moi. On était debout l'un en face de l'autre, le souffle court.

Fais-le, espèce de connard, sinon tu le regretteras toute ta vie.

J'ai voulu lui prendre les mains, et puis je me suis souvenu que j'avais perdu le droit de la toucher depuis environ vingt-quatre heures.

— Écoute, je ne savais pas que ça se passerait comme ça. Je ne savais même pas que c'était possible. Je ne me suis jamais senti aussi mal, Jesse. Mais je te jure qu'à aucun moment, avant de t'avoir connue ou depuis, je n'ai voulu te faire souffrir. Je t'aime, Jesse. Je suis tombé amoureux de ton âme avant même de savoir qui tu étais. Avec ce tatouage de Pouchkine, cet air de rebelle et cette démarche de déesse au milieu de tous ces snobinards sur la plage. Même là, debout devant toi, je continue de sombrer, parce que tu es liée à la seule personne que j'aie vraiment considérée comme un père, et tu es aussi la raison pour laquelle j'ai arrêté tous ces trucs toxiques qui me rappelaient de qui je venais. Avec toi, Flocon de neige, je retrouve tout ce qu'il y a de bon en moi, et je ne peux pas te perdre. Parce que sinon je n'aurai plus que mes défauts.

— Tu m'aimes ?

— Follement éperdument profondément, ai-je marmonné, avec l'impression d'être un lycéen qui écrivait un poème.

Elle a souri avec sérénité. Comme si ce que je venais d'évoquer n'existait plus. Puis, elle m'a tourné le dos pour montrer la ruelle d'un geste circulaire comme s'il s'agissait de son royaume.

— C'est ici que c'est arrivé.

J'ai cligné des yeux plusieurs fois avant de comprendre. *Merde.*

Elle a de nouveau pivoté vers moi et enfoncé son index entre mes pectoraux.

— Peu importe que tu m'aimes ou non. Si tu veux tout savoir, je te crois. Tu m'as tout expliqué dans tes textos. Je sais que tu as des dettes envers Darren maintenant. Je sais que tu t'es attiré pas mal d'embrouilles pour sauver ça… nous, a-t-elle précisé en esquissant un geste entre nous. Et il y a une infime part de moi qui est impressionnée par la façon dont tu as géré tout ça. Je veux dire, au moins tu ne m'as pas prise sans me le demander, et tu ne m'as pas découpée comme une citrouille de Halloween, hein ?

Elle a émis un sifflement de dérision.

— Mais ça n'a plus d'importance, tu comprends ? Parce que j'en ai marre. J'ai besoin de respirer. De savoir qui je suis. Et je dois le faire seule. Ma vie est un tel bazar que même si je voulais te pardonner j'en serais incapable, Bane. Tu peux considérer ça comme une démission officielle de ma part. Je quitte mon travail et je te quitte, toi.

Elle s'est dirigée vers l'autre bout de la ruelle, et j'ai aperçu sa Rover. J'avais envie de lui courir encore après, mais je savais que si je faisais ça je serais semblable à tous les autres salauds.

Jesse s'est arrêtée près de sa voiture, a déverrouillé la portière et est montée à l'intérieur. Elle m'a jeté un dernier regard. J'y ai lu plus de pitié que de ressentiment. J'étais là, comme un con, à tenir son chèque dans les mains.

— Papa avait raison sur un point, Roman, m'a-t-elle lancé. Dans ce conte de fées, la princesse se sauve elle-même.

Chapitre 23

Jesse

« Z'espérais pouvoir en parler ailleurs. Peut-être dans le bureau de Mayra ? »

Mayra aidait Darren.

J'en étais certaine. J'ignorais jusqu'à quel point, mais ça n'avait aucune importance, parce que c'était ma psy, bordel, et qu'elle brisait au moins un milliard de règles.

J'ai conduit au hasard des rues pendant un certain temps. Mes pensées étaient divisées, scindées en deux. Une partie de moi avait envie de faire demi-tour pour me jeter dans les bras de Bane, me confier à lui et le supplier de m'aider, de veiller à ce que Darren et les garçons ne puissent plus jamais me faire du mal. L'autre partie de moi hésitait encore à débarquer dans le bureau de Mayra pour l'affronter.

La décision s'est enfin imposée à moi quand j'ai fini par me garer. Je me suis aperçue que je m'étais arrêtée au même endroit que le jour de ma rencontre avec Bane. Je suis descendue et j'ai passé en revue mes séances avec Mayra. Des petits fragments de nos conversations me revenaient.

« Vous auriez pu perdre votre virginité de bien des façons. »

« Mieux vaut ne pas y penser. »

« Vous devriez passer à autre chose. »

« Darren est adorable, Jesse. Vous devriez le laisser s'occuper de vous et de votre mère. »

« L'hypnose ? Surtout pas, Jesse ! Vous ne voulez pas perdre le contrôle. J'aurais peur que cela vous entraîne dans une spirale infernale. »

En scrutant les alentours, j'ai aperçu la Harley de Bane à quelques mètres de ma voiture. Il me suivait, mais je n'arrivais pas à lui en vouloir. Il veillait sur moi, tout en gardant ses distances.

J'ai sorti mon téléphone. J'avais des tonnes de messages.

PAM

Darren a disparu. Rentre à la maison.

PAM

Je n'ai pas de temps à perdre avec ça, Jesse. Il faut qu'on parle au plus vite. J'ai une manucure entre 15 et 16 heures N'importe quel autre créneau est OK.

GAIL

Rencard avec un pot de Ben & Jerry's et des chips McMafia dès que je sors du boulot. Évite de faire un truc débile (genre, retourner chez tes parents. Ou… voir Bane, LOL).

NUMÉRO INCONNU (BECK ?)

T'as des news de Bane ? Je le cherche partout.

NUMÉRO INCONNU

Salut. C'est Hale. Bane ne répond pas au téléphone et on a un rendez-vous important pour le boulot dans une demi-heure. Tu peux lui dire ?

Je n'ai répondu à aucun d'eux. À la place, j'ai ouvert un nouveau texto.

Bonjour Kacey, c'est Jesse. Je ne vais pas pouvoir rendre visite à Juliette cette semaine. Qu'est-ce que vous avez prévu de faire ?

Elle a répondu aussitôt.

J'ai réservé notre vol pour jeudi. On verra pour la suite. Je reviendrai sûrement à Todos Santos le mois prochain pour venir chercher Imane et son infirmière et voir les détails avec vous. Merci, Jesse. Pour tout.

Mon cœur qui chavirait dans ma poitrine m'a rappelé que j'étais toujours en vie.

J'étais tellement contente que Mme B ait enfin ce qu'elle méritait : retrouver sa famille. Même si une partie de moi, et pas la plus petite, mourait de chagrin à l'idée de ne plus l'avoir à mes côtés.

Je n'avais nulle part où aller. Nulle part où vivre. Pas de travail. Pas d'amis. Aucune idée de quoi faire de ma vie. Et curieusement… ça ne me dérangeait pas. C'était presque libérateur. J'allais devoir bâtir ma propre existence. Une existence qui n'appartiendrait qu'à moi.

J'ai commencé par me rendre au lycée All Saints. Comme il y avait cours ce jour-là, j'ai dû demander la permission pour prendre des photos avec mon téléphone.

— Pour quoi faire ? a demandé le proviseur Gabe Pritchard, sans se donner la peine de décoller les yeux de la paperasse accumulée sur son bureau.

Il était ridiculement jeune pour ce poste. C'était sa première année à All Saints. Il était grand, beau, ténébreux et froid comme un glaçon. D'après les rumeurs, il avait décroché sa licence de lettres à l'âge de dix-neuf ans, et c'était un frondeur en matière d'éducation. Pendant qu'il me questionnait, une file de lycéennes/midinettes se tenait derrière moi, attendant de savoir quels ennuis elles avaient réussi à s'attirer volontairement.

— Un projet, ai-je répondu vaguement.

Les sourcils froncés, il a enfin levé les yeux vers moi.

— Quel genre de projet ?

J'ai mordillé ma lèvre inférieure, l'air timide et naïve. Il n'était pas encore en poste pendant mon année de terminale. Il ignorait l'ampleur de ce qui m'était arrivé.

— Pour un cours de photo, ai-je prétendu.

Il a hoché la tête.

— Pas de visages d'élèves, ni d'enseignants, ni de membres du personnel. Rien de personnel. Compris ?

Pour le côté personnel, je ne pouvais rien promettre. Mais ça ne concernait que moi.

— Oui, monsieur.

J'ai passé le reste de l'après-midi accroupie près d'un banc sous un arbre, où *Jesse Carter est une PUTE* avait été gravé dans le bois, puis dans le gymnase, où le miroir était encore fissuré là où Ivory, une des amies de Wren, avait essayé de me cogner la tête et avait raté son coup. J'ai pris des clichés de toutes les preuves. La plupart étaient encore là, visibles mais oubliées, tout comme mon existence aux yeux des profs après l'Incident. Le lycée est l'endroit parfait pour effacer une âme. Les dieux s'en fichent, et les mortels sont trop occupés à essayer de survivre.

J'ai déterré la culotte tachée par l'excitation qu'Emery avait volée dans mon tiroir pour la montrer à tout le monde quand on s'était pelotés, avant que tout parte en vrille.

Les rires. Les railleries. La torture. Tout était là, entre ces murs, dans la cour. Dans mon cœur.

Quand j'ai fini par repartir, il était près de 18 heures. Je me suis arrêtée à un food truck pour m'acheter un taco en guise de dîner. Je savais que j'allais devoir me serrer la ceinture. J'aurais pu demander un peu d'argent à Mme Belfort, mais rien que l'idée me donnait des crampes d'estomac. J'avais refusé le chèque de Bane parce que je tenais à lui prouver quelque chose, mais voilà que je ne pouvais même plus m'acheter un KitKat. Je me suis retrouvée à prendre la route d'El Dorado malgré moi. Il fallait que je fasse mes valises. Je ne pouvais pas me promener éternellement avec les fringues zarbi de Gail sur le dos. Et puis, après le texto que j'avais envoyé à Darren, je doutais qu'il cherche à me mettre des bâtons dans les roues.

Je me suis garée devant la maison et j'ai ouvert la porte. Les seuls bruits perceptibles étaient ceux des grillons dans le jardin et du frigo qui fabriquait des glaçons. J'ai appelé Pam plusieurs fois, ne voulant pas être prise en embuscade. Quand personne n'a répondu, j'ai éprouvé un immense soulagement. Avec la même prudence, je me suis dirigée vers ma chambre, où j'ai rempli deux sacs d'affaires. Je les ai descendus pour les ranger dans mon coffre, et je m'apprêtais à m'asseoir au volant quand j'ai eu un flash.

La Fille du capitaine. Il fallait que je l'emporte. Ce roman avait appartenu à mon père, et qui savait ce que ces deux-là en feraient ? C'était tout ce qui me restait de lui.

Les classiques étaient entreposés dans la bibliothèque du bureau de Darren, parce que Pam craignait que « les domestiques » s'en emparent pour les vendre au plus offrant. Je savais qu'il n'y avait pas la moindre chance pour que Darren soit là. Il avait un écran de contrôle qui lui permettait de voir en temps réel ce que filmaient les caméras installées dans la maison. À ce stade, il m'aurait déjà aperçue et aurait insisté pour s'expliquer.

Après un instant d'hésitation, je me suis dit : *Et puis merde*. Mon père était plus important que Darren, Pam et toutes ces conneries. Je suis retournée dans la maison.

Le problème, ai-je songé en poussant la porte de son bureau, c'était qu'on avait tendance à s'apitoyer sur son sort jusqu'à ce qu'on comprenne que la situation pouvait encore empirer. On dit qu'il vaut mieux être giflé par la vérité qu'embrassé par un mensonge. J'ai eu envie de me noyer dans les mensonges dès que je l'ai aperçu.

Darren.

Ou, du moins, ce qu'il restait de lui.

Je me suis cramponnée à la poignée de la porte, le souffle coupé. Je m'étais demandé plusieurs fois au cours des dernières vingt-quatre heures ce que je ressentirais en le revoyant, mais je n'aurais jamais imaginé ça.

Il était étendu face contre terre, dans une mare de sang. Au début, j'ai été trop choquée pour réagir. Je me suis contentée de rester là, à trembler comme une feuille. Il serrait encore un Glock dans son poing. La scène avait l'air toute récente. Réelle. Tragique.

J'ai pris mon téléphone et j'ai appelé les secours. J'ai expliqué la situation d'une voix neutre, leur ai donné tous les détails nécessaires. Ils m'ont conseillé de quitter la pièce et de ne toucher à rien. Je suis descendue au rez-de-chaussée, je me suis forcée à avaler deux KitKat histoire de ne pas flancher et j'ai vidé une bouteille d'eau. Je me suis assise dans le séjour et j'ai attendu. Où était passée Pam ? J'ai envisagé d'appeler Roman et Gail, mais je savais qu'il me fallait traverser seule cette épreuve. Gail en avait déjà beaucoup fait, et appeler Roman m'aurait attiré des ennuis plus qu'autre chose.

Il m'avait tellement fait de mal que le seul fait de penser à lui m'était insupportable.

La police est arrivée quelques minutes plus tard : deux inspecteurs et toute une horde de flics.

— J'aimerais partir. Ce n'est pas vraiment mon père, je ne suis que sa belle-fille. La dernière fois qu'on s'est vus, on s'est disputés.

Ce n'est pas dans les films qu'on vous conseillait de ne parler qu'en présence de votre avocat ? J'aurais aimé avoir quelqu'un d'aussi futé que Bane avec moi pour m'expliquer quoi faire.

J'étais en état de choc, mais je n'étais pas triste pour autant. Je n'éprouvais aucune compassion pour cet homme qui avait gâché mon avenir, non pas une, mais deux fois. Cet homme qui m'avait pris ce qu'il y avait de plus précieux au monde, et qui n'avait même pas eu le cran de l'admettre.

Les flics ont estimé qu'il s'agissait d'un suicide classique, d'après sa position et l'angle du tir. Darren avait même laissé une « lettre d'adieu » — évidemment, Darren devait toujours faire les choses dans les règles.

Je suis fini.

Ils ont pris ma déposition, et puis Pam est arrivée et s'est mise à hurler. À ce stade, elle n'était plus qu'un bruit de fond pour moi. Un inspecteur, qui ressemblait à la version humaine du personnage de dessin animé Peter Griffin, m'a demandé si je voulais qu'on me dépose quelque part, en ajoutant que ce n'était sans doute pas une bonne idée que je prenne le volant après ce que j'avais vu. Mais je lui ai assuré que ça allait, parce que c'était vrai, même si je n'étais pas fière de l'admettre.

J'aurais préféré éprouver de la tristesse et de la compassion. J'aurais préféré ne pas avoir prié pour que ça arrive plus tôt.

Une fois chez Gail, je lui ai raconté ce qui s'était passé. Elle m'a regardée d'un drôle d'air.

— Tu dois te dire que j'ai la poisse, ai-je marmonné.

Mais Gail a secoué la tête.

— Non. Je pense surtout que tu as beaucoup galéré, et que tout ça va se terminer plus vite que tu le crois. Tout vient à point à qui sait attendre, Jesse. Il faut juste savoir où regarder.

Chapitre 24

Bane

Apparemment, un cœur brisé sent la malbouffe moisie et la vodka éventée. Je le sais, parce que j'ai baigné dans cette odeur rance pendant un certain temps.

Gidget, Beck et Hale ont tous essayé de me rendre visite plus d'une fois au cours des jours suivants. Je leur ai claqué la porte au nez, les fois où je me suis donné la peine de décoller du canapé. Après trois jours passés à me comporter comme un ado fan d'emo qui venait d'apprendre que le groupe Fall Out Boy venait de se séparer, ils ont fini par me laisser de quoi manger sur le paillasson. Ils frappaient un coup et criaient des trucs du genre : « Mange, petit con, et n'oublie pas de boire un grand verre d'eau. »

De l'eau. Un concept qui m'était étranger. *Je vous expliquerai.*

Après avoir été largué par Jesse, j'ai décidé que le mieux pour moi était de me prendre la cuite du siècle, ce que j'ai fait pendant environ quatre jours. Chaque fois que je me réveillais, je lui envoyais un texto ou j'essayais de l'appeler. Histoire de lui rappeler que j'étais encore plus ou moins en vie, même si elle ne répondait pas. Et puis, je retournais me rincer le foie à l'alcool.

Je t'aime.

Dis-moi si tu as besoin de quoi que ce soit.

Bon sang, moi, J'AI BESOIN DE QUELQUE CHOSE. De toi.

C'est ça qu'on appelle partir en vrille ? C'était beaucoup plus marrant vu de l'extérieur.

Le travail et le surf n'étaient pas vraiment une priorité. Le Café Diem restait à flot grâce à Gail, et j'étais sûr que Hale était ravi de gérer le reste de mes affaires pour moi. Beck, lui, était vénère. Et avec raison. Je l'avais laissé tomber comme une vieille chaussette.

Je commençais à me demander qui allait réussir à me sortir de cet état. J'avais plus ou moins renoncé à attendre une réponse de la part de Jesse. Gail s'était fermée comme une huître et refusait de m'en parler, alors les premiers en ligne pour me sortir de mon lit et de mon chagrin étaient ma mère, qui était passée deux fois et qui m'avait laissé des messages vocaux frisant la psychose, et Edie, qui avait joué sa carte de femme enceinte.

Mais au bout du compte ça a été le shérif Diaz.

— Protsenko, ouvre avant que je défonce cette porte !

Le battant vibrait sur ses gonds comme pour confirmer ses dires. S'il croyait que j'en avais quelque chose à battre, il se fourrait le doigt dans l'œil.

— Essaie un peu pour voir, ai-je bâillé depuis mon lit.

Ma mère avait dû geindre auprès de lui pour qu'il vienne me parler. Elle savait qu'on avait été proches dans mon adolescence, quand le poste de police était devenu pour moi une deuxième maison.

— Si je dois chercher un mandat, tu vas avoir des ennuis, gamin.

J'adorais qu'il me traite de « gamin », alors que j'avais vingt-cinq ans et que j'avais baisé sa femme dans toutes les positions possibles.

— Un mandat pour quoi ? me suis-je esclaffé en roulant sur le ventre pour me gratter les fesses. Parce que je suis ivre mort ? Rien d'illégal à ça.

Il a gardé le silence l'espace d'une seconde, pesant ses mots soigneusement.

— Il y a pas mal de nouvelles infos au sujet de Jesse Carter. Ça te donnera peut-être envie d'y réfléchir à deux fois avant de parler de mort.

À ces mots, je me suis levé et j'ai ouvert la porte. Diaz a remonté son pantalon sur sa bedaine et m'a contemplé, bouche bée.

— Ouh là ! T'as une gueule de déterré.

— Merde alors. Moi qui comptais me présenter à l'élection de Miss Univers, ai-je gémi en rassemblant mes cheveux dans un demi-chignon. Bon, je vais devoir attendre l'année prochaine. Fais comme chez toi.

Je lui ai offert les seules choses que j'avais en stock — de l'eau du robinet et du shit —, mais il a décliné poliment. Vu l'état de ma péniche, j'ai été surpris qu'il accepte de s'asseoir sur mon divan. Je me suis affalé sur un pouf en face de lui, les jambes croisées et un sourire hypocrite aux lèvres.

— Crache le morceau, ai-je ordonné.

Pour la première fois depuis des jours, je ne me sentais pas désinvolte, ni mort de l'intérieur.

Brian a retiré son chapeau, ce qui était toujours une bonne idée quand on cherchait à faire une annonce théâtrale. C'était un homme petit avec une calvitie naissante. Le peu qui restait de ses cheveux duveteux était de la couleur des

Doritos. Il avait le visage couvert de taches de rousseur et arborait un air de tragédien.

— Je commence par quoi ?

— Par le milieu, ai-je blagué. J'adore les histoires qui débutent en plein milieu.

Il a levé les yeux au ciel.

— Ah, ces quasi trentenaires, s'est-il lamenté. Commençons par la nouvelle la plus spectaculaire : Darren Morgansen est mort.

Vu ma mâchoire qui traînait par terre, le shérif Diaz a dû en déduire que je n'étais pas au courant. D'habitude, je savais tout. Si je m'intéressais à quelqu'un, je me débrouillais pour savoir où il se trouvait à un instant T et même à quelle heure il allait aux chiottes le matin. Sauf que j'avais été trop occupé à m'apitoyer sur mon sort cette dernière semaine pour suivre Darren. Il s'est éclairci la gorge et a changé de position sur le canapé, tout en esquissant une grimace de dégoût à la vue des restes de plats à emporter.

— Suicide. Il s'est tiré une balle dans la tête. C'est sa belle-fille qui l'a trouvé.

— Jesse ?

Rien qu'à entendre son nom, j'ai repris du poil de la bête. C'était pitoyable, mais au moins j'en étais conscient.

Brian a haussé les épaules.

— Il n'en avait pas d'autre, à ce que je sache.

M'écroulant de nouveau sur mon pouf, je me suis caressé le menton. La mort de Darren était une bonne nouvelle pour mon compte en banque. Je lui devais un joli pactole mais personne n'était au courant, mis à part lui, moi et Jesse, et elle ne le dirait à personne. Ce qui m'inquiétait, c'était surtout de savoir comment elle l'avait pris. Elle ne le portait pas dans son cœur — encore moins sur la fin —, mais elle était sûrement abattue.

— Comment elle va ?

Brian a jeté un coup d'œil à son téléphone en fronçant les sourcils et l'a remis dans sa poche.

— Je ne sais pas. Sa mère est effondrée, par contre.

— Sa mère peut aller se faire foutre, je n'en ai rien à carrer. C'est sa fille qui m'intéresse.

Brian a cligné des yeux plusieurs fois avant de gratter son crâne dégarni.

— Allons, Roman. On ne peut pas aimer une femme sans respecter ses parents. Ce n'est pas comme ça que fonctionne une relation.

Je l'ai dévisagé, le regard vide.

— Les règles ne s'appliquent pas aux parents de Jesse. Autre chose ?

— Les garçons. Ils vont revenir en ville. Je me suis dit que tu aurais envie de le savoir.

Il m'a décoché un regard d'avertissement. Je devais me tenir à carreau.

— M. Wallace a annoncé au dernier conseil municipal qu'ils seraient tous à Todos Santos la semaine prochaine pour fêter l'anniversaire de leur ancienne camarade de classe, Wren Clayton.

Jamais entendu parler. Et je m'en tapais. Ils étaient de retour. J'allais m'occuper de leur cas, et seul. C'était le plan depuis le départ. J'ignorais ce que Jesse en penserait, mais je n'avais aucune intention de lui en parler avant d'avoir mis mon plan à exécution. J'avais attendu mon heure en silence. Ils allaient regretter de ne pas avoir gardé leurs distances.

Visiblement, Brian lisait dans mes pensées, parce qu'il s'est penché en avant et m'a tapoté le genou pour attirer mon attention.

— Je veux savoir ce que tu as prévu pour eux.

— Merci d'être passé, ai-je répondu en me levant. Et de ne pas me juger pour tout ça.

J'ai désigné la table basse jonchée de récipients en plastique à moitié vides.

— Oh que si, je te juge. Et je tiens à savoir à quoi m'attendre. On n'est pas au Far West.

— Tu as déjà vu une carte de l'Amérique ? On ne peut pas faire plus à l'ouest que la Californie.

Je me suis approché de mon coin repas et je me suis allumé un joint.

— Je te paie pour me filer des infos et fermer les yeux sur mes activités, pas pour discuter de mes projets.

— Je n'ai pas besoin d'une pile de cadavres de gosses de riches dans ma juridiction, a-t-il répliqué entre ses dents serrées. Il n'y a pas assez d'arbres sur Terre pour produire toute la paperasse que j'aurais à remplir.

Je lui ai administré une petite chiquenaude sur l'oreille.

— Il y aura zéro victime. Fais-moi confiance.

Et je disais vrai, en plus. La castration n'avait jamais tué personne.

Il s'est tenu sur le seuil quelques instants, à inspecter mon antre, avant de reporter son attention sur moi.

— Ça doit vraiment être une fille à part.

J'ai esquissé un sourire méprisant. Quel putain de cliché.

— Il se passe un truc entre nous là, non ? ai-je ironisé en haussant un sourcil.

Il a secoué la tête, a éclaté de rire et m'a claqué la porte au nez.

— Connard, l'ai-je entendu marmonner.

Malheureusement, il n'existait aucun manuel sur la réaction de mise quand son ex-petite copine, dont on était raide dingue amoureux, venait de perdre son beau-père. Mais, s'il y en avait eu un, l'envoi de textos se serait sûrement trouvé tout en bas de la liste.

Alors j'étais là, à me doucher, me raser et tout faire pour paraître à peu près présentable. *Encore.* Je savais que Jesse pieutait encore chez Gail, vu que cette dernière continuait à m'esquiver. Elle évitait mes appels, me répondait qu'elle était occupée chaque fois que je lui demandais si je pouvais passer boire un café (et ce alors que je n'en buvais jamais, et encore moins en compagnie de minettes chauves fans d'emo).

Je me suis donc rendu chez elle, un smoothie banane-fraise-melon à la main.

Gail a ouvert la porte et a croisé les bras, en souriant comme si elle savait quelque chose que j'ignorais. Évidemment, c'était le cas, vu qu'elle cohabitait avec ma copine.

Petit diable sur mon épaule : *Ton ex-copine, tu veux dire. Tu as oublié que tu l'avais trahie ? Parce que, elle, non.*

Petit ange sur mon épaule : *N'écoute pas ce connard. Vous faites un break, c'est tout.*

— Elle est où ? ai-je demandé en calant l'avant-bras sur l'encadrement de sa porte.

— Au boulot, a répondu Gail en mettant du rouge à lèvres violet, le tout sans me quitter des yeux.

J'ai laissé tomber le smoothie par terre. Exprès. *Merde.*

— Au boulot ? Quel boulot ?

— Celui qu'elle vient de décrocher, a-t-elle expliqué, avant de baisser les yeux en esquissant un sourire. Tu ferais mieux de nettoyer ça.

— Si c'est toi qui t'en charges, je te paierai des heures sup.

— Tu es vraiment un sale con. Pas étonnant qu'elle sorte avec un autre mec.

— Quoi ? ai-je grondé.

Gail a éclaté de rire.

— Je plaisante ! Par contre, t'aurais dû voir ta tronche. T'es tombé bien bas, dis donc. Et dire qu'avant tu pensais que te taper plusieurs minettes dans une piscine était un sport aquatique. Tu lui voues un culte ou quoi ?

— La ferme, Gail.

On a continué de se regarder en chiens de faïence quelques instants de plus pendant que je réfléchissais à ce que j'allais faire.

— Tu es sûre qu'elle n'est pas là ? ai-je redemandé.

Quel génie tu fais. Elle va céder, pas le moindre doute.

— Sûre et certaine. Punaise, tu es vraiment à fond ! C'est un peu mignon, mais flippant aussi.

— Comment elle gère la mort de Darren ?

Gail a haussé les épaules.

— Elle va bien. C'était traumatisant de le trouver, mais après ce qu'il lui a fait on ne peut pas vraiment dire qu'elle ait le cœur brisé.

— Comment ça ? ai-je demandé distraitement, tout en cherchant du regard les affaires de Jesse par-dessus l'épaule de Gail.

Manifestement, j'étais plus flippant que mignon.

— Tu sais bien qu'il l'a vio…

Elle s'est interrompue et m'a regardé comme si je venais de la gifler. Brusquement, tout m'est apparu avec clarté. Les dernières pièces du puzzle se sont assemblées.

J'ha.

Llu.

Cine.

— Répète voir, ai-je ordonné d'une voix grave.

Gail a reculé d'un pas et a plaqué une main sur sa bouche.

— Je croyais qu'elle te l'avait dit.

— Tu as mal cru.

Ça avait dû se produire après m'avoir largué, car Jesse ne

m'aurait jamais caché ça. Elle était d'une sincérité à toute épreuve. Contrairement à moi.

Gail a respiré un grand coup et s'est passé la main sur les yeux.

— Désolée. Mais elle gère, Bane. Vraiment.

Je l'ai regardée impatiemment, attendant la suite, mais elle s'est contentée de faire volte-face pour rentrer dans son appartement. Je l'ai suivie et j'ai refermé la porte derrière moi d'un coup de pied.

— Qu'est-ce que je suis censé faire, Gail ? Dis-moi. Je ne peux pas la laisser partir, mais je ne peux pas non plus la forcer à rester avec moi.

Trop d'hommes avaient déjà voulu la soumettre.

Gail a levé les yeux vers moi en rongeant un de ses ongles vernis de la même couleur que sa bouche, et j'ai songé : *Trop de violet tue le violet.*

— Du temps.

— Hein ?

— Tu lui as déjà tout donné. Un boulot, de l'amour, de la passion, ta queue. La seule chose que tu ne lui as pas offerte, c'est du temps.

— Et si elle finit par décider qu'elle ne veut pas de moi ?

Gail a souri.

— Alors, sois heureux pour elle, Roman. C'est l'essence même de l'amour.

Chapitre 25

La lettre

Ma très chère Jesse,

Cette lettre est à la fois la chose la plus facile et la plus difficile que j'ai jamais eu à faire de ma vie. La plus difficile, parce que je sais ce que je vais faire après avoir écrit ces mots, et que je redoute cet instant, même si j'ai envie d'en finir une bonne fois pour toutes. La plus facile, parce que j'ai enfoui ces sentiments en moi pendant bien trop longtemps, et qu'il n'y a rien de plus libérateur que la vérité.

J'aimerais pouvoir te dire que je regrette ce que j'ai fait. Mais, si je suis honnête — et au fond c'est ce que je te dois par-dessus tout —, la seule chose que je regrette est que tu te sois souvenue. Je te croyais trop soûle ce soir-là pour t'en rappeler un jour.

Je te désirais.

Alors, je t'ai prise.

Parce que ça a toujours été toi.

Je me souviens de la première fois que je t'ai vue. Toi. Pas Pam. Ta mère travaillait comme caissière au café-restaurant en bas du bureau de mon comptable. J'y suis entré par erreur. Plutôt que de remarquer la belle blonde qui avait mon âge, mon regard a aussitôt été attiré par la fillette assise à côté d'elle, avec ses couettes de jais et ses grands yeux bleus. Tu lisais un livre, tes cheveux ressemblaient à des plumes, tes prunelles à des cristaux. Tu étais interdite, irrésistible. Entre ton regard et ton sourire, tu étais d'une beauté renversante et tu ne le savais même pas.

Le pire, c'est qu'il n'y avait rien de plus facile que de t'avoir. Un homme dans ma position pouvait pousser une femme dans la situation de ta mère à faire tout ce qu'il voulait. Surtout à se marier. Je savais qu'il ne me faudrait pas grand-chose. Il me suffirait de me montrer patient, doux et attentionné. C'était si facile de s'approcher de toi, en plus. Ta mère était encore en deuil. Art l'avait quittée pour une autre femme, avant de perdre la vie.

En apparence, j'étais calme.

J'étais gentil.

J'étais différent.

Mais il faut se méfier de l'eau qui dort.

Car nul ne le savait.

Nul ne le soupçonnait.

Mais, dans le fond, j'étais malfaisant.

Je suis tombé amoureux de toi, Jesse. Comment faire autrement ? Ta passion pour les livres, pour la vie, pour l'amour. Mon seul regret est que tu te sois noyée dans mes péchés.

Je tiens à ce que tu saches que je n'ai jamais agi

par malveillance. J'étais mû par l'espoir. Vraiment. Peut-être que tu ressentais la même chose que moi. Peut-être que je n'étais pas si dingue que ça. Peut-être que, pour la première fois de ma vie, quelqu'un ne me voyait pas comme un loser avec un cheveu sur la langue, même si j'avais tout fait pour créer cette image. Jesse, si tu savais combien il est facile de manipuler les autres quand ils te croient faible... Et peut-être que ce quelqu'un, c'était toi.

Je suis vraiment désolé pour ce qu'Emery et les garçons t'ont infligé. Quand ils t'ont blessée, ils m'ont blessé aussi. Je n'aurais jamais cru que ça irait si loin.

Oui, je sais que ça peut paraître hypocrite de dire ça, compte tenu de ce que j'ai fait. Pour ma part, je ne me suis jamais considéré comme une personne équilibrée. Et, visiblement, Emery ne l'était pas non plus, car une personne équilibrée n'aurait jamais agi comme lui. Tu as eu la malchance d'être une victime. Deux fois.

Jesse, je t'aime. Je te hais aussi, en un sens. À cause de toi, j'ai dû subir ta mère, et on sait tous les deux combien elle peut être difficile.

Ça ne m'a pas surpris quand ils se sont mis à t'appeler « Blanche-Neige » à l'école. Je me suis demandé plus d'une fois si tes amis savaient toute la vérité. Que toi aussi, tu avais une mère méchante qui jalousait ta beauté. Que toi aussi, tu te cachais du monde. Pas en compagnie de nains, mais de livres.

En plus, à présent, toi aussi, tu as mordu dans une pomme empoisonnée.

Bane Protsenko.

Il était censé te réveiller.

Pas te voler.

On avait conclu un marché. Je savais qu'il saurait t'arracher à ton chagrin, avec sa belle gueule et sa sale réputation. J'ignorais qu'il irait aussi loin. J'ignorais qu'il sombrerait, comme nous tous.

Jesse, j'ai quelque chose d'extrêmement important à te demander.

Ne me pardonne pas.

Ne leur pardonne pas.

Brise le cycle, parce qu'il y a trop d'hommes malveillants dans ce monde. La seule façon de les arrêter est d'être une femme forte. Alors, sois forte.

La vérité, c'est qu'Art a eu raison de quitter ta mère.

La vérité, c'est que Bane a eu raison de me défier et de tomber amoureux.

La vérité, c'est que ceci est la dernière chose que je vais dire ou écrire à qui que ce soit, et qu'on se souviendra de moi comme d'une crapule.

Mais dans quelques minutes ça n'aura plus d'importance. Plus rien n'aura d'importance.

Va voir la police, Jesse. Parle-leur d'Emery, de Nolan et de Henry. Ne les laisse pas s'en sortir comme ça. Dieu sait si moi, je m'en suis tiré pendant huit ans, et je ne l'ai absolument pas mérité.

Avec tout mon amour, mon respect et mes regrets,

Darren Floyd Morgansen.

Chapitre 26

Jesse

Surprise par le grondement du tonnerre, j'ai grimpé sur le toit de Gail en pleine nuit.

On était fin septembre. La pluie n'avait rien à faire au-dessus de cette ville du sud de la Californie à cette époque de l'année. Peut-être que tout ça faisait partie de quelque chose qui nous dépassait tous. Peut-être que c'était un signe. Peut-être que c'était mon père. Ou Darren. Ou Bane. Ou simplement les preuves qui reposaient dans ma sacoche en toile, comme une bombe à retardement.

Peut-être. Peut-être. Peut-être.

J'ai levé le visage vers le ciel, cinglée par les gouttes de pluie. La lettre de Darren était tombée de mon sac à dos peu après mon retour chez Gail. Celle-ci m'avait demandé si je voulais qu'elle soit là pendant que je la lisais. Je l'avais remerciée, avant de lui dire que ces mots m'étaient destinés et que je devais les affronter seule.

Si la lettre m'avait perturbée, le sac en plastique transparent qui l'accompagnait m'avait bouleversée jusqu'au tréfonds de mon être. Il s'agissait des preuves de la nuit de l'Incident. Mon soutien-gorge et ma culotte déchirés. Mon haut taché de sperme et de sang. Mon vieux téléphone qu'ils avaient piétiné, avec leurs empreintes. Tout y était. Un post-it était épinglé au sac.

Garde-le en lieu sûr. Bonne chance.

Le cœur battant, j'ai savouré la pluie qui ruisselait sur mon visage. J'ai songé aux huit années qui venaient de s'écouler. Je me suis dit que rien de tout ça n'était ma faute. Et, pour la première fois, j'y ai vraiment cru. J'avais envie de pleurer, mais les larmes refusaient de couler. Elles étaient plus faibles que la colère, la rage et le profond sentiment d'injustice qui m'habitaient. Darren était malade. Pam aussi. De même pour Emery, Nolan et Henry. Bane ne l'était pas, mais c'était un salaud, et on en payait tous les deux les pots cassés.

Et Mayra ? Mayra était une odieuse manipulatrice.

Ça paraissait curieusement commode que l'unique souvenir effacé de ma mémoire soit lié à ce que Darren m'avait infligé. Certes, il m'avait forcée à boire jusqu'à ce que je perde connaissance, mais ça n'aurait pas suffi pour garantir une totale perte de mémoire. C'est là que Mayra est intervenue. Elle était apparue à peine quelques semaines après le viol de Darren. Elle avait manipulé ma réalité, s'était évertuée à me faire oublier.

Sauf que maintenant que je m'en souvenais, j'allais me battre bec et ongles pour reconstruire ma vie.

Cette semaine-là, j'avais poussé la porte de Book-ish, une librairie du centre, et demandé si je pouvais passer un entretien d'embauche.

— On n'a besoin de personne, avait rétorqué d'une voix neutre l'ado binoclarde à la caisse en feuilletant distraitement un numéro de *Marie Claire*.

Je lui avais répondu que je ne repartirais pas tant que je n'aurais pas parlé au gérant. Au bout de quelques minutes, une dame plus âgée était sortie de l'arrière-boutique.

— Il faut que vous me donniez un travail, et je vais vous expliquer pourquoi.

Je lui avais raconté mon histoire. Ouvertement, sincèrement.

Je lui avais montré mon tatouage, pour bien lui faire comprendre que je ne mentais pas. Que les livres étaient mes amis, mes alliés, ma voix. Mon arme de prédilection dans la guerre à laquelle j'avais survécu.

J'avais décroché le job.

Ça faisait du bien de savoir que j'étais de nouveau dans la vie active. Et encore plus d'y être parvenue sans l'aide de personne. L'argent que Darren m'avait laissé aurait pu nourrir vingt générations, mais je ne comptais pas toucher au moindre centime. J'envisageais de le léguer à des foyers pour femmes et à d'autres bonnes causes, mais pour l'instant j'avais encore trop la nausée pour y songer.

Après avoir été engagée, je me suis rendue chez Mme Belfort pour lui dire au revoir. Elle prenait l'avion dans l'après-midi avec Kacey. Ryan restait en ville pour gérer la paperasse. On s'est prises dans les bras en pleurant, et je me suis demandé pourquoi j'avais attendu aussi longtemps avant de l'aider. Et de m'aider, moi. Mais la réponse était claire comme de l'eau de roche.

Avant l'arrivée de Bane, j'étais comme morte.

Maintenant, j'étais là, bel et bien vivante. Assaillie d'émotions. Mon cœur, tel un animal en cage, était furieux, affamé. Il ne tenait pas en place. Il avait soif de sang. Et j'allais le nourrir, car la nouvelle Jesse n'était plus. Son cadavre muet et soumis était resté sur le sable frais de la plage le soir où j'avais eu mon flash-back.

À cet instant, j'ai compris que la Jesse d'avant, elle aussi, avait disparu. J'étais une version différente, plus forte, une version à qui on ne la faisait pas. Et qui ferait payer tout le monde. *Tout le monde.*

Après avoir rendu visite à Mme B, j'ai terminé mon petit tour à El Dorado en frappant à la porte de Wren. Ses parents vivaient dans une villa à la James Bond, au sommet d'une colline. Elle m'a ouvert et a froncé le nez de dégoût en me voyant. Elle portait une brassière de sport et un legging. Derrière elle, les enceintes de sa chaîne hi-fi crachaient une chanson de Cardi B.

— Qu'est-ce que tu veux ? a-t-elle demandé en plantant les poings sur les hanches.

Son accueil glacial n'avait rien de surprenant. La dernière fois que j'avais vu Wren, Bane avait failli tuer ses amis.

— M'excuser, ai-je répondu en battant exagérément des cils. Pour la soirée à la piste d'athlétisme. J'imagine que tu as su pour mon père…

Ça m'arrachait la bouche d'employer ce mot. En réalité, le seul titre que Darren aurait véritablement mérité était celui de sale violeur. Mais j'avais un plan.

Wren m'a étudiée attentivement. Enfin, son visage s'est détendu pour arborer un air compatissant.

— Oui. Je suis au courant. Je suis désolée pour toi.

Ses épaules se sont affaissées.

— C'est gentil. En fait, je voulais surtout te dire que j'étais désolée pour ce qui s'était passé avec toi, Henry et Nolan. J'ai craqué.

Chaque mot que je prononçais me faisait l'effet d'un coup de poignard dans le cœur.

Wren a secoué sa queue-de-cheval blonde et a levé les yeux au ciel.

— Ça arrive.

— Je voulais aussi te donner ça. Je sais que tu vas bientôt avoir vingt ans.

Je lui ai tendu un petit paquet. Ce n'était pas grand-chose, le même parfum floral et entêtant qu'elle aimait quand on était au lycée.

— Merci, c'est sympa, a-t-elle dit en acceptant le cadeau, sans m'inviter à entrer pour autant. C'est vrai, vingt ans, c'est pas rien.

— Carrément ! Tu entames une nouvelle décennie et tout, ai-je renchéri en calant une hanche contre l'encadrement de sa porte.

À l'époque où je sortais avec Emery, Wren et moi avions pris l'habitude de bavarder ainsi. Je ne m'étais jamais sentie très proche d'elle, mais j'avais tenu à faire des efforts pour mon petit ami car ils étaient dans la même bande. Emery ne fréquentait que ceux qui avaient la cote au lycée, et Wren était la parfaite petite reine du bahut, entourée de sujets qui adoraient la haïr en secret.

— T'as raison. Je devrais organiser un truc, non ?

J'ai écarquillé les yeux.

— J'hallucine, t'as même pas prévu de fêter ça ? Wren, on est en plein été ! Tout le monde est en vacances. Il faut absolument que tu fasses une fête.

Elle s'est mordillé la lèvre.

— Je vais dans une fac du coin, à San Diego, mais il n'y a que des nuls là-bas. Nos potes ont tous été pris dans des super universités.

Tes potes, pas les miens.

— Alors, invite-les.

J'ai haussé les épaules. Mon cœur battait tellement vite que j'avais peur qu'il explose. Je tenais à les attirer en ville, mais je savais qu'ils n'étaient pas idiots au point de se jeter dans la gueule du loup. Toutefois, ils étaient imbus d'eux-mêmes, et il fallait qu'ils me voient comme faible et vulnérable. Mon tout nouveau statut d'orpheline jouait en ma faveur.

Wren s'est tapoté le menton, faisant scintiller ses ongles au vernis couleur pomme d'amour.

— Ils m'ont dit qu'ils restaient à New York cet été.

— Ah, New York, ai-je commenté avec un air de dédain, imitant son attitude… *leur* attitude. Il n'y a rien de tel que de passer les vacances d'été chez soi. Surtout quand on peut aller à Tobago Beach et voir sa famille et ses amis.

— Tu veux dire que ça ne te dérangerait pas qu'ils viennent en ville ?

Wren m'a décoché un nouveau regard méfiant. J'ai deviné que Nolan, Henry et Emery ne voulaient pas faire de vagues avec Bane dans les parages. Au lycée, déjà, tout le monde savait qui il était, et personne n'était assez stupide pour le chercher.

— Ohlàlà purée ! ai-je lancé, empruntant à dessein sa formule préférée et me retenant de vomir par la même occasion. Il faudrait qu'on passe à autre chose, là. Ça fait des années, OK ? Inutile de s'appesantir là-dessus.

Je me suis demandé si Wren envisageait de m'inviter. Quelque part, j'espérais pour elle que ce n'était pas le cas, car ça aurait signifié qu'elle était complètement idiote. Mais, au sourire qui s'est étalé sur ses lèvres, j'en ai déduit qu'elle avait gobé tous les mensonges que je venais de lui servir, et même qu'elle en redemandait. Je me sentais déloyale — quand on ment, on porte atteinte à sa propre intégrité —, mais je ne pouvais plus supporter l'idée que les garçons puissent prévoir une nouvelle « orgie » avec une autre. Et puis, mes preuves brûlaient de jaillir de mon sac en toile comme un lapin dans un chapeau de magicien.

Impossible de ne pas m'en servir.

— Ohlàlà purée, Jesse, tu as raison ! Je vais les appeler après mon cours particulier de Zumba. Tu devrais carrément venir !

J'ai fait mine de lui donner un petit coup sur l'épaule.

— T'es trop adorable, mais j'ai plein de trucs à gérer pour l'enterrement et tout. Merci quand même.

Si Wren avait l'intelligence d'un pot de mayonnaise éventé, Emery et Nolan, eux, étaient plutôt malins. Je ne voulais pas qu'ils soupçonnent quoi que ce soit. Wren a esquissé une moue boudeuse, sa façon à elle de présenter ses condoléances.

— Je suis désolée pour toi et pour ta mère, Jesse.

Elle m'a frotté le bras, en une demi-étreinte gênante.

— Merci.

Sur la route pour rentrer chez Gail, j'ai fait le bilan.

Wren allait organiser une fête.

Elle m'avait invitée, parce que c'était une crétine.

J'y serais, mais pas comme ils le pensaient.

Surprise !

J'ai quitté le toit de Gail en savourant le poids de mes vêtements trempés par la pluie. Cette ondée tropicale inattendue m'avait éclairci les idées, et je me sentais incroyablement vivante.

J'ai emprunté l'escalier de secours qui menait directement à l'entrée du bâtiment et je m'apprêtais à sonner chez Gail pour rentrer quand j'ai aperçu Bane appuyé sur sa Harley, trempé jusqu'aux os. Même lui avait l'air stupéfait de ce qu'il était en train de faire — tout ça pour une nana.

Je lui ai tourné le dos pour appuyer sur le bouton de l'interphone de Gail. Elle m'a ouvert sans un mot. Elle savait que j'étais sortie réfléchir sous la pluie. Bane a piqué un petit sprint pour me rejoindre.

— Pendant encore combien de temps tu vas faire semblant de ne pas me voir ?

— Jusqu'à la fin de mes jours, a priori.

J'ai ouvert la porte du bâtiment et il est entré avec moi, laissant une traînée de gouttes de pluie dans son sillage. J'avais envie de le planter là et de monter sans me retourner, mais en réalité j'étais incapable de m'arracher à la contemplation de son beau visage. Des gouttes perlaient au bout de ses cheveux dorés et dégoulinaient sur ses rangers.

— Quel temps de dingue, s'est-il esclaffé, mais sa voix était triste et ses mots semblaient se fissurer. Quand j'étais gosse, je croyais que Dieu tirait la chasse chaque fois qu'il flottait. Du coup, impossible de quitter le sud de la Californie. Il n'y pleut presque jamais.

— Merci pour l'anecdote, Roman, mais on n'en est plus au stade des bavardages, alors tu peux garder tes petites histoires pour ta prochaine cliente, ai-je répondu d'une voix acérée, tout en me tournant vers l'escalier pour gravir les marches deux par deux.

Il m'a rattrapée, et on s'est retrouvés épaule contre épaule. La chaleur transperçait nos habits mouillés.

— Darren est mort, a-t-il lancé.

— Et ça te regarde parce que…

— Il t'a violée.

Je me suis figée et me suis tournée pour lui faire face.

Une lueur intense brillait dans ses yeux.

— Comment tu l'as appris ?

— Gail. Elle pensait que tu me l'avais déjà dit.

J'ai dégluti. Je ne pouvais pas en vouloir à Gail. Bane me courait après, et elle savait que je voulais lui faire du mal. Rien n'aurait pu le blesser davantage que cette information.

— Pourquoi tu ne me laisses pas tranquille ? me suis-je agacée en le poussant.

— Parce que, malheureusement, je suis raide dingue de toi.

— Je parie que tu es aussi raide dingue du fait que tu n'aies plus à rembourser Darren.

— C'est vrai que ça me facilite la vie. Mais je n'en ai jamais rien eu à foutre du fric, et tu le sais très bien.

Je me suis mordillé la lèvre inférieure. À le voir la contempler, comme s'il voulait l'attraper avec les dents et la mordre jusqu'au sang, j'ai senti une onde de chaleur m'envahir le bas-ventre.

— Tu veux dire que le fric t'intéressait tellement peu que tu as signé un contrat pour faire de moi ton petit passe-temps pendant six mois ?

— Ça, c'était avant.

— Sauf que maintenant on est « après ». C'est bête, hein ?

Ce n'est qu'une fois au premier étage, devant la porte de Gail, qu'il a repris la parole. Il n'en menait pas large, ça faisait peine à voir. C'était absurde. Après tous ces gens qui m'avaient anéantie, le fait de le voir souffrir, de contempler ses yeux d'émeraude emplis de tristesse me donnait envie de me planter une fourchette dans le cœur. Qu'est-ce qui clochait chez moi ? Pourquoi je ne pouvais pas le rayer de ma vie, comme je l'avais fait avec Pam et Darren ?

— Emery, Nolan et Henry vont prendre des petites vacances dans le coin, a-t-il annoncé.

La main déjà sur la poignée de la porte, je me suis immobilisée. Je mourais d'envie de pousser Bane dans le couloir et de lui claquer la porte au nez, mais ses paroles m'ont arrêtée. Lentement, j'ai pivoté vers lui en esquissant une grimace de dégoût.

— Comment tu le sais ?

— J'ai des antennes partout. Surtout quand ça te concerne.

— Tes délires mafieux ne m'impressionnent pas, Roman. Désolée de te décevoir.

En plus, c'est moi qui les ai fait venir, ai-je eu envie d'ajouter, mais je me suis retenue. Je ne faisais confiance qu'à une seule personne dans cette histoire, et cette personne, c'était moi.

— Je ne cherche pas à te contrôler, mais à te sauver, a-t-il rétorqué en me poussant contre le battant dans un bruit sourd.

Il m'a emprisonnée entre ses bras, a collé son front au mien. On était tous les deux trempés et frissonnants, le souffle court, nos cheveux emmêlés. J'ai songé que nous étions comme le yin et le yang. Lui, blond, tout d'un bloc, caché derrière ses tatouages. Moi, brune, fragmentée, immaculée. Il a pris mon menton entre ses doigts et a penché ma tête en arrière. Ses yeux étaient à la fois durs et tendres, ses prunelles vertes bordées d'un liseré doré aussi rusées que celles d'un serpent. Sa façon de me regarder, comme si je lui étais essentielle, m'a désarmée. Il a pressé les lèvres sur les miennes et nous sommes restés ainsi, dans un demi-baiser, un demi-souffle, pendant quelques secondes. Puis, je me suis écartée.

— Ne touche pas à Emery, Henry et Nolan.

— Tu peux toujours rêver, a-t-il grondé. Je vais leur faire la peau.

Mon téléphone a bippé dans la poche de mon gilet à capuche. Je l'ai sorti. C'était Pam. Elle en était à son dixième appel de la journée. On était censées se retrouver avec l'avocat de Darren pour évoquer le testament. J'avais envie de faire traîner le processus en longueur avant de lui apprendre qu'elle était de nouveau fauchée comme les blés. *Vive les contrats de mariage.*

Je trouvais que c'était un juste retour des choses qu'elle perde ce qu'elle avait préféré à mon bonheur et ma santé mentale. *L'argent.*

Je l'ai renvoyée vers mon répondeur et j'ai levé les yeux vers lui.

— J'ai un plan, ai-je affirmé.

— Je t'écoute.

J'ai secoué la tête.

— Ce sont mes affaires.

Il a froncé les sourcils.

— Qui es-tu, Jesse Carter ?

— La fille que je dois être pour me sauver moi-même.

Il m'a agrippé les poignets pour les épingler au-dessus de ma tête. Je crevais d'envie de lui pardonner, de me mettre au lit avec lui, de me blottir dans ses bras. De me sentir en sécurité. Protégée. Je savais, sans l'ombre d'un doute, que Bane était capable de me donner tout ce dont la nouvelle Jesse avait besoin. Je n'aurais qu'un mot à dire pour qu'il m'apporte ma proie sur un plateau, tel un chasseur loyal et compétent.

Sauf que j'avais envie de chasser moi-même. Envie d'éclaboussures et de sang. Je voulais les traîner en justice à ma façon, même si je n'avais pas la force de Bane.

Je me suis dressée sur la pointe des pieds et j'ai tiré la langue pour lécher le contour de sa bouche en forme de cœur. Il a cessé de respirer, ses yeux rivés aux miens.

— Non, a-t-il soufflé en se reculant.

— Non ?

J'ai haussé un sourcil.

— Si tu veux m'embrasser, fais-le comme il faut.

Il a écrasé ses lèvres sur les miennes et, avant que j'aie pu m'en rendre compte, il a saisi l'arrière de mes cuisses pour me soulever et enrouler mes jambes autour de sa taille. Quand il a glissé sa langue dans ma bouche, j'ai eu l'impression qu'il me donnait bien plus qu'un baiser. Il m'insufflait de l'espoir, du désir, la capacité de voir le monde sous un angle plus lumineux. Il a frotté son érection contre moi, et j'ai étouffé un gémissement. J'ai enfoui les mains sous son T-shirt pour frôler ses tablettes de chocolat pendant qu'une fois de plus il me prenait tout habillée. De l'autre côté du battant, j'ai entendu Gail déverrouiller la porte pour l'ouvrir, avant de marquer un silence.

— Quoi de neuf ? dit une voix.

Elle parlait à quelqu'un, son téléphone sur haut-parleur. *Beck ?*

— Rien. Jesse et Bane baisent contre ma porte.

— Par contre, ce connard n'a pas le temps de répondre à mes appels.

Eh oui. Beck.

— Tu peux lui faire passer un message de ma part ?

— Certainement pas, Woody.

« Woody » ? D'où ça sortait, ce surnom ?

— Tu crois qu'ils se sont remis ensemble ?

— Va savoir, s'est-elle esclaffée.

J'ai entendu ses pas s'éloigner. Roman a gémi contre ma bouche et a serré mes fesses dans une main tout en glissant l'autre dans mon jean. J'ai crispé les doigts et les orteils tandis qu'un incendie dévorait mon bas-ventre. Il a frôlé mon clitoris, avant de le pincer, puis de le titiller avec le pouce, pour ensuite le frotter entre deux doigts.

— Tu m'as manqué.

Il m'a gratifiée d'un nouveau baiser torride. J'étais traversée de part en part de sensations contradictoires d'abandon et de puissance.

Et aussi, d'amour. Le genre qui donne l'impression d'être immortel.

— Ça ne change rien à l'affaire, ai-je précisé en l'embrassant et en me contorsionnant contre sa paume. Je te hais toujours autant.

— Je sais, a-t-il répliqué, sa bouche emplissant la mienne d'un goût de pluie et de cannelle.

Nous nous frottions frénétiquement l'un contre l'autre à un rythme connu de nous seuls, sous l'emprise d'une alchimie impossible à feindre. Nous étions comme deux pièces d'un puzzle complexe qui n'avaient qu'un emplacement possible : l'une à côté de l'autre.

— Je suis là pour toi, Flocon de neige. Je vais te laisser faire toute seule, parce que tu es la fille la plus forte que je connaisse, mais je suis aussi là si tu as besoin de moi. Et si c'est le cas, ça ne veut pas dire que tu es faible, Jesse. Seulement que tu es un être humain.

J'ai planté un dernier baiser sur son nez avant de me laisser glisser le long de la porte, les yeux rivés à son érection qui sortait presque de son pantalon de treillis. L'air du couloir était encore chargé d'érotisme. J'ai respiré un grand coup et j'ai relevé la tête.

— Tu vas me laisser comme ça ? s'est-il lamenté en plaquant une main sur sa braguette.

— Comment je suis censée laisser mon ennemi ?

— Repu, a-t-il tranché.

J'ai secoué la tête et j'ai ouvert la porte. Il a reculé d'un pas.

— J'ai hâte de me taper la Jesse d'avant, a-t-il haleté. Elle a l'air d'une vraie tigresse.

— Dégage, Protsenko.

Mais il était déjà en train de descendre l'escalier en riant.

Chapitre 27

Jesse

Le lendemain matin, j'ai enfoui le visage dans mon oreiller en entendant la sonnerie du réveil. Je devais être à Book-ish dans une heure. Gail est entrée dans ma chambre. Enfin, dans sa chambre. Lors de ma première nuit chez elle, elle avait décrété qu'elle trouvait dégueu le fait de dormir à côté de quelqu'un qui avait couché avec Bane Protsenko.

— C'est comme le tabagisme passif, mais version prostitution.

Elle avait fait semblant de vomir. Secrètement, j'étais contente de pouvoir encore en rire.

Mais, depuis, on partageait son lit deux places sans problème.

Gail était trop gentille pour me virer de chez elle, mais je savais que j'allais devoir partir à un moment donné. Sauf que d'abord je voulais m'occuper d'Emery et de ses potes. Une chose à la fois. C'était sans doute la seule formule de Mayra qui me parlait encore.

— Salut, la marmotte.

Gail s'est assise sur le lit pour nouer les lacets de ses Converse noires usées.

— Salut.

— Tu t'es bien amusée en filant des MST à ma porte hier ?

— Je crois que j'ai raté un ou deux recoins. Je vais peut-être devoir recommencer ce soir.

— Formidable. Bref, ce n'est pas pour te parler de la queue de Bane que je suis là. Je voulais juste t'annoncer que ta mère était en bas.

À ces mots, j'ai bondi hors du lit et je me suis ruée sur mes Keds, dont j'ai noué les lacets à la va-vite. J'avais les cheveux en pétard et l'haleine encore chargée des baisers et de l'excitation de la veille. J'ai décoché un regard en biais à Gail.

— Comment elle sait que je suis là ? Ta langue a encore fourché, comme avec Bane ?

J'ai aussitôt regretté ma réflexion. Gail ne l'avait pas fait exprès, et l'erreur était humaine.

— Désolée, ai-je marmonné, tout en me démêlant les cheveux avec les doigts.

Gail s'est mise à gratter le vernis noir sur ses ongles.

— Je ne lui ai rien dit du tout. Je revenais de l'épicerie et je l'ai trouvée en bas, à interroger tous les gens qu'elle croisait. T'as le chic pour faire ressortir le côté flippant des gens, pas vrai, Carter ?

Ça ne m'aurait même pas surprise d'apprendre que ma mère ait engagé un détective privé pour me retrouver. J'ai attrapé une pomme dans la corbeille à fruits de la cuisine et j'ai dévalé les marches pour affronter la méchante sorcière de l'Ouest. La dernière fois que j'avais parlé à Pam, elle se débattait dans la piscine et crachait de l'eau par les narines. Aujourd'hui, elle portait des lunettes de soleil grandes comme le Canada, assez d'articles Prada pour ouvrir sa propre boutique, et elle sortait visiblement de chez le coiffeur. Si elle pleurait la mort de son époux, alors moi, j'étais une danseuse hawaïenne. J'ai enfoui une main dans la poche de mon gilet à capuche noir et j'ai mordu dans ma pomme juteuse en m'adossant à l'entrée du bâtiment. Doutant qu'il s'agisse d'une visite de courtoisie, j'ai haussé un sourcil.

— Tu t'es perdue en allant chez ton chirurgien esthétique ?

— La plaisanterie a assez duré, Jesse. Je suis ici parce qu'on doit aller chez le notaire. Tu crois que c'est un jeu ou quoi ?

Elle s'efforçait de ne pas aboyer, mais elle était visiblement au bord de la crise de nerfs.

La tête penchée sur le côté, j'ai sorti la lettre de Darren de la poche arrière de mon jean et je la lui ai tendue.

— C'est pour ça que tu es là ? Parce que ton violeur pédophile de mari m'a laissé toute sa fortune, et que tu flippes à mort ?

Elle a attrapé la missive entre ses doigts manucurés, un peu comme s'il s'agissait d'une bombe prête à exploser, et a calé ses lunettes de soleil sur le sommet de son crâne. Plus elle avançait dans sa lecture, plus ses yeux s'écarquillaient.

— Jesse…

— Tu te rappelles, quand j'avais douze ans et que j'ai eu mes premières règles ? Celles qui ne sont revenues que huit mois plus tard ? Je vomissais dans les toilettes et j'avais du sang sur les cuisses. Tu l'as bien vu, parce que tu as demandé à Hannah de nettoyer.

Je m'exprimais d'une voix calme. Sèche. Les mots sortaient de ma bouche sans le moindre effort. Ils avaient beau être douloureux, ils ne me blessaient plus.

J'étais en voie de guérison.

— Je ne savais pas. Je veux dire, je n'étais pas sûre, a-t-elle bafouillé en s'approchant d'un pas.

J'ai reculé, tout en mordant une nouvelle fois dans ma pomme. Elle était luisante. Rouge. Magnifique. Je comprenais pourquoi Blanche-Neige était tombée dans le panneau. Mais je refusais de commettre la même erreur avec ma propre sorcière.

— Si, tu l'étais, ai-je reniflé en donnant un coup de pied dans un petit caillou. Bref, tu m'as retrouvée. *Mazel tov.* Allons chez le notaire, puisque tu as l'air si pressée. Mais attention, Spoiler : tu as tort.

— Jesse, ma puce, ma chérie.

Elle a fait mine de me prendre dans ses bras — *de me prendre dans ses bras, bordel* —, et je l'ai esquivée, préférant éviter de vomir ma pomme sur ses talons aiguilles brillants. J'ai levé une main et j'ai secoué la tête.

— Ne me touche pas, Pam. Tu veux qu'on aille chez le notaire de Darren ? Aucun problème. Envoie-moi un texto avec l'heure et l'endroit. J'y serai.

— Qu'est-ce que tu comptes faire de cet argent ?

J'ai haussé les épaules.

— Le brûler, sans doute.

— Jesse, c'est n'importe quoi ! On ne parle pas d'une simple poignée de billets, là. Ton père serait…

Je l'ai poussée avant qu'elle finisse sa phrase. J'en avais presque de la fumée qui me sortait des oreilles.

— Arrête. Je t'interdis de salir son nom. Il n'est pas responsable de toutes les conneries qui sont arrivées.

— Parce que tu crois que c'était un saint ? C'était un coureur de jupons et un ivrogne.

J'ai éclaté de rire. Elle ne comprenait pas. Elle ne comprendrait sans doute même jamais.

— Je sais très bien que c'était un homme infidèle et un alcoolique. C'était un sauveur et une victime. Il voulait aider les autres, tout en déployant des efforts pas possibles pour gâcher sa propre vie. Mais je ne lui en veux pas, Pam, parce qu'il a fait de son mieux pour être quelqu'un de bien. Alors que toi, tu n'as aucune envie d'être quelqu'un de bien. Ce que tu veux, c'est gagner. À n'importe quel prix. C'est peut-être pour ça que tu n'arrêtes pas de perdre.

— Laisse-moi au moins quelque chose ! a-t-elle supplié.

— C'est le cas, l'ai-je assurée en ouvrant la porte. Je te laisse les conséquences de tes actes.

Un jour, mon père m'avait raconté qu'Alexandre Pouchkine était né dans une famille noble russe et qu'il était mort dans un duel avec son beau-frère, un aristocrate français qui avait voulu séduire sa femme. Je me souvenais de m'être dit que les gens étaient cinglés à cette époque. À présent, j'avais changé d'avis. Assise dans ma Rover devant le poste de police de Todos Santos, les mains crispées sur le volant, j'ai pensé que sa vie n'était pas plus tarée que la mienne.

On avait tous des histoires un peu dingues.

J'avais été violée *deux* fois.

Ma mère ne m'avait jamais vraiment aimée.

J'avais été ridiculisée au lycée, manipulée par ma propre psy.

Mais mon histoire ne se résumait pas à ça. J'avais aussi vécu des choses positives. Sur d'autres plans, j'avais eu beaucoup de chance.

J'avais trouvé Gail.

J'avais trouvé un travail.

J'avais trouvé la littérature, des mots, des phrases qui m'avaient incitée à devenir meilleure, à la fois pour les autres et pour moi-même.

J'avais trouvé Bane.

J'ai ouvert ma portière à la volée et j'ai gagné le poste de police dans un état second, mon sac à dos jeté sur l'épaule. Je n'arrivais pas à croire à ce que j'étais sur le point de faire.

Rien n'avait changé depuis que j'y avais fait ma déposition plus de deux ans plus tôt. Une réceptionniste mal réveillée avec des grosses boucles noires et un air bienveillant m'a étudiée de haut en bas.

— Vous avez besoin d'aide, ma chérie ?

— J'aimerais modifier une déposition que j'ai faite il y a deux ans et demi.

Je lui ai donné mon nom.

Elle m'a regardée plus attentivement, avec une curiosité non feinte, et m'a demandé de patienter. Puis, elle s'est retournée pour se précipiter sur son sac. Elle a sorti son portable avant de composer un numéro. Je commençais à regretter d'être venue. Et si les parents d'Emery, de Nolan et de Henry avaient payé des gens pour qu'on me force à garder le silence ? Et si je venais de me jeter dans un procès perdu d'avance ? Est-ce que j'avais assez de preuves ?

Elle était peut-être en train d'appeler M. Wallace. Je ne me sentais pas capable de l'affronter maintenant. C'était un des hommes les plus impressionnants que j'avais jamais rencontrés.

Deux minutes plus tard, la réceptionniste était de nouveau à mes côtés.

— Je vous sers un café ? a-t-elle proposé avec un sourire décontracté.

Je me suis essuyé les paumes sur mon pantalon. J'avais mal aux mâchoires à force de serrer les dents.

— Non merci, ai-je décliné. Qu'est-ce qui se passe ?

— J'ai appelé l'inspectrice Madison Villegas. Elle a dit qu'elle vous attendait.

— Ah bon ?

— Oui. Depuis deux ans.

Villegas. Celle qui avait pleuré quand j'avais fait ma déposition.

Celle qui avait tout fait pour me parler en tête à tête, sauf que Darren, Pam et leurs deux avocats n'avaient pas voulu. Ils avaient décrété que le père d'Emery allait détruire notre famille. Que ça entacherait ma réputation, et donc ma vie. Que je ne m'en remettrais jamais. Ils avaient affirmé que personne ne me croirait, parce que c'était leur parole contre la mienne, que c'était des gosses de riches et moi, une pauvre fille d'Anaheim.

Ils avaient dit tellement de choses qui m'avaient brisé le cœur ce jour-là.

J'ai dégluti, les larmes aux yeux.

La réceptionniste a hoché la tête et a posé sa main sur la mienne.

— Vous avez bien fait de venir, mademoiselle Carter.

Quelques minutes plus tard, j'étais assise dans le bureau de l'inspectrice Villegas, une femme menue aux traits fins et aux cheveux bruns coupés au carré. Ses gestes étaient vifs et efficaces, mais la gentillesse se lisait sur son visage.

— Racontez-moi tout depuis le début.

Je me suis exécutée. J'ai commencé par ce qui m'était arrivé à l'âge de douze ans, et j'ai poursuivi jusqu'au moment où j'ai entendu l'ambulance arriver après que les garçons m'avaient violée. Je lui ai expliqué comment Mayra avait couvert les arrières de Darren, comment Pam avait fermé les yeux sur toute cette histoire. Je lui ai aussi parlé de la lettre de Darren. Puis, j'ai sorti le sac en plastique et je l'ai posé sur sa table.

Elle a jeté un coup d'œil à son contenu et ouvert les yeux en grand.

— Les preuves. Je savais bien qu'elles ne pouvaient pas avoir disparu.

— Comment ça ?

L'inspectrice a secoué la tête.

— À l'époque, vos parents m'ont dit que les secours n'avaient rien trouvé sur vous à votre arrivée à l'hôpital. C'est ce qui m'a mis la puce à l'oreille.

Je lui ai donné l'original de la lettre que Darren m'avait laissée — j'en avais fait des copies —, ainsi que les preuves glanées au lycée. Toutes les photos que j'avais prises lors de ma visite à All Saints High.

Villegas avait l'air attentive, compatissante mais, surtout, concentrée. Elle a gribouillé quelque chose dans son carnet.

— Et vous dites que vos agresseurs sont maintenant à l'université, sur la côte Est.

J'ai fait « non » de la tête.

— Ils sont ici en ce moment. Ils sont rentrés pour assister à la fête d'anniversaire d'une amie. La fête a lieu ce soir.

Elle m'a regardée. A souri. Je l'ai imitée. Ce qu'on partageait allait bien au-delà des mots. Quelque chose de plus fort qu'eux s'apprêtait à s'abattre sur ceux qui m'avaient gâché la vie : la justice. Je lui ai demandé à quoi je devais m'attendre. Elle m'a répondu qu'il fallait que j'aie quelqu'un pour m'épauler, parce que les mois à venir risquaient d'être chaotiques. Une seule personne m'est venue en tête. J'espérais qu'elle aurait envie de me suivre.

Avant de quitter le bureau de Villegas, je lui ai demandé comment elle avait su que je reviendrais un jour.

Elle a haussé les épaules et a bu une gorgée de café.

— Je savais que vous ne disiez pas tout et que vos parents les couvraient.

— Comment ça ?

Elle a fait une grimace, a tiré sur son col. Sans déconner. Elle aussi, elle cachait un secret ?

J'ai secoué la tête.

— Je vous en supplie, répondez-moi.

— Votre femme de ménage, Hannah, est venue nous voir. Elle a déclaré que vos parents n'étaient pas blancs comme neige, que les garçons traînaient souvent chez vous et qu'elle avait des raisons de croire qu'ils étaient capables de tels actes. Elle a même laissé entendre que l'un d'eux était passé un jour où vous n'étiez pas là. Pour voir votre mère.

J'ai repensé à l'insolence d'Emery et à la liaison sordide de Nolan et de ma mère, mais je n'avais plus la nausée. J'ai passé une main dans mes cheveux. *Hannah*. La domestique discrète qui excellait dans l'art des pancakes aux myrtilles et qui m'offrait une carte d'anniversaire chaque année.

— Et puis, il y avait Juliette Belfort, a continué Villegas. Elle est venue au poste quelques jours après votre sortie de l'hôpital.

J'ai froncé les sourcils. Je n'étais pas proche de Mme Belfort avant l'Incident. Je lui rendais visite à contrecœur une ou deux fois par mois pour lui apporter une tarte confectionnée par Hannah et en grignoter une part avec elle, tout en sirotant une citronnade devant le labyrinthe pour qu'elle se sente moins seule.

— Mme Belfort avait beaucoup à dire sur Darren et Pamela Morgansen. Surtout sur Pamela, d'ailleurs. Elle l'accusait de ne pas s'occuper de vous. Elle disait que vous étiez plus ou moins livrée à vous-même depuis votre arrivée à El Dorado, que vous passiez tout votre temps dans son labyrinthe ou le nez collé à votre fenêtre. Les preuves commençaient à s'accumuler, mais vous et vos parents étiez évasifs. J'ai souvent repensé à vous. Plus d'une fois, j'ai eu envie de prendre de vos nouvelles. Mais je savais que ça ne servirait à rien. Que vos parents continueraient de monter la garde, persuadés que les événements de cette nuit-là les ruineraient et entacheraient leur réputation ainsi que votre statut.

Une fois notre discussion terminée, nous nous sommes serrées dans les bras, fort et longtemps, comme de vieilles amies qui se seraient manquées. Avant de partir, je lui ai posé une dernière question.

— Qu'est-ce que vous pensez de Darren ? Il m'a violée, mais il m'a aussi laissé les preuves après sa mort.

— Je crois que Darren était un déséquilibré. C'était

évident, mais votre mère a refusé de le voir. Elle avait trop à perdre. Gardez votre téléphone allumé.

— Ça marche.

En quittant le poste de police, j'ai senti dans l'air la présence d'Emery, Nolan et Henry. Ça paraissait dingue, mais c'était le cas. Je humais l'odeur du danger, le parfum amer et cuivré de mon sang la nuit où ils avaient essayé de tuer la Jesse d'avant. Brusquement, l'univers m'a paru sans limites. Grand et vaste, mais pas menaçant. Comme si j'avais le monde à mes pieds.

Bane me manquait atrocement, mais j'avais aussi une folle envie de lui flanquer un coup de pied dans les burnes. Il m'avait trahie, avant et après m'avoir connue. Il avait couché avec moi tout en se faisant de l'argent sur mon dos. Et pourtant je savais que ce n'était pas lui, le méchant dans l'histoire.

C'était Artem, *papa*, qui nous avait guidés l'un vers l'autre, et voilà que j'avais laissé partir Roman. Ça paraissait injuste d'avoir laissé tomber celui qui m'avait rendue tellement heureuse, tout ça à cause d'une seule erreur. J'ai songé à toutes celles commises par Artem au fil des ans, et à ses mensonges, aussi.

Bane n'était pas parfait.

Mais il n'était pas malfaisant.

Il méritait qu'on lui laisse sa chance.

J'ai conduit jusqu'à El Dorado. Je m'étais juré de ne pas faire d'esclandre à cette soirée, mais je tenais à savoir si j'avais vu juste. Je me suis garée à une rue de chez Wren, j'ai relevé ma capuche pour dissimuler mon visage et je me suis dirigée vers sa maison. Je ne cherchais pas la berline Volvo d'Emery ni la Ferrari de Nolan, mais un vieux break rouge ou une Harley.

Quand j'ai aperçu le véhicule crasseux stationné pile devant l'immense baie vitrée à travers laquelle on voyait des fêtards boire et rire, j'ai esquissé un petit sourire. J'ai contourné son pick-up par l'arrière pour ouvrir la portière côté passager et grimper à l'intérieur. Il s'est retourné et a failli me frapper par réflexe avant de se rendre compte que c'était moi.

J'ai penché la tête sur le côté tout en contemplant son visage splendide.

— Quel accueil.

— Excusez-moi, mademoiselle, vous cherchez une boutique Hot Topic ?

Il inspectait ma tenue, et j'ai songé que c'était la première fois que Bane faisait ça. Qu'il me taquinait sur mes vêtements. J'ai dégluti. Roman « Bane » Protsenko était aussi beau qu'un paragraphe de Pouchkine. On aurait pu admirer son visage mille fois et toujours trouver un nouveau détail à admirer.

— Qu'est-ce que tu fous là ? ai-je demandé en lui pinçant les biceps.

Je connaissais déjà la réponse, mais je tenais à l'entendre de sa bouche.

Il a détourné le regard en faisant claquer son chewing-gum.

— Je suis venu en renfort. Je sais que tu voulais agir seule, mais je ne pouvais pas rater ça.

Il s'est interrompu, une lueur sombre dans le regard.

— En vrai, je sais très bien que tu n'as pas besoin d'aide. Si je suis là, c'est parce que je me fais de la bile et que j'avais besoin de me rassurer. Tu m'en veux ?

J'ai secoué la tête en retenant un sourire.

— Ouf, a-t-il lâché. Gail m'a dit que tu faisais ressortir mon côté flippant, et je ne voudrais pas que tu appelles les flics pour leur dire que je te harcèle. Mon casier judiciaire est déjà bien rempli.

— J'en ai un peu ma claque des types flippants, si tu vois ce que je veux dire. Je peux avoir la version connard prétentieux à la plage ?

Roman a fait mine de feuilleter un catalogue imaginaire, d'en arracher une page et de me la tendre.

— Quelle coïncidence ! C'est justement la seule version de moi qui reste en stock.

Il m'a attirée dans un baiser tellement intense que j'en ai oublié de respirer. Nos langues se sont emmêlées, entortillées, en guerre pour déterminer qui de nous deux était le plus excité. Il m'a attirée vers lui, et je me suis mise à califourchon sur ses cuisses avant de déboutonner son pantalon de treillis. Il a baissé la fermeture Éclair de mon gilet à capuche et a tiré sur le col de mon haut pour happer la pointe d'un de mes seins dans sa bouche et la mordiller. Puis, il m'a mordillé le cou avec une telle avidité que j'ai cru que j'allais me retrouver couverte de marques pourpres. Son érection brûlante a jailli de son pantalon tandis qu'il baissait mon jean et qu'il écartait ma culotte sur le côté. J'ai tiré doucement sur son piercing avant de me laisser glisser lentement sur son sexe, parcourue d'ondes de plaisir. Il nous a retournés et, brusquement, je me suis retrouvée à me contorsionner sous lui. J'ai tiré sur son pantalon et je lui ai griffé le bas du dos. J'avais l'impression d'être comme les vagues qu'il connaissait par cœur et qu'il aimait chevaucher.

— Tu étais où ? a-t-il demandé en me pénétrant.

J'aurais dû être paniquée à l'idée qu'on nous surprenne, surtout vu ma réputation. Vu *nos* réputations. Mais Bane chassait toutes mes peurs.

Des intrus. Des parias. On est libres.

— Chez Gail, ai-je répondu. Chez Pam. Chez Mme B. Enfin… Dans le coin.

— Non, Flocon de neige. Tu étais où, avant ? Quand j'étais perdu. Quand j'étais un monstre. Quand rien n'avait de sens. Tu étais où, le reste de ma vie ?

Je me suis reculée pour le regarder. Un peu de sa souffrance avait disparu, mais la plus grande partie était encore là. Je le voyais dans ses yeux. Il attendait que je lui affirme que je me fichais de savoir que sa famille avait volé la mienne. Que je n'étais pas trop brisée pour l'aimer autant qu'il le méritait. La chanson *Iris*, des Goo Goo Dolls, a rempli l'habitacle comme une berceuse. C'était parfait. Même si la vie était très, très loin de l'être.

— J'étais là. Je t'attendais, ai-je affirmé en posant une main sur son cœur.

Ma vie entière n'a été qu'une attente de toi.

Bane. Roman. Mon quasi-beau-frère.

Un menteur, un arnaqueur et un voleur. Sauf qu'au bout du compte il avait été là pour moi, contrairement à tous les autres.

Il avait été là pour moi quand j'avais eu besoin de lui, et aussi quand je n'en avais pas eu besoin.

Malgré les innombrables fois où je l'avais repoussé.

Ses fesses étaient dénudées, visibles de tous, et il allait et venait en moi avec fougue. J'ai creusé les reins, oubliant où nous étions, mais je n'éprouvais que plaisir et triomphe. Il a glissé une main entre nous pour me caresser sans cesser de me prendre sauvagement, et je me suis sentie tellement comblée que j'ai eu du mal à respirer. Notre sueur nous collait l'un à l'autre, et son sexe était si dur et gonflé que j'avais l'impression de le sentir partout en moi. Il ne cessait de me lécher, de me suçoter, de me mordre. Mes seins avaient jailli de mon soutien-gorge et rebondissaient contre son torse d'acier. Une fois de plus, je brûlais d'être prise brutalement, de mon plein gré. Il a esquissé des cercles en moi avec son sexe, histoire de me titiller de l'intérieur, avant de caler une de mes jambes sur son épaule pour pouvoir plonger en moi avec une ardeur décuplée.

Je me suis mise à haleter son nom, jusqu'à ce que des coups retentissent contre la vitre au-dessus de ma tête.

— Barrez-vous, a grondé Roman, le visage encore enfoui dans ma poitrine, tout en continuant de me lécher.

— Merde les gars, ils sont carrément en train de niquer !

J'ai vu deux types que je connaissais du lycée éclater de rire et se pousser du coude.

— Dégagez ! ai-je crié à mon tour.

En réalité, je m'en fichais presque. J'étais trop focalisée sur l'intensité de mon plaisir, sur mon corps frémissant et la chaleur qui commençait à m'inonder, sur l'orgasme qui m'emportait alors même qu'ils s'esclaffaient bruyamment.

— Putain, c'est Jesse Parker !

— Carter, espèce de tache, pas Parker.

— On s'en fout, mec. La meuf de l'orgie remet le couvert. Appelle Emery.

— Hein ?

L'un d'eux a frappé l'autre à l'épaule.

— Tout de suite !

— Jouis, ma chérie, qu'on mette les voiles, a sifflé Bane en me mordant l'épaule. Il n'y a que des losers par ici. Pas étonnant que tu aies déménagé.

Alors qu'il prononçait ces paroles, j'ai volé en éclats entre ses bras, le corps secoué par des spasmes incontrôlables. Quand j'ai eu repris ma respiration, Bane s'est redressé et m'a fait asseoir sur le siège passager avant de démarrer le moteur. Il était encore en érection. *Il n'a pas joui.* Il a baissé sa vitre.

— Salut, a-t-il lancé aux deux types avec un sourire décontracté.

— Euh… Salut, a bafouillé l'un d'eux.

L'autre était encore en train de réfléchir à une réponse quand Bane leur a flanqué un coup de poing dans le visage, l'un après l'autre. On a entendu leurs nez se casser.

Puis, il a enclenché la marche arrière pour quitter son emplacement. Les garçons, accroupis sur le trottoir, se tenaient le visage en criant. J'étais en train de refermer mon gilet pour me couvrir quand Bane a sorti la tête par sa fenêtre tout en remettant son sexe dans son pantalon.

— Dites à Emery qu'il n'a pas intérêt à demander à son paternel de payer sa caution pour le sortir de taule. Si jamais j'entends dire qu'il est sorti ce soir, je ne serai pas aussi conciliant avec lui que ma petite copine.

On a démarré à l'instant même où trois voitures de police arrivaient. J'ai aperçu l'inspectrice Villegas assise sur le siège passager de la première. Elle parlait au téléphone, l'air grave. Des voisins étaient déjà en train de passer la tête par la porte et d'écarter les rideaux des fenêtres de leurs villas pour observer les véhicules qui se garaient devant la maison de Wren.

Ça m'a rappelé la scène d'ouverture du film *Blue Velvet*, quand un quartier apparemment parfait se met brusquement à grouiller de scarabées et de cafards. Les fils modèles d'All Saints High n'étaient plus si parfaits que ça.

Sentant la main de Bane s'enrouler autour de la mienne, j'ai levé les yeux pour contempler les feuilles qui tremblaient sur les branches des arbres. Je me suis dit que, si on était dans un conte de fées, j'aurais clos le chapitre comme ça :

L'épée de la princesse était couverte de sang.

Mais elle refusait de la ranger.

Elle tenait à laisser derrière elle une traînée de souffrance, afin qu'ils puissent toujours retrouver sa trace.

Chapitre 28

Bane

Jesse a demandé si on pouvait d'abord faire une halte chez elle.

— Pourquoi ? ai-je grogné, déjà contrarié à l'idée de devoir recroiser Pam.

— J'ai un truc important à faire.

Pam n'était pas là — d'après Jesse, elle devait camper devant chez son notaire pour contester le testament —, et j'ai lâché un soupir de soulagement en m'asseyant sur son lit. Elle a rampé sur le matelas et s'est immobilisée face au pan de mur où étaient épinglés les polaroids.

— Tu as un briquet ? a-t-elle demandé, les yeux rivés aux photos.

Vous parlez d'une question. J'étais un fumeur de blases invétéré. Je ne me séparais jamais de mes deux Zippo et de ma boîte d'allumettes. Le fantasme de tout pyromane, quoi. J'ai farfouillé dans ma poche pour en sortir un et je le lui ai lancé.

— On va enfin faire cramer cette baraque pourrie ? ai-je répliqué en reniflant.

Elle s'est retournée vers moi et m'a souri.

— Pas toute la maison. Juste les photos.

On est allés dans le jardin, là où Shadow était mort, près

des transats marocains, et on a empilé les photos pour former un feu de joie de fortune.

— Le pire, c'est que je n'ai jamais photographié Darren de dos. Il savait si bien se fondre dans le décor avec son faux cheveu sur la langue et ses costumes cheap.

Elle a ouvert mon briquet et a allumé le rebord du cliché d'un ado lambda avant de le lâcher sur les autres polaroids, qui se sont enflammés presque aussitôt.

— Oui, je me suis fait avoir aussi, ai-je reconnu en m'installant sur un des transats pour admirer ses fesses. Tu sais à quoi je pense ?

Elle a tourné la tête vers moi.

— Non, quoi ?

— J'ai baisé ma belle-sœur et je n'étais même pas au courant. C'est chaud bouillant comme histoire.

Jesse s'est mordu la lèvre.

— J'ai envie de laisser la Rover ici. Elle n'est même pas à moi, de toute façon. Tu pourrais me prêter ton pick-up en cas de besoin ?

Je t'ai déjà donné tout ce que j'avais. Y compris mon cœur, que tu peux garder. Alors si tu veux emprunter mon pick-up…

J'ai levé les yeux au ciel, feignant l'exaspération.

— Tu es une vraie croqueuse de diamants, ma parole.

On est partis faire un tour en ville en tâchant de ne pas songer à ce qui était en train de se dérouler à El Dorado.

Jesse était censée attendre que Villegas l'appelle avant de se rendre au poste. J'avais beau me réjouir à l'idée que Jesse m'ait pardonné — à moins qu'elle ait couché avec moi par dépit et qu'elle m'en veuille encore —, je savais aussi qu'il restait pas mal de questions irrésolues entre nous.

— On tourne en rond, ai-je souligné au bout du cinquième passage sur la promenade.

Les gens commençaient à se demander ce que je fichais,

à aller et venir comme si le but de ma vie était de ralentir la circulation. .

— Je m'en fous, a-t-elle décrété en regardant par la vitre et en mâchouillant une mèche de ses cheveux.

Chez n'importe quelle autre nana, cette manie m'aurait horripilé. Mais je jure que cette minette aurait pu faire n'importe quoi, j'aurais continué de la trouver craquante. J'ai frotté mon menton désormais imberbe. Je commençais à m'habituer à mon visage lisse. Ça me donnait un air plus jeune, et tant mieux. J'avais moins l'impression d'être un pervers avec Jesse.

— Pas moi. On y va.

— Où ça ?

— Chez ma mère, ai-je répondu en avalant ma salive.

Peut-être que ça ne dérangeait pas Jesse de laisser l'histoire d'Artem en suspens, mais ce n'était pas mon cas. Non seulement les deux femmes que j'aimais — les seuls êtres que j'aimais au monde — ne se connaissaient pas, mais en plus l'une d'elles considérait l'autre comme la méchante de l'histoire. Sauf que ma mère était tout le contraire. C'était la meilleure personne au monde. Il fallait que Jesse le sache.

Elle a tressailli comme si je venais de la gifler.

— Tu veux que je rencontre celle qui..., a-t-elle commencé, avant de pincer les lèvres et de regarder de nouveau par la fenêtre.

J'ai dû me rappeler que pendant plusieurs années (quatre, pour être exact), Jesse avait dû partager l'unique aspect positif de sa vie — son père — avec ma mère et moi. Qu'Artem avait déserté sa famille pour venir chez nous. Très souvent. Parfois même des week-ends entiers.

C'était sûrement plus facile de se permettre ce genre de trucs quand on était assistant social et qu'on devait souvent prendre la route pour le boulot. Il avait dit à ma mère qu'il était marié à son travail et avait dû raconter la même chose à Pam. Il nous avait emmenés chez lui plus d'une fois. Sauf que ce n'était pas vraiment chez lui. C'était l'appartement de sa défunte mère, que son frère et lui n'avaient jamais réussi à vendre. Ma mère avait fini par l'apprendre après la mort d'Artem, quand elle s'y était rendue pour voir si sa famille avait besoin d'aide.

— Artem ne vivait pas ici, avait déclaré son frère, Boris. Enfin, pas ces dix dernières années, avait-il précisé.

Depuis, elle avait juré de ne plus jamais se laisser approcher par un homme.

Et elle avait tenu parole.

Ça me tuait que ma mère ait renoncé à l'amour, mais c'était peut-être aussi pour ça que je me devais d'être plus conciliant.

Flocon de neige s'est tassée sur elle-même et son menton s'est mis à trembler.

— OK, a-t-elle enfin chuchoté. Si tu veux.

En la voyant dans cet état, je me suis mis à douter de ma prétendue bonne idée.

— Tu es sûre ? On n'est pas obligés.

Néanmoins, les yeux rivés à la route, je ne cessais de me répéter la même phrase en boucle.

Il faut que tu lui laisses une chance, Jesse. Pour moi.

Je n'arrêtais pas de jeter des coups d'œil à mon téléphone. Voyant arriver le texto que j'attendais, j'ai souri.

— Qu'est-ce qui se passe ? a-t-elle demandé en gigotant sur son siège.

— Beck a gagné la compétition.

Elle m'a regardé, bouche bée.

— C'était aujourd'hui ?

J'ai fait « oui » de la tête.

— Mais, Bane…

— C'est pas grave. J'ai déjà vu mon lot de compètes. Et c'est Roman.

— Roman ?

— Oui ?

— Je veux rencontrer ta mère.

— Qu'est-ce qui t'a fait changer d'avis ?

— *Toi.*

J'ai tourné la tête vers elle, et elle m'a décoché un sourire amer.

— C'est toi qui m'as fait changer d'avis. Ton donneur de sperme était manifestement un salaud, et pourtant tu es la meilleure personne que je connaisse, ce qui veut donc dire qu'elle a dû bien s'y prendre. Alors oui, j'aimerais la connaître.

J'ai hoché la tête et j'ai viré à droite pour me rendre chez ma mère. C'était le week-end. Elle serait chez elle et ravie de me voir. Elle serait également enchantée de rencontrer Jesse après tous les problèmes qu'on avait rencontrés. Ça n'avait pas été une volonté de ma part que de lui en parler, mais elle avait failli défoncer ma porte au moment où je pleurais sur mon sort parce que Jesse m'avait quitté. J'avais fini par me confier à elle, et elle m'avait assuré que tout finirait par s'arranger.

Probablement.

Certainement.

Enfin, on espérait, quoi.

Je me suis garé devant chez ma mère et je suis descendu du pick-up pour ouvrir la portière de Jesse. Elle n'arrêtait pas de vérifier son téléphone. J'ai dû le lui arracher pour le ranger dans la poche arrière de mon pantalon.

— Détends-toi. Ils ne vont pas les arrêter et les relâcher aussi sec parce qu'ils ont oublié d'apporter du shit à la soirée, l'ai-je rassurée.

Elle a froncé le nez de manière adorable, et ça m'a excité à mort. Cela dit, il n'y avait pas grand-chose chez Jesse qui ne m'excitait pas.

On est entrés dans la maison. J'ai envoyé valser mes rangers dans un coin, et Jesse a ôté ses Keds avant de les disposer soigneusement près de la porte. D'habitude, elle n'était pas du genre minutieux, alors j'y ai vu un bon signe. Elle tenait à faire bonne impression.

— Mamul ? ai-je appelé depuis le couloir.

J'ai entendu un bruit mat en provenance de la chambre, suivi d'un gémissement. Ma mère en est sortie quelques secondes plus tard, en peignoir et les joues écarlates. Elle a balayé ses cheveux en arrière et a souri en rougissant de manière suspecte.

— Roman. Mon soleil.

J'ai fait un pas de côté et j'ai adressé un hochement de tête à Jesse.

— Voici Jesse. Jesse, c'est ma mère, Sonya.

Elles se sont serré la main. Je lui ai demandé si on tombait mal. Elle a répondu qu'elle était toujours heureuse de me voir. J'avais l'impression qu'il y avait quelqu'un dans sa chambre, mais je n'avais pas vraiment envie de savoir qui, alors j'ai proposé d'aller nous chercher un café pendant que Jesse se mettait à l'aise. Ma mère a poussé un soupir de soulagement, et Jesse m'a fusillé du regard. J'aurais été incapable de voir un mec sortir de la chambre de ma mère sans lui casser les deux jambes.

— Mon téléphone, s'il te plaît, a réclamé Jesse en tendant la main et en me lançant un regard noir.

J'ai sorti son portable de ma poche.

— Prends plein de photos de lui, que je sache qui poignarder plus tard.

— *Bane !* a-t-elle sifflé.

Elle avait fait exprès de m'appeler comme ça parce que je me comportais comme un connard.

— Quoi ? Il s'est tapé ma mère.

Au Starbucks, il y avait une queue de tous les diables. Quand ça a enfin été mon tour de commander, j'ai appris qu'ils n'avaient plus le café bizarre que ma mère affectionnait. J'ai dû aller ailleurs, et vingt minutes ont fini par s'écouler entre mon départ de la maison et mon retour. Je m'imaginais déjà retrouver le sol jonché de poignées de cheveux parce qu'elles se seraient bagarrées, alors j'ai été agréablement surpris de les voir assises l'une en face de l'autre. Ma mère avait une main posée sur le genou de Jesse, et des larmes silencieuses coulaient sur le visage de Flocon de neige.

Je suis entré dans le séjour, j'ai lâché le sac en papier de chez Starbucks avec les donuts glacés et je leur ai tendu un café à chacune. Ma mère a aussitôt bu une gorgée. Jesse a levé les yeux et m'a souri à travers ses larmes.

— Je déteste le café, a-t-elle dit.

J'ai haussé les épaules et j'ai bu un peu de mon *latte*.

— Pareil.

Ma mère nous a observés l'un après l'autre et a éclaté de rire.

— Roman, c'est quoi le contraire de la haine ?

— Jesse.

Le téléphone a sonné une heure plus tard alors qu'on était debout dans le couloir, sur le point de partir. J'ai dit à Jesse que c'était à elle de voir. Elle pouvait prendre le pick-up si elle préférait y aller seule, ou alors je pouvais l'accompagner.

— Si tu veux tout savoir, je préférerais venir, mais le choix t'appartient.

À côté de nous, ma mère a souri comme si on s'apprêtait à échanger nos vœux de mariage et non à se lancer dans une guerre, même si je savais qu'on n'aurait pas besoin de munitions pour cette bataille. Flocon de neige était équipée de la vérité, la plus puissante arme sur Terre. Jesse a glissé un regard vers ma mère, lui a pris la main de manière inattendue et l'a serrée.

— Merci d'avoir aimé mon père quand ma mère en était incapable.

— Merci d'être devenue une jeune femme dont il aurait été fier, a renvoyé ma mère.

Génial. Voilà ma mère qui chialait, Jesse aussi, et moi qui avais besoin d'un joint, d'un verre et qu'on me taille une bonne pipe histoire de ne pas avoir le sentiment d'être le héros d'un épisode de *Dawson*. Elles se sont serrées dans les bras. J'avais l'impression que les fragments de mon cœur venaient de se recoller.

Mon père était un violeur.

Ma petite amie s'était fait violer.

Et pourtant, quelque part, j'avais réussi à rendre les deux femmes de ma vie plus fortes et rayonnantes de fierté.

Je me suis appuyé contre l'encadrement de la porte et j'ai agité les clés entre mes doigts.

— Alors, qu'est-ce que ce sera ? Chaque minute que tu passes ici est une minute de plus où Emery n'est pas en taule.

Elle s'est écartée de ma mère aussi sec.

Maman a essuyé les larmes de Jesse et a souri.

— Tu es plus forte que tes circonstances, a dit ma mère en anglais.

— *Spasiba*, a répondu Flocon de neige avant de pivoter vers moi et de tendre la main. Tu peux venir avec moi ? Au cas où j'aurais besoin qu'on porte mon épée ?

J'ai incliné la tête.

— Ma chère princesse, j'ai cru que tu ne me le demanderais jamais.

Chapitre 29

Jesse

Le temps s'est arrêté entre l'instant où on est montés dans le pick-up et celui où j'ai foulé le bitume du parking derrière le poste de police. Roman a passé quelques coups de fil. J'étais trop nerveuse pour écouter. J'avais la tête ailleurs. J'essayais de me souvenir pourquoi la Jesse d'avant s'était laissé faire. Pourquoi je les avais laissés s'en tirer.

Je n'avais pas envie de voir leurs visages, leurs airs méprisants, leur colère. Une partie de moi, et c'était ridicule, voulait toujours plaire à ceux qui m'avaient prise sous leur aile quand je n'étais encore qu'une ex-gosse de pauvres venue d'ailleurs. Mais une part plus importante tenait à ce qu'ils paient pour ce qu'ils m'avaient fait, et pour y parvenir je n'avais pas le choix : je devais les affronter.

— Attends une seconde, m'a retenue Roman alors qu'on venait de descendre du pick-up.

Il a emmêlé ses doigts aux miens. Les portes vitrées du poste de police se sont ouvertes pour laisser sortir un homme en uniforme qui remontait son pantalon sur son ventre bedonnant. Il nous a aperçus et s'est dirigé vers nous.

— Brian Diaz, s'est-il présenté. Je suis le chef de la police.

J'ai serré la main qu'il me tendait le plus naturellement

du monde, avant de me rendre compte que j'en aurais été parfaitement incapable six mois plus tôt.

— Merci d'être venue aujourd'hui. C'est très courageux de votre part.

Bane m'a serré le bras, sans quitter Diaz des yeux.

— Explique-nous ce qui va se passer.

— Eh bien, Mlle Carter va devoir identifier les suspects derrière une vitre. Ils ne pourront pas vous voir, a-t-il expliqué en m'adressant un sourire rassurant. Vous n'aurez pas à les rencontrer ni à leur parler. Ensuite, il faudra modifier votre déposition, l'enregistrer et ce sera fini. Les preuves sont amplement suffisantes.

Roman a hoché la tête gravement.

— À combien s'élève la caution ?

— Cent mille.

J'ai claqué des dents. Mon innocence ne valait donc pas plus que ça ? Roman m'a massé le dos, tout en continuant de s'entretenir calmement avec Diaz.

— Leurs avocats sont là ?

— Leurs parents et leurs avocats sont en route.

— Préviens-moi si jamais on paie leur caution.

— Protsenko...

Mais, dans le fond, il savait qu'il était inutile de protester.

Je n'aurais pas dû me retrouver face à Emery, mais curieusement je savais que ça arriverait. C'était comme si je ne pouvais pas vraiment tourner la page tant que nos regards ne se seraient pas croisés une dernière fois. Et c'est ce qui s'est passé. J'étais en train de longer le couloir quand Emery, Nolan et Henry ont quitté leurs cellules de détention provisoire. Ils étaient menottés tous les trois. Moi, mes bras pendaient librement. *Libre. Je suis libre.*

Les deux policiers qui escortaient Emery ont échangé

un regard contrarié, et Villegas a secoué la tête d'un air désapprobateur. Il n'a fallu qu'un instant pour qu'on entraîne Emery dans un couloir adjacent, mais ça a suffi.

Nos regards se sont croisés.

Le sien était vide.

Le mien débordait de vie.

Je l'ai deviné en le voyant écarquiller les yeux. Pour la première fois, il comprenait que je n'étais plus la fille qu'il avait abandonnée dans une ruelle. J'ai souri.

— Ça fait plaisir de te voir, Emery, ai-je marmonné.

Bane a patienté dehors pendant qu'on m'emmenait dans une petite pièce blanche dont la peinture écaillée s'effritait du plafond. Au centre d'un des murs, une vitre donnait sur une salle encore vide.

L'inspectrice Villegas m'a expliqué la procédure. J'ai repensé à la première fois qu'Emery Wallace m'avait demandé de sortir avec lui. J'avais été tellement heureuse ce jour-là que je m'étais cognée dans un mur à force de marcher le nez en l'air.

Regarder ses violeurs dans les yeux à travers une vitre teintée tout en sachant qu'ils étaient conscients de la présence de leur victime était une étrange sensation. Quand Emery est entré, j'ai senti une vague de chaleur déferler dans ma poitrine. Les pupilles dilatées, il scrutait la vitre sans tain, comme s'il me voyait. Nolan et Henry étaient à ses côtés, au milieu d'hommes aux âges et aux allures variés. Les trois garçons avaient l'air aussi furax que flippés.

— Prenez votre temps, m'a chuchoté Madison à l'oreille. Respirez.

J'ai brandi mon épée.

Maintenant, ils ne pouvaient plus me faire de mal.

Je les ai calmement montrés du doigt, chacun leur tour.

— Ce sont eux, les coupables.

Sur un hochement de tête, Villegas a quitté la pièce.

J'ai plaqué une main sur la vitre et je leur ai souri. Emery a souri à son tour, comme s'il pouvait me voir. Je l'ai contemplé. Sa tignasse châtain clair à la coupe stylée. Ses beaux yeux bleus. Son corps athlétique, son polo de mec bien sous tous rapports. Nolan, avec sa mine d'Américain pur jus bien éduqué. Henry, le petit bourgeois venu de l'enfer, avec son air dégingandé et son nez osseux, le parfait petit héritier. Je les regardais, et ils me regardaient, mais ils ne voyaient que du noir, parce que c'était ce que j'étais devenue pour eux.

Leur part de ténèbres.

L'ombre qui planait sur leur passé et assombrissait leur avenir.

Qui ne disparaîtrait jamais.

Qu'ils ne pourraient jamais oublier.

Je continuerais de m'étendre, de conquérir, de me rappeler à leur souvenir, histoire de m'assurer que d'autres femmes ne connaîtraient pas le même sort.

J'ai pressé le visage contre la vitre glacée et j'ai ri. Bane était dehors. Il ne pouvait pas voir la folie qu'ils faisaient naître en moi, et c'était tant mieux. Cet instant de démence m'appartenait. À moi, et à personne d'autre. Enfin, outre les policiers, qui avaient sûrement vu pire.

— Vous n'allez pas vous en sortir comme ça, leur ai-je promis tout bas.

Je savais qu'il me restait un sacré bout de chemin à parcourir avant de tourner la page. Il me faudrait passer par des avocats, des tribunaux. Je ne pourrais pas hurler sur Emery, mordre Nolan comme il m'avait mordue, ni frapper Henry comme il m'avait frappée.

Mais ça ne me dérangeait pas.

— Je peux y aller ? ai-je demandé en me retournant.

On m'a accompagnée dehors pour s'assurer que je ne

croiserais pas les garçons ou leurs parents. La première chose que j'ai faite a été de m'effondrer dans les bras de mon petit ami en riant et en pleurant simultanément, submergée par les émotions. L'inspectrice Villegas se tenait devant la porte. Un sourire flottait sur ses lèvres.

Je n'ai pas pu m'empêcher de penser que justice avait été faite.

Que la princesse avait gagné.

Et que, par miracle, elle avait même trouvé son prince.

Épilogue

Jesse

Un an plus tard

SALOPE. LA PUTAIN DE BABYLONE. JÉZABEL.

Emery, Nolan et Henry sont maintenant derrière les barreaux, alors on ne me crache plus ces mots au visage quand je marche dans la rue. Ils ont écopé de treize ans chacun, la peine maximale en Californie dans les affaires de viol. Le juge avait beaucoup à dire sur le comportement des garçons quand il a rendu son verdict. Surtout que d'autres filles s'étaient manifestées.

Deux qu'ils avaient rencontrées à la fac.

La petite amie d'Emery, qui a avoué qu'il l'avait forcée à faire des choses quand ils étaient ensemble.

Et Wren, qui a confessé qu'ils avaient abusé d'elle un soir, alors qu'elle était trop soûle pour reprendre le volant.

Je dis « les garçons », mais au moment des faits ils étaient assez âgés pour être qualifiés d'hommes.

Sauf qu'ils ne seraient jamais des hommes.

Un homme ne prend pas sans demander.

Un homme ne profite pas d'une femme.

Un homme. Ne. Viole. Pas.

Mayra a vu sa licence révoquée par l'État et fait maintenant l'objet d'une enquête. Aux dernières nouvelles, elle a dû vendre sa maison, n'étant plus en mesure de rembourser son crédit immobilier. Le fait de ne plus pouvoir exercer n'a pas dû aider, j'imagine.

D'après mon compte en banque, je suis toujours millionnaire, mais c'est surtout mon âme qui me paraît riche ces jours-ci. Ma mère est quelque part à Anaheim, où elle fait du *couch surfing* chez d'anciens amis. Elle m'appelle de temps en temps, histoire de quémander quelques billets. Je n'ai pas encore touché à l'argent de Darren, mais, le jour où ce sera le cas, je sais ce que je ferai. J'aiderai les autres, pour compenser le fait que personne ne m'a aidée quand j'en avais besoin.

Je parle à l'inspectrice Villegas. Beaucoup. Ensemble, on fait des séances de brainstorming pour trouver le meilleur moyen de dépenser ce fric. Pour s'assurer qu'il tombera dans de bonnes mains. Mais voici ce dans quoi je ne le dépenserai jamais : des fringues. Des maisons. Des voitures. Des cadeaux hors de prix.

Cet argent a un sens. Simplement, je ne l'ai pas encore trouvé.

— Tes pancakes d'anniversaire sont prêts ! crie Hannah depuis le rez-de-chaussée.

Je souris dans mon oreiller et j'ouvre un œil.

— J'essaie de garder la ligne ! lancé-je depuis ma chambre à l'étage.

Hannah ne vient plus que trois fois par semaine, mais je la paie le double de ce que la payait Pam. *Merci, Darren.*

— Tu dois manger des pancakes pour ton anniversaire. C'est la règle.

— Les règles sont faites pour être brisées !

Je dévale les marches deux par deux. Je ne m'attends pas à voir Bane, je sais qu'il avait des affaires à gérer en ville. Notre emploi du temps est surchargé ces derniers temps, entre nos projets d'avenir à Todos Santos, la carrière de Bane en tant que surfeur pro et prof de surf, et le fait que j'ai acheté des parts de Book-ish, la librairie où je continue à travailler.

Bane n'est pas là, mais tous les autres sont au rendez-vous.

Il y a des ballons par dizaines. Une immense bannière d'anniversaire est accrochée dans le séjour. Je souris à ma tribu, me sentant aimée, chérie, grisée. *Je me sens aimée.*

Hannah. Gail. Sonya. Edie. Beck. Mme Belfort. Kacey. Ryan. Tous ceux que j'aime.

Gail et Sonya sont les premières à m'approcher. Gail lâche la main de Beck et s'avance vers moi, tout en promenant un regard amusé sur mon pyjama rose. Sonya, quant à elle, me caresse la joue, comme la mère que je n'ai jamais eue.

— J'ai longuement réfléchi à ce que je pouvais t'offrir et je crois que j'ai trouvé le cadeau parfait, glousse Gail.

— Une nouvelle meilleure amie, j'espère ? Parce que la mienne se la raconte un peu trop, je trouve, blagué-je.

Sonya secoue la tête et passe un bras autour de moi pour me serrer contre elle.

Gail me fourre une boîte de préservatifs dans les mains.

— Sers-t'en. Mon patron est un tel connard, je préférerais qu'il évite de se reproduire.

Sonya pousse un cri de protestation et agite un index menaçant sous le nez de Gail.

Je prends la boîte et je la pose sur le plan de travail en granit.

Je n'ai pas le cœur de lui annoncer que ça fait des mois que j'ai arrêté la pilule. Et que c'est sûrement déjà trop tard.

Et puis, c'est un peu tôt, je n'ai que quelques jours de retard et je ne l'ai pas encore dit à Bane. Mais hier, quand j'ai fait le test et qu'il s'est avéré positif, je me suis tournée vers le miroir et j'ai souri.

Ma vie entière n'a été qu'une attente de toi.

Je prends Gail dans mes bras, et elle me murmure à l'oreille :

— Je t'aurais bien offert une épée, mais tu en as déjà une.

Bane

— T'as baisé ma mère, putain !

Je pianote sur la vitrine qui protège des bijoux plus ruineux qu'une maison de cinq étages à Fresno. Hale lève les yeux au ciel et balaie mon engueulade d'un revers de main.

— Je ne savais pas que c'était ta mère. Quand tu es venu ce jour-là avec Jesse, j'étais aussi étonné que toi.

— Heureusement que je ne savais pas que c'était toi dans la chambre. Sinon, je t'aurais tué, commenté-je d'un ton dégagé.

Et je n'exagère pas.

— Je sais, affirme-t-il en faisant mine d'éponger de la sueur invisible sur son front. Je l'ai échappé belle. Et c'est pas fini.

— Voilà.

La vendeuse derrière le comptoir tend à Hale un petit sac vert. Il vient de claquer l'équivalent de dix mois de salaire.

— Et vous ? enchaîne-t-elle en m'adressant un sourire charmant.

Elle referme le catalogue qui était ouvert sur une bague de fiançailles.

Celle-là même que Hale vient d'acheter.

— Vous me demandez si j'ai envie de claquer trente mille dollars aujourd'hui ? Non merci, ça va aller.

Elle éclate de rire. Je me tourne vers Hale et lève un doigt en guise d'avertissement.

— Si tu me donnes un frère ou une sœur, c'est fini pour toi.

Il jette la tête en arrière et se bidonne.

— T'es dingue !

— Tu n'as pas dit « non ». J'attends.

— Je vais épouser une nana de quarante-quatre ans. Peut-être qu'on aura un gosse. Peut-être que non. Quoi qu'il en soit, tu seras le premier informé.

Voici ce qui s'était passé : le jour où j'étais arrivé avec Jesse, ma mère avait décidé de coucher avec un type rencontré dans un bar la veille au soir. Un type qui se trouvait être mon associé. Elle lui avait demandé comment il s'appelait. Il avait répondu Johnny. Il lui avait demandé comment elle s'appelait. Elle avait répondu Ruslana. Ils avaient tous les deux cru à une histoire sans lendemain.

J'étais arrivé au milieu de leur… *ne me forcez pas à le dire*, et elle l'avait flanqué à la porte. Sauf que, fidèle à lui-même, Hale avait été super vénère. D'abord, parce qu'ils n'avaient pas tout à fait fini ce qu'ils avaient commencé, mais surtout parce qu'il avait fricoté avec la mère d'un de ses meilleurs potes sans le savoir. Il était repassé chez elle un peu plus tard dans la journée et l'avait accusée de lui avoir menti. Elle avait rétorqué que lui aussi.

Une semaine après, ils m'annonçaient qu'ils se plaisaient trop pour ne pas essayer de voir où leur histoire pouvait mener. Ils m'ont demandé, sur une échelle de un à cent, où cent impliquait que j'étais au bord du suicide, dans quelle mesure j'en souffrirais s'ils se mettaient ensemble.

Au début, j'ai cru que je faisais une crise cardiaque.

— Flocon de neige, vérifie mon pouls. Il va plus vite qu'une Ferrari.

J'avais porté la main de Jesse à ma poitrine, qui m'avait dit sans s'émouvoir que je devais leur laisser une chance d'être heureux ensemble. Avec n'importe quelle autre minette, je lui aurais répliqué de se mêler de ses oignons et de se mettre à quatre pattes.

Avec Jesse, je m'étais contenté de décocher un regard à Hale signifiant : *Fais du mal à ma mère et je te casse les dents.*

Si tout se passe comme il l'espère, mon associé deviendra mon beau-père d'ici quelques mois. Et le pire, c'est qu'il a deux mois de moins que moi.

Mais j'ai promis de ne pas m'appesantir là-dessus.

Nous quittons le magasin et je m'arrête devant mon pick-up.

— Bonne chance pour aujourd'hui, me lance-t-il.

— Je te dirais bien la même chose, sauf que je ne tiens pas à ce que tu fasses partie de la famille.

Je passe chercher ce que je dois récupérer, et puis je vais retrouver la fille de mes rêves.

Nous vivons à El Dorado. Dans une maison qui coûte plus cher que tout ce qu'on pourra jamais gagner de notre vivant. Elle n'est pas à nous, et on ne paie pas de loyer. Il y a une piscine. Un court de tennis. Et un labyrinthe complètement dément.

Les enfants de Mme B nous laissent vivre dans la maison en attendant d'avoir trouvé un acheteur. Quand une baraque coûte vingt millions de dollars, pas si facile d'en dégoter un. Alors, on la leur garde bien au chaud en attendant, et on prend l'avion de temps en temps pour rendre visite à Juliette. Parfois, on invite des amis à dîner. Edie et Trent sont passés l'autre jour, avec Luna et leur bébé, Theo. J'adore cette maison mais, punaise, qu'est-ce que j'ai hâte de m'installer dans le yacht qu'on a acheté il y a quelques semaines. Il est en train d'être repeint, et il est immense.

Je tire sur le frein à main et je descends de mon pick-up. Mon cadeau me suit de près. C'est le vingt et unième anniversaire de Jesse, et elle est désormais officiellement en âge de boire. Tant mieux. Elle aura sans doute besoin de se siffler un verre pour répondre à la question que je m'apprête à lui poser.

— Allez, mon pote. Il est cool, ce labyrinthe, l'incité-je en tirant sur sa laisse. J'y ai fait des trucs indécents à ta future maman un nombre incalculable de fois. Jesse ! crié-je.

J'entends ses gloussements essoufflés, ceux qui m'excitent tant. Je sais où la trouver. Au centre du flocon de neige.

— Reste où tu es. Je te rejoins.

Je prie pour que le petit labrador sur mes talons ne gâche pas ma surprise en aboyant. Déjà qu'il respire comme une locomotive.

— Alors, on est essoufflé ? ironise-t-elle.

Je jette un regard de reproches au petit chiot, tout en m'efforçant de ne pas me marrer. Cette bestiole me donne l'air terriblement con. Certes, il est mignon, mais à l'entendre on croirait un cochon un peu trop porté sur la clope.

— Ouais, lancé-je en faisant claquer mon chewing-gum. Je devrais faire des exercices de cardio. J'ai besoin d'aide.

— Je t'aide déjà deux fois par jour, voire trois le week-end, rétorque-t-elle en soufflant.

Je sais ce qu'elle est en train de faire. Elle lit un de ses bouquins érotiques. J'en suis venu à les aimer autant que les grands classiques. Pouchkine était un génie, mais recréer des scènes tirées de ces romans pornos est bien plus passionnant que de recréer celles du grand auteur russe. Ce mec, ce n'était pas franchement *Cinquante nuances de Grey*.

Je la trouve au centre, comme prévu.

Elle ne se cache plus sous un gilet à capuche, un air farouche et un pantalon informe, mais elle a toujours ses Keds blanches crasseuses, son jean déchiré et son sourire à faire fondre un iceberg.

Ce n'est pas que je te veux, Flocon de neige.

Mais j'ai besoin de toi.

J'ai besoin de toi.

La vache, qu'est-ce que j'ai besoin de toi.

— Joyeux anniversaire.

Je détache le chiot. Je sais que j'ai fait le bon choix — même si j'en étais déjà sûr en le voyant au refuge — quand il court vers elle et qu'elle pose aussitôt son livre pour le serrer dans ses bras. Il lui lèche le visage, comme s'il lui appartenait déjà. Elle pousse un petit cri aigu, le sourire jusqu'aux oreilles. Je sors mon téléphone pour les prendre en photo.

Clic.

Souviens-toi de cet instant.

— Roman ! s'écrie-t-elle en le serrant contre son cœur et en l'embrassant sur le sommet du crâne. C'est parfait. *Il* est parfait, rectifie-t-elle après l'avoir soulevé pour vérifier son sexe. Je vais l'appeler Pouchkine.

— Ce n'est pas fini, l'avertis-je.

Elle hausse un sourcil, se rappelant sûrement que c'est ce que je lui ai dit l'année dernière quand je lui ai offert la boule à neige. Je décide sur-le-champ, presque malgré moi, de ne pas y aller par quatre chemins.

Je mets un genou à terre.

Je sors l'anneau que je lui ai acheté il y a bien, bien longtemps.

Et je baisse les yeux. Pour la première fois de ma vie, je me la joue humble.

J'ai acheté cette bague quand j'ai compris que je n'avais pas besoin de SurfCity ou d'un centre commercial, ni d'une secrétaire à la Vicious qui avait l'air prête à péter une durite chaque fois que je regardais dans sa direction. J'ai vendu l'hôtel et j'ai acheté la bague le même après-midi. La somme était la même. Zéro regret.

— Tu as intérêt à dire « oui », parce qu'on dîne avec ma

mère et Hale ce soir, qu'il va lui demander sa main et que je compte bien le battre à son propre jeu.

— C'est donc ça, des fiançailles, à tes yeux ? Un jeu ?

Je fais la moue.

— Disons que tu n'es pas trop mal comme candidate.

Elle glousse, embrasse encore Pouchkine. Ce nom me plaît. Ça fera plaisir de l'entendre résonner entre les murs de notre maison.

— Ça tombe à point.

— Comment ça ? demandé-je en souriant.

— Parce que…

Elle soulève son haut. Jesse a passé ces deux derniers mois à se faire faire un tatouage complexe pour recouvrir les marques laissées sur sa peau par ces salauds. Il s'agit d'un motif de glaïeul, une fleur qui symbolise la force et l'intégrité, dont le nom provient de *gladius*, le mot latin qui veut dire glaive. Je cligne des yeux sans comprendre.

— Parce que ? répété-je.

Elle repose Pouchkine, me prend la main et la plaque contre son ventre.

— Tu sens ?

— C'est tout dur.

— Parce que c'est ton bébé là-dedans.

J'en ai le souffle coupé. Je me doutais un peu que ça arriverait un jour. Jesse ne prenait plus la pilule, et l'autre jour elle m'a demandé ce que je pensais des enfants. Sans trop savoir si elle flipperait parce que j'en voulais, ou si elle serait déçue d'apprendre que je n'en voulais pas, j'ai opté pour la prudence. La vérité, c'est que j'étais impartial. L'essentiel, c'était celle avec qui j'en aurais.

J'ai haussé les épaules. Elle m'a dit qu'il fallait généralement six mois pour tomber enceinte après avoir arrêté la pilule.

Il nous a fallu moins d'un mois.

Merde alors.

Je suis encore à genoux.

— C'est là que tu es censée donner ta réponse.

— Ouais. Je veux dire, oui. Oui, oui, oui ! s'écrie-t-elle, et je lui glisse l'anneau au doigt.

Sauf que je me trompe de doigt. Elle me dit que quitte à lui passer la bague au doigt, autant le faire comme il faut, et je lève les yeux au ciel en lui affirmant que j'ai pas l'habitude de ces conneries d'amoureux. Elle m'assure que je m'en sors à merveille, et on est heureux.

Tellement heureux.

Pouchkine pisse sur mes rangers.

Le soleil brille.

J'écrase mes lèvres sur les siennes pour l'embrasser avec fougue.

— Je crois qu'il va falloir qu'on se fasse faire des tatouages assortis sur les fesses, déclaré-je.

— Pourquoi ? Tu as gagné un pari ? demande-t-elle en souriant contre ma bouche.

Je la soulève et j'enroule ses jambes autour de ma taille.

— Oui.

Je lui mords la lèvre inférieure et je tire. Fort.

— Toi.

Playlist

Can You Feel My Heart — Bring Me The Horizon
If You Can't Hang — Sleeping with Sirens
Time to Dance — Panic! At The Disco
Roadgame — Kavinsky
Iris — Goo Goo Dolls
Bite My Tongue — You Me At Six
My Own Summer — Deftones
Famous Last Words — My Chemical Romance
Hideaway — Kyko

Spoiler : dans ce conte de fées, la princesse se sauve elle-même.

À Tijuana Turner et Amy Halter

On dit qu'il n'y a pas deux flocons de neige qui se ressemblent. Symbole de pureté, chacun a une forme propre, aussi magnifique que fascinante.

Sauf que ceux qui ont la chance de se poser sur le sol sont voués à être salis. Ils nous apprennent que, si on vit assez longtemps, on finit forcément par être souillé.

Mais même leurs taches ne sauraient ternir leur beauté.

Playlist

Remerciements

À mesure que j'écris des livres, ma tribu s'agrandit. J'éprouve une profonde humilité face à l'immense talent de la communauté de l'édition indépendante, une communauté dont je suis reconnaissante de faire partie.

J'aimerais tout d'abord remercier mes bêta-lectrices : Tijuana, Amy, Lana, Helena et Paige. Vous avez été un véritable pilier pendant tout ce processus, et je sais à quel point ça a dû être pénible de m'entendre faire une fixation sur telle phrase ou telle formule à 3 heures du matin. En boucle.

Merci à mes éditrices, Tamara Mataya et Paige Maroney Smith. Merci pour vos commentaires, pour l'attention que vous avez accordée au moindre détail, et pour avoir été géniales, tout simplement. Merci à mon incroyable graphiste, Letitia Hasser de chez RBA Designs, et à Stacey Blake de chez Champagne Formatting pour sa superbe mise en page.

Un immense merci à mon agente, Kimberly Brower, de chez Brower Literary, une vraie star ! Et à Jenn Watson, de chez Social Butterfly PR.

Je tiens à remercier tout spécialement mon équipe sur le terrain, qui déchire tout. Il n'y en a pas deux comme vous. Vous êtes uniques en votre genre, et d'une valeur inestimable : Lin, Hayfaah, Sher, Kristina, Brittany, Julia, Summer, Vickie, Sheena, Sarah, Becca, Jacquie, Betty, Amanda, Erika, Leeann, Luciana, les deux Vanessa (Villegas et Serrano), Tanaka, Avivit et Galit. Merci. Merci. Merci.

Aux Sassy Sparrows, pour m'accorder un refuge quand

j'éprouve le besoin de respirer loin de mes personnages de dingue. Et aux blogueuses qui font tellement d'efforts pour donner une voix aux auteurs indépendants. Vous êtes les meilleures. Je vous adore.

Enfin, à mes lectrices, dont le soutien ne manque jamais de me stupéfier. Je ne vous prendrai jamais à la légère et je tâcherai toujours de vous apporter un peu de magie. Vous ne méritez pas moins.

Avec tout mon amour,

L.J. Shen.

SÉRIE SINNERS

de L.J. Shen

Ils sont beaux, ils sont dangereux.

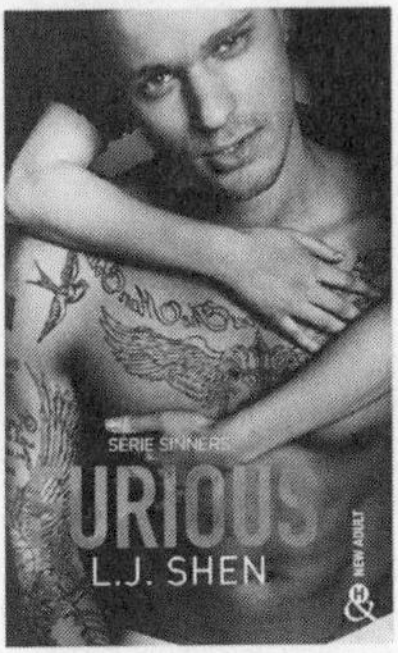

Composé et édité par HarperCollins France.

Achevé d'imprimer en juillet 2019.

CPI
BLACK PRINT

Barcelone

Dépôt légal : août 2019.

FSC
www.fsc.org
MIXTE
Papier issu de sources responsables
FSC® C108412

Pour limiter l'empreinte environnementale de ses livres, HarperCollins France s'engage à n'utiliser que du papier fabriqué à partir de bois provenant de forêts gérées durablement et de manière responsable.

Imprimé en Espagne.